U0518796

谨 以 此 书

献给那些被我打败的对手
见我秒退的队友
熟睡在网吧的兄弟和离我而去的姑娘

左手刀塔

右手韶华

菊花神 ◎ 著

知识产权出版社
Intellectual Property Publishing House
全国百佳图书出版单位

图书在版编目（CIP）数据

左手刀塔，右手韶华 / 菊花神著. —北京：知识产权出版社，2015.1
ISBN 978-7-5130-3134-9

Ⅰ.①左…　Ⅱ.①菊…　Ⅲ.①长篇小说—中国—当代　Ⅳ.①I247.5

中国版本图书馆CIP数据核字（2014）第256117号

责任编辑：唐学贵　　执行编辑：牛　闯

左手刀塔，右手韶华
ZUOSHOU DAOTA YOUSHOU SHAOHUA
菊花神　著

出版发行：知识产权出版社 有限责任公司	网　　址：http://www.ipph.cn	
电　　话：010-82004826	http://www.laichushu.com	
社　　址：北京市海淀区马甸南村1号	邮　　编：100088	
责编电话：010-82000860转8571	责编邮箱：21183407@qq.com	
发行电话：010-82000860转8101 / 8029	发行传真：010-82000893 / 82003279	
印　　刷：北京科信印刷有限公司	经　　销：各大网上书店、新华书店及相关专业书店	
开　　本：720mm×1000mm　1/16	印　　张：20	
版　　次：2015年1月第1版	印　　次：2015年1月第1次印刷	
字　　数：315千字	定　　价：36.00元	

ISBN 978-7-5130-3134-9

出版权专有　侵权必究
如有印装质量问题，本社负责调换。

序
PREFACE

　　小的时候我非常爱看书。家里条件不好，买不起那么多书，就去租书店一天一毛钱租各种书回来看。上课看，放学看，走路看，躲在被窝里用手电筒看。我们这辈人小时候的聪明，大抵都是在与家长、老师的斗智斗勇中体现出来的。

　　后来省吃俭用的一点钱，除了用来玩游戏，就是用来买书了。省几个星期的早餐钱，买《第一次的亲密接触》，买《三重门》，买《上海宝贝》，各种书。我不看译文书，我觉得再好的文章经过翻译，就像珍馐隔夜重温，埋没了主厨的苦心，也发挥不出重温之厨的能力。好书，一定要文字本身能够带给人享受，语言的组合之美，唯有爱书之人才能体会，若非要给看书加上一个积累知识的目的，就失去意义了。

　　我小时候除了看书，省下来的钱基本都贡献给了网吧。我们那年代还叫"电脑房"来着。那时候"光荣"网吧的名字在我心中的地位跟省委、省政府一样，是遥远而又伟大的存在，后来网络到了方兴未艾的年代，《星际争霸》《魔兽争霸》等游戏的上市，我知道了原来游戏不止是游戏，还能进行比赛与人斗，其乐无穷。

　　青春是沸腾的，撕过卷，喊过楼，陪年级第一翻围墙，陪倒数第一打篮

球，当然更是放学回家之前，先去网吧玩两把《魔兽争霸》。

大学我基本是打着《魔兽争霸》做着主持中度过的。后来有幸进入了上海《游戏风云》频道，成为了一名职业主持人。也正是在这里，我第一次接触到了 dota——这个改变我一生的游戏，对于我来说，它不再仅仅是一款游戏。

经常有人问，青春是什么？我想对于年纪跟我、跟王小帅差不多的年轻人来说，青春就是 dota。我们在宿舍开黑是青春，我们在网吧通宵是青春，我们在家里开着语音吹牛、打屁是青春，我们背着行囊去外地参加比赛更是青春。青春不止是逆流成河的悲伤，也不止是泛滥成灾的爱情，兄弟，热血，骄傲，泪水，这些都是青春。而我们这代人想到过去的时光，那段青葱岁月几乎都是围绕着 dota 而春光灿烂的。这是我们这代人不可磨灭的人生印记！

随着我们这代人渐渐长大，工作、生活也许令很多人已经不再有时间每天玩 dota，可我经常会碰到三十多岁却依然经常看 dota 比赛的观众，dota 对他们而言就如同周末出去搓麻将之类的消遣，也许玩得很烂，却也乐在其中。我时常思考自己二十年后是否依然会这样，想了很久之后，我确认，只要兄弟们还在，我应该是会一直玩下去的吧！

于是我恍然大悟，所谓青春，更重要的是那些陪伴你度过青葱岁月的人和事……

每个人心中都有一个王小帅，以前没有人写这个故事，现在有了，就很好。感谢菊花神，用文字记录下的青春，值得珍藏。

权以为序。

著名 dota 解说，ImbaTV 联合创始人

2014 年 10 月 1 日

目录
CONTENTS

我又回来了

1.

我终于接受了肄业的现实，决定去找工作。

这真是一个笑话，有毕业证书的尚且找不到工作，何况我这个只有身份证的。身份证只能证明你的细胞分裂在这片土地上的存在，暂时合法。

当然只是决定不是行动，也就是说我有这个打算，具体怎么落实它，那得看我什么时候有明确的方向。

大学如围城，里面的人想搬出去，外面的人想住进来。只有当你步入社会才会知道你真正的敌人不是老板而是房东。因此才一下子出来了那么多的刚需，他们的目的就是要媳妇熬成婆，房奴熬成东。从被压迫者成为压迫者，也算是一种升华，有房子算不上什么成功，但至少不算落魄，特别是你看着住自己房子的租客们脚下无方寸的样子，心里还是有一丝勉勉强强的成就感。

我暂时没有这样的烦恼，在外面兜兜转转又拿着行李回了寝室。现在的寝室只剩下我和"猩猩"。

我叫王小帅，曾是浙×大中文系的一名学生。其实我对中文并没有太大的兴趣，选这个专业完全是因为它没有高数。我是畏惧高数的，我记得高三一次模考，我数学没及格。数学老师将我和另外几个数学白痴叫到办公室，挨个训斥。他说："这么简单的题目都不会做，还想考大学？就算让你们侥幸考上了，碰到微积分、定积分、不定积分你们怎么办？到头来还是毕不了业！"

说实话，数学老师口中的积分我闻所未闻，我当时只知道皇

Dota:
一款许多男生都喜欢，许多女生都不喜欢的游戏，全称是英文，打出来反正你也不懂，总之好玩。

家马德里的积分。不过我的数学老师说对了一件事，我确实没能熬到毕业，只不过不是因为高数。

"猩猩"算是骨灰级室友，原名刘银水，后觉得这名字谐音太低级，自立更名叫刘英雄，原产地不详。他们家的故事太多，如果家家都有本难念的经的话，那他们家就是四十二章经。至于"猩猩"这个外号的由来，一来他喜欢NBA骑士队的詹姆斯，二来他确实长得像猩猩。

"猩猩"十分不注重个人卫生，特别是下肢卫生，他的袜子一直都领跑学校图书馆占座TOP10！学校是不允许寝室床位闲置的，我们寝室属于例外，毕竟没有同学愿意住进来吸食毒气，还有就是我们卫生间的马桶自从上次被一块香皂堵住后就被永久封存了，像《七龙珠》里封杀短笛大魔王的电饭锅一样，谁都不敢揭开，想到这里实在为该寝室的未来担忧。这里是一个纯粹的地方，纯粹的脏、乱、差，也是生活老师都不乐意来检查的地方，他们寄希望于我们早点毕业，还这栋楼一片净土。

刘银水同学每天都和我一样惆怅！只不过我惆怅的是工作，他惆怅的是女人。其实他以前也交往过一个女人，"有容乃大"的那种，只不过那姑娘生活作风存在很大的问题，与她交往你的生殖器官得承担更大的风险。毕业的曙光眼看着已经从天边的地平线上开始冒尖，猩猩丧心病狂地认为自己学校的女生没有品位，她们都喜欢那种白白净净的男生，那样的男生一点阳刚之气都没有，以后走上社会怎么办啊！

我笑着对他说："女人都喜欢那种湛蓝色的天空，中间夹杂着一点云彩，偶尔还能拂过一些微风，再镶上点飞鸟，怎么看都富有诗意，这就是女人的思维模式，她们喜欢美好的事物，反正我是没见过有姑娘喜欢打雷的！"我说到这还定睛看了一眼他的大黑脸，又补充道："被雷劈过的！"

"雷劈的怎么了？当年王静佳就喜欢我这种粗犷豪放型的！"猩猩居然用自己的惨痛经历来打我的脸。

王静佳就是那个"有容乃大"的女人，其实她交过无数的男友，猩猩不过是其中之一。王的感情生涯就是一个业务繁忙的营业窗口，猩猩就是一个手拿着号码排队的客户，用不了多少时间，窗口就会beep一声，说："请×××号前来恋爱。"

2.

猩猩每天的作息就是早上起来打篮球，然后回寝室补个毁容觉，这一觉要睡到下午，醒来后进行抵抗饥饿练习，一直撑到晚饭时间，吃好后会跟我去网吧玩几盘 dota，差不多十点左右回寝室睡觉。

生活简单且无聊，我和他就像两条无人饲养的野狗，每天除了睡觉就是到处找"屎"吃，甚至都不会像其他狗一样对着主人摇尾巴，更别说去接飞盘。我们俩合计着该去做点什么有意义的事，猩猩提议开一个工作室，承接各种业务，比如酒后代驾、天梯代练、晚会伴唱等。

猩猩之所以会想到代驾是因为一个发生在他父亲身上的故事。他的父亲嗜酒，经常喝得似雨如烟，猩猩说，有一次，他爹又喝大了，光着膀子在家门口吐，这时过来一辆出租车，师傅问他要不要打车，于是他万能的父亲就在自己家门口上了车，坐着出租车绕城兜了一圈，花了一百二十多元。

猩猩说："从这事以后，我就知道醉鬼的钱特别好赚，你知不知道，后来那个司机没事就在我家小区外转悠，天天在那'守猪待吐'！"

"可是你行不行啊？"

"不太行，所以我需要你给我当副驾领航员！"猩猩说。

"你是代驾又不是拉力赛，还要领航员？"

"万一有个突发状况怎么办，毕竟我还是个新手。"

"领航员的作用是什么？"

"给我壮胆！"

"……"

接下来的日子，猩猩开始在学校论坛和"杭州9楼"论坛这种地方发帖，或者加各种 QQ 群，然后在里面发小广告，接着被群主踢走，再继续加另外的QQ 群。他说这是最直接有效的方法，特别是天梯代练这种业务，就得去平台上刷屏，有一个上钩就是活广告。dota 这游戏就是这样的，大家都把天梯分看得特别重，总觉得自己最强，别人最菜，哪怕对手单杀你十几次，你一样会觉得只不过是对手运气好而已。第一次被杀的时候，你认为是自己走位失误；第二次被杀的时候，你觉得是因为第一次被杀导致装备落后；第三次被杀的时候，你认为是前两次被杀使装备拉开太多；一直到第十几次被杀，你还是会不依不饶地认为这不过是滚雪球效应，反正任何遭遇都往第一次对方运气好、抓住了你走位失误的起点怪罪，最终你会说，对方菜得要死，就是运气太好！

我惊讶地看着猩猩说："分析得很透彻啊！"

"哪里，哪里，只不过我就是这样的选手而已。"

"难怪。"我唏嘘。

"你别说，跟我这想法的人一大把，你看看微信上那些游戏，那么无聊，可大家还是没日没夜地玩，为什么？你以为是游戏本身好玩吗？其实就是为了争个名次，某种程度上名次就是面子，有朝一日，大家聚在一起，都会假装很随意地拿出手机说，嘿，你那游戏玩到多少分了？"

这点我十分认同，因为我微信上也有这么一个人，是我的高中同学。最开始我们一起玩微信"天天飞车"，当时我排在好友第一位，他排好友第六位，突然有一天他一跃升至第一，领先了我快几万分，我纳闷一看，他花钱买了最好的跑车，一路加油冲向天际。后来微信游戏又出了"飞机大战"，他又一次在硬件上超越了我。对于这种人民币玩家，他们只是为了在人前赚得一点面子，哪怕这个面子是用钱买来的，技术层面已经不再重要，再说这年头，赚钱才是真技术。后来微信出了"德州扑克"，那二货直接买了一百万的筹码，一局也不玩，就为了霸占好友第一的位置。这世界总是不乏此类爱慕虚荣之人，活在吹捧与嘲讽里，为攀比而生，以比不过别人为耻，他们的说辞像高速公路似的笔直，不带一点弯，一切都那么的理所当然！

猩猩接的代练业务比较低端，只帮人冲到2000分，他说主要面向矮矬穷，此类人群基数庞大，怀揣着匹配高级队友的美好念想。当然这不是关键，关键是他觉得我已经荒废一段时间的dota，对我没什么信心。他还跟我讲了半天《萌芽》和《知音》的销售案例，说为什么看《萌芽》的人没看《知音》《故事会》的人多？所以大多数人都是俗的，大家都对家长里短的事感兴趣。"夜半谁敲寡妇的门""媳妇被窝里有熟人"此类简单粗暴的文字内容最讨喜，虽然咱们学的是中文系，却也无须附庸风雅，现在这社会风尚，谁能保证媳妇被窝里有没有过熟人！

3.

没想到，我们接到的第一笔业务居然是代驾！我总觉得不靠谱，要万一不小心出个重大交通事故，就得去拘留所捡肥皂。

猩猩搓着脚泥，毫无惧色地对我说："怕啥！用轮椅的速度开，能出什么事故！"

"这……"我还是有些心虚。

"我大一年末拿的驾照，到现在好歹也有三年驾龄了，属于老司机了。"

"可你开过车吗？"

"没有，但是没关系，咱不是有两个人嘛，万一打起来还有个照应。"

我们坐公交车来到百井坊巷，那里靠近繁华的延安路，两边是各色的饭馆。在杭州有很多类似的小街，两侧也是类似的小饭馆，生意永远的火爆。生活在大城市就是如此，吃喝拉撒都要排长队。猩猩站在一家"舟山小海鲜"的门口拨通了客户的电话，不久一个中年胖子被两个瘦子吃力地从里面架着出来，塞进停在门口的雪佛兰乐风车内，然后递上车钥匙和一张纸条，纸条上写着胖子的住址。交接完，他们意犹未尽地回去继续把酒言欢，我看了一眼后座上的胖子，一脸通红，跟开了嗜血的"蓝胖子"似的。

猩猩在一旁打火发动。乐风是手动挡，这让我心里越发没底。我们的刘车神在原地不断地踩蹦着离合器，乐风在不停地熄火与打火之间"癫痫"。一些饭后散步的行人驻足观看，还有一对年轻情侣在一旁看了很久。女孩说："亲爱的，这车是不是要变形了？"男的说："不清楚，看看再说！"半小时后猩猩终于得了要领，乐风缓缓地驶出车位，那对情侣显然有些失望地说："搞半天，原来不是汽车人！"

胖子家住滨江，我摇下车窗，晚风从外面吹进来，打在我的脸上，我是第一次以这种方式和速度去浏览这座城市，有一种说不出来的情怀，我想起了多多。

多多也是我的一个室友，姓钱，不折不扣的巨型富二代。我们刷饭卡、坐校电车那会儿，他就已经刷油卡开跑车了；我们因为亲了女孩一口而确立恋爱

关系的时候，他就已经带着不知道第几任女友奔波于专业人流医院和酒店了；我们还在为了挂科而纠结于毕业的时候，他早已潇洒离开学校回去接管家族生意了。我们与他的差距是与生俱来的，无论你吃多少蘑菇和太阳花，格子里放多少把圣剑，在他面前你都是被瞬秒的。可他却没有富二代惯有的桀骜，倒是乐于助人，至少乐于助我，他就是现实生活中的"肉山大魔王"，无论你们多少次将他打垮，他都会重生，至于爆出的复活盾和奶酪，那是爷给你们的赏赐。他曾经载着我满杭城地胡吃海喝，跟我讲他和某某大学校花的短暂爱情故事，告诉我哪个夜店的小姐最容易上钩，给我普及一些奢侈品的牌子，带我去一些有小资情调的山头俯览西湖。其实我只对吃有兴趣，自从他早早地离开学校后，老子都瘦了！

4.

后座上的胖子突然"复活"，对我们说："麻烦帮我把这侧的窗户打开，我想吐！"猩猩让我帮他看着路，他好去找找窗户按钮在哪。我说："就在你那边的车门上，你到底有没有驾照？"

"师傅，麻烦你稍微慢点，我要开始吐了……"话音未全落，就伴着一声干呕声，只见猩猩一记大脚踩在油门上，雪佛兰就如同飞翔的蓝猫，一往无前。此时胖子已经完全吐开了，一个脑袋挂在车窗外面，在剧烈的对流风作用下，呕吐物飞洒空中，在钱江四桥两侧的路灯照耀下，形成了美丽的带状云图。一辆敞篷车掠过，车上的一帮小年轻惊诧地看着这辆鬼魅的喷气式轿车，冲我们竖起了大拇指！

终于开到了胖子的小区，他从车上跟跄着下来，发型已经被吹成了"贝吉塔"（日本漫画《七龙珠》里的人物）一样，舌头打结地问："多……多少钱？"

"二百。"猩猩心不是一般的黑。

"我上楼拿给你，你帮我把车倒好。"看来这胖子喝得不是一般的多。

乐风车的倒挡和其他手排的车有区别，被置于一挡的位置，在挂挡杆的下方有一个圆形手托，需要用手指向上拎起方可挂进倒挡，当然这是我后来上网查了才知道的。

当时我们研究了半天，发现这车居然没有倒挡，可是一挡处明明标注着一个"R"字母，猩猩挂进去，车还是徐徐向前，我们俩纠结了好一会儿，索性挂了空挡凭力气往车位里推。这时过来一个保安，他问道："你们干嘛呢？"

"这车没倒挡。"猩猩说。

"瞎说，我长这么大从没见过没倒挡的车，让开，我来。"

他坐了上去，打开内灯指着一挡的位置说："你看这里明明有一个'R'，这就是倒挡，明白吗？"然后他挂了挡，车从我们好容易推进一半的位置开了出来，我尴尬地站在那里看着他，他低头自顾自地研究了一会儿，开门下来说："真的没倒挡！我帮你们一起推吧。"

倒好车，一根烟的功夫，胖子下来付了钱，我们如释重负地离开。回到寝室，猩猩坐在床上抚摸着带着酒精味的二百元钱。我说："这种伤天害理的事以后别接了，还是给人代练吧，我就没见过有人能吐出一道彩虹的。"

猩猩拿起钱塞进口袋说："干嘛和钱过不去。"

"你就不怕别人揍你？"

"怕啊，不然我拉你去干什么。"

5.

这个月在杭州人才市场有个人才交流会，我万懒之中起了个早，决定去碰碰运气，既然是碰运气，索性个人简历也就免了，毕竟将自己吹嘘得再牛，也没个大学文凭，我们这的体制就是这样，没文凭别想找工作，没工作别想买房子，没房子别想传宗接代。

人才市场里大多数都是刚毕业的大学生，就像古代参加选妃的小主，跪在地上，等着阿哥踱步到你面前，然后报上自己擅长何种音律，出身哪个名门，是否得过什么街道选美大赛冠军之类的光荣履历。

我找了几家专业对口的图书公司，对方要求是有较强的文字功底，擅长捕捉社会热点，富有想象力。可看到其他同学精心制作的简历后，我又退缩了。这些人真是不择手段，为了找工作恨不得将自己的简历编成一本自传。话说回来，所谓的人才交流会，不过就是各单位的 HR 在看到你的简历的同时也接

触下你本人，聊得投机就在你简历上标注一下，然后回去电话联系，不投机的就不联系，让你在等待的煎熬中抑郁。这个过程是令人焦虑的，跟当年高考结束后那个最漫长的暑假一样，一场决定命运的考试，一个无比重要的成绩。回想起当年我被浙×大录取后的狂喜，和进入浙×大后的沉沦，总有些造物弄人的韵味。

我独自走到会场门口抽烟，看那些骄阳如火般躁动的脸，心想，真是个浮躁的世界啊！还是原始社会好，大家都不穿衣服，整天光着身子裸露着到处闲逛，绝不会有人说你是个臭流氓，哪像现在一个个故意将自己的性特征弄得半遮半掩。就比如朝我迎面走来的这个女人，领口都快开到肚脐了，这种货色百分之九十是来应聘老总秘书的。

她正盯着我，我正盯着她的胸，她走近跟前对我说："看什么看，臭流氓！"我甚至都没来得及还嘴，她就消失在人海中。

我嘬了口烟，有人在背后叫我："王小帅！"我回头一看，是小雯。

小雯是我的前任女友，来自上海，就读于浙×大国际贸易专业，我和她分开的原因是我当时没日没夜地打 dota。女人和游戏向来水火不容，当时我无法理解，现在突然释怀，此刻，我心情有些复杂。

有日子没见，她已经褪去了初识时的青涩，也可能是为了应聘而故意穿得成熟，我倒是有些不适应她穿高跟鞋的样子。

"你还好吗？"我们同时问出这句话。

"我很好。"我们又同时回答对方的问题，然后是尴尬一笑。

这时一个戴着眼镜的男生走了过来，对小雯说："在这干吗呢？"

"呵呵，碰上一个……老朋友。"

"哦？"那男人用不太友善的眼神看着我。

我皮笑肉不笑地冲他点了点头。说实话，当时我很想给他脸上来一拳。打小男友这种事情在我读高中的时候就没少干。那时候大家都迫不及待地情窦初开，总觉得青春期过得太快，不赶紧找个女友这最好的光景可就要一去不返了。那时候的我们都是自负与狂妄的，喜欢一个女孩就要不惜一切代价将其弄到手，那个年纪哪懂什么浪漫与呵护，不过是粗暴地用武力赶跑该女同学身边一切走得近的男同学而已。

　　我精于此路，这跟我高中隔壁班的一个同学有关，在帮人打小男友上他是绝对专业的。我所有关于这哥们的高中回忆都是如何毁灭别人美好的青春与爱情，他有着最最凶残的打小男友的拳头，还有我这个最铁的帮凶。我们的专业术语："下次别让我再看到你跟×××在一起，不然打断你的腿！你丫听到没有！"

　　这句术语也是此时此刻我的心情的真实写照，只是如今的我已经没有当年的那份骄狂了，一切都被脸上流露出的假笑掩盖得严严实实。他搂着小雯的腰远去，小雯回头看了看我，我也在看她，从这一刻开始，我决定无论如何都要去办张假的毕业证。

　　只要有了毕业证，我才有机会找到工作，有了工作，不管好歹，至少能给人一种正面形象，我脑海里满是那肥头大耳长发齐腰的叔叔唱的《从头再来》！我立刻变身成为他 MV 里面的配角，他在我面前抖着脖子，声嘶力竭，似乎在告诉我，不要被眼前的困难打倒，哪怕成了植物人也有光合作用的那一天。

　　我正在给自己储存能量的时候，猩猩打电话来说，他接了个讨债的业务，让我即刻回寝室共谋大业，对方愿意给债务的百分之五作为酬劳。我本想拒绝，不过转念一想，办证也需要资金，我的价值观瞬间暴走，把世界观抓过来就是一顿暴打。

重聚

1.

我和猩猩都没有讨债经验，这些都是社会上的流氓干的事，我们只能按照《古惑仔》电影里的桥段来进行 RPG。猩猩说："讨债这种事情首先样子得凶，你看看我们现在的样子，怎么看都像是去讨饭！"

猩猩的主意是去纹身，当然不是真纹，而是去买那种水印贴纸，不但经济实惠，且效果好，反正能唬住人就行。我们跑了几个杂货店，最终还是放弃了，此类的贴纸倒是有，但多是米老鼠和奥特曼，有的甚至是"恭喜发财""新年快乐"。这种祝福语贴上，别人还以为是远房亲戚来拜年。

我提议买桶油漆去泼，为此专门跑了几家店，但油漆太贵，性价比不高。最终让我们达成共识的是泼粪。这种生化武器不仅杀伤力足够，还附带持续掉血的 buff，最根本的好处是自产自足、零成本。

就这样，在我们的生活里又多了造粪这个选项。猩猩准备了一个红色塑料桶并在距离顶部三分之一的地方贴了条黄色胶带，说这就是警戒线，战略储备到这个位置就差不多了。别太满，否则太沉不好拿，万一碰上什么颠簸伤及自身可就不好了。

在我正准备以极高的热情投入造粪运动中时，却不合时宜地便秘了，后门堵得跟貔貅似的。于是造粪的重担都落在了伟大的粪斗士猩猩身上。他倒是不负众望，粪量十足，简直就是三 A 级造粪机。

> **Dota 2:**
> 整容后的 dota，与整容后的女人一样，除了变漂亮了，其他都没变。

2.

我们的催讨对象在蒋村，地属城乡结合处，早年我对蒋村的了解来自他们端午的龙舟赛，也算是地方特色。不过但凡是此类比赛的地方，博彩就比较发达，前后虽说逻辑关系很牵强，可它偏偏就这么特定。农村的人偏爱赌博，虽说城里人也赌，但从人均基数上来看，农村更甚，我想很大原因是与他们的无所事事有关。两季农忙过后，生活就变得一潭死水，留守下来的人们开始跟口袋里的钱过不去，互相厮杀在牌桌上，有的暴走赌徒输光了就当，当光了就借，借不到了就欠，把自己那几分田今后一百年的产量所能换算出来的数字都拿出来跟人博，听着都刺激。赌徒永远只愿意去承认两件事：一是他们下一把一定可以翻本；二是要是他们真的翻了本就金盆洗手。

我和猩猩并不清楚债务人与债权人之间是何种形式的债，不过进村后我们才突然想到有一个成语叫深入虎穴。去欠债人的地头要债是十分无脑的行为，无异于dota里的一级单人越塔。毕竟人家有主场优势，随便扯一嗓子，什么表姑、二叔、小舅子、发小、甚至连村口好事的二傻子都迅速从四面八方赶来，瞬间组合成大力神，一掌把你拍到土墙上，撕都撕不下来。

猩猩说："来都来了，总不能半途而废。"说话间他下意识地看了眼手中盖着盖子的红塑料桶。

"到时候咱们先敲门跟人讲道理，万一对方情绪激动起了冲突，咱们至少还有这桶十五天'醇酿'自保。"

我说："好。"

我们在一幢独门独户、没有墙皮的土楼前站住，猩猩礼貌地上前敲了敲门，里面毫无动静。

"估计不在家！"猩猩说。

"那怎么办？"

"这不是更好，先泼再说，到时候打电话让他把钱打到银行卡上，不然我

们下次还来。"

"哗"的一声，这些食物不屈的灵魂被赋予了神圣的使命，在别人的门前不屈不挠地做着最后的贡献。它们是光荣的，可以笑看风起云涌、朝升夕落，比起那些只能在阴潮的下水道中混为一摊的屎兄来，这是一种无可匹及的荣耀，是生命力。

我和猩猩一直跑到村口，我喘着粗气说："累死我了，你还拿着这桶干什么？"

猩猩说："丢了怪可惜的，拿回去洗洗以后还能用来洗衣服。"

我面部痉挛："你可真是粪青！"

3.

这次恶心的经历让我们入手了 1000 元，由于猩猩的人力成本贡献率高，所以他理所应当地拿了 600 元。

入秋后，我们的代练业务有所突破，不过都是 dota2 的冲分，我对 dota2 的模型不太适应。就好像自己喜欢的女人突然去整了容，虽然她还是喜欢吃酸辣粉，看没营养的韩剧，说话嗲声嗲气的，有晚上起夜的习惯，可我还是不习惯她这张变得比之前更好看的脸。人的审美也是有习惯的，比如说小雯，在我对她所有的美好回忆中，她永远都是穿着小清新风格的衣服，干净的牛仔裤，一双色彩鲜艳的慢跑鞋，头发不长不短。可那天她盘着头，穿着套装和高跟鞋去面试，我就是觉得这不是她。我们总是习惯了过去，而来不及适应现在。

由于我之前一直是打辅助位，导致我冲分效率不高。路人与比赛不同，不讲究太过精细的配合，你也不用指望你的队友都能不惜牺牲自我来成就你，所以隐身系英雄备受追捧，也确实强势，特别是"小鱼人""赏金""蜘蛛"这种英雄。尤其是"蜘蛛"，霸线能力强，在蛛网里有强大的加速回复，最无耻的是，现在 dota 版本的蛛网还能为"蜘蛛"提供无视地形效果。

以前这类英雄都是蛋蛋在玩。蛋蛋曾是我的队友，比我小 8 岁，我们相识于学校后门的网吧，他是个精于操作的选手，打法凶狠飘逸。那时候我们队里有两个飘逸流选手，一个是蛋蛋，另外一个是小傻。我甚至愧于去想小傻，我和她之间的故事太过跌宕起伏，每次想到她我内心都会莫名难受，不知道是因为愧疚还是因为不舍。

4.

辅助冲分最大的劣势就是太依赖队友发挥，我接的是帮助菜鸟圆高手之梦这样的业务，队友的水平能有多高这不难想象。不过好在对方水平也高不到哪去，这就是菜鸟世界的不确定性。有很多职业大神从零单排天梯碰上猪一样的队友都能输，更何况我。既然单排不稳，那我就拉了猩猩双排，玩了一个通宵，我觉得还不如单排!

猩猩其实在很早之前因为被王静佳抛弃突然决定开始玩 dota，对于半路出家的玩家来说辅助自是首选，他能拿得出手的只有潮汐。我的初衷是他来打辅助位，那我就解放出来打核心位，毕竟在我 dota 生涯的初期还是打过那么一段时间的大后期。但是这样的组合并没有起到好的效果，原因还是我根本补不到几个兵。这跟模型有关，我就是不适应。

我说:"看来我们得找个一号位大神来带!"

"我想到一个人。"

"谁?"

"环勇!"

我和环勇的关系比较复杂，他应该算得上是我的 dota 启蒙老师，我从最初的只会用火枪补兵出圣剑的"陨石坑"玩家，到后来的超级辅助，有一大半是他的功劳。他是那种把 dota 看得比女朋友还重要的人。他总是说 dota 充满挑战性，每一次超神都像经历一次高潮，这种是女人无法给予的。其实女人也能让他经历高潮，只不过他一晚上能超神十多次，等量换算到女人那里，想想都有生命危险。

后来我们还组了战队，他算得上是元老级的人物，最终导致我们分道扬镳的居然是在战术思路上的分歧，他太过保守，我又太过激进。反正在剑走偏锋上我们都是佼佼者，注定无法共存。这么久过去了，某段时间我曾找他回归，

他丝毫没给我面子，后来他自己又突然想要回来，我一样丝毫没给他面子。现在让我再次回头去找他，我觉得很没面子。

猩猩说："土豆和番茄本来是两个毫不相干的蔬菜，谁能想得到他们会在肯德基里成为最忠诚的伴侣！面子值几个钱！"

5.

在猩猩的鼓动下，我还是约了环勇，我们哥三在学校后门的"好再来"烧烤店喝啤酒。猩猩在这家烧烤店吃坏过几次肚子，曾不止一次立下毒誓，要是再来此地就出门被车撞死！猩猩现在依然活得好好的，所以说发毒誓其实是很不科学的。

"王小帅，你不是去打职业了吗？怎么跑回来了？蛋蛋呢？强子呢？"环勇咬着面前的羊肉串问我。

我和猩猩对视了一眼，不知道怎么回答他。

其实我是一个逃兵，当逃兵在哪个朝代都是不光彩的事。我自有苦衷，当时战队成绩不太理想，赞助方又找各种借口欠薪，加上我和战队成员小傻那说不清的感情纠葛，以及我重新燃起对校园生活的向往，还有对当时已经和我提出分手的小雯的心存侥幸。这些都汇聚成了我离开的决心。

事后我跟蛋蛋通过电话，他现在和强子在成都当地的一个电竞俱乐部打职业，在往后我就回了寝室，与猩猩狼狈为奸。我和他最大的不同就是，他至少还能混个文凭，我至多只能混个日子。

强子是福建人，我还清楚地记得第一次在寝室看到他时，他让我猜他的出处。

"猜对了我请你吃沙县，给你点提示，我的省份的首字拼音有个 H。"

"湖南？"

"不对。"

"湖北？"

"哈哈，还是不对。"

"河南？河北？"

"再猜，再猜！"

"该不会是河内吧！"

"你他妈才是越南人。"

"那我猜不到了！"

"哈哈哈，偶四湖建的！"

"……"

强子是我真正当朋友的人，我认为能为你出手打架的人都值得深交。还有个原因，他是个胖子，跟他站在一起永远都显瘦。这就如跟猩猩站在一起显白是一个道理。

"赞助商撤资，战队就散了，强子和蛋蛋去成都开展电竞第二春了。"我模糊地解释道。

"哦，那你怎么不一起去？"

"我还是比较喜欢杭州。"

"不说这些了，为咱们重聚干杯。"猩猩在一旁打起圆场。

我们在交杯换盏中纷纷喝大，三人唱着好汉歌在空旷的四车道街路上撒欢。醉酒分三个层次，开始是微醺、然后是呕吐、最后是断片。我至今还未能体验到最高境界，哪怕喝得再多也就是到呕吐这一层。我曾经在高考结束的当晚跟班上几个比较要好的同学一起去喝了场大酒。在高中是不允许抽烟喝酒的，而在那个即将走过叛逆面向成熟的时间点上，我们用一场惨不忍睹的"醉孽"来宣泄自己对整个惨痛十二年学涯的情怀。那一晚，没有人在乎香烟的毒性，也没有人惧怕酒精的威力。最后所有在场的人都吐了，不大的包厢内吐得连落脚的地儿都没有，我们就像一台台功率强大的豆浆机，把桌上的食物磨好再倒出来。

"我告诉你们一条捷径。"猩猩说。

"什么捷径？"我问。

"从这个围墙翻过去，下面是一片自行车顶棚，从上面走过去就是食堂。"

"可是顶棚都是铝合金板做的，恐怕承重不行。"

"没关系，只要沿着钢结构的边框走就没问题，我先行一步，你们看清楚了，记住要踩边框，千万别踩错了……"

话没说完，猩猩哐当从中间掉了下去，我和环勇站在围墙的另一侧，看着突然从我们视线里消失的刘银水，不置可否。此时后门已经关了，等我们从前门绕回车棚时，猩猩还躺在一堆自行车中间呻吟，新旧不一的单车以他为中心呈圆形铺开，甚是唯美。

我摇摇头说："看来浙×大'詹姆斯'的赛季又一次报销了。"

环勇也摇摇头说："这货净给自己找不自在。"

6.

自从猩猩摔伤后就开始长期卧床不起，把自己当植物人养着，身上都快散发出尸臭了。我则抱上了环勇的大腿，天梯双排的风生水起。果然有了个专业后期就是不一样，环勇一如既往地稳。这种选手在路人局中是无解的存在，由于补刀基本功扎实，抗压能力强，加上我的保驾护航，总是能在游戏早期就做出左右战局的大件。他幽鬼的胜率居然到了恐怖的九成。这是他的代表英雄，无论在哪个版本都是如此。

在环勇的神勇发挥下，我们的代练事业突飞猛进。想想有些讽刺，以前我为了职业，现在我却趋于商业。前者为了梦想，后者为了赚钱，其实二者本来并不冲突。很多人在完成梦想的同时顺便把钱赚了，或者赚了足够多的钱，然后去买以前难以实现的梦想，或者对有些人来说赚大钱就是他们的梦想。

我的梦想是当一条狗，每天只要吃狗粮和对着主人卖萌就好。没有烦恼，到了公园里，爱尿哪就尿哪，上再多的母狗也不受世俗的谴责，母狗的女主人还一脸幸福地看着，仿佛被上的是她。

环勇算是顺其自然地加入了我们这个团队，他是我的同班同学。其实到了大四，好多同学都已经迫不及待地去沐浴社会的不良之风，留守下来的无非是些准备考研的同学，当然还有环勇这样的铁杆 dota 迷。他说实习无非就是自慰，一切你所认为的就业跳板其实都是假装存在的性幻想对象。也别指望这半年能在某某单位学到什么本事，他们就是在利用你做些公司老油子懒得去做的杂事罢了，每月发点少得可怜的抚恤金给你，抚恤你死去的青春。至于考研，他压根没想过，大学他已经待够了，还有什么可值得研究的？与其研究这些无用的课题，不如去研究研究怎么把 dota2 玩得更好。其实他这种状态挺好，生活中有游戏相伴，不像我曾经想把游戏当成生活的全部。

当然世界观这种东西，因人而异。比如说小雯，区区大三就开始张罗着到处为工作铺路，这点她从未改变，从我们好的那时候开始她就在给我灌输一种理念，就是人生要有所规划，未来不可预见，可是我们必须要摆好一种随时张开双臂迎接它的姿态，省得到时候不知所措。

我是个顺其自然的人，我所理解的生活不应该被赋予太多的桎梏，它本来就是随性的，说不定我们的出生只不过是因为一次意外怀孕。我们被这么随意地带到这个世界上，却要这么负责任地为世界活着，累不累？也没见得它给你什么眷顾。

7.

无聊的时候我还是会去学校大操场的看台上坐着，看一些生面孔在下面踢足球。虽然我已经不属于这里，但我似乎也暂时不属于外面，我弄不清楚自己到底处于哪一个空间，看着在球场上飞奔的同学，我恍如隔世。曾经我也像那个带球飞奔的前锋一样，留着一头长发，借着空气的对流勾芡出风的轮廓。如今我却像极了那个英年谢顶的门将，面对扑面而来的追风少年，只是淡淡地看着，连重心都懒得放下。追风少年一记外脚背抽射，射中了边裁。我摇摇头说："中国足球真没戏了。"

我起身去了图书馆，以前我常来这帮小雯占座。占座是一种广为流传的校园文化，是应试教育下的衍生品、谈情说爱的万金油。我随手拿了一本《傲慢与偏见》找个位置坐下，看着眼前那些打着阅读幌子交头接耳的情侣。

这时有人电话响起：*秋风吹拂过我的眼帘*

唤起了我对你的思念

独自走在空荡的长夜

想着你那温暖的笑脸

喝吧，朋友！我们宿醉在长街

干吧，爱人！我们相拥到永远

再见了，青春！我们狂想的日日夜夜

对不起，爱情！我没能呵护让你凋谢……

我惊讶地顺着铃声寻觅，有部手机在桌面上"嗞嗞"地震动，位置上没有人，手机旁边是一本平摊开的书，上面的内容我再熟悉不过，是《中国文学》课本。

"同学，请让一让。"一个女声在我背后响起。

我下意识地侧身让开一步："不好意思，你的手机响了很久。"

"对不起，打扰你……王小帅？"

"你认识我？"我努力地搜索自己的记忆库，却检索不到眼前这张漂亮的脸。

"哈哈，当然，我可是你的粉丝呢？"

"呵呵，我居然都有粉丝了。"

"有啊有啊，我们寝室的人都很喜欢你的这首歌，你看我都拿来当铃声了。"她的大眼睛里写满了崇拜。

"谢谢。"我转身要走。这首歌是我当年在文艺晚会上专门为小雯写的，那时我还玩过一段时间的乐队，赞助方是多多那土豪。编曲是由他的一个叫驴子的流浪歌手朋友完成的，我填的词。这首歌由我和多多共同在晚会上给大家演绎，他是纯粹为了装×，我是纯粹为了示爱。歌之所以会这么红，一个原因是我最后声嘶力竭地冲着台下喊了句"小雯，我爱你！"，另一个原因是驴子后来去了杭州广电传媒某个音乐频道，将这首歌又重新唱了一遍。我记得小雯幸福地扑在我怀里问我这歌什么时候能出 MP3 版本，她要下载下来用作手机铃声。

时隔这么久，我在另一个女人的手机铃声里听到了这首歌，有点不太痛快。这都是我碎掉的青春啊，如今却躺在别人的泥土里，变成肥料来滋养她们心中盛开的小花。

"偶像，我能不能跟你合个影？"美女手机的拍照模式开启……

"这里好像不太方便吧。"

"那我请你吃饭！顺便跟你合个影。"

"艳照可要另外收费啊。"对于吃，我从来都不拒绝。回寝室的这些天，我
整天都靠猩猩的饭卡减肥。猩猩为人鸡贼，虽说极不情愿地答应了让我蹭饭，
却有严格的准入门槛，就是只能买一菜一汤，汤还是食堂中间大洋铁桶里的免
费紫菜汤。那紫菜就跟塑料袋似的，咬都咬不断，而那是仅有的一个菜，还规
定不许是荤菜。他说了，我要是严格遵守约定，他会在周末给我加块大排作为
营养奖励，怎么看都跟喂狗似的。

Solo 情敌

1.

　　大眼美女粉丝打车带我去了西湖边的"味庄"。自从多多走后，我已经好久没有出入这种高档消费场所暴饮暴食了。不过多多和美女粉丝相比之下就俗得多，他带我去的一般都是名声比味道好的地方。不过也不能怪他，毕竟非土著，属于外来土豪，对杭州的饮食了解肯定无法深及骨髓，只能肤浅地跟风坐在楼外楼里被人宰。就和初次来杭州旅游的人们必须要去西湖感受一下断桥并合影留念的道理如出一辙。事到如今还有不少外来游客对断桥很失望，明明就是好的，一点儿没断，找旅行社算账去！

　　"味庄"紧挨着"花港观鱼"，门面并不大，可是走进去却别有洞天。它并非像其他饭店那样的三面墙壁，一面玻璃，哪怕瓷砖贴得再别具一格，厨子水平都跟周星驰演的食神一样，可大家还是在一个房间内就餐。"味庄"是开放式的，如王府设宴。走进去是全透明的玻璃餐厅，里面放了十来张餐桌。狭窄的走道是锋利的曲折，要不了几步，就有一个硕大的小格砖院子。靠近湖的位置整齐地竖摆着带遮阳伞的双人情侣桌，桌子的一侧是高过胸部的铁艺篱笆扶手，扶手之外就是嫩绿的湿地。院子的尽头分了两条岔路来，其中一条能径直走上微拱桥，绵延错落地三三两两，被一些叫不上名的植被簇拥着。桥下是覆盖着绿藻的湖边角，曲径通幽的青石板路又隔三差五地被一些往湖中央辐射出去的木桥分支开，木桥也是棱角分明的折线，折线的终点是一片更为广阔的木制平台，平台中间垒起相同材质的湖心餐厅。院子的另一条岔路则是一个架空长廊，被繁茂的藤

GG：

good game 的缩写，表示输掉比赛的一方向赢得比赛一方的礼节术语。造句：小明在小丽身上战斗了一分钟后，打出了 GG。

蔓植物依附，长廊中间开了个口，穿过去是刻意用方砖修饰起来的多株参天香樟树，高耸入云。绕着向前走，不远就是"花港观鱼"，沿途还会经过一片草地，地表还零星地开着一些或紫或白的小野花，玲珑旖旎。

我和铁杆粉丝坐在湖边的餐桌上，我说："我还是第一次来这么有情调的地方。"

"来来来，点菜！"

我接过菜单看了一眼，吃惊地说："太破费了吧？"

"不破费，随便点。"

男人约女人的第一站永远是吃饭，这是有科学根据的。首先可以了解该女的口味，不挑食的女人坦然，爱吃甜的善良，口重的开朗，吃得多的泼辣，吃得少的内敛。其次，可以边吃边了解对方，哪怕是突然卡聊，也可以立刻将话题转移到食物的色香味上，避免尴尬。

我的铁杆粉丝叫章杨，杭州人，读的也是中文系，不过比我低一届。我没想到她会如此热情地用这种排场来款待我，在她说出"请你吃饭"这四个字的时候，我其实已经做好吃肯德基的准备。女人请吃饭似乎总是对肯德基情有独钟，她们是热衷于垃圾食品的。我想起了我们那里首家肯德基开张第一天的场面。如果把周遭的景物换成苍茫的土黄，天上再放飞几只秃鹫，那就是一场史前大饥荒下的灾民和施粥者的煽情互动。几个瘦小的孩童疯狂地喝着跟米汤一样的清粥，舐舔着嘴唇，长辈们轻轻地拍打着他们的背部，心疼地说："慢点吃。"

"想什么呢？"章杨在我面前晃动着她修长的手指。

"没什么。"

"在想小雯吧？"

"呵，我和她早分手了。"我点了支烟。

2.

饭后我和章杨沿着湖边喧闹的商业街散步，我指着远处一个商业广场说："以前这里有很多拿着一次性塑料杯的小鬼，抱着你的大腿问你讨钱，不给就

不松手。"

"哈哈，我知道。"

我以前在这里被他们抱过大腿，还记得当时我拉着小雯肉肉的小手拼命地跑。小雯屁股上不知道被哪个小鬼踢了一脚，我们狼狈地对视狂笑。

广场的角落站着一个街头艺人，背着吉他，琴袋打开，用来收集路人丢下的施舍。我往里面放了一百元，对他说："朋友，我想借你的琴弹首歌送给这位女士。"他笑着从肩膀上取下吉他递给我，我挎上，转身对章杨说："礼尚往来。"

我拨动着和弦，唱着她用作铃声的歌，她站在原地一动不动地注视着我，眼睛里闪烁着光。唱完，我还琴道谢。

章杨说："原版的听起来就是不一样。"

"呵呵。"

"等一下。"她从包包的夹层里取出了一块夜光的拨片，递到我面前说："送你的。"

我看着这个幽幽闪烁在暗处的三角形，问："这是几个意思？"

"其实那次晚会，我听了你这首歌，就买了这个想送给你。可你不是跟小雯在一起嘛，所以我一直留着，我以为会一直留很久，现在看来也不算太久。"

"可是我已经不弹琴了。"

她笑着没有接我的话，只是将拨片放在我的手心里，然后挽起我的胳膊，一切都来得那么自然，似乎我们相识已久，久别重逢，交换信物，见证爱情。

我并不反感眼前的这个女人，很大原因是她长得好看。男人对美女从来都没有抵抗力，至少在彼此不相熟的情况下是如此，再说我现在孑然一身，就别在这装清高了。

3.

猩猩负伤的这些日子，整日躺在床上胡思乱想。他觉得自己的一生太不幸了，不断地负伤，不断地被女人放鸽子。他说这辈子就只爱过两个女人，一个是他高中时候的女神，他为了她发奋图强考上了浙×大中文系。这曾是那女人的梦想啊，那时候还信誓旦旦地对他说，你要是考不上咱们之间就玩儿完。结果是她没考上！虽然最终的结果都是玩儿完，可猩猩觉得太冤枉，明明就是她违约在先，可到头来连个分手的借口都懒得找，直接人间蒸发了事。

第二个女人就是王静佳，他把金子般的韶华都献给了她。给她买最好吃的早饭，甚至为了她洗澡，做了多大牺牲啊。

就这两件事我还专门劝诫过他："第一，你觉得这早饭好吃，不代表别人也觉得它好吃。第二，就算包子薄皮大馅，可你让人连续吃两个月，当别人属狗的吗？第三，我只听过为人戒烟、戒酒，还没听过为人洗澡的。第四，王静佳也不比你干净多少。"

王静佳跟太多男人有染，我亲眼所见的就有四个，每次想到这里我就会将她代入那个逗趣的广告。王静佳赤条条地躺在床上，分开双腿，摆出一副从容不迫的嘴脸从自己双腿中间看向脸上打着马赛克的男友×，说："快到碗里来！"

猩猩的作息时间异于常人。常人要么是晚上睡觉，白天闹，要么是白天睡觉，晚上闹。他不是，他是睡二十四个小时，闹二十四个小时，只求将我也一同弄出精神病。他清醒的时候就找我扯淡，说感情、说时事、说八卦、说游戏、说理想、说笑话……活脱脱的人类百科全书。他不清醒的时候就说梦话，内容还是感情、时事、八卦、理想、游戏和笑话。好多次我路过网吧旁边的电线杆子，看到上面贴着毒鼠强的小广告，我都有种打电话立刻订购的冲动。

4.

我索性转移阵地，晚上跟环勇去网吧通宵帮人代练，早上跟他去学校食堂蹭两个包子、一杯豆浆，然后就在他床上对付几小时。环勇的寝室都是准备考研的好学生，在大四课程如此少的情况下，他们依然不浪费一丁点儿给自己充电的时间，恨不得把铺盖都带到阶梯教室去。

这样也好，至少有个相对安静的地方好好睡一觉。我霸占着环勇的床，环勇霸占着他上铺同学的床，十分和谐。

我睡眠质量向来优秀，除了地震、海啸、火山喷发、小雯电话这样的不可抗力，一般的噪音根本别想把我弄醒。可这次我却被楼下呼啸的警铃给吵醒了，我起身揉了揉惺忪的眼睛，用手敲了敲上铺床板问："什么情况？"

"好像是拉警报了。"

"我靠，是不是日本人来轰炸了？"

"你二战题材看多了吧，估计是哪个寝室又打架了。"我们这栋楼里经常有人打架，算是独特的寝室楼文化吧。无处安放的青春总得有个出口去宣泄，男生的宣泄向来简单，除了"打飞机"就是打架。

"可这警报听着不对。"

"这你都听得出来？"环勇一副准备要继续睡的样子，有气无力地说。

"着火啦，救火啊！"走廊里传来了嘈杂的呼喊声。

"你看不是打架，着火而已。"我再次闭上眼睛，"我×！着火了！"我从床上弹了起来。环勇也穿着条内裤从上铺蹦了下来。我们拉开寝室门，看到许多同学提着水桶，端着脸盆，甚至有人拿着暖水瓶，纷纷往楼上赶去。

我拉住一位"暖水瓶"问："同学，哪间寝室着火了？"

"608，据说里面的同学被困住了，生还几率很小。"

"608 这寝室怎么听着耳熟。"环勇在一旁嘀咕。

"是挺耳熟的……"我说到一半，突然暴走："靠！608 就是我寝室啊！！！"

我拔了饮水机上的塑料桶，就往楼上冲，后面环勇还在叫："喂，有自来水，别用矿泉水啊，太奢侈了。"我哪里听得进去，只顾往楼上跑，心想：要死，要死，猩猩行动不便，他才二十出头，这么年轻就要被火化了。

大火在消防官兵和同学们的倾力配合下被扑灭了，滚滚浓烟翻呀翻，笼罩着 6 楼走廊。生活老师和闻讯赶来的学校领导忙着疏散人群，消防官兵戴着面具在排除二次燃烧的可能。我急得都快哭了，对消防员说："608 寝室还有个同学，没出来，你们快去看看啊。"

"我们检查过了，没有发现他。"

"完了，被烧成灰了。"我噙着泪说。

"小帅，别太难过了。"环勇在一旁搭着我的肩膀安慰我。

我摆摆手说："这是喜极而泣。"

这时 610 的房门被打开，一个熟悉的剪影出现在浓烟深处，有同学惊呼：

"还有活口！"活口越来越近，在我们面前呈像。人群中又爆发出一阵惊呼："你看都烧焦了！"

猩猩看到了我们，问："怎么这么大烟？是着火了吗？"

我和环勇点点头。

"现在的同学就是没有消防意识，哪个孙子的寝室烧起来了？"

"你跑 610 去干什么？"

"我去借厕所，你也知道，我们寝室的厕所废弃好久了。"

"610 还有没有其他同学？"环勇问。

"有啊，他说在推高地了，这盘打完就出来。"

"天才啊！"我和环勇异口同声地说。

"到底哪货把寝室点了？"猩猩不依不饶地问。

因为这次大火猩猩被学校记了个大过处分，他在床上抽烟，将烟蒂随手弹到了对面的下铺，加上不合时宜地急便便，造就了这场灾难。猩猩看着烧得跟他肤色一样黑的寝室喃喃地说："我的家没了。"

5.

我的家也没了！我只好将找工作的事又重新提到日程上来。在外面租房子的成本不是靠几场代练就能够解决的。学校在处罚猩猩的同时也揪出了我这条寄生虫。猩猩被安排去了 5 楼的一个寝室，过得很不开心，他总是跟我抱怨说："你真是不知道跟三个'处女座'共处的痛苦。"

章杨得知了我的情况后，为我在学校附近租了一间单身公寓，我说找到了工作就会把房租给她。她倒是大度地笑着说："无所谓，总得先有个住的地方。"当我看着一片漆黑的 608 时我曾想立刻就去工作，哪怕是白天去工地搬砖，晚上再去肯德基打零工，周末就去做家政服务。可当我躺在柔软的席梦思床上，看着高清的液晶电视，将自己与墙壁上的碎花墙纸融为一体的时候，我又懈怠了，我继续跟环勇混迹于网吧，继续我的 dota2 之旅。

学校后面的网吧每年快入冬的时候，就会举办一次中路 solo 大赛，现在借着 dota2 的东风，他们提高了奖励，除了以往的全年免费上网特权之外，

又加了全年免费饮料供应。记得上次的 solo 赛，我见识了小傻灵动的精灵龙帕克。也正是那次比赛，让我和小傻有了一段剪不断、理还乱的缘分。

这一次我和环勇都报了名，反正不管我们俩谁拿冠军都能拥有一台特权机，为代练添砖加瓦。其间，我还发现了个熟悉的面孔，这个讨厌的面孔我在人才交流会现场见过，它带着鄙夷和憎恶。

真搞不懂，小雯怎么会跟了这个男人。我以前和小雯在一起时也经历过不少感情危机，不过都被我一一化解。那时最大的威胁是一个来自校拉丁舞社的社长，原汁原味的高帅富。我依然清晰记得在我离开学校随强子他们去温州打职业赛的中途突然回来去找小雯。当时我和她站在图书馆玻璃窗外的银杏树下吵架，那个"中国好身材"就隔着透明的茶色玻璃从里面观看我们现场直播的无声电影。我还记得小雯愤怒地甩开我拉住她的手臂，回到了那个男人身边坐下，那时我是无比绝望的，觉得世界碎成了纳米单位。

时过经年，舞男退散，却换来了眼前这个伪善的男人，可笑的是他居然也打 dota。我当初就是因为玩 dota 最终和小雯走到了分手这一步。真是造物弄人，要么是小雯改变了，要么是小雯被欺骗了。

"朋友，玩 dota2 呢？"我上前跟他打招呼。

"你谁啊？"他并不友好，或者他记性不好，又或者他假装记性不好。

"咱们见过面，在人才市场。"

"哦。"他直勾勾地盯着屏幕，我站在他的身后看着。他选的是"卡尔"，手速很快，每次团战都能恰到好处地切出有利技能。这点我就做不到，我不善于使用此类英雄，手慢是一个方面，根本原因还是脑子慢。团战一开，经常不知道甩什么技能，特别是在被人 gank 逃跑的时候，老把幽灵漫步切成飓风。即便还有一次容错的机会，用飓风吹起"追杀者"，再切一次幽灵漫步，结果又切成了急速冷却。

我走到一旁对环勇说："不知道这孙子参没参加这次比赛。"

"你认识他？"

"濮银雯的小男朋友。"

"原来是情敌啊，难怪。"

"谈不上，只是看不惯那副嚣张的德行。"

"这简单啊，我帮你教训教训他。"

"这事还用得着你？我亲自出马。"

我走上去拍了拍他的肩膀说："哥们技术不错啊，solo 一盘？"

"切，来呗。"他刚推平了"天辉"的"远古之树"。

我在他对面开了台机器，开房进游戏。我上手选择了"恶魔巫师"，他则祭出了"痛苦之源"。环勇在一旁摇摇头低语："不好打啊！"他这一说我也有点儿虚，"恶魔巫师"相比"痛苦之源"优势就在攻击距离长，可"痛苦之源"聪明点猥琐得过渡到 6 级，补个"魔抗斗篷"，你一套技能打不死，他一口给你吸回来。最烦的是"痛苦之源"的睡觉技能，你只能眼睁睁地看着他在你面前正反补。

嚣张男的走位及对兵线的把握非常好，补刀也十分扎实。他出门带着两瓶"净化药水"，我插起他，他就睡住我，然后开始补兵和反补，算好时间用蚀脑技能吸我一下。几轮消耗下来，我吃了大亏。考虑到这种情况，我索性放弃升级变羊，而是转升了一级抽蓝，"痛苦之源"的短板就是特别依赖蓝量，没魔法的"痛苦之源"不足为惧。抽蓝的距离足够远，他必须要往前靠近几步才能睡住我，我则在它向我靠近的时候，迅速地将其插起来，再点射两下，马上往后拉，接着准备第二轮的消耗。

以前强子这么夸我："王小帅技术勉强算得上马马虎虎，就是脑子好使。"我脑子反应是慢，但不代表我呆！我们一直僵持着，我杀不死他，他也杀不死我。"痛苦之源"的另外一个短板是没有清兵能力，"恶魔巫师"则有一个小的 AOE，我压根不理他，兵线一过来就用技能清掉，让己方的小兵过去磨他一塔的血。我做出了"推推棒"，他只要用大招控不死我，我就用"推推棒"将他推过来，一套技能招呼上去，就算打不死他，也能把他跟我拉到同一血量上，而且我的小兵可不是吃素的，卖力地在消耗他的防御塔。

三十多分钟的鏖战，没有一个人头爆发，他在二塔爆掉后，退出了游戏，我站起来走到他跟前说："哥玩 dota 的时候你还是液体呢。"

"那又怎么样，小雯还是跟了我。"

我一时语塞，要是我身边站着的是强子，此刻他定会一巴掌拍过去。可惜现在站在身边的是环勇，他用手肘夹着我的脖子，将呆若木鸡的我从网吧里拖

了出去。

"别拉我，我要去揍那孙子。"

"算了，你和小雯的事早就过去了，没必要为了这个人渣置气。"

我甩开环勇的手臂，就像那年小雯甩开我的手臂那样，独自回了住处。躺在床上漫无目的地翻着电视频道，脑子里一片狼藉。我觉得无论如何都要让小雯离开现在这个男人，对于自己曾经爱过的女人，哪怕最终没能走到一起，也不会情愿地由着她跟了这个人渣。

他可能有许多优点我没办法去了解，但我就是讨厌这个人。我突然对舞男有了好感，所以说人是比较动物，你对一个人是否厌恶，取决于下一个让你更讨厌的人什么时候跳出来。在感情的世界里我们都是犯贱的，见不得那个曾经躺在你怀里的人潇洒地从你的世界走出来后往别人怀里钻。

A 离开了 B，B 去找了 C，C 又是 D 的分裂品，D 的世界里有过 E，E 曾经为了 F 放下所有尊严，以此类推，每一个相连的字母背后都有一段无法稀释的伤害。分手时我们想的永远都是彼此的不堪，时间才是最好的美颜相机，等你开始回忆美好的曾经时，那个人已经离你渐行渐远。

猩猩的逆袭

1.

我有时候在想，人为什么要上大学。都说知识改变人类，可是从幼儿园至今，我并未觉得自己被知识改变，我总是学了后面忘了前面。我感觉一切的成长都与学习无关。我们不过是被固化的一代人，到了真刀真枪的时候就都成了傻×。

我们其实活在一个游戏系统里，从小学到大学无非是一个做任务刷经验的过程。这个过程有一个规定的时限，这段时间里还充斥着一些比较难的副本，你能从中获得一些不错的装备，不过总是会有人通关，有人通不了关。通了的人顺利地毕业，没通的人无非是留级再打一次 Boss。极少数的低天赋者，可能几番都未能通过，索性删掉游戏，不跟你们玩了。

那些通过者还会接着打一些更高等级的副本，更强的 Boss，仍得更多的经验，拿更牛的装备。不过最终我们都会满级，从而进入竞技场跟别人 PK。竞技场就是某种程度的社会，你要面对的不是一成不变的 NPC，而是会要诈的阴险玩家。你以前用以打 Boss 的加点和操作到了这一层简直弱爆了。

所以人生如游戏，真正依赖的是操作，而不是装备，当然人民币玩家除外。这种人是社会中的 bug，他们的等级是买的，他们的装备也是买的，一切都是买的。别和他们谈操作，一刀秒杀要什么狗屁操作。

你们看看我，整日挣扎在温饱线上不思进取，为了块大排欣喜若狂。想想多多，他整夜挣扎在床上翻云覆雨，为了几个女人一掷千金。这就是大排和大牌的差距，与生俱来，也许有一天我也能活得

GANK：
简单地说，就是伙同队友击杀对手。读书那会被不良少年在校门口堵住海扁的同学肯定秒懂。

和现在的他一样，可我们之间还是隔着一个望尘莫及。我只是有希望去活他的今天，而他则是在活我看不见的未来。

2.

网吧的 solo 大赛每周六角逐，报名的多为我的校友们，一些大三、大四的同学还能认得出我，经常会交头接耳地说："这就是上次学院电子竞技大赛 dota 冠军队的那个人。"

我们学校举办过一次电子竞技大赛，还有个协会，当时的会长是个长相不出众的女人。这个女人曾是强子的女朋友，后来强子跟我去打职业，她就成为了前女友。她高我们一届，早早地毕业，现已杳无音讯。

她走后学校的电竞社就作鸟兽散，校领导对这种类型的社团本来就是抱着放任自流的态度。他们的理解就是让年轻人自己去玩，玩得好就继续，玩不下去了就 GG。他们的重心永远都放在学术上，那些都是教育界普遍认可的上层建筑，决定着一个大学的质量。

猩猩也报名了这次的 solo 大赛，他说自己是极有希望进入前四的，毕竟一般人吃不太消他的香港脚。这家伙打比赛从来都不靠技术，而是靠其独特的身体天赋。进入游戏，先脱鞋子，然后把袜子放到桌上，这味儿都能把坐在对面的对手熏出幻觉。网管也拿他没辙，毕竟规则只规定了不能代打，并没规定不能脱袜子。所以他才敢放出"除了你和环勇，其他人我全都不放眼里"这样大言不惭的话来。

章杨有时候会来网吧看我打一些比赛，我知道她根本看不懂这些，以至于经常会出现我被人击杀她欢呼这样乌龙的场面。不过这种女人弥足珍贵，她会安静地坐在你的身旁，给你点烟递水，你紧张的时候她比你更紧张，你欢呼的时候她就笑着为你鼓掌。

和小雯不同，她在爱情里属于弱势群体，以你的快乐作为她快乐的准则。大家一起喝啤酒的时候猩猩总带着嫉妒的口吻说："你小子的前世肯定是个太监，不然这辈子凭什么那么多的好姑娘都让你给占了便宜。"

我笑而不语。当晚我牵着章杨的手，走在学校的操场上，天空中一弯上弦月洒下阴郁的银光。我停下脚步借着月光注视着视野前方的看台。

"怎么了？"章杨问我。

"你喜欢我什么？"

"嗯……喜欢你的勇气。"

"我还有这玩意儿？"

"有啊，那天你演出后我在想，如果有一天有人敢当着那么多人的面对我说出那三个字，是种什么感觉。"

"女人似乎都特别在意这些细节，虚荣。"

"这叫感性！"她笑着靠在我的肩头。

3.

在这么不重要的岁月里，猩猩居然毫无征兆地恋爱了，还是跨国恋。姑娘是个美国人，交换生，刚被交换过来不久，根都来不及长就被猩猩给挖走了。最开始我是没有办法去相信猩猩找洋妞这件事，也许带着很深的不爽在里面。毕竟外国妞和中国妞属于两个不同的物种，这就像我吃着国产大苹果的时候，猩猩却吃着国产烂苹果，直到突然有一天，他拿着一个进口苹果走到我的面前，带着散去阴霾后的笑容怪腔怪调地冲我说："真好吃（ci 的第一声）。"

猩猩携洋女友请我们去"外婆家"吃饭，我简直不敢相信眼前所发生的一切，我皱着眉头问："刘银水……"

"停！说几次了，别叫我这个名，人家现在叫洛克！"

"你还是叫落儿（杭州脏话）比较合适！"

我看着眼前的猩猩和洋妞，我之前一直认为只有黑人能看得上猩猩，毕竟是相同人种。可当这位肤色胜雪的姑娘和猩猩亲密地坐在一条直线上时，我还是有些莫名的不开心。我们都习惯了猩猩的悲惨，怎么来得及去感受他这突如其来的幸福。他们就像双色杯的两端，一半牛奶，一半巧克力。

猩猩热情地招呼我们吃菜，我说："这不是你的风格啊，你以前请我们吃个鸡蛋煎饼都心疼。"

"人总是会改变的，其实我骨子里还是很大方的，只是一直压抑着自己罢

了。"猩猩边说边往嘴巴里塞茶香鸡。

后来付钱的时候我才知道，感情这顿饭是双色杯的牛奶买的单，难怪巧克力方今天没压抑着自己。

饭后我们进行了友好的交谈，洋姐叫 J. J. Nancy，怎么听都像"鸡鸡难洗"。我强忍着笑继续听"鸡鸡"姐介绍她的生平。她说的是英文，在座的只有章杨能听懂，她自然成了我们与外国友人之间沟通的桥梁。我们所有人看着"鸡鸡"姐叽叽喳喳说一通，又都整齐地把头转过来看着章杨。章杨说："Nancy 说她来自美国的马萨诸塞州的劳伦斯市，有一个姐姐和两个妹妹，还有一条叫 Hero 的狗。"

"我说你不会英文，她也不会中文，你们怎么交流啊？"我看着猩猩。

"狗也不会人话，人一样不懂犬吠，可这并不妨碍二者相互沟通，沟通靠的是一种特殊的感情，语言只不过是一部分而已。"

"你升华了。"我说。

其实在爱情里，我们都是狗！

4.

solo 大赛有条不紊地进行着，我八进四的对手居然是那个嚣张的"卡尔"。他挂着令人讨厌的笑容，在我对面坐下，还不忘看一眼我旁边的章杨，说："艳福不浅啊，这么快就有新的了。"

"哼，上次还没被虐够吗？"

"哈哈哈……"他只是笑。

这次他使用的是"影魔"，打"影魔"我还算比较有心得。以前强子总是喜欢用"影魔"来跟我单挑，虽然我胜少负多，可强子是什么水平，这个人渣又是什么水平，我完全不怵。

我打得很强势，上来就抓着"影魔"狂点，他这次用的是和我上次打他相同的战术，在 5 级开始推线清兵。"影魔"的清兵能力是在"恶魔巫师"之上的，塔下补兵的难度大，这也算是某种程度的压制吧。我越打越被动，他总是游离在我的攻击范围之外，让我很难受。我的一塔被打爆，我知道这样消耗下去，我早晚被推掉二塔从而结束比赛，索性憋了"跳刀"出来寄希望于找机会击杀。可这家伙居然出了四个"护腕"，我全套技能招呼上去也只不过打掉他一半多点的血，而我是裸出跳刀，技能丢完自己也没蓝，"影魔"准确地三连压加平 A，我就得回泉水补给。

随着时间的推移，他做出了"BKB"，我不情愿地打出了 GG。

他站起来俯视着我说："再接再厉啊，冠军队长。"

我气得差点没把身旁不知所措的章杨连同桌上的显示器一起砸了。环勇结束比赛走过来，看到我一脸怒气地坐在那里抽烟。

"什么情况？输了？"

我没理他。

"好了，别一副炸地球的模样，哪有常胜将军，下次再赢回来就好了。"

"你懂毛，我这次特别输不起。"

我站起来从网吧跑了出去，章杨在后面追我。如果按照偶像剧的剧情，她应该摔一跤，然后抬起惹人怜爱的额头，上面沾着一层薄灰，眼眶中噙着泪水，她抚摸着渗着血的膝盖，声音娇弱地呼喊着我的名字。可事实是，我左脚绊右脚摔了个狗吃屎，这很尴尬，章杨蹲在我身旁关切地问："要不要紧？"

"我要抽那孙子。"我转过脸来说。

"你都流鼻血了。"

"这点血无法阻止我。"我站起来，感觉两个鼻孔像被拧开了阀门，鼻血往外喷。

"哎呀，你流了好多血。"

"多吗？"

"嗯。"章杨惊恐地点着头。

我用思维模拟法将那个人渣用泯灭人性的手段杀死了好几遍，然后说："那这次就放他一条生路。"

5.

输了这次的比赛，我决定去学车。一来这个时代驾驶技能终归是要具备的，二来是我实在是想找点事干。学车的钱自不用说还是章杨塞给我的，我说赚到钱就还给她，她一如既往地无所谓。我说，"不可以，等我学会了开车，我就能赚钱了，等我赚到了钱我一定要还给她"。章杨说，"呵呵，好的"。

我在离学校不远的一家驾校报了名，白天在那练车，晚上就回来跟环勇双排，倒也充实。我的教练是一个瘦瘦的小个子，每次都是坐在一旁的木椅子上抽着烟，头上扣一顶草帽，看车内的学员们笨拙地鼓捣着桑塔纳。他时不时地站起来骂两句，然后继续坐下来保持刚才那个姿态。他还有一个特殊的爱好，喜欢撮合手底下的学员。入学第一天他就问我是否单身，一开始我还以为他是个陈年老 gay，后来才知道在他的穿针引线下，都成了好几对了。说到这里他摘下草帽，露出了锃亮的光头。我恍然大悟，"非诚勿扰"嘛！

巧合是小雯在我报名后的第二周也在此报名学车，更巧合的是她居然报在光头教练的名下。教练在小雯练车的时候坐到我身边问："怎么？看上人姑娘了吧？"

"呵呵，没……没那回事。"

"少来这套啊，师傅我还会看不出来，下一轮我安排你上车。"学员都是两人一组，每人只许练二十分钟，后练的那个就坐在副驾上等，时间到了两人互换。

我坐到小雯身边，她看了我一眼，抬起离合器说："你还好吗？"

"还好，你呢？"

"我也还好。"

"男朋友没陪你来练车吗？"

"他最近在弄毕业设计，没时间来。"

"那家伙天天在网吧设计呢……"这句话我没说出口。

"你有什么打算？"小雯问我。

"暂时没有，先把驾照学出来再说。"

"哦。"

"……"

"……"

车厢内的气氛尴尬得可怕，彼此都不知道该怎么把聊天继续下去。小雯生疏地打着方向盘，我则麻木地看着前方竖着的竿子。光头教练在椅子上故意喊着："怎么学的，多给你们十分钟，好好给我找找感觉！"我又看了看小雯的侧面，有些感慨。以前我也是和她这么安静地坐在一起，她低着头背英语单词，我在一旁看着她的侧面。回首过去，我确实失去了很多东西，可我并不难过，因为我知道我将来还会失去更多。

练车结束，光头教练把我拉到一边，问："有没有什么进展？"

我摇摇头。

"别气馁，男孩子要主动，凡事都会有转机的。"

6.

猩猩自从和"鸡鸡难洗"恋爱后日子过得很滋润，他甚至都有了人生规划，多么可怕！得过且过的人潮中又少了一位坚守岗位的战士。

猩猩给我分析他的终身战略："Nancy家三个都是女儿，连个儿子都没有，我要是倒插门过去，将来财产还不都是我的！哈哈哈！"

"你怎么知道她们家就一定很有钱？"

"人家上次不是说了么，住在劳伦斯市，你知道不知道劳伦斯市在哪个城市附近？"

"哪个？"

"曼哈顿！"

"那又能说明什么？"

"说明搞大了啊！这种紧挨着大都市的城镇可都是土豪云集的地方。就像杭州旁边的萧山，上海下面的昆山，你脑补一下。"

"这又能说明什么？人家城市有钱，又不一定人家里就有钱，他爹又不是市长。"我还是无法理解猩猩的逻辑。

"好好好，退一万步说，好歹人家是美国，用的是美金，总归比咱人民币值钱，拿他们的钱到咱祖国土地上消费还是赚便宜。"

"你脑子里尽想着赚人便宜，一副小人得志的嘴脸。"

"你不懂，以后请叫我刘总！"我看着猩猩得意忘形的背影，笑着摇摇头，

他衰了这么久，时来运转下倒也让人为他感到高兴。

他的时来运转还不止于此，谁都想不到猩猩拿下了网吧 solo 大赛的冠军。这事还要从环勇被小雯的那个男朋友淘汰说起。

半决赛环勇遭遇了小雯男友，两人都选择了"影魔"。既然是相同的英雄也就不存在什么优劣势，大家都在同一起点上，孰赢孰输完全看双方的发挥。二人打得很胶着，由于环勇一直都是使用后期英雄，所以他的风格比较偏向发育，而对手的风格比较偏向压制。按理小雯男友知道我拿过校电竞赛 dota 的冠军，说明他之前肯定也是有所关注的，或者他都有可能参赛。当时我们都不会去注意这些被我等斩落马下的战队。Dota 是团队项目，总是讲究协作的，所以一些战队有个把优秀的队员却无法打出好的成绩十分正常。另一个原因是，我们那时候毕竟是 dota1 时代，虽说 1 到 2 在游戏内容上几乎无变化，可在补刀节奏和人物模型上还是有比较明显的不同，也就不排除有人特别适应 dota2 的游戏风格。

环勇是被小雯男友以一个三比零拿下的，虽说过程纠结，可是结果却利落。比赛结束后他比我还沮丧，打 dota 好歹有些年头了，大小比赛参加无数，职业战队也不是没赢过，可居然被同校的打败还真有些难以接受。而且是一样的英雄，这说明什么？就是技不如人！

环勇输后，我觉得特权机注定要拱手相让了，对于猩猩我们从来都不寄予希望，可正是他的"光之守卫"让我们大跌眼镜。其实"光法"是不足以对抗"影魔"的，"光法"推波清兵是快，可是"影魔"的三连压摆在那，你的兵线也别想推过去。这就是一场消耗战，越打到后面，"光法"越没有胜算，"影魔"只需要出把"跳刀"或者"BKB"直接过来几下就取你狗命。

可是我忽略了一点，那就是猩猩自带的脚臭 bug！靠着这个 bug 他一路冲进决赛，面对小雯男友的时候，他们二人在中路僵持了二十分钟，终于小雯男友吐了。

他敲着桌子骂道："你能不能把鞋给我穿上，这味儿都辣眼。"

猩猩没理他，反倒拿起放在桌子上的袜子用力地闻了一下，还做出一个倍儿爽的表情，然后敌人就吐了。猩猩也创下了一个永远不可能被超越的赛会传奇，就是在 0：1 落后的情况下因对手身体不适退赛而夺魁。

猩猩拿着特权机的上网卡丢给我说："我现在忙着准备当上门女婿，暂时没工夫玩游戏，不过我的免费饮料你得给我留着！"

7.

科目二考试那天，我紧张地坐在考试中心的长凳上抖腿。我之前一直认为自己的心理素质很好，可自从上次当了逃兵后我似乎就患上了遇事爱紧张的毛病。考试和我们平时的练习一样，也是两人一组，穿着警服的考官坐在副驾上，小雯坐在后座。上车前，考生必须绕着车把四个轮胎踢一遍，这种形式化的东西都是做给考官看的，证明你已检查车胎的安全性，你想要是轮胎漏气你一眼就能看出来，根本犯不着去踢。至于其他的隐患更不是你这一脚能踢出来的，不然"米其林"早该倒闭了。

我踢好轮胎坐上驾驶位，系上安全带，放手刹，又是形式主义地摸了下观后镜，镜中是小雯布满阴云的脸，一切就绪，我说："报告考官，是否可以起飞？"我口误把启动说成了起飞。

"你要开飞机啊，扣十分！"考官毫不给面子。

我心想，你妹啊，这就给扣了十分，这考官家庭生活不和谐跑这发泄来了吧！

我挂挡前进，科目二主要由S弯、侧方停车、P点停车三个部分构成，考试中心设备先进，早就实现了全自动化应考。只是再牛×的科技也不及我臭人品的万分之一，轮到我们这拨人考试时，红外线系统出了故障，所以临时去车管所召集了些交警过来监考。

教练车行驶到全程的三分之一处，有一个直角转弯，我车头跑得有些过。身边的考官又不客气地说："压到黄线了，教练没教过你吗？怎么学的车？扣十分。"

我不服，刹车争辩："分明就没压到，不信你下去看。"

"你小子还跟我犟。"他拉开车门走下去，指着黄线上的车胎印和我的前轮说："自己下来看。"

"看你大爷！"我一脚油门，轰鸣而去，把那个考官留在扬起的尘土里，

落寞地保持着手指双黄线的姿势。我心想，这就是传说中的一骑绝尘吧，我脚跨万里燕云兽，后面坐着我心爱的女人，红尘作伴，让那些活得潇潇洒洒的考官见鬼去。

"王小帅，你神经病啊！"

"那货摆明就是和我过不去，我还是等红外线修好了再来考，我对电脑的好感多一些。"

"那我怎么办！"

"你下次再陪我来考一次。"

我绕场一圈，回到始发点，光头教练往车里看了看纳闷地问："咦，考官人呢？"

"在直角弯那思考人生呢，你赶紧安排下一组学员去接他。"说完，我拉着小雯离开。

 找到工作了

1.

周六猩猩说要带 Nancy 参观祖国的大好河山，让我和章杨作陪。借着冷空气的掩护，我们选址在武义县的清水湾温泉假日酒店。中国到处都有温泉，也不知道从什么时候开始大家热衷于泡温泉。说起来是为了养身，什么身体能够吸收天然的矿物质，其实不过都是情侣们约旅行炮的幌子罢了。

清水湾的消费并不便宜，双人差不多要 500 元。对于我和猩猩这两个软饭吃上瘾的人来说，钱都不是问题，反正又不是我们出。酒店傍山而建，四面环荫，隔着房间的落地窗看出去，亭台楼阁错落，经典的海岸线度假风格。这种结构的风景设置在各大旅行网上一搜无数，马尔代夫、巴厘岛、三亚都大同小异，反正无论在哪里都是中国人扎堆。武义虽说比不上这些度假胜地，可谁又是真冲着补充身体所需的矿物质来的呢？不过是换个风景优美、自带海风吹的环境做做爱罢了。

大家在餐厅吃过晚饭，瞎扯了会儿淡，就去泡温泉。我和猩猩穿着裤头从过道出来，一黑一白，简直就跟海尔兄弟一样。而章杨和 Nancy 又是另外一番景象，章杨是中国人，那种瘦长型身材，Nancy 则是全世界男人都眼馋的那种凹凸。并非章杨无料，只可惜站在 Nancy 这种人间大炮边上怎能不相形见绌。

我转头问猩猩："你媳妇要不要那么夸张，小心砸到旁边的老伯。"

"你还别说，怪不得老外能生，不然多浪费资源，要是国外也

SOLO：
打过群架或者看过《古惑仔》的都知道什么是单挑。不过话说回来，群架毕竟是团队竞技，很多时候你身边未必是"关羽"这样的队友，也可能是"关谷"。

实行计划生育，只让生一个，那孩子不得撑死啊。"

二位女士下水，Nancy用她标志性的微笑向池子里盯着她看的男人们批量打着招呼。我把手搭在章杨肩上，仰起头看着天花板。脑子里想起小雯在观后镜里的脸，我觉得自己一直最爱的女人是她。我对她的感觉还停留在阳光柔软的午后，长着小花的草地上平摊一张三色塑料布，布上放着零食和可乐，我躺在上面，自下而上地看着她。她带着背光，金色的光晕笼罩全身。她轻轻地歪着头，浅浅地笑，这才该是初恋的味道。

不像小傻，永远在角落里带着冰冷的表情，硕大的耳机遮挡住了她一部分的侧脸。当然她也有柔软的一面，只是大多数时候，她都缩在自己构建出来的城堡里，我曾有城堡的钥匙，可惜后来弄丢了。

Nancy将胸衣解下搭在池沿上，做出一个很爽的表情。池子里所有男人表情都成了"＾O＾"……猩猩见状，将自己的内裤也脱了下来，往身后一扔，这下池子里的表情又变成了"－_－"……

我和章杨面面相觑，她幅度很小地摇了摇头，我则尴尬地笑笑，用眼神告诉她，猩猩就这倒霉德行。猩猩突然坐直身体说："哎呀，我去，失误了！"

我像一只海豚般从温泉池里蹦了起来，飞快地爬上岸，不忘用手去拉章杨，嘴里喊着："快出来！"

章杨还不解地问："干嘛呢？"

"别问，快出来。"

她好奇地爬了出来，我拉着她的胳膊快速地往外走，嘴里还在嘀咕："妈的，猩猩那禽兽。"

身后的温泉池子已经炸开了锅，不断地有人往岸上跳，叫骂声一片："×，这货在里面拉稀。"喧闹中还夹杂着英语："Oh！ Shit！"听着就像正和屎热情地打招呼。

猩猩有这个臭毛病由来已久。大二那年夏天，天热得要灭绝人类，寝室没有空调，我们几乎每天下午都会去游泳馆里泡着。文艺青年都来此健身；普通青年都来此纳凉；只有猩猩这样的青年来这里洗澡和解手。可再不堪他也只是停留在泳池里撒尿放屁的阶段，没想到他进化得如此之快，居然又精进了一个等级。

有两个穿着短袖的工作人员飞快地掠过我和章杨，嘴里骂着脏话，挂着灭口的表情。最终猩猩以破坏酒店环境设施的罪名被罚了一千元。他还很不服地说："我也不想的，晚餐后香蕉吃多了，有点拉肚子。"Nancy 站在一边，皱着眉头生气不理他。

2.

回到酒店房间，我一个人靠在阳台的栏杆上抽烟，眺望着夜色笼罩下的清水湾。章杨躺在床上假惺惺地看着电视购物。我们就这么算不上刻意地保持着一种默契的距离，内心迷乱，可谁都不敢轻举妄动。她也许是为了保持女人的那份矜持，我则有着自己也都说不出来的原因。

从她躺着的角度应该刚好能看到我的整个背面，我这样想。这种角度我是有三维重现的，那还要追溯到高三毕业的那个暑假，我惹上了一条疯狗，它足足追了我两条街。求生的本能让我翻过了一道矮墙，落地的那一刻我才发现，这是一个露天的院子，里面有一个光着身子冲凉的女人。她正举着一个铁桶看着从天而降的我，我尴尬地冲向院子另一头的铁门，玩命地套弄着门闩，却怎么也打不开。我掉头准备从刚才跳下来的地方原路返回，刚爬上去又发现那条疯狗正虎视眈眈地在下面守墙待我。我又跳回院子中间，心存侥幸地继续跑去套弄门闩，来来回回好几次。门闩、女人、狗都保持着他们最初始的状态，仿佛时间是停止的，我不断地转身给他们以背影，他们却始终按兵不动，使我极其彷徨与焦躁。

很多时候我们都在重复着自己先前犯过的错误，不敢去面对，自顾自地被动下去。

章杨关掉电视说："我马上要睡觉了。"

我说："哦。"

"你还不睡吗？"

"你先睡吧。"

我独自在阳台上抽完了半包烟，靠着章杨躺下。夜晚静得只听得见床板的震动，隔壁房间发出很吵的叫声。

"小帅。"章杨叫我。

"嗯？"

"隔壁吵得我睡不着。"

"我也是……"章杨勾住了我的脖子，将舌头送进了我嘴里……我喘着粗气，大声地嗷叫，章杨只是咬着嘴唇眼神迷离地看着我几近变形的面部。这种事，输人不输阵！气势怎么都不能输给隔壁。

第二天早晨猩猩问我："小帅，你昨晚有没有听到狼叫？"

我说："没……没有。"

"我明明听见了，妈的，这什么鬼地方，还有狼出没。"

章杨站在一旁捂着嘴偷笑。

3.

回来后的日子我又开始了周而复始的dota2代练。最近迷上了"凤凰"，总觉得是个很好的辅助，魔法弹道变态长，逃生能力又出众，只可惜比赛模式一直都被禁选，不知道何时能够迎来属于它的春天。

环勇最近又在张罗着去打比赛，他说下午去文三路修显卡的时候看到了宣传，比赛地点又是在沸蓝网盟，奖金高达2万元。

我说："网吧赛开出这种规模的奖金还真是少见，你看看咱这网吧的冠军奖励，说好的免费饮料居然是矿泉水。"

"这次是有商家冠名的，而且还专门从上海请了个女子战队来走穴。"

"女子战队啊……"我对女子战队向来都没有什么好感，炒作成分永远都大于技战术成分，把几个会打dota2又会打扮的姑娘凑在一起，搞得好像很专业的样子，一打起来，线上被人压三级，三路全崩。当然我也不是说女孩子中就没有高手，像小傻这样的珍稀动物百年难遇。大部分的女子战队在组建上还是考虑综合性的，多多少少要能跟人过两招，多多少少要长得对得起观众。纯粹的花瓶不能要，纯粹的丑八怪更要不得。

"咱们现在就两个人，猩猩忙着准备当跨国上门女婿，没工夫跟咱们闹。"我觉得希望不大，倒不是因为找不到人组战队，只是随便找些乌合之众凑足人数去打这种级别的比赛，岂不是自讨没趣。

"我可以找我朋友来。"

"可是你朋友在上海。"

"有钱，他们就是在上坟都会来的。"

"你朋友真讲情义。"

说实话，我真没打算去参加这个什么比赛，过去的一年我打了太多的比赛，已经完全麻木。区区两万元而已，我要跟环勇的财迷朋友一起没日没夜地在网上训练上半个月，就算我们拿了冠军，5 个人一分，不过一人 4000 元，这点钱我问章杨去借好不好啊，反正我现在已经死皮赖脸了。

4.

有人惧怕红外线，因为它总是精确，不留情面，非黑即白地主持公道。我倒觉得若未来的世界真的变成电影《终结者》里所展现的那样，全由电脑控制也没什么不好，至少从源头上杜绝了腐败。即便人类会被弱化，甚至可能被杀死，不过死于其他物种之手总比死于自己同类之手来得壮烈。

我和小雯双双顺利通过科目二，她春风满面地对我说："那天我其实比你还紧张，还是电脑好，没有人为因素的干扰，我现在觉得你那天干的事特man！"

福无双至，在我的"好人品"光环下，光头教练给我们抽了个夜考签。对于驾驶新手来说，自然是希望步骤越少越好，最好能连挡都不用挂，用一挡一直开到祖国的边疆去。夜考就需要考生熟练地使用远光、近光的变换。其实真上了路，谁还会去换灯，大家心里永远只开着一盏远光灯，照亮你前进的方向，我可以被人迎头撞上，但我绝不能卑微得为人变灯，这样太没腔调。所以这也难怪为什么那么多的人喜欢换成氙气大灯，目的就是要在与人会车时显得高贵冷艳，还好车辆不允许装探照灯，不然这马路上还不跟迪厅似的。

我在车上无聊地变着灯，小雯坐在副驾上玩手机，我问她："想不想来点刺激的？"

"嗯？"小雯放下手机看着我。我一脚油门冲出了驾校。

"王小帅，你疯了！"小雯慌忙去找安全带。

"别怕，我带你去看夜景。"

"你都不会开车。"

"我都当过代驾。"我引以为豪。

桑塔纳飞驰在路上，我熟练地换着挡，开车其实也没那么难，在人类发明汽车这样交通工具的时候肯定还没发明驾照，技能本来就是聪明人的专利。

我们绕着西湖前行，车内电台放着无痛人流的广告，我载着小雯向山顶驶去。以前多多曾带我来过这个山顶，只不过他开的是跑车，我开的是教练车，虽然车相差了很多，但是身边坐着一个心爱的女人那意境就完全不同。哪怕我现在开的是一辆农用手扶拖拉机，我也觉得这就是人生最浪漫的事。

车内的电台应景地播放起《最浪漫的事》，可我怎么听都感觉在唱："我能想到最浪漫的事，就是和你一起卖卖电脑……"美感全无。

桑塔纳在环山公路上费力地爬升，有几个特别大的 V 字弯我都差点开到护栏上去，小雯在一旁都快吓哭了，好在安全到达山顶。山顶有一个很大的平台，被一些圆柱形石墩圈了一块出来作为停车场。车场靠着山体而建，有一个百余层的水泥台阶从上而下地贯下来，台阶的顶端两侧稀稀拉拉地分布着一些被藏在树里的茶馆。

我熄火，电台放着我写的那首歌，我知道，驴子的节目开始了。小雯听到这首歌，转过脸来看着我，眼睛里写满了回忆。我扑上去强吻了她，她下意识地挣扎了一下就放弃了抵抗。我们还是像以前一样默契，她穿着侧面搭扣的内衣，我穿着正面拉链的外套。

我们一直亲到两腮发麻才停下来，我拉着她的手从停车场的六步台阶上走下来。下面是蜿蜒曲折的盘山公路，公路的尽头杂乱地摆放着一些方形水泥墩，我选了一个跳上去，转身伸手示意她也上来，她笑着抓住我的手。

我搂着她的腰，面朝小半个阑珊的杭城。冬天的山顶是寒冷的，可我却敞开外套，大声地对着西湖喊："杭州，我回来了！"

"神经病。"小雯在一旁笑着说。

"我回来了。"我盯着她的眼睛说。

"你回来吗？"我继续问。

小雯把头低下，没有回答我，只是说："回去吧。"

5.

回到公寓，发现章杨蹲在门口睡着了，我走过去弄醒她，问："你怎么在这睡上了？"

"你去哪了，打你电话也不接。"

"静音，没听见。"我给她倒了杯水。她抓过我的胳膊搭在自己肩上，将头钻进我怀里。

"累了就早点睡吧。"我说完，发现她已经睡着了。我从床上拿过一条被子给她盖上，自己到窗口抽烟。人生有时候很无奈，我总是在错误的时间遇到对的人。现在眼前放着两个女人，我对她们感觉各不相同，小雯就如一个突然遗失好久的爱物，就当我要放弃寻找的时候却突然出现了。而章杨则像是在我人生最低谷时候被端上来的一盆鸡汤，恬静、温暖。

我们这一辈子其实就在走一个很大的圈。我们沿着 π 的数值走下去，遭遇无数个 3.1415926……的小数点延伸，每一个数字都代表一个真实的人物，你会记住一些，但会忘记更多，它无限循环，你永远不会有终点，每个走圈的人其实都死在半路。在这长长的圆圈线上我们驻足过，彷徨过，却不可能停下来，这就是人生的轨迹。

看着熟睡中的章杨，我觉得自己亏欠了她许多，虽然百分之九十是钱，但至少还有百分之十的感情。她非常肯定地喜欢我，我却不非常肯定地喜欢小雯。我对自己的感情向来不确定，当我失去小雯时，我觉得自己是爱她的；当小傻彻底消失后，我觉得自己又是爱她的；现在换了章杨，虽然她睡在离我几步之遥的沙发上，我相信如果有一天她不属于这里，我也会爱她。这并非我对待感情不够专一，只能说我有个作死的性格，别人喜新厌旧，我喜旧厌新。都说巨蟹座就这种性格，我虽然不太信星座这种东西，可我却又如此典型。

我掐灭香烟让自己不去想这些，这又是我的风格，不见鬼子不拉弦。

6.

我开始像那些丧心病狂的毕业生一样，美化自己的简历，在网上投递，使用简历海战术，反正电子邮件又不需要成本。只要有招聘信息，甭管什么职业，我都去投，我现在这处境容不得自己摆姿态，有人要就不错了，我甚至连厨子和开挖掘机的招工都没有放过。

功夫不负有心人，终于有两家单位让我去面试，一家是土菜馆，一家是杂志社。我选择了后者，毕竟专业对口。接待我的总编是个一脸匪相的中年人，让我有种来"洪兴社"面试的感觉。他丢给我一支烟，我摆摆手说："不会，不会。"

他看了我一眼自己点上说："这个习惯不好，要改。"

我陪着笑，他拿出我的毕业证书看了一眼。我确定他只是看了一眼，还是盯着封面看了一眼，封面上能给他的信息只有三个字"毕业证"！他随手丢在一边，捡起我的简历看了看，整个证件审核时间不超过十秒。原来我十五年的惨痛学习生涯换来的就是这漫不经心的十秒钟。

"我们只在乎能力，不注重这些虚头巴脑的东西。"他说。

"领导说得在理。"我谄媚地配合着，心里却想："你妈，还我五百块办证钱！"

我的工作定位是该杂志某情感栏目编辑。主编说现在的人对情感方面的诉求比较多，主要第三者插足都快赶上插秧队了，这个专栏就是个很好的切入点，让更多的人知道如何面对突如其来的感情伤害，阅读别人的情感，勉励自己的生活。不过首先，杂志社缺一个打杂的，你先去茶水间跟马上离职的王阿姨学习怎么使用咖啡机和小锅炉。

章杨听说我找到了工作非要和我庆祝，买了蛋糕和香槟，搞得跟过生日一样。我并没有感到开心，我说："我就是在杂志社揽了一跑堂的活，早知道去土菜馆了，说不定还能让我给饭馆写个创业心路或者报报菜名什么的。"

"有工作总比没有强，至少杂志社有上升空间，你在土菜馆升到顶也就是个负责帮人点菜的白展堂。"

"那不可能，点菜那可都是老板的专属。"

"所以我相信你一定可以的，干杯！"她举起长长的高脚杯。

对于习惯了自然醒的我来说，朝九晚五真是一件痛苦的事情，闹钟都叫哑了，我还在床上赖着。上班的第一天，我就迟到，是整整迟到了一上午。杂志社中午都安排工作餐，我踩着饭点来到食堂，同事们纷纷和我打招呼，有的甚至给我买饮料，我心想这里的员工还真是热情。

我打好饭坐下，一个长得甜甜的姑娘也坐了过来，说："你好，我叫Sherry。"

"你好，我叫王小帅。"

"很高兴认识你，听同事们议论说你是老大的亲戚。"

"啊？"我有些纳闷，我什么时候有了黑社会背景。

"就是翟总，我们杂志社的老大。"

"不认识。"

"难道你和总编是亲戚？"

"没有啊，我就是应聘进来的。"我更纳闷了，他们为什么总觉得我是靠关系来的。

"那你厉害，一个打杂的居然饭点来上班，跟总编一个作息，这饮料我拿走了。"Sherry拿起其他同事给我买的可乐，迅速融入他们中间，打成一片。

"原来是来开视野的'侦察守卫'啊！"我喃喃地说。

下午我被总编叫到办公室，臭骂了一顿，他敲着桌子说："你们这些年轻人，不知天高地厚！你以为这是你们的寝室呢，老子是给你发钱的，你还好意思来吃饭，没工作屁都没得吃！"我低着头，手插在口袋里将手机的录音功能打开。

我将总编的这通训斥设置成了起床闹铃，效果奇佳，我每天在他如雷贯耳的骂声中睁开双眼，却感觉浑身充满力量。这可能就是一种激励吧，我真是贱骨头。

工作的意义

1.

　　我们应该怎么去看待工作？首先它是个生活必需品，其次它剥夺了你很多去思考生活意义的时光，最后它就成了你的生活。以前在寝室床上躺着的时候，我也想过将来的自己会以一个什么样的姿态活下去。我小时候的梦想是当霹雳游侠，自从我学会了开车才知道，你首先得有一辆属于自己的车，无论马力如何，起码是属于你的，你才能够开着它四处漂泊，去邂逅，去感悟。我梦寐以求的目的地是西伯利亚，虽然很多假文艺的人都把西藏视为净化心灵的归宿，毕竟那里全球最高，空气稀薄。我们站在高处时总会有难以形容的情怀，感觉眼前的一切都渺小，世界被自己踩在脚下，牛气哄哄的。而我则喜欢西伯利亚的苍茫，万里无人，世界都是你的，还有什么比成为无人区里唯一的人更不得了的？

　　杂志社的工作简单枯燥，我到点上班，到点下班。早早地过去烧水煮咖啡，然后就坐在最角落的办公桌上玩扫雷，等着其他同事不愿做的杂事纷至沓来。我正处于马斯诺需求理论最低端的生理需求状态，即便它如此之低，可我并不认为我在这个领域里就过得足够成功。生理需求主要包括呼吸、水、食物、睡眠、生理平衡、分泌、性。

　　我每天呼吸着杭州人民原创出来的霾，喝着略带腥味的水，吃着杂志社比学校食堂还要惨的工作餐，以及每天只有四小时的深度睡眠，内分泌严重失调，别说生理，就连心理都不平衡，也许唯一能勉强够得上满足的只剩下性了。

AOE：
范围伤害的简称。比如化学老师拿起一只粉笔头向你砸来，这就不会是AOE；但如果化学老师拿起一瓶硝酸泼过来，这肯定就是AOE！

上班后我才更迫切地觉得，男人肩上的担子如此之重。白天要在岗位上奋斗，下班了要在网吧里奋斗，睡觉前还要在章杨身上奋斗。这些所谓的奋斗其实仔细一看，哪样不是在付出。

办公室里的那几个女人，有事没事就凑在一起商量哪又开了有特色的餐厅，网上又淘了什么衣服，当下街头风格的动向，指甲哪里做得好等。这些都是女人的谈资，只属于她们，不属于男人，你要是认为可以通过这些获得她们的好感，就大错特错了。她们更希望听到的是你对世界的看法，对工作的态度，以及对未来的规划，这才是她们需要的特质。你若滔滔不绝地跟他们聊着河东路的生蚝、最流行的 574 新百伦、时尚前线的淘宝店，她们只会觉得你是个娘炮，一大男人没事关注这些不是同性恋是什么？

2.

Sherry 拿着文件走过来说："王小帅，拿到一楼去复印，一式三份，快点啊。"

"等一下，我马上就打通了。"我有些不想放弃好不容易扫出来的雷。这些天我的扫雷技术已经到登峰造极的地步了，我每天对自己的要求就是在扫雷耗时上超越昨天，争取每天进步一点点。今天我的状态特别好，眼看就要打破自己的用时纪录了，Sherry 却在这个时候拿了文件来。

"我说你是来工作还是来玩游戏的啊！有点儿职业操守行不行？"

我无奈地关掉了扫雷，错失了一次绝好的破纪录的机会，难免有些失落。杂志社租在杭州天目山路的一家写字楼里，一楼有个打印小店，承接整栋楼的文字处理业务。其实我们单位自己也有个复印机，应该坏了有段时间了，最大的作用就是用来堆些杂物。

杂志社的老大是个带无框眼镜的老男人，每个月不定期地会来视察几次。在他到来的那几天，从总编到我这个打杂的都摆出一副呕心沥血随时准备牺牲在岗位上的状态，认真地坐在位置上，目不转睛地盯着电脑屏幕欣赏 Windows 的碧草蓝天。

老大有个小秘，每次都会随行，一口一个干爹地喊着。我心想这才算是成功人士，要是我到了那个有心无力的年纪，还能有个嫩绿的女孩子在我面前撒

娇地喊我一声干爹，该多么有成就感。我扫视了一眼旁边的小年轻，我猜他一定也在想我现在正在想的，等他们到了那年纪，要是也有个年轻女孩……这就像电影《盗梦空间》一样层层套叠着。

老大一走，那个土匪总编自然就成了这里等级最高的Boss，踩着饭点来上班，吃完就在自己单间办公室里看八路军手撕鬼子的玄幻连续剧。看累了就躺对面的皮沙发上睡一会，这一觉基本上都要睡到快5点。醒来后就泡上一杯普洱，看看股市，了解下自己买的股票涨跌。要是涨了，他就出来随便找两个员工表扬一下；要是跌了，他就随便找两个员工批评一下。所以我们其实就是股市里的十字星，拉红还是走绿完全看总编怎么操盘。

3.

我每天企盼的只有两件事，一是什么时候吃午饭，二是什么时候下班。这样也好，至少生活还有希望，先不管大小，有总是好的，多少活得像个动物。

下班后我就坐公交车直接去网吧，然后在网吧叫些外卖吃，这附近的外卖我已经吃了三年。这三年来，外卖老板就指着我们这些人过活，早上他摊鸡蛋煎饼，一直卖到十点，然后中午就开始炒大锅饭，顺便还得招呼一下有些条件优越的同学插进来的小炒业务。晚上就到了一天事业的顶峰，一人爆炒三个锅，所以这里出来的成品经常有的齁咸，有的无味。这也怪不得老板，毕竟他那么忙，把盐放错了锅也是情有可原的。他应该算是离我距离最近的励志故事，从早到晚地这么忙碌着，也不知道他图什么，当然肯定不是担心我们上网时饿着，他甚至连宵夜都不放过。店门一点准时打烊，关于这个问题以前我专门问过他。他告诉我来这里上网的学生一般都是下午五六点叫上一份外卖，这样到了晚上十一二点就差不多要饿，所以一点关门差不多了，自己还要休息的。

你看，一个外卖店老板，比我们更了解我们的肚子，我真的希望他能够过得好，将来干不动的时候就回老家盖一栋宅子，在院子里支一躺椅，旁边放着泡好的龙井清茶，不再掌勺，饿了就打个订餐电话，让那些渴望过上他这种生活的新生代老板炒好了给他送到嘴边。

我坐在显示器前吃着淡而无味的炒面，看着×神的视频，他是从浙×大走出去的世界冠军，虽然我们不属同一校区，可抬头是一样的。他在这个领域至少是成功的，而我不是，我和他的世界被一个液晶显示器分隔开，这头是我，那头是他。

环勇拿了沸蓝网盟的宣传彩页来到我面前，我看了一眼说："还真像这么一回事啊，全彩的，呦呵，这就是你说的女子战队，你看看这几个小娘们……"我注视着彩页中间这一字排开的五个女人，目光停留在最左边的那个扎着马尾辫、带着棒球帽的女孩身上。

"这……这个人……"我一脸惊愕。

"怎么了？"

"小傻，这人是小傻！"虽然她现在留着齐刘海，又有帽子的修饰，可我怎么会认不出来。她的表情依旧冰凉，哪怕是化着最浓烈的妆，依然掩盖不了她的冷艳。

"我怎么觉得不太像。"环勇拿过来端详。

"我不会认错的。"

"那你厉害，在我看来女人化了妆都一样。"

"什么时候报名啊？比赛又是什么时候？你朋友各就各位没有？"

"上面不是写着嘛，下周一报名截止，比赛要下旬了。小傻她们那个女子战队直接晋级八强的，我朋友那没问题，瞧你那猴急的模样，先进了八强再考虑其他的吧。"

至今我只跟小傻交手过两次，一次是现在这个网吧的中单 solo 大赛，我被她用"精灵龙"打爆。第二次是学校的 dota 赛，她跟环勇一起被我和强子打败。小雯是不喜欢她的，她总是觉得我和小傻之间有什么，我又懒得解释。我相信大多数的男人在这样的事情上都懒得解释，有的东西在女人的逻辑里无论你怎么解释都是越描越黑。她们认死理儿，觉得你有，你就是没有也是有，我们早在起跑线上就已经被否定。更何况在当时我确实对小傻心存一些小小的情愫，不过还来不及发芽就被战队解散的沙尘暴掩杀了。

我现在满脑子都是和小傻久别重逢的画面。在沸蓝网盟的圆形休息室里，

我们面对面坐在沙发上，中间隔着一米五长的玻璃茶几。我们彼此注视着对方脸上被时光雕刻过的痕迹。我走上去抱住她，说："我很想你！"

她也搂着我说："我也很想你！"

"我可不可以亲你一口？"

"不可以！"

"为什么？"

"我今天没刷牙。"

"没关系，我今年也没刷过牙！"

"那就好！"

"来吧！"

我们互啃了一会，小傻推开我说："老娘受不了啦！"

"忍一忍，大家这么久没见，不要扫兴。"

"对不起，我实在忍无可忍了，你让我感觉在吃屎，就这样吧，以后不要联系了！"

"你傻笑什么呢？快选人！"环勇把我重新拉回现实。我手一抖选了个"米波"（狗头人，dota 的一名英雄的名称），环勇盯着屏幕愣了一会说："脑残吧，你要拿这个英雄来辅助我？"

"我可以打野。"我死活不肯承认自己选人存在失误。"狗头人"这英雄在dota2 比赛里并不算太吃香，用的人也不多，主要还是吃经济又容易被针对，虽然可以用分身去刷野，不过现在大家的 gank 节奏那么快，带着"雾"一抓一个准。

我们在"天辉"方，环勇使用"炼金"走下，中路是他朋友的祈求者"卡尔"，上路是他朋友的"飞机"，辅助本来应该是我，可是我选出了"米波"，所以线上只能是由"暗影恶魔"来辅助。不过这样也好，我安心打野，看我做出"跳刀"后怎么带翻全场。

可当我真做出"跳刀"的时候，我才发现自己原来不会使用"跳忽悠"的技术，好几次都是我主身跳进去，发现忘了"忽悠"，对面杀我都快杀起内讧了，我到哪对面都有 3 个人过来围剿。他们肯定觉得这游戏玩得值了，就没见过这么傻的玩家，我们往往把这种行为称为"痛打落水狗"。

环勇说："团战你在后面撒网就好了，跳刀也卖了出肉装吧。"你听听，他居然让我这个金牌辅助，去干海边渔民的活。我当然不能照做，从树林里一个跳大，这次成功带来两个分身，还有一个正在千里迢迢地从上路往下路赶来。血量本就不多的"主宰"被我瞬间打残，开了旋风逃跑。哼！哪里跑！哥可是"飞鞋"，观众朋友们，我的第一个人头就要来了，我饱受了二十五分钟的摧残，终于要扬眉吐气一回了。我离"主宰"越来越近，我算好距离抛出一张大网，将其牢牢地固定在荒芜的亡灵土地上，三步、两步、一步，"米波"抬起了它的小铲子，我嘴角也扬了起来。

在我马上就要得意地整理发型时，"米波"突然倒下了。我看到屏幕左上角出现了"恶魔巫师"和"斯温"的奸笑。靠！居然在半路一套技能秒杀了我的起路分身。

在我精湛的演技下，连对面的"斯温"都肥得跟东坡肉似的，砍"卡尔"就如切薯片一样。我们这边经济最好的当然是环勇，可还是无法阻挡连酱油都肥的"夜魔"进攻，最终在我这个卧底的帮助下，我们输掉算是新队成立以来的首场训练赛。

环勇的朋友从上海打电话来骂娘，他陪着笑跟他们用沪语交流着。我只能听个大概，可以肯定的是他们不会专门打个长途来表扬我。

"王小帅，你要是这个态度别说进八强了，连小组赛都出线不了，刚才只是一支路人队伍，你看看你都死成什么样了！"

"我态度没问题，只是没发挥好。"我强词夺理，我这人就是听不得别人的指责。

"还想不想好好玩了！"

"爱他妈谁谁！"我站起来走了。

杭州的冬夜总是冷得让人心碎，我在并不明亮的路灯下没有方向地走着，有些悲伤。其实我并不是讨厌环勇，只是讨厌他的朋友们，第一次跟他们在一起开一次黑，就让人感觉那么不舒服。我经常想"最重要的"这个问题，只不过这些曾被我认为最重要的东西都随着我的成长纷纷被排除。

4.

转眼间就到了期考，章杨索性把行头全都搬进了她给我租的公寓，誓与我共生活。理由是这里通宵给电，二十四小时手动空调，看书累了还能舒服地洗个热水澡，更重要的原因是，能天天看到我。

我说："你现在最重要的是好好看书，不是看我。"

"你比书重要。"

"少来这套，你现在不好好看书，将来拿不到毕业证有你受的，你看看我，多么反面的教材摆这呢。"我没想到自己也会有叫人好好看书的一天，以前这样的话都是小雯对我说，我就在旁边陪着笑，手里拿着塞林格的小说。

"我才不怕，我将来要是找不到工作，你可以养我。"

"开什么玩笑，我现在都是你养的。"

"说不定到时候你就有出息了。"

"那你就是说我现在没出息！"

"不是，不是，我的意思是说你前途一片光明。"

"我真没看出来我身上有什么能发光的材料，我就一跑腿烧开水的。"

"那也比那些除了花爹妈钱什么都不会的废物强。"

"哎，好想当个废物啊。"我枕着自己的胳膊，看着天花板。

我的工作枯燥至极，这就是我用四年大学换来的。却又怪不得别人，谁让我的证是假的，底气只能到这。好的公司自然会有严苛的审核，到时候找不到工作是小，人家当场报警可就麻烦了。我整日被时间消费着，扫雷水平都能参加奥运会了，当然前提是得有这个项目。其实这还真不好说，电脑技术发展如此"迅雷不及掩耳盗铃儿响叮当"，你看这么多年过去了 Windows 里的游戏不还是扫雷和蜘蛛纸牌吗？若真的到了那一天，我相信该项目一定如乒乓球一样成为国技，毕竟我们这无所事事的人太多，随便派个把公务员出去，绝对包揽前三。

下午总编突然找我去办公室谈话，他品着普洱问我："在这工作多久了？"

我心想这不是废话吗？我在这多久您不知道啊，您老人家连我哪天迟到了几分钟都一清二楚。可嘴上还是说："快半个月了。"

"感觉如何，还适应吗？"

"还行吧，挺好的。"我口是心非。我厌恶极了这份工作，自从我来了以后所有人都比以前懒了一倍，甚至过分到连打开水都不乐意挪步了，只需要招呼我说："王小帅，我的热水瓶里没水了。"他们觉得既然你负责了茶水间，那帮他们满上就是你分内的事。有次我请假去考科目四，他们居然一天滴水未进，差点没枯死。第二天还信誓旦旦地跟我说："王小帅，我们现在才发现你的重要性。"

"你写作水平怎么样？"总编摸出香烟点上问我。

"还行，以前常帮人代写情书。"

"哦，你学的是什么专业来着？"你看这孙子连老子是什么专业都不知道就把我给放进来了，他就不怕我是体育专业的。

"中文系。"

"呀，中文的啊，很好。现在我们准备弄一个新专栏，你有没有兴趣？"

我用力地点头。"土匪"总编又给我大致讲了关于专栏的内容，说是一个情感专栏，其实就是一个失恋黑板报，让我去采访一些城市白领，听他们讲述自己的失恋故事，再回家整理成文字，每周五交稿。

在我准备随手关上办公室门的时候，"土匪"总编又在后面嘀咕了一句："对了，你茶水间的活暂时还是要兼着做，年轻人不要怕吃苦，这是个自我修炼的过程。"我压住内心的杀气，强颜欢笑地说了声"好的"。

5.

晚上猩猩打电话来找我去学校操场看台喝啤酒，我说脑子有病，天寒地冻地跑旷野之地去喝什么啤酒。他说："我失恋了！"

操场的看台是我们608寝室的据点，开心或是不开心的时候大家都会相约来此喝点，啤酒是罐装的"雪花"，最便宜的那种。每喝完一罐就将空罐子丢到下面的塑胶跑道上，勉强算个寝室文化吧。

我到的时候，猩猩已经喝完三罐。我在他身旁坐下，他给我开了一罐递过来，我接过闷了一口说："哎呀，妈呀，太凉了这。"

"小帅，我失恋了。"

"你在电话里说过了。"

"妈的，我怎么老失恋啊。"

"这次又是为了什么？"

"她要回国了……"猩猩仰起脖子灌起啤酒，我盯着他在等他后面的话，等了差不多三十秒等来了个酒嗝。

"没了？"

"没了啊，回国了还要闹哪样？"

"你不是会倒插门的吗？姑娘家不是在那什么曼哈顿郊区的吗？现在真遇上事了，你到怂了。"

"你还说，我后来网上查了才知道，此曼哈顿非彼曼哈顿，有钱的那个曼哈顿是纽约的一条金融街。"

"非洲还有巨富呢，更何况大美利坚，管他哪个曼哈顿，你是去倒插门的，又不是去当市委书记的。"

"我想过了，人生地不熟的，语言又不通，过去肯定要给人欺负的。"

"也是，那边歧视黑人。"

"哎，美好时光总是如此短暂。"

"Nancy 怎么说啊？"

"她说 bye bye！"

"美国人果然效率第一。"

"我现在好难过。"

我压住内心邪恶的喜悦说："我也和你一样感同身受。"

"哎，不说了，干。"

一打酒很快就喝完了，猩猩意犹未尽，还要去买，我说："今天就到这吧，你看都起风了，搞不好要下雨。"

"不可能，杭州的冬天下雨的概率不到一成。"话音未落，几滴雨水滴到我脸上，我抬头看了看黑滚滚的天，说："貌似已经下了。"

"这点小雨也算雨？又不是暴雨。"这乌鸦嘴刚闭上，老天就跟拉肚子似的玩命地排泄。我脱下外套挡在头顶飞奔，不忘回头说："活该你找不到女朋友。"

　　猩猩茫然地站在看台上，打开双臂，任由冷冷的冰雨在他脸上胡乱地拍，就跟一些电影中歌颂的那样，男主借着天水洗刷自己的悲伤。我又回头看了一眼猩猩，他身形渺小地站在雨中，保持着基督山上耶稣一样的姿势，我于心不忍地想，猩猩真是一个比悲伤还要悲伤的故事。

兄弟重聚

1.

我决定采访猩猩，虽然总编要求的是都市白领的凄美爱情悲剧，可我不说他知道个屁。我只需要将猩猩的身份PS一下就行，随便找个外企的头衔往他头上一套，反正文学总是三分真实七分瞎编。

猩猩听说还能接受采访很是乐意，特意翻箱倒柜找出来一件皱巴巴的泛黄白衬衫穿上，笔挺地坐在我面前，抖着腿，摆着腔调，跟真有那么回事似的。

"刘银水先生您好，我是《都市男女》杂志社的编辑王小帅，十分高兴您能在百忙之中抽出时间接受我的采访。"

"采访你大爷，说多少回了，叫我洛克。"

"你以前不是叫刘英雄吗？"

"我现在不是外企白领吗？洛克更贴切。"

"好吧，那我们再来一遍。"我无奈地说。

"嗯嗯，再来，再来。"猩猩又重新摆出那副欠揍的严肃。

"洛克先生您好，请您谈谈您如何理解都市男女之间的爱情。"

"我认为现在人的爱情观是有问题的，大家其实都游离在爱情之外，女人太过于注重男人的经济条件，男人又过于注重女人的相貌。这种畸形的爱情观导致房价攀升，整容业发达。"

"原来房价暴涨是因为这个！"

"当然，就拿我来说吧，我虽然在白马公寓和西湖雅苑分别有一套住房，但是有很多我这个年纪的人还在为一个首付犯愁，他

平A：

Attack的缩写，指不靠技能单使用英雄本身的攻击弹道对敌方英雄进行攻击。很难理解吧？你想想你爸小时候怎么打你，你怎么打你弟弟，你弟弟怎么打隔壁的狗就明白了。

们是真正的刚需。这是没有办法的事，毕竟房子决定婚姻，汽车决定婚姻质量。当我开着奥迪 TT 驰骋在湖滨，看着酒吧里进进出出的红男绿女时，我就感伤，他们也许今夜沉醉，可在太阳升起的时候，他们就要卸下一切妆容成为都市里的一条狗。一个女人跟你上床并不能代表她爱你，同样你上了一个女人，也并不见得你赚了多少便宜。大家都是夜蒲动物罢了，一晚上的阔绰换来的只是化着浓妆的丑八怪，大家都是寂寞的，是那种对生活无望的寂寞。这种一夜激情并不是爱情，爱情到头来还是要归根到房子上，毕竟有了房子你的女人就能把她们最欠缺的安全感填补了。没有安全感才是这世界上最普遍的妇科病……"

我打断道："刘银水同学，不装×会死吗？"

"我这才刚进入角色，不装×是不会死，但你让我装个×，我说不定能多活几年。"

我摇摇头，继续道："下面给大家分享一下您的感情经历吧。"

"我交往过三个女朋友，第一个是在高中的时候，我们说好一起考哈佛大学，不过很可惜，她以 250 分的微弱差距落榜了……"

"真是个 250！"

"别打岔，就这样她留在了国内，我则去了美国……"

"你确定是美国的哈佛？不是哈尔滨佛学院？"

"还能不能继续了？"

"好好，你接着吹。"

"我们之间隔着一个伤心太平洋，时间是治疗爱情的最好良药，也是扼杀爱情最好的毒药，我们就这么分开了。那段日子是我人生中最痛苦的时期，我开着车穿梭在美国的各个城市，看女神像，看石像山，看大苹果城，我还去了哥伦比亚大学，在那里我认识了 Nancy，我们一见钟情。在我毕业那年，Nancy 抱着我说，她要跟我来东方。于是我们在世界五百强企业麦当劳找了一份工作……"

"你们就这点出息！去麦当劳还需要哈佛大学毕业？学军初中毕业就够了。"

"可世界五百强我就知道麦当劳。"

"工作履历我帮你编，你说重点。"

"好，在国内的初期，Nancy 对一切都充满好奇，可随着时间的沉淀，我们之间的文化震荡愈演愈烈。她吃不惯包子和花卷，更不习惯杭州的交通，她总是抱怨说，纽约也没这么堵啊。我只能安慰她说，我下次带你去北京玩玩，你心理就平衡了。"

"那你们最终是因为什么分开的呢？"

"那是一个雾霾漫天的周末，她站在西湖边，看着茫茫的一片对我说，这里不是人待的，虽然在纽约也有过霾，可不是这样的，我现在连你近在咫尺的脸都看不清楚。我还是说有空带她去北京看看，到了那我可以保证她连近在咫尺的我都几乎看不见。最终我们还是没有去成北京，第二天她就买了回美国的机票，她说自己更青睐于辽阔的旷野，美好的空气，成群的山羊，起伏的丘陵，自动化喷洒灌溉下的农田。我没有挽留她，毕竟她要的乡野生活在我的国度是无法给予的。还有个原因就是我更喜欢在钢筋水泥下生活。这次我并没有特别失落，也许是我成长了，也许是我习惯了，对爱情看得太淡了。"

"然后呢？"我问。

"没了啊。"

"你妹，不是谈过三个女朋友吗？"

"啊？那可能是我弄错了。"

"就你丫这智商能考上哈佛？"

"咱这不是自己 RPG 的嘛，不用那么较真。"

"瞎编也得有个度啊，你这一来会让人觉得哈佛大学只要凭身份证就能进了。"

"剩下的那个女友的故事需要你自己编！"猩猩丢下一句电影《四大名捕》里的经典台词，去麦当劳上班了。

猩猩自从和 Nancy 分手后，有点幡然醒悟的势头，我也想不到他会去麦当劳打钟点工。麦当劳也真不挑，居然能把猩猩这种人给放进餐饮业来。猩猩的工作时间是从傍晚到凌晨 12 点，然后就从里面顺点鸡腿、面包、薯条什么的，一路吃回来。此时寝室的灯已灭，有些想妹子心慌慌的睡眠困难户就会看到一排会飞的牙齿，悬浮在空中一张一合，甚是吓人。6 号楼闹鬼的传闻风靡过一阵，只有我知道那是猩猩啃着薯条回寝室。大部分的大学都是晚上 11 点

30 分熄灯的，这也怪不得学校。如果不采取这个政策，我绝对相信有同学可以把灯从大一开到毕业。

2.

自从和环勇闹翻后，代练业务也停了。环勇的重心都放在参加沸蓝网盟的比赛上，他倒不是怀揣职业梦想，只是单纯地想扫点钱。不过就他那几个朋友的水平来看，还是有点困难的，虽然这次比赛的奖金比不了那种职业大赛，可我相信肯定会有不少的民间高水平战队会来。特别是上海的队伍，上海的电竞水平高于杭州，竞争也激烈得多，以前 WCG 有不少上海的选手都会选择来杭州赛区拿一个出线名额。小傻的那个职业女子战队总部也在上海。

我在 QQ 上碰到过几次蛋蛋，问了他的近况。他说现在国内的比赛都是 dota2，队友一波一波地换，成绩却出不来，说不定自己哪天也被换了。

聊完，我突然有种想去见见我这两位前队友的冲动。我向杂志社请了三天假，理由是外公去世。一直觉得最对不起的人就是我的外公，从初中至今，他已经在我的请假条里死了不下十次，超鬼了都。

走的那天晚上，章杨像只考拉一样挂在我的身上，一副生离死别的样子。火车缓缓开动，我透过窗户看着站在站台上的章杨，她挥泪冲我说着什么，我没能读懂。女人总是喜欢把一件普通的事情搞得特复杂，我只不过去成都看望两个老友，她这番煽情送别弄得我好像要去刺秦。

3.

列车一出站台，那点微弱的灯火就荡然无存，取而代之的是一片巨大的漆黑。车厢内灯反射下来，在玻璃上映照出我的脸，我看着窗户上的自己，觉得老了。

人们常说你的青春将随着大学的毕业证书一起毕业。大学里的这段时光是青春最后的绽放，也是最绚烂的旖旎。初中的青春不叫青春，顶多算青春期；高中的青春也不叫青春，充其量算个懵懂并苦难的忙里偷闲；只有大学里的青春才能被称作真正意义的青春。我们唱儿着小歌，玩儿着dota，女朋友在图书馆里散发着你最喜欢的芬芳，我们不会因为醉倒在街边而被师长责备，也不会因为考不出好成绩而被同学鄙视。总之这里的一切都是美好的，即便是你在寝室里睡掉了整个大学，你也可以对外牛×地宣称我把大学给睡了。大家天南地北汇聚在一个被称作大学的地方邂逅、相熟，甚至相爱，至少我们的血是热的，情感是纯粹的。你被窝里留下的眼泪，键盘上留下的烟灰，内裤里遗下的精液，都是青春乐章里最动人的和弦。

我做了一个梦，梦境里是天辉方的野区，我去下路打野，发现一个黑漆漆的人站在野怪点上。我好奇地自问："这是什么玩意儿？"

不想那玩意居然说话了："靠，是我啊！"

"你是？"

"我是刘银水啊，王小帅。"

"可你怎么长得跟影魔一样。"

"这不是因为你在做梦嘛。"

"啊？哦……"

"那你蹲在这里干嘛？"我继续问。

"装野怪啊。"

"……你这也装得太假了点。"

"说不定他们觉得我是个幻象呢。"

"可你个幻象站在人马堆里，太扎眼了点啊，再说别人打你一下就知道你是不是幻象了。"

"所以我把道具都卖了，我要尽可能地演出幻象的效果。"

我摇摇头说："只有傻×才会觉得你是个幻象。"我刚说完，影魔旁边的人马就一个践踏加双刃剑把他打成一抹黑烟，嘴里还喃喃地说："装得比我还像，要不是听到你们的对话，我还以为真是个幻象呢！"

我被一阵琴声吵醒，发现对面已经换人了。我记得上车的时候对面坐了一对情侣，从上车那会儿就抱在一起旁若无人地互啃。我对他们说："你们怎么不去卧铺车厢车震？"男的放开女的舌头转过脸来对我说："你以为卧铺票这么好买？"于是我只好闭上眼睡觉。

现在眼前的是一位穿着紫色皮衣服的姑娘，抱着一把木吉他弹奏着《天空之城》。车厢内的气氛瞬间高雅许多，她的旁边还围了几个不懂音乐的孩子，纯属凑热闹地在一旁蹲着，假装入神的样子仰望着姑娘。一个小女孩说："阿姨，你琴弹得真好，我以后也要跟你一样。"姑娘笑着没有说话。车厢里的多数人都随着优美柔和的《天空之城》进入梦乡，火车每经过一节铁轨，连接处的"咕咚"声此刻就像是架子鼓的伴奏，只可惜和主旋律并不搭调。

4.

火车在凌晨四点缓缓靠站成都，成都并没有杭州来得冷，我在出站口看到了强子和蛋蛋。蛋蛋先看到了我，叫了声"大哥"，就扑上来。我们三个人抱在一起，我差点没哭出来。

短暂的重逢激动后，强子给了我胸口一拳说："这一拳算是你当初不辞而别的。"我说："对不起。"强子堆起笑容说："不用对不起，你吃了我一拳，我们扯平了。"我趁他们转身叫出租车的时候，偷偷抹了一把即将溢出的眼泪。

出租车带着我快速浏览着这座休闲的城市。记得以前有一位开电玩城的老板对我说，他在全国很多城市都有场子，不过他只在两个地方有房子，一个是杭州，另一个就是成都。他说这两个城市都是休闲之都，杭州的气质和成都的慵懒都让人难以忘怀。

成都是一个慢节奏的城市，川菜和麻将是这里的标志。这是我第一次来到成都，虽然没有杭州城区这样繁华，却给我一种莫名的舒心。这是一个人对一座城的一见钟情，其实我们面对某座城池有时也如同面对一个初见的少女，它就是有一种吸引力，这种吸引力是隐形的，你说不出来，可却能感受到它的存在。

我们在春熙路的一家龙抄手店吃的早饭。我看着眼前的龙抄手说："这不就是馄饨么？"

"差不多吧，不然你以为是什么？"

"我一直以为是龙爪。"

"你《哪吒闹海》看多了吧？"强子说。

"你看鸡爪美其名曰凤爪，这龙抄手从字面理解当然就是龙爪了。"蛋蛋在一旁说："反正我觉得这里的东西比杭州好吃多了，这是我待在这儿的唯一乐趣。"

我吃着龙抄手，看着眼前的强子说："我说强子，你的衣服可又瘦了。"

"说了我现在唯一的乐趣是吃。"

"你们现在战队怎么样啊？"

"不好，出不了成绩，人老板又不是活雷锋。"强子一脸的无奈，他勺了个龙抄手放进嘴里继续说："所以你当初擅自离开，我现在挺释怀的，那时候咱们也是迟迟打不出成绩，大家心里都有各自的压力。"

"有没有想过回杭州，咱们兄弟重头来过？"我问。

"怎么来？靠我们三个？然后又找个老板接着管咱们三餐？其实关键不是在哪里，而是咱们能不能打得出该有的身价。"

"不止三个，我找到小傻了！"

"小傻？你们两个还真是神经侠侣啊，要消失一起消失，要出现一起出现。"

"其实我还没见到她，只是现在沸蓝网吧又搞了比赛，我看到宣传海报上有她，现在在一个上海的女子战队。"

"白说，人家都找好下家了，犯不着。"

"其实在这段日子里，我弄了个工作室，接点代练、代驾、代写小学作业、代人开家长会什么的活，勉强能够糊口，最重要的是咱们能在一起。"

"代写小学作业我可干不了，这个得由强子哥来。"蛋蛋打诨道。

"我也干不了，现在小学生的作业难度都快赶上高考了。"强子道。

"我就是举一例子，我其实就是想跟大家在一起。"

"你现在不是跟我们在一起吗，反正你也没毕业证，在哪混不是混啊？"强子喝着汤。

"可我在杭州还有个女朋友呢。"

"让她一起过来，杭州消费多高，这儿消费平民化，容易活。"

"可貌似我这女朋友家里还挺有钱的。"

"早说啊！蛋蛋，一会吃完了回去收拾东西。"强子招呼道。

我愣在那，一头黑线地问："什么人性啊这是？"

强子说："反正回去混不好咱们还能蹭你。"

"凭什么啊！"

"你着什么急啊，你可以去蹭你那有钱女友。"

"我女友又不是公家的！"

"私家车还能坐四个人呢。"

"……"

5.

这也许是我人生中最短的一次旅行，我甚至都还没来得及在这个美好的城市躺一夜，就又从这个全新的地方重新启程，早知如此，我打个电话不好吗？我们总是喜欢给自己的主观意识做加法，把一切都搞得复杂。比如说 1+1 等于几这个问题，从我明事开始就知道这题等于 2，后来我才发现，这道十分简单的数学题正随着我的成长而一同成长：从生育角度，1+1=3。因为一个男人加一个女人就必然会生一个小孩，这不就是 3 了吗？这道题真是不孕不育的福音，还有，你考虑过 gay 的感受吗？从象形角度：1+1= 王。这个就比较好理解，无非把数学当成了语文。

还有 1+1=10 的，1+1 > 1 的……答案五花八门，反正改变世界就指着这拨人了，毕竟我们踩了狗屎会认倒霉，他们踩了狗屎会认证它到底是不是狗屎。我其实由衷地佩服这些有钻研精神的人，虽然他们对地球上的任何事物都较真，可是世界却真的因为他们的较真而改变了。一切偶然都会有变数，一切变数又都出于偶然，如果牛顿当时坐在一颗椰子树下，也就没有了那些摧残高中生的牛顿定律。

我看着身旁硬座上的强子，脑袋顶着车窗玻璃已熟睡，鼾声震天，这是失散多年的催眠曲啊。大一刚来的时候，我们实在无法适应强子的鼾声。他的鼾声属于那种荒村野田里的发情老牛的低吼。那几个月里我们的睡眠质量都是极差的，大家都在做着一个类似的梦：差不多的山头，一样风格的山洞，角色不同，Boss 相同。一头手握天罡神斧，脚踏燕雷金刚掌，双目燃熊火，双鼻

喷煞气的神牛，发出"哈……呼呼……哈……呼呼……"的声音，震得洞壁摇摇晃晃，一些碎石砾也如雨点般落下。神牛向前一步，举起神斧说道："*&%￥#@%~！"然后黑屏，梦境结束。

开始我纠结于这个梦结尾时候神牛说的那句话到底是什么意思？后来听到强子跟他妈用福建方言聊天时也说到了这句话，我上前一问才知道，原来是"我要吃燕皮馄饨"！

后来时间久了，大家也就习惯了，没有这声音反而睡不好了，这就是我们寝室当年的入眠双绝，一是强子的鼾声，二是猩猩的臭脚。

到达杭州已是第二天中午，章杨来接的车。她扑到我的怀里，搂得我都快窒息了，就似劫后余生那般惨烈。

我转身向二人介绍："这是章杨。"

蛋蛋说："嫂子好。"

强子啧啧地说："你小子前世肯定是个太监，不然凭什么这辈子好妞都让你给拱了。"

"这话我怎么好像在哪听过。"

章杨则是在一旁哈哈大笑。

强子走进我的住处，把行李往门口一放，坐到床上试了下弹性，又操起空调遥控器，"哔"的一声打开暖风，嘴里还自语："杭州还真冷啊，都有点不太适应了，不过这住宿环境我还是满意的，就是小了点。"我和章杨面面相觑。

最终我们在离我单位不算远的地方租了个二室一厅，章杨预缴了三个月的房租。我更觉亏欠，我告诉她，自己有工作了，以后的房租我自己负责。她还是特有的客套，笑着说"好的"。我猜她都快听腻了我的承诺，在她面前我有过不少承诺，她总是选择相信，可最终我都没能做到。所以当她用那种表情，笑着说"好的"的时候我就心虚，我觉得这么欠下去只能以身相许了。

章杨现在只有每个周六会来我这住，毕竟新住处离学校有点远，另外考试也越来越近了，每次来的时候她都会给我们带些时令水果和零食。强子说："以后买些性价比高的东西，比如泡面什么的，这些东西吃不饱。"因为我白天要上班，他和蛋蛋在家里又懒得出去，所以泡面自然比零食和水果来得实在。但这不是关键，关键是这都是章杨买给我吃得好吗！

　　我也曾劝强子去找工作，劝过蛋蛋回他父母的烧烤摊上去看看。他们都拒绝了，强子的理由是沸蓝网吧不是有万元大赛吗，让我随便找两个人对付过来把这钱给扫了，足够吃半年泡面的。

　　蛋蛋倒是怕一回去他妈就把他反锁在屋里，判他终身监禁，剥夺经济权利终身。当年他是逃出来打职业的，他说出来的那天就没想过要回去。

报仇雪恨

1.

　　强子对于这次的沸蓝比赛是志在必得，看来我们几个家伙又要再一次去面对环勇和小傻了。也许我们与他们前世有过什么血海深仇，不然怎么老能较上劲。

　　话虽这么说，可张罗队友的事还是让我犯难。我想过再去找何俊，其实我们倒是一直保持联系，他现在在杭州一家比较有来头的健身中心当教练，教人做些卧推、引体向上什么的。这工作倒是适合他。在学校那会儿他就是健身房一哥，手下还带了一帮渴望成为施瓦辛格的小兄弟。那时他是经典的等边倒三角身材，一米八六的个头，每次去食堂吃饭都是拿着一个跟女生洗屁股盆那么大的饭碗，从迷雾中走出，跟美国队长似的。身旁还环绕着一些渴望成为他那样的小弟，气势汹汹地掩杀过来，弄得一些重口味的肌肉控女生花枝乱颤。

　　何俊至今没有找到过女友，就此问题他还专门问过我，不是女生都喜欢男人有肌肉吗，怎么我这么完美的肌肉线条却不讨女生喜欢呢？其实他犯了很多人都会犯的一个重大错误。女生口中所说的那种肌肉男是有附加条件的，那就是长得帅。比如彭于晏一身的肌肉，女生见了恨不得把自己声带都吼断，若潘长江一身的肌肉，女生见了肯定会说出千百个不喜欢的理由来，这才是关键。

　　我见到何俊时，这短暂的时光已经把他从一个倒三角变成了倒圆锥。以前看着还像未来战士，现在看着只能算是米其林吉祥物。

BAN/PICK：

在队长模式下，双方都有权限禁掉 5 个英雄，然后针对地拿出自己的一套阵容组合，一种特有的博弈，十分有学问。朋友如果你没学问也没关系，小时候乒乓球打过吧，碰到高手的时候你是不是说过："不可以扣球，不许发旋球，不许削球……"

"肌肉都去哪了？"我问他。

"哎，可能是中年发福了。"

"你的青春也太短暂了点，这么快就中年了。"

"你等会儿，我去招呼下客户。"他将白毛巾搭在肩上，堆起笑容，走到一个妖娆的中年妇女身边。妇女殷勤地在他胸口摸来摸去，撒着过期很久的娇。她躺在健身球上，双腿故意分得很开，挂在何俊的两条胳膊上。

我看着中年妇女的这套姿势，情不自禁地说："这是要分娩啊！"

妇女发出很大的笑声，笑声砸在何俊略显老态的脸上，变成了眉宇间一道深深的沟壑。你来我往地胡闹了十五分钟，妇女才意犹未尽地走上跑步机。何俊从饮水机里给她接了杯温水，递了过去，换来一个妩媚的笑。

何俊重新坐了过来，我笑着说："我怎么看你们这健身房有提供大保健服务的趋势啊。"

"客户至上，没办法，我们都得指着这些人吃饭。"

"我看这阿姨就挺好的，不然你就从了吧。"

"你当我是鸭吗？"

"啊？你不是啊？"

我看着何俊单手抓起了别人双手都推不动的杠铃，连忙说："玩笑，玩笑！"

何俊放下杠铃说："你来不光是为了开我玩笑的吧？"我这才想起来正事。

"其实我是来找你组个战队参加沸蓝网吧的dota2大赛。"

"我靠，又组战队？这是你第几回了？你打算玩一辈子dota吗？"

"那倒不是，我和强子说好了，只玩到60岁，就一起退休。"

"哎呀，法定退休年龄啊。"

"少废话，你参加不参加？"

"自从上次抱着你们大腿拿下那次校冠军后，我就急流勇退了，靠这个荣誉吹牛度日，现在哪里还会玩啊，更别说dota2了。你看看我这，一般都是晚上忙，你们训练又都是晚上，即便是我答应了你，我也达不到你们的训练要求啊。"他停了一下，又说出一句意味深长的话来："兄弟，我们已经告别大学了，要面对生活啊。"

2.

我一回单位，就被总编叫进了办公室，跟我讨论了上次那篇我自己杜撰出来的爱情故事。他觉得这故事太过高端，我们的杂志受众面在白领女性阶层，她们对这种海归的好感度不足。毕竟她们都是向往更大的办公场所，高质量的咖啡，午餐甚至有牛排、红酒，她们不是要上班，她们是要上时尚。像职场电影里演的那样，动不动就把一叠文件拍到别人面前，用涂满口红的猩红的嘴唇说："我三十分钟后要，马上开始。"然后晃着自己的屁股走进办公室。在这不长的地砖格子中，她们还会很凑巧地接一个客户的电话，开口就是堆起惯有的笑容，娇气地说出一句："喂，×总……"

她们需要的爱情主角是那种阳光潇洒、成熟稳健，有商业头脑、有家庭背景、有绅士风度、有穿着品位，愿意为她们花钱买包的男人。而她们希望看到的失恋故事，就是上面提到的这种女王被王子劈腿后大哭并把普拉达杀手包丢进垃圾桶时的瞬间，这个瞬间是足够她们自慰很久的。毕竟这个世界上有三种女人：一种是用男人的附属卡买奢侈品的女人；一种是用一个月工资加信用卡咬碎牙买奢侈品的女人；一种是用什么方法都买不起奢侈品的女人。我们的忠实读者都是后两种，所以你要照顾到这部分人的阅读体验。

总编一席话说得我目瞪口呆，老江湖啊，我心想。我对奢侈品的认知还停留在阿迪和耐克的阶段，他就已经到了百达翡丽和巴黎世家。我开始怀念多多，要是他在身边，我至少在这些奢侈品上能有个参谋。

末了，总编还对我说："小王，赶紧把水烧上去，你这几天请假，同事们都快脱水了，以后没有什么大事最好不要请假。"

从总编办公室出来，我看到一张张饥渴的脸，这场景简直就像是在一片金色的沙漠，我则是一只承载着希望的运水骆驼。此时此刻我特别想结婚，用法律所赋予的十五天婚假来试探我的同事们在离开我的日子会不会枯死。

3.

我白天上班，晚上就回来跟强子和蛋蛋去网吧开黑，强子说他已经把沸蓝网吧的名给报了。我郁闷地说，"老子人都没找好呢。"他倒是不以为然地说，"又不是让你找绝世高手，只让你随便找个把普通玩家都搞不定。"

倒也不是找不到人，会玩 dota2 的有大把人在，我不过是想找几个知根知底的，大家性格相投，自然能够打出好成绩。毕竟是团队项目，一个团队之间的融洽关系还是重要的，这就像 NBA 的更衣室氛围。一山不容二虎，我这亏吃得不算少，之前战队的解散都是因为随便组队，结果队员性格不合导致最后的分道扬镳。我们唯一拿下学校电竞大赛冠军那次，队伍里只有我和强子，另外三个人是何俊、刘卓和杨伟。我们能赢就是因为分工合理，队友之间彼此信任，强子负责带节奏，我负责中后期的指挥，其余的人就负责听指挥。没有责备和抱怨，只有鼓励和执行。

我还记得当时决赛我们面对的是环勇加小傻的组合。环勇的后期实力远在何俊之上，小傻中单的水平也高于强子，可我们就是打得他们找不到北，当然其中也有环勇一贯保守的战术思路的原因，但凝聚力才是我们获胜的关键。

如今何俊明确地表态说他不会参加，这条路算是堵死了。我不是没考虑过猩猩，只不过猩猩在寝室里那会儿就跟强子是对头，两个人都盼着对方早死。猩猩总说强子胖，一过五十肯定要爆血管。强子则说猩猩瘦，一副营养不良的样子，活不过三十。

4.

猩猩听说强子和蛋蛋与我住在一起，也要求搬过来住，他说现在的寝室实在太干净了，住不习惯。

我说："我们那也很干净，还有值日表，你也不会习惯的。"

猩猩说："我不信。"

"我住的地方离学校远，你来往交通不太方便。"

"我不怕！"

"其实我们那都没有空房间了。"

"我可以在客厅打地铺。"

"天这么凉，你会冻死的。"

"别废话了，就这么定了，明天我就把学校的被褥都搬过去，还有没有什么问题？"猩猩扫视着我们几张不情愿的脸。

"有。"我说。

"讲！"

"你可不可以不住进来？"

"不可以，好！你用掉了最后一次提问机会，没商量了。"

第二天，猩猩果然就信守承诺地搬来了铺盖，在客厅找了个靠墙的位置铺好，又从背包里拿出准备好的锤子、铁丝、钉子等工具，开始擅自"装修"。他用床单给自己挂了一个屏风，说是要有点个人空间。不止于此，他还不知道从哪里弄来很多空的啤酒罐子，用铁丝穿好，也一同挂上，还跟我们吹嘘说这是风铃门帘，一到夏风徐徐的时候，就会发出叮叮当当的声音，特别催眠。我生平第一次听说有人用噪音催眠的，这玩意儿一响起来，就像古代打更人手中的木梆子，提醒我们天干物燥，小心火烛。

后来我才知道，猩猩挂的这些东西根本就不是什么他所说的风铃，而是烟灰缸。他不知道从什么时候有了在床上抽烟的习惯，每一个罐子里都放了小半分量的清水，他将烟蒂从瓶口小洞丢进去，"嗞"的一声熄灭，一罐满了，就换另一个罐子，等到所有的罐子都接满了，他才会拿出去倒。我想这种脱裤子放屁的主意也只有他这种人能想得出。反正我是觉得脑袋上吊着那么多香烟的"尸体"，跟龙骨山悬棺一样多瘆人。强子好几次都想把罐子里的清水掉包成煤油，被我制止了，毕竟我目睹过火灾的惨状，不想把这里也变成火场，万一烧起来，猩猩烧死了事小，把房东的家具烧坏了事大。

一周后，猩猩终于感冒了，大快人心。那天是周六，章杨下楼去给我买宵夜，到客厅的时候听到猩猩在呻吟，觉得不太对劲就走过来跟我说："刘同学好像不太好。"

我玩着手机头也不抬地说："他好得很，不用在意。"

"我听到他在咿咿呜呜地叫唤。"

"那家伙估计在手淫。"

等到章杨宵夜买回来，她又对我说："亲爱的，我还是觉得刘同学不对劲，他还在那咿咿呜呜的。"

"不用管他，他可能在第二次手淫。"

"他那么饥渴吗？"

我吃着炒面说："嗯。"

我们最终发现猩猩真的不对劲是在他呻吟了三个小时后，我从床上坐起来说："好像是不对劲。"

章杨揉着睡眼说："我就说嘛，按照你的推理，这该是他第二十三次手淫了。"我穿上棉袄，过去一探究竟，却不小心碰翻了挂着的烟灰缸，黏稠的沾水烟灰倒了他一脸。我赶忙去砸强子的门，强子闻声走出来，亮灯看到平躺着的猩猩吓了一跳说："我靠，这是要现原形啊。"

我上前摸了摸猩猩的额头，不安地说："哎呀，这都可以煎牛排了。"

章杨在一旁紧张地说："那还不赶紧送医院啊！"

"也许明天就好了。"强子说。

"还是送医院吧，我怕他自燃，把这烧了。"

我们三人抬着猩猩就往附近的医院赶，下楼才发现忘了给猩猩穿衣服，此时他就穿着一条裤头，半死不活地瘫在那儿。

我看了看我们六楼亮着灯的窗户，说："谁能上去帮他拿点衣服下来。"

强子说："我胖，爬楼梯不是我强项，蛋蛋你去。"

"哎呀，我肚子疼。"

他们纷纷转过脸来看着我。

"看我干嘛？我是不能够去的。"我将开光的猩猩靠在路边。

强子拿出手机说："这样吧，我刚下载了大富翁，我们玩一把，谁输谁去拿，这样最公平。"

"这种运气游戏必须要三局两胜才公平。"蛋蛋说。

我骂到："神经病，必须要五局三胜。"

"好了，别吵，我们就按照台球规则，七局四胜！"强子发狠话。

"合理！"我点头。

"靠谱！"蛋蛋也点头。

我们开始了激烈的角逐，其间路过一个拾荒者，看着躺在路边的猩猩，双眼泛着光，嘴里自言自语："原来还有人混得比我惨。"

章杨从楼道里跑出来问我们："你们在干吗呢？"

"我们在决定谁上楼给猩猩拿衣服。"

"我晕，我是服了你们了，我去拿，你们这些人真是奇葩，不给人冻死啊。"说完她飞快地又跑了回去。

"你女朋友真多事，我就要赢了，你看我研究所里的飞弹都好了。"强子不爽地说。

猩猩被送进急诊室的时候，护士问我们："怎么这么冰凉，是不是死了？"

"他只是肾虚。"强子说。

刘同学足足在医院里躺了一周，医生来探过几次病，探病结束后，猩猩就坐在病床上哭，搞得不明究竟的我们不知所措。强子低声问我："是不是留下什么后遗症了，比如以后都不能生育了。"

我说："不至于吧，只是发高烧，又不是发高骚，不会影响到生殖器官啊。"

我们走过去问当事人："医生怎么说？"

"医生说我得了肺炎，今后半年都不能抽烟了。"

我们集体石化。

5.

比赛日一天天临近，我们的队员还未能落实。强子提议去学校那边的网吧里海选。我们对那里有着很特殊的感情，蛋蛋这块璞玉就是在那个网吧被我这个伯乐发现的。不料冤家路窄，我们看到了环勇，同时也看到了小雯的小男友。

我指着那个小男友对强子说："就是他上次 solo 大赛淘汰了我和环勇。"

强子走到他背后看他玩了一会儿，回过头对我说："你的水平退步得有这厉害？"

"他可不菜。"我有些不爽。

"那我就让你明白自己退步了多少。"

强子走过去拍了拍小男友的肩膀，堆起肥而不腻的笑容说："朋友，来 solo 一盘？"

"你谁啊？跟你熟吗？"

"真巧，我跟你也不熟，所以我让着你，只要你杀我一次，就算你赢。这钱你就拿去。"强子往桌上拍了一百块钱。

"口气不小，我需要你让？来吧。"他也从口袋里摸出一百块拍在强子的钱上，然后看到了我。

"呦呵，原来是找来了帮手啊，上次还没被打过瘾吗？冠军队长。"

"少废话，进游戏。"强子在对面不耐烦地说。

蛋蛋则跑到另一边找环勇叙旧，环勇也看到了我，略带尴尬地冲我笑了笑。

比赛开始，两人选的都是"影魔"。小男友的"影魔"我领教过，影压和补刀都还比较到位，我觉得强子的话说得有点大，"影魔"互殴，稍有不慎就会被三连压耗去很多的血量。下一轮 CD 转好，极有可能拿下人头。

不想小男友上来就被强子反补全收，还被 A 了几下。强子嘲讽道："王小帅，这种连补刀都不会的人，你都能输？真丢脸。"

"废话不要那么多。"小男友显得有些焦急。强子率先升到 3 级，一套连招打上去，小男友的"影魔"瞬间打回塔下，强子又是一拨正反补全收，回家补出个"假腿"。此时的小男友已经被完压一级，他又开始出"护腕"撑血，不死才能找机会击杀，反正他只需要一个人头。即便他千百个不愿意去接下"承让"这两个字，可现在这形势他要想完成三次击杀根本是不可能的事。

强子很快就祭出"跳刀"，一个漂亮的操作闪过了小男友的两个影压，在落地的瞬间调整好位置送上两记连压，小男友马上往塔后的树林里钻，并偷偷在里面摇大。强子丝毫不上当，用一个走位假动作，躲开"影魔"的大招，然后又是一跳，接发影压拿下一血。

强子说："哇，大招啊，好怕哦。"

比赛完全是一边倒，强子还很嘲讽地买了"恶魔刀锋"，照面就往脸上呼。小男友正面刚不住，掉头强子一记"跳刀"过来送他三连压，他又躺下。他的二塔很快被强子推平，他将鼠标一丢说："你牛，你赢了。"

强子走过来，拿走了桌上的两百块钱，对我说："你要加油啊，不然被这种初学者打败太没面子了。"

我不知道该说什么，看看眼前七窍生烟的小男友，心里倒是特别有快感，我好想走上去对他说："那边那个小鬼来跟你 solo，你要是能撑过十五分钟，就算你赢，我拿章杨跟你赌小雯。"

6.

我个人是不好赌博的，以前高中的时候，有些住校生总是会找我去学校操场后的橘林里玩牌，当时比较流行炸金花。我说我不会，他们说，没关系，你会我们还不叫你来呢。这些住校生是赌棍，有钱就赌钱，没钱就赌饭菜票。

他们的目标是我口袋里的六十元钱。第一幅牌发给我是 AA3，我加了五元，他们纷纷弃牌。我把池子里的底注收了。他们还笑着说，不赌博的人一来运气都很好，我们要后发制人。我就这样扫荡了池子十几次赢了快四十元。我站起来说："不玩了，没意思，你们都不跟。"

"不许走，我们在算概率，这盘我们肯定跟。"牌到手，我索性不看，直接把所有的钱都押上说："你们不就是想赢我钱吗？全部在这里了。"他们眼睛里放着光说："好，这盘我们都玩暗牌。"住校生们纷纷掏兜，一时间树林里的泥地上人民币、饭菜票、英雄钢笔、电子手表、红塔山香烟什么都有。

我拿起牌一看，三个 7，不好意思地甩到他们面前说："我是不是要赢了？"

为首的说："靠，这盘不算。"

我说："那再来一盘吧。"重新发牌后，我开出来个 567 的同花顺，摊牌问："这盘算不算？"

"再来，再来，五局三胜。"第三盘，我只有个 K 最大，我有些释然地摊开说："这下总算了吧。"我看他们像赌神一样地搓着牌，好像真的有特异功能的那种架势。最终我靠这个 K 还是赢光了他们的钱。

后来很长的日子里，他们不断地挑战我，斗地主、麻将、牌九甚至飞行棋和军棋，也不知道为什么，我总是赢。弄得最后我只能天天去学校门口的饭店下馆子，他们为了抢一个馒头打得头破血流。现在想来还是有些内疚，我给他们的高中生涯带来了无尽的苦难，无论是经济上还是精神上。如果上天能给我再来一次的机会，我会对他们说："我妈是开棋牌室的。"

人齐参赛

1.

我们去超市买了两打啤酒，准备去母校操场看台上庆祝一下今天强子的大胜。强子看着夜幕笼罩下的看台，感慨万千地说："好久没来了，一切仿佛就在昨天。"我不知道有多少人在离开大学很久后的某个时间突然回来，是否发出一样的感慨，但这毕竟是承载了我们四年最好青春的地方。沿着学校的小路看着人工湖和银杏树，看着格子砖和图书馆，脑子里都在放着一部底色泛黄的老电影。我们都曾是主角，只是这部戏已经落幕。

"看台上好像有人。"蛋蛋说。我们看到了一个黑影，坐在属于我们的地盘。这里曾有我们留下的烟蒂、啤酒和尿。他来时也不闻闻，狗都知道别随便入侵其他狗的地盘。强子脱下羽绒服说："妈的，江湖寻扁啊！"有了强子这个块头的朋友壮胆，我也捋起袖管。

我们沿着看台一侧的楼梯气势汹汹地走了上去，黑影还坐在那里，他脚下一地的啤酒空罐。我说："他妈的，还敢在这喝酒。"这种感觉是极不好的，就像买了件自我感觉良好的衣服，第二天穿去班里准备显摆，却发现跟人撞衫了。看来今天这人我是削定了，我不断给自己拱火。

强子将啤酒丢在一边，骂骂咧咧："胆子不小啊，敢他妈在这喝酒……"

"花景强？"黑影叫出了强子的名字。强子的拳头停在空中，有些纳闷这个人怎么会认识自己。黑影站了起来，往我们这边走了几步说："是我啊，不认识了？"

TI:

dota2 的世界杯，高奖金，高水平，高人气，所有玩家梦寐以求的一个赛事。迄今为止已进行了四个赛季。听说每个赛季开始前翻一翻这本书，能保送一只中国队伍进决赛呢！

"刘卓！"我认出了他。

"小帅你怎么也在？你们不是去打职业了吗？"

"你怎么一个人在这喝酒？"我问。

"别提了，心情不好，想找个地方喝酒，又不知道去哪。这不开车路过母校，突然想起了这个看台，记得那年秋天我还和你在这喝过，就来了，没想到能碰到你们。"

"边喝边聊。"强子拿出啤酒丢了一罐给刘卓。

刘卓毕业后通过家里的关系去了中国移动，在客户部作客户经理。事业上倒还算稳定，发展前景也还不错，家里就开始给他物色媳妇。他郁闷地说："我每个周末都要去相亲，我其实挺反感用这种方式去接触女孩子的，一坐下来就直接问你什么工作，什么户口，在杭州有没有房子，月薪多少。"

"你不去不就完了嘛。"

"我妈都丧心病狂了，她居然给我去杭州的《相亲才会赢》节目报了名。"

"哇噻，你要上电视了。"强子说。

"我觉得丢人，这不我就来这了。"

"你随便找个女孩子先答应交往不就好了吗？不管喜不喜欢，至少可以先稳住你妈。"

"我这人不乐意将就，你说每天对着一个不喜欢的女人多难受。"

"拉倒吧，你喜欢的别人未必喜欢你，你不喜欢的别人说不定也是在将就着喜欢你。这世界上哪里来的那么多的为爱痴狂，能化蝶的只有那一对，其余的千百万都幻化成了世间最平凡的砂砾。普通人就该过普通人的生活。"我这么劝他也是出于我自己对于现在这个社会的看法。

就拿我来说，心里还是放不下小雯，可我已经有章杨，小雯也有了那个怂货男友。那些什么对的时间遇上错的人，或错的时间遇上对的人，都是自己骗自己的借口。说到底还是忍受不了别人的真实。在恋爱开始的初期，你所面对的人都是最完美的，最虚幻的，最最不真实的。时间缓慢沉淀后，那个真实的恋人才会真正浮上来。所以我们都是带着浓妆走进爱情的，为的不过是展现自己最美的一面，刻意去隐藏自己的瑕疵。我们所接受的不过是那惊鸿一瞥的美艳动人。等到浓妆卸去的时候，我们会觉得对方变了，其实在爱情里谁都没有

变，只是我们无法面对真实，迷失了自己，仅此而已。

我们喝光了所有的酒，不过瘾，刘卓提议再去烧烤店喝第二场。蛋蛋说我们疯了，他自己跑网吧打排位去了。剩下我们三人，肩并肩唱着《好汉歌》向"好再来"烧烤挺进。其间我们聊起dota，刘卓说："我都在玩dota2，我现在可是高手。"

"有多高？"

"天梯5200分算不算高？"

"哎呀，看不出来啊，以前你还是个连拉野都老失误的小菜鸟啊！"

"总会进步的啊，我现在下了班就回家爬天梯，我妈也是因为这个老赶我出门，让我去相亲。"

"看来我们的队员有着落了。"我转头对强子说，强子只顾吃烤羊肉，压根儿不理我。

2.

沸蓝网吧的比赛，周六正式开始。我们终于组团成功，虽说强子很不满我把猩猩拉进来，可这也是没有办法的选择。猩猩虽然水平不咋地，可他毕竟有一脚"绝活"，说不定到时候还真能派上用场。我们早就对猩猩的味道产生了抗体，至于刘卓我们为了让他尽快地融入团队中，特意趁猩猩熟睡的时候，从他那偷了双开光的袜子，用一个黑色的塑料盒子装好，交给刘卓，告诉他没事的时候就打开来感受一下。他像接过炸弹一样地接过盒子，很不解地问："为什么要弄这么个神秘的盒子？"我只能说："这是我们队特有的锻炼临场心理素质的训练方法。"

第二天早上刘卓就打电话过来骂娘，说我脑子有坑，拿双臭袜子耍他。还说这他妈是谁的蹄子，臭炸了，他老爹一进他房间，血压都升到270，现在他家连蟑螂都不愿来。

我不知道如何解释，只能挂了电话，然后对强子说："看来特训失败了啊。"

"也不能怪他，毕竟猩猩的脚臭不是常人能受得了的。"

我每天一下班就跑去小区对面的网吧和强子他们会合，刘卓会在晚一点儿开车过来。杭州的晚高峰是十分恐怖的，刘卓每次来都会很抱歉地给我们捎上晚饭赔罪。我们对这个队友特别的满意，也特别感谢杭州的晚高峰。刘卓的出现，大大减轻了我的经济压力，我中饭单位有的吃，晚饭又给他包了。我可以把有限的资金投入给蛋蛋和强子买泡面上，房租我压根儿没想过。我算过了，如果我承担房租，那蛋蛋和强子两人中间肯定要饿死一个。要是哪天和章杨出去吃个小饭，看个小电影，那蛋蛋和强子就要饿死一双。这还是在我们不上网的情况下，现在每天都混迹在网吧，光三人的月网费就不是一笔小数目。所以房租我只能放任自流，现在有两套方案：一套是我们拿下冠军，奖金拿来付房租；二是我们没能拿到冠军，我厚着脸皮继续抱章杨大腿。

环勇一直都是我们的专业陪练，对阵他的朋友联盟我们未输过一场。打他们就像小时候我妈打我那样，拿绳子往床头一绑，操起皮带就往屁股蛋上抽，噼里啪啦，嘻哈风十足。我暗自庆幸，还好当初没跟环勇组队，不然比赛一开肯定是吊打的节奏。环勇太稳，他的朋友军团又太不稳，这样的队伍怎么打，完全不是一个节奏，用兰花指当拳头用，能打疼别人吗？

蛋蛋从在成都打职业那会儿，就转型了核心位，强子则是带节奏的 solo 位，也能适当地打些劣势路单人位。刘卓除了大哥位，其他位置基本都打得马马虎虎。至于我和猩猩完全就是锦上添花的类型，反正有蛋蛋和强子的粗腿抱着，我们跟着他们的节奏打就好，连脑子都不用动。

如今的战队似乎位置的概念都相对模糊，基本一个人都能胜任好几个位置，会茫茫多的英雄，你根本 ban 不完。这其实也是一种压制，叫赢在起跑线上，现在是连选人都有假动作了。

3.

周五早上社里安排我去城东一家外贸企业采访一个市场部主管，女，35岁，至今单身。越是大的城市，高龄剩女就越多。她们将最好的时光都奉献给了这座城市，年轻那会儿觉得自己要奋斗，将儿女私情放一边，等到不再年轻的时候，想去把当年放下的那些儿女私情拿起来，却发现拿不动了。这些剩下的女人里，小部分是真的因为事业而放弃了自己金子般的韶华，大部分还是自

己矫情。

我采访的这个吴总就属于后者。她的办公室倒是干净，窗台上摆着兰花和绿萝，桌上放了一些品种奇怪的仙人球。她喷着很浓的香水，似乎这些都市丽人都爱把自己弄得跟个香炉似的，未见其人，先闻其香。她给我冲了杯咖啡，用一个很端庄的姿势侧着坐在沙发的一角，挂着标志性的微笑等待我的采访。

简单的开场白后我就进入了倾诉和聆听的过程。她哭诉了一遍自己从小家庭的窘迫，那描述简直能把一切斑斓都变成黑白。伴随着二胡的配乐，吴总的父亲看着漏风的土墙，摸着一脸是泥的幼年吴总说："娃啊，你要好好学习，天天向上啊。"幼年吴总挑灯夜读、凿壁偷光、悬梁刺股，成绩在班级里一直名列前茅。参加高考那年，吴总以全县第一的成绩考进了北外。

此刻的吴总就像个参加面试的应届毕业生那样在我面前朗诵着自己的简历，这种时候我一般都不会去打断当事人，我觉得打断别人说话不太礼貌，更何况是打断别人吹牛。其实吴总说这么多无非是想向我证明一件事，就是她很优秀，那些抛弃她的男人真是瞎了他们的狗眼。

吴总的履历差不多朗诵了一小时二十分钟，我们才算勉强进入正题。

"我参加工作的第一年交往了一个男朋友，不是本地人，在一家软件公司当程序员。收入一般，反正在杭州买房子是不太可能的。他很体贴，知道我吃不惯食堂的饭菜，每天中午都给我送爱心便当，晚上加班晚了，他就烧好热水，等我回家，他还给我按摩、洗脚。"

"挺不容易的，这样的男人不多了。"

"可不是嘛，不过当时我心气高，加上刚参加工作很多都不懂，公司又老是加班到很晚，我就很暴躁，就爱往他身上撒气。我说他没出息，除了会做饭什么都不会，是因为他我才变得这么辛苦，为什么别的女人可以成天打打麻将、做做美容，我就得为了一个几万美金的单子，加班到半夜，为什么？"

"那您后悔过吗？"

"不后悔，哪怕重头再来，我还是会离开这个男人。因为他太没出息了，起码我看不到他有什么上进心。既然我跟了你，你起码得要满足我的一些物质需求，我不是贪慕虚荣的女人，可是终究是女人，女人骨子里总是带点物质的，我觉得我这个要求不过分。最起码的你得有套房子吧。"

我当时想："我勒个去，要房子，这还不过分？"

"很快，我在酒吧认识了一小凯子，他特别懂浪漫，我们是姐弟恋，他会捧着玫瑰在我公司楼下等我，你知道有多少玫瑰吗？一车的玫瑰，塞满了他的法拉利敞篷车。我们去马尔代夫潜水，我们还去阿尔卑斯山滑雪，我跟他去了很多地方，他说在我生日那天会带我去法国心锁桥，他说要给我一个承诺。"

"那他给了吗？"

"他给个××，他跟他老爸公司的前台搞到一起去了，居然吃窝边草。我专门去找过这个女人，那女的丑的，我跟你说，这都什么眼光啊，要什么没什么，就比我年轻个几岁而已。"

我哑口无言地听着中年吴总像机关枪一样地"哒哒哒"打自己的脸。其实看得出，吴总风华正茂的年代应该是一个8分美女，所谓红颜多薄命也不是没有科学依据的，上天总是用时间来雕刻这些美女，那些绽放的最美丽的樱花却是片刻凋零，因为我们定格了她们最好的样子，再细微的改变都会被大家拿来找茬，因为嫉妒。所以那些被别人说从二十岁到四十岁都没有变化的人不要觉得自己是后来居上，你只不过是长得丑而已。

"我后来又找了个男朋友，大我十岁，是在我一次谈生意的时候认识的。他不浪漫，也算不上体贴，他唯一能带给我的满足也只是经济上的。我买了很多的包包，我开着车满杭城地找朋友打麻将，出入各种美容店，最终我才发现，这样的生活多么空洞，我沦落为一只宠物。"

"这不是你之前所向往的吗？"

"我要的是爱，是那种能给我物质也能给我生活的靠谱男人。"

"第二个提到的富二代可以给你这些啊。"

"那孙子太花心，我可是处女座，容不得别人的不忠。"

"……"

我觉得没有办法继续聊下去。她要找的人此间不在，一个男人天天陪着你，怎么去忙事业？一个男人整天忙事业，又何来时间陪你？又有钱，又有时间的，他不多泡两姐他干吗去？

中年吴总掏出一支万宝路点上说："我虽然抽烟、喝酒、泡吧，但是我是个好女人，我坚强地活着。我现在想开了，一个人也没什么不好的。"

我点点头，这个吴总用三个小时抽肿了自己的脸。相比于假坚强的女子，那种真下流的婊子更让我肃然起敬。

我谢绝了吴总的晚餐邀请，以回去赶稿为由逃离了这个假惺惺的地方。看来还是网吧更适合我，至少在那里大家都纯粹，打发时间没有贵贱之分，我用最少的钱收获了最多的快乐，怎么看都是赚了。

4.

我们小组赛进行得很顺利，头两场都以差不多三十个人头的巨大优势，碾压获胜。这毕竟是业余的网吧赛，水平参差不齐。章杨也专门逃课出来给我们加油，她告诉我那年学校的 dota 大赛，她也站在角落默默地为我加油，她觉得我认真打 dota 的样子特别帅，仅次于弹琴。

我和强子盯着网吧墙上挂着的 EVA 女子战队的巨幅海报出神。

强子说："别说，小傻化了妆好看多了。"

"我还是喜欢她不化妆的样子，这样总有点不太习惯。"

"不知道她现在水平是不是退步了。"

"怎么？你想一雪前耻，打破 solo 从未赢过她的不良纪录吗？"

"滚犊子，我现在谁都不虚。"

"这女的看着眼熟啊。"章杨凑过来说。

"以前也是我们学校的。"我有些心虚。

"哦，挺好看的。"

"呵呵，没你好看。"

"是吗？可惜我不会打 dota，这点我输她十万八千里。"章杨的笑容里似乎夹杂着很多其他的含义。她是没理由不知道小傻的！如她所说，她是在那年晚会上被我的歌打动，对我心生情愫。其实此晚会小傻也曾登台演出，在我的节目之前，是一首钢琴独奏，《梦中的婚礼》。我还记得那晚她白色裙摆被空气带起的样子，美得令人心动。

而那次学校的电竞大赛，小傻其实是作为我的对手出现的，因为我们一次比赛失利后，她和强子在打法上闹了点矛盾，就赌气加入了环勇的战队。按道理说，失败者是最容易被大家遗忘的，所以章杨没道理会注意到小傻这个人。不过女人的逻辑总是跟男人的背道而驰，老天是公平的，它剥夺了女孩们的逻辑，却给了她们无与伦比的直觉。

5.

比赛结束后，我就回住处拿着章杨的笔记本赶专题。章杨靠在我的大腿上吃薯片，时不时地往我嘴里塞上一片。这个场景让我想到了陈静。

陈静是我的初恋，是我整个高中年代的意淫对象，我那时发春地认为，以后要娶这个女人。后来我看到她跟校外的一个小流氓在树下偷偷接吻，我更是心怀恶念地希望她早孕，然后被人抛弃，最后她脸色煞白地走进我的生活，我毫不嫌弃，你看我在那个时候就有了如此前卫的备胎精神。

后来我们邂逅在下沙的一家酒吧，她成为我和小雯感情危机中的替代品和发泄工具。我们曾经在一所公寓内共同生活了不长的一百天。我专门为她写过一首歌，只唱给她的歌，现在我连旋律都已经忘了，只记得她哭得像个傻×。

最后一次见她是在她的婚礼上，她穿着洁白的婚纱，穿过满是百合的圆顶花亭，新郎就站在她最近的对面，单膝跪地，含情脉脉地说："亲爱的，我来接你了。"他们的手紧紧地锁在了一起，我心中五味杂陈。一时间我出现了幻觉，我看到台上站着的竟是自己，陈静的眼泪和我的眼泪混在一起，像香槟塔里满溢出来的香槟，一层又一层填满所有的空杯子。

在那一百天里，我是迷茫的，不知所措的。陈静总是会靠在我的身边，听我发牢骚，听我弹琴，片好苹果送进我的嘴里。她曾不止一次地问我爱不爱她，我没有给过她答案。只有我自己知道，她每次发问，我眼前都会浮现出那年月光下她和那个小流氓狂吻的画面。所以我以前那些信誓旦旦的恶念和不计前嫌的伟岸都是我自己 PS 过的，我根本做不到坦然接受。我只是希望她能够幸福。

"想什么呢？"章杨在我眼前晃动着手指。

"没什么，思路卡壳了。"

"那就休息一下，玩一玩。"

"玩什么？"

"要不玩我吧，哈哈。"章杨故意做了个销魂的 pose。

"小样儿！"我奸笑着将她丢到床上，开始脱她衣服，她故作情趣地挣扎，大笑，狂叫，喊救命……

房门被突然推开，章杨"啊！"的一声拿过被子蒙住衣衫不整的自己。我抬头看着站在门口的猩猩，骂道："懂不懂礼貌啊，不知道敲门啊！"

"不好意思，我不知道你们在干这么下流的事情。"

"我靠！你才下流。"

"小帅，借一步说话。"

"别弄得跟武侠片里似的，有话说，有屁放。"

"我刚在楼下看到小雯了。"

房间里的气氛顿时变得尴尬无比，我跟块木头一样地定在那里。猩猩摇摇头说："我都说借一步说话了。"

大闹白富美宫

1.

　　小雯一个人蹲在小区的绿化带旁的路灯下面，外面冷得厉害。可我却想起了这样一幅场景：那是在高三末年，天方初春，夏至未至，夜色里带着潮湿和一丝燥热，我们还是穿着长袖衬衫和单裤走在回家的路灯下，身旁是自己喜欢的人，紧张又悸动。这是晚自习结束后最短暂的独处，窄街是那么干净，路灯洒下的光晕斜着照在我们的肩上，无论同路与否，总是会有一个人愿意从一个相反的据点陪你走完你的方向。这也许就是那个年华里，最美好的"送你回家"罢，没有单车，更没有汽车，很累，但是很温暖。

　　小雯总是会带给我这样的画面，她没有章杨好看，可她是有画面感的，有故事性的。在她的身上我能找到高中那种美好的感觉，这是别人所不具备的，也是我最中意的。

　　她看到从楼道里走出来的我，站了起来。我走近她问："你怎么来了？"她没有说话，突然抱住了我，我有些不知所措，我猜现在章杨正在楼上的窗户边目睹所发生的一切。

　　"要是时光能倒流该多好。"她突然说了这句话。

　　"你想时光倒流到哪个时候？"我问。

　　"倒流到我们在一起的日子。"

　　"你不是说我是一个除了游戏什么都不管不顾的人吗，是你最不喜欢的人。"

　　"哎，你那时候要是不那么疯狂地玩游戏，也许我们现在还在

补刀：
通过对敌方小兵的最后一次攻击获取金钱与经验的行为。就好像地上有一百块钱，最后的拥有者肯定是先捡起来的人而不是那些先看到的人，对不对？

一起。"

我没有继续说下去，这种话题是无法穷尽的，这世间哪来那么多"要是"与"如果"，真实的世界里，我确实怀揣梦想肄业去打 dota，去组战队，去参加比赛，去做所谓的职业选手。虽然最终我是失败了，可在梦开始前总是信心满满的，只是不幸最后梦破碎了，我也没必要去抱怨，无论如何这都是我自己的选择和决定，否定自己不是我的风格。

"你怎么知道我住在这里？"这是我最大的疑问。

"今天在学校碰到了刘同学，他告诉我的。"

"妈的，又是刘银水那畜生。"我心里骂道。不得不承认身边有这种猪一样的队友真是不省心，可现实中总是存在着这样一种广播员，他们负责将你的秘密无脑地传播给外界，可他们又是知道你秘密最多的人，因为你会更无脑地将秘密告诉他们，为的只是挑战一下他们的传播底线。对双方来说这都是一种强迫症，我不告诉他就很难过，他不告诉世界他也很不自在。

我身上有很多这样的强迫症，比如我出门的时候总会觉得自己门没关好，然后一发不可收拾，觉得好像电脑也没关，又好像炉子还点着，还好像马桶也没冲……越想越想不起来自己到底有没有做这些事。这种事对于我这个丢三落四的人来说，是转身即忘的。这些疑问会驱使我无论多远都忐忑地折回来看一眼，发现其实都关得好好的。

"你男朋友呢？"

她摇摇头，却反问我："那你女朋友呢？"我苦笑着往背后六楼的窗户上扬了扬下巴。

小雯有些惊诧地说："对不起，我不知道她也在，给你添麻烦了，我还是走吧。"

"我送送你吧。"

"不用了，不用了，你快上去吧，给她看到不太好。"

我心想："这废话说得真有点水平，楼上那位还有什么没看到的吗？"

我送小雯到了小区门口，相对无言地站在夜色里等了一会儿计程车，她拉开车门准备上去的瞬间似乎回头想跟我说些什么，不过终究忍住了。对此我并没有特别去好奇，我现在思绪复杂，满脑子都是上去怎么和章杨解释。

我徘徊在楼下抽了两根烟，又开始当人生编剧。我想，猩猩进门说了小雯在楼下等我，我的房间窗户正对着和小雯拥抱的那个路灯角落，完美的狙击点位。章杨听到小雯来找我，没道理不趴在窗户上瞭望我们的一举一动，所以从我走出楼道开始到小雯扑上来抱我的过程，她是尽收眼底的。

我现在唯一翻盘的机会就是章杨只见其人不闻其声，我想好了两套对策。第一套是小雯的姨妈不治身亡（虽然这很不人道，可我别无选择），小雯悲痛欲绝，过来向我哭诉，出于人道主义慰藉我给了一个安慰性质的拥抱，重点在于渲染生命的脆弱。女孩总是心软的，而且斯人已去如此高大上的标题，给个拥抱算什么。

第二套是小雯未婚先孕，要做人流，男友却禽兽不如地撒手不管，消失于江湖。她走投无路只能来找我煽情，希望我能借点打胎银子。为此不惜使用攻心战术，妄图用拥抱来打动我。我心太软，要不是真没钱，我就中了敌人的奸计。

我又在门口又抽了一支烟，做了个深呼吸，开门进去。猩猩坐在地铺上像条狗一样看着老子，我对他比了个中指，心想这厮真是个狗头人地铺师！走进房间，章杨坐在床上看电视。见我进来堆起笑容说："宝贝，明天是周日，我想去看电影。"

"看……看呗。"

章杨在我脸上亲了一口说："有点累了，我睡觉觉了，你稿子别写太晚了哦。"

我茫然地点头说："哦。"

我看着钻进被窝的章杨，仿佛刚才什么都没有发生一样。她的举动令我很诧异，这种情况要是换了当年的小雯，她肯定拿着剪刀凶狠地在房间里等我，一副要把我送进宫的嘴脸摆在那里。记得当年就因为我跟小傻在学校的湖心亭里聊了不到一小时的闲天，她就从女生寝室楼上泼了我一整盆凉水。可能人都是犯贱的吧，我们都抱着这样一种心态，更愿意挑战高难度。你越不在乎我，我越在乎你，而我之所以这么在乎你，只是为了有一天你觉得非我不可的时候我可以用不在乎你来报当年你不在乎我的一箭之仇。

在老家我有一个年长的朋友，毕业后留在上海，找了个东北姑娘，姑娘长得不错，就是比较彪悍，脾气也暴躁。我这朋友身材瘦小，性格也有些古怪，

两人经常为了点鸡毛蒜皮的事情争吵。有一次，两人因为停车车头拉没拉直的事情吵了起来，姑娘火一上来，抓着我这朋友一顿猛削，然后开着车扬长而去。我那朋友挂着鼻血指着车尾灯大声吼道："我告诉你，今天我没还手第一是因为你是女人，第二是因为我打不过你，如果有一天我打得过你，老子打不死你！靠！"

两人在去年结了婚，虽然偶尔还是会有家暴，但是我朋友一直都在修炼，有时候在网上碰到他，他还会跟我说，在学散打什么的，总有一天要揍得那老娘儿们半身不遂。

2.

也许是心怀愧疚吧，我狠下心掏钱请章杨吃了顿必胜客，吃完还去I-MAX 看了场《前任攻略》。送她回学校的路上，章杨问我："小帅，你觉得这片子怎么样？"

"还行吧，女主角挺好看的。"

"我也觉得不错，其实我们没必要去纠结一个人的过去，两人在一起这段时光总是会有误会，甚至迷失自己，这很正常，有的时候所谓的我很爱你不过是自己臆想出来的东西。"

"你想表达什么呢？"我问。

"我只是在说电影，你想多了。"她笑着回答。

可我觉得她是有言外之意的，直指昨天我和小雯的相见。她无非是想告诉我，要珍惜眼前人。

回到住处，强子就跑到我房间开会，说今天环勇的战队输了，大比分。我有些惊讶，虽说环勇队伍磨合一般，可毕竟有他在实力不会弱到哪去。更不可思议的是，赢环勇的战队来自我们学校。其中的中单不是别人，正是小雯的那个男朋友。

蛋蛋说："这不是个人实力的问题，是战术的问题，他还在用 dota1 的阵容和战术，在 dota2 里面，小精灵和火熊猫这种都不 ban，怎么打？"

强子也点点头说："dota2 更讲究推进和团战，哪怕前期线上有点劣势，但通过中期的抱团推进总能打回来，对手在这方面做得很出色。"

"狼人胜率太高，小精灵百搭，我们要想夺冠得有自己的一套体系。"

"这个你们看着办。"我说。现在的我已经不再是那种能想出无敌阵容的团队大脑了，我就是锦上添花的，打团的时候能指挥调度下，所有的能力都到这，别寄希望于我还能像以前那样，特别针对地去选人。当然主要原因还是现在队里有蛋蛋，人家好歹是在理论上的职业战队里打磨过的，所以这个锅还是让他去背比较好。

猩猩反正什么也听不懂，他是凑来蹭点二手烟过过瘾的。他整天无所事事，本来公寓附近有个球场，他去过几次，估计是被人虐得体无完肤，只好又返回学校打球。他这就属于典型的高等级菜鸟怒刷新手村的节奏。倒不是说学生打球有多差，只是相对比较文明，即便有几个粗野的也毕竟是少数。不像社会球场，都是些上了年纪的老球痞，速度不快，却借着中年长上身的一点肥肉，拱着你打，有的还有狐臭 buff，还有的口才一流，打不进就叫犯规。这些都还算好的，碰上那种下暗招、黑手的更够呛。猩猩总是感叹说："不管干什么，校园里总让人感觉舒服多了。"

3.

我们小组赛倒挺顺利，全胜出线晋级 16 强，16 进 8 采取三局两胜赛制，并非双败。比赛采取交叉对阵，第一组对最后一组，第二组对倒数第二组，总之一头一尾往上推。我们最后一小组出现，对手是和我们一样在第一组全胜出线的一支上海队伍。

比赛在下周六开打，学校里已经到寒假前最后的冲刺了，那些为了及格的同学此时也和我们一样投入到紧张的备战中。我是害怕过年的，从肄业至今我甚至没有联系过家里，一来不知道如何面对自己的父母，二来自己这一年也没做什么像样的事。我是打算自己过得好一些了再回家去，至少能够对他们说我在杭州活了下来，甭管活成什么样吧，至少勉强饿不死。要是能让自己活得比一般人还出彩最好不过，回去面对街坊邻里也能跟他们说，大学有屁用，我没毕业不也过得挺好。现在回去，街坊们只会拿我作为反面例子用以告诫他们那

些还在高中阶段的子女说，你看隔壁的王小帅，书不好好念，现在活得跟条狗一样。

其实，仔细去对比一下以前和现在会发现其实我们还是吃得起苦的，我们居然连高三那么魔鬼般的岁月都挺了过来，还有哪个阶段会超越那个空虚、燥热、不安的年华呢？那时候我们未知，烦躁，饱受折磨，读过书的同学其实都是战士，无论你是战死沙场还是幸存下来都是英雄。

考试对于章杨来说是没有什么难度的，她聪明过人，特别是在学习上。用品学兼优来形容再贴切不过，她不似小雯那样在考试前腾出很多的时间在备考上，她照样跟着我们去网吧，去吃烧烤，甚至喝酒和胡闹，可一入考场她就是神装核心，各种收割。在她的身上我觉得总有人被上天特别地照顾，你看章杨，不但拥有美丽的外表，又有良好的家庭背景，最可气的是她还有过人的聪明才智。再看看我，三无产品。但我并不为此感到忧伤，毕竟在我之下还有强子，在强子之下还有蛋蛋，最不济我们都还有猩猩垫底，谁能比他惨？

考试结束后，就是不长不短的寒假，章杨在她家搞了个聚会，邀请了我们战队和她的一些闺蜜参加。这还是我第一次参观章杨的家，客厅干净整洁、错落有致；书房里有整一面墙的书柜，书柜的一侧摆着绿植；阳台上是规模更为庞大的绿植群，用一个欧式铁架子盛着；厨房的冰箱里有新鲜的水果和蔬菜；卧室是很温馨的粉色，飘窗上放着一对懒人小沙发，一些毛绒公仔堆在床头，阳光可以透过落地窗直射进来，使人暖暖的。

"我觉得我要爱上她了。"我对强子说。

"是因为她的这些品位和生活细节吗？"强子就站在我身边，跟我一同盯着卧室内挂着的抽象派油画。

"不是，是我觉得这套房子起码值五百万。"

"哎，你说怎么就没个富婆看上我呢。"

"你看那边几个妞，说不定就有潜在富婆。"

"你又知道。"

"物以类聚，你看咱们交的都是什么朋友，比如那样的。"我用下巴指了指在一旁研究圆柱形空调机的猩猩。

"突然觉得好有道理。"强子用力地点点头。

晚餐我们在一巨长的餐桌上坐定，男左女右，章杨在中间。桌子上相隔二十厘米就摆上一个铜质欧式三叉烛台，上面插着白蜡烛，这种场面奢华得让我以为在演偶像剧。猩猩凑过来耳语："我一开始还以为这是会议室呢，没想到是餐厅。"

章杨端起高脚杯，里面装着红酒，估计应该是好酒，不然就不入格调，没道理你整这么大个排场，拿水晶葡萄汁来对付了事。我对红酒没什么研究，这些都是大富大贵之人的话题，成天对着一杯酒望闻问切够没劲的。

"谢谢大家能够参加我的生日 Paty，在这里我还要隆重地介绍下我身边的这位……"章杨摊平一侧手掌指着我，我有些难为情地冲对面的章杨的闺蜜阵容点着脑袋。

"王小帅，我的男朋友。"长桌的另一头响起了一些不大的尖叫和掌声。

"杨杨你男朋友在哪高就啊？"

"就是啊，怎么也得年薪百万才能配得上我们家杨杨吧。"

"这帅哥一看就是年轻有为的那种，杨杨眼光我们了解。"

台下的这些疑问句像"白虎"的神箭，从遥远的地方射中我的胸口，简直被晕到死。

强子和猩猩在一旁嘀咕："我去，年薪百万啊！王小帅长十个肾都不够。"

章杨也有些尴尬地说："你们这些女人俗不可耐，我们家小帅在我眼里是最优秀的。"

"哎呦，这就帮上了。"台下又是一阵嘲讽。我是恨不得钻到桌子底下去，一口喝干杯中的红酒，一屁股坐下。这顿饭如同嚼蜡，毫无胃口，强子和猩猩则爆砍十个鹅肝，六块牛排，以及数不清的美味。

饭后，强子他们跟章杨的闺蜜们在大客厅内嬉闹。我则被章杨拉到卧室，她勾着我的脖子问我："你今天不开心吗？"

"没有，只是有点不太适应，我原来找了个 S 级白富美。"

"就是啊，便宜你啦，哈哈，对了，我有礼物送给你。"

"我都不知道今天是你生日，而且你还送我礼物，这算怎么回事。"

章杨笑着说没事，然后从里间拿出来一把琴，我一看是 Taylor-816CE，摇头说："我不能要，太贵重了。"

"给你就拿着，我可是托了朋友从美国代购的。"

"不行，这琴起码三万多，我不能要。"

"别磨叨了，唱民谣的都希望有一把好琴，就像你们打 dota 的都想要个好鼠标是一样的。"

"我说了我不要，我还有稿子要写，我先走了。"

我转身从里屋走出来，途径客厅的时候看见吃着零食、喝着调味酒的猩猩他们，不忘吼一句："瞧你们这没见过世面的样子！"摔门而去。

4.

章杨住的是别墅小区，走出来不久我就发现自己迷路了。我在里面瞎转悠，我觉得这个小区的设计是有问题的。既然是别墅区为什么不弄得错落些，甚至可以弄得层峦叠嶂，种一些比较高耸的森林植物，这样才有仙气，才有神秘感。眼前的小区，说起来是别墅小区，其实就是驻扎在城区的农村自建房。屋与屋之间无论是距离、花草、配件、风格都一模一样，我怀疑这里的开发商有很严重的强迫症。最要命的是，这小区出奇大，我一度看到过两扇关着的大门，反正一模一样，也分不清楚是后门还是偏门，总之我始终找不到正门。

我有些后悔，没事跑出来干吗，又有些愤怒，章杨怎么都不追出来。后来一想一般都是女孩子生气才往门外跑，然后男人去追，到我这怎么颠倒了。

我以前只是觉得章杨家里条件不错，我能预见的极限就是她的父母有些事业，父亲有个十来人的公司，母亲或许是哪个企事业单位的干部，一年将将算下来收入个四五十万元。可是我绝对想不到她会是住在这么一个小区，随手就拿出三万多元的吉他当礼物送给我，还在家里开这种档次的 party，光厨房里那拨西点师傅就得花上万。哪个收入四五十万元的家庭会这么铺张？

我可以接受章杨有钱，可是我不能接受她这么有钱。我不知道这是种什么样的心态，反正就是觉得自己不属于她们那个层面。有的人可以陪你吃几次烧烤，喝几次啤酒，但这不过是暂时的，谁能一辈子陪你吃烧烤、喝啤酒。可每天吃着烧烤、喝着啤酒，无所事事，找人扯淡，对弈军旗，玩玩电脑，这就是我梦寐以求的生活啊。

我承认如果我和猩猩角色互换，他现在肯定穿着范思哲开着跑车，成为第二个多多出现在我们面前。我这种人野惯了，不适合这种家庭，也不适合那种风格，现在想起来，可能小雯真的更适合我。

我给她打了电话："喂，我迷路了。"

"你在哪里，我来救你。"

"我在一个小区里，但具体是什么小区我不知道。"

"去门口传达室问保安啊，笨。"

"问题就在于我现在连门口都没找到。"

"那你就敲住户房门投石问路。"

"我怎么没想到！"

看来年关将近我又蠢了一岁，我找了个亮着灯的别墅，按下门铃。门被打开，是章杨！我信了你的邪了，老子绕了半天，绕回起点了。

她双眼红肿地抱住我，边哭边说："你跑哪去了，我刚才跑出去大门口，保安说没看到有人过来，我以为你不要我了。你别生我的气，对不起。"

我也不置可否，我一直最受不了女人的眼泪，况且她不需要对我这种人道歉，她今天过生日，还送我礼物，我还要摔门出走，她何错之有？

这时口袋里的电话不合时宜地响了起来，我知道肯定是小雯打的，估计她此刻正一副整装待发的状态，就等我报坐标了。我看着一屋子的男女，摸了摸趴在我胸口哭得像梨花带雨的章杨，掐了线。

女王归来

1.

蛋蛋最近和猩猩在纠结要不要回家过年这样一件事。有句话叫："有钱没钱，回家过年"。不知出处，可我觉得这句话是不科学的。对于在外漂泊的游子来说，都是不愿意铩羽而归的，所以没钱的也会装作混得不错的样子回家，毕竟人心向好，谁都不愿意承认自己比别人混得差。所以每逢年关，汽车和手机的销售总是遥遥领先其他商品。这两样东西使用频繁，当着大家的面拿出新款苹果手机，旁人就会问："换手机了啊？新款诶，多少钱啊？"然后你可以一边玩着游戏一边假装满不在乎地说："不贵，才五千。"

至于车那就更不用说了，甭管什么牌子，只要是四个轮子烧油的，大家都会觉得你混得还可以，毕竟这是消耗商品，那油表往你眼前一放，就是在提醒你，未来的路很长，一定要加油！

记得以前，我们用的都是诺基亚，玩得最好的游戏是里面的贪吃蛇，以盲发短信为荣，以高坠不坏为傲。现在大街上人手一部智能机，微信取代了短信，五花八门的游戏取代了贪吃蛇，一天就没电，一摔就没用。

记得以前，我们看到同学爸爸开着桑塔纳来接他，带着羡慕地说："哇塞，你们家都有车啦？"同学很自豪地点点头说："是的，要不要带你们一程？"那时我们坐在桑塔纳很不柔软的后座上，手动摇下窗户，像群神经病一样把脑袋伸出去喝风。

现在杭州的马路几乎成了停车场，朋友们聚会时会惊讶地问骑电瓶车来的你："啊，你们家还没车啊？"

反补：
通过对己方小兵的最后一次攻击使得敌方英雄无法获得金钱与经验的行为。这事我想很多人都干过，就是自己喜欢的姑娘有了男朋友，他们就在学校里散布女神其实有妇科病的谣言。

这就是我们飞速向前的时代，快得跟变身后的"狼人"一样，不管你来不来得及适应，它永动。我们四人则是被时代落下的小分队，背着小米步枪小心翼翼地走在乡下的田埂里，不踩人民一苗一木，不拿群众一针一线。披星戴月，春愤秋怨，迷失过，彷徨过，最终找到了组织，组织的士兵手握激光枪，身披光离子防护盾，天上飞满了气垫飞艇，看得我们目瞪口呆。原来，落后也是一种穿越。

强子的算盘是如果拿下这次比赛的冠军，他就捧着两万块钱回家，说自己在大三的时候抛弃学业，毅然决然地白手起家，这手中的两万块钱就是第一桶金。届时他还能把比尔盖茨的例子拿出来加强论证效果。

"要是拿不下冠军呢？"我问。

"那你帮我跟章杨借个两万，我先拿回去江湖救急。"

"滚。"

2.

章杨像个小尾巴一样地天天跟在我后面，我打比赛她就躲到一边看直播大屏幕。间隙的时候她就跑过来给我捏捏肩膀，送点饮料。我有些反感，最主要在我们赢了 A 组头名后就铁定进入八强了，我即将与小傻相见，章杨夹在中间总觉得不那么自在。

另一方面，小雯男友的那个战队也进入了八强，而且据说他们淘汰了一支相当有实力的战队，反正我也没亲眼看见，都是听说。这个就像篮球场上的投篮，你百发百中只能说明两个问题，第一你确实是个好投手，第二防守你投篮的确实是个垃圾。一把矛的锋利程度取决于抵挡它的盾的质量，小卖部的塑料脸盆用食堂过夜的土豆丝都能刺穿。

环勇曾跟蛋蛋说，与小雯男友交战"卡尔"和"狼人"必须要 ban，他们这套体系打得很顺。他说小组赛都是一局定胜负，如果再来一场他绝对不会输，他强调说自己是输在了阵容上而不是技术上。

其实相比于"卡尔"我更讨厌"蝙蝠"，这个英雄太烦，对线能力强，其间弄个酱油给拉好野，它开火烧一圈加上之前的补刀，顺利的话十分钟之内

必出"跳刀"，有了"跳刀"的"蝙蝠"就不是一般的"蝙蝠"，那是蝙蝠侠！前期团战那是拉住一个死一个。你追着它打吧，它屁股后面的火就跟吃川味火锅拉稀似的一股脑儿喷你脸上，恶心死你。

强子的"蝙蝠"其实用得很好，只不过这个英雄在这次比赛似乎没有队伍愿意放出来给对方，基本都送它去了小黑屋，这让万年小黑屋的"火猫"都有机会上场，好不开心。

虽然小雯男友被外界过分渲染，可我一点都不惧怕他，打起来他中单面对的是强子，不被打崩就不错了。而且优势路又有蛋蛋这个超强打钱能力的大核。之前比赛我们用得最多的是睡箭组合，我使用"米拉娜"，刘卓使用"痛苦之源"。这组合比较适合线下，毕竟交流方便，大家可以商量好最好的出箭线路，而且"痛苦之源"也是比较克制"蝙蝠"的一个英雄。

在路人局里面我也使用过几次"米拉娜"，效果很差，主要还是我箭射不准，我对一切跟射沾边的东西都是不精通的。以前玩过 CS，别人打我只需要两枪，我打别人要两个弹夹，就这还未必能打死。这也是我早早就放弃 CS 而转型连连看的主要原因。

我小时候喜欢看武侠电影，特别崇拜里面能够百步穿杨的射手，这种伎俩是极易装×的。随身携带心仪的小师妹，找一片油菜花盛开的风景，风景的尽头是一棵陈年香樟树，树下站着一个不讨喜的师兄，顶着一个血红的苹果。射手为了表现自己技艺精湛，自蒙双眼，搭弓便射，离弦之箭将苹果牢牢地钉在树干，小师妹拍手雀跃，说："师兄好棒。"

不过也就到此为止了，这种角色遇到了真正主角光环的大侠后简直就是个苹果。无论你射得箭多快，角度多刁钻，主角大侠用嘴都能接住，这还让不让人崇尚科学了？大侠不但武功盖世，连口活都盖世，所以说从古至今，都是近战的天下。

比赛里其实"米拉娜"的作用也就是前期的神箭那相对较长时间的晕眩效果，以及中期大招的潜行和逃生的团队能力，你让它来打输出不现实，太占资源，同等级的情况下有太多的英雄能打出比它高得多的伤害。当然大顺风局另当别论，那个时候你的对手只是那个红苹果而已。

3.

今天是传说中的女子战队抵达的日子，她们的到来并没有获得鲜花和掌声。这很正常，毕竟她们只是个女子战队，又不是女子乐团，至少不招比赛选手们的待见，他们觉得奖金实在多了。

女子战队五朵金花穿着统一性感的战队服装，在沸蓝网盟门口作秀。引来了不少的围观群众，大老爷们居多，这大冷天的还能有这种送温暖的福利肯定得驻足品鉴一下。我也混杂在人群中，看着中间的小傻。

她带着我所陌生的微笑，接受着路人的合影要求。她化着我所陌生的浓妆，穿着只有春天才会穿的低胸深蓝小洋装，洋装上挂着她们战队的logo。此刻呈现在我眼前的不再是那个冷峻的面孔、干净阳光的运动服、带着白色大耳麦、手握鼠标的小傻，而是一个流于俗套的嫩模。

小傻身边的几个姑娘长得也还不错，只是没她那么出彩。看着她们在寒风中强忍颤抖的样子，我觉得特别悲凉，这就是赤裸裸的现实啊。要是当年她不是退学跟我去打职业，也许现在还在开着暖气的图书馆里温书。可能在不久的一年后，她能找到一份办公室的工作，朝九晚五地打发生活，这些对于一个女孩子来说足够了。

活动持续了差不多一个小时，那群冻疯了的姑娘钻进网吧迫不及待地穿上今年最流行的爆款绿色军大衣。一会儿在网吧还有一个小型的见面会，届时她们的领队会上台说些事先准备好的人肉广告，主旨肯定是歌颂沸蓝网盟为中国电子竞技事业所做的贡献。

小傻一个人缩在休息区的沙发上，我走过去，递给她一杯刚买的热咖啡。她看到眼前的咖啡抬头就发现了近在咫尺的我，眼神是复杂的。

"你还好吗？"

她喝着咖啡没有理我，而我也不知道该说点什么，就站在原地看着她慢慢喝着手中的咖啡。

"琳琳，你朋友啊？"旁边一个兔牙妹问道。

小傻还是笑笑，没有承认也没有否认。

"真幸福啊，咋就没人给我送杯热咖啡呢。"兔牙妹一脸的嫉妒。

休息区的气氛尴尬无比，我想过去坐到小傻身边，可又不知为何没有勇气，只能傻呆呆地站着，好像做错了事的小孩。小傻除了喝咖啡就是垂着眼帘看下方的茶几，连眼神交流的机会也不给我。

站了不知道多久，领队过来了，让她们准备准备。小傻抖掉披在身上的棉袄，又将咖啡放到茶几上，起身便走。

"小傻！"我在后面轻轻地叫了一句。她脚步停了一下，回头看了我一眼说："我很好，谢谢你的咖啡。"

4.

坐在公交车上，我兀自看着窗外，百脑汇、黄龙体育中心、巨长的天目山路、永远喧闹的杭州大厦和银泰百货，不知不觉我在这座城市生活了快四年。这四年里我想干什么就干什么，想不干什么就不干什么，自由散漫，不近人情。我总觉得自己的生活里缺少了些东西，可到底缺少了什么呢？

到站下车后，我又鬼使神差地搭上相反方向的车去了学校。我看着波光粼粼的人工湖面，心想如果我从这里跳下去，溺死在此，会不会成为一大新闻，然后被载入学校史册。就算载不入史册，我至少也能制造一个恐怖区域，让这一片碧波浩瀚的地方远离情侣的荼毒。

正想得入神，肩膀被人拍了一下，吓得我真就差点掉下去成为一个传说。回头一看是小雯。

"怎么这么有雅兴回母校参观啊。"她挂着淡淡的笑。

"心情不好，来感受下美好的味道。"

"知道这美好，你当初就不该……"

"停，好汉不提当年。"

"那天没出什么事吧？"小雯问。

"没事，你呢？"

"我们分手了。"

"我去，什么时候的事啊？"我有点受惊。

"就是我来找你的那天，其实那天我特别失落，我没想到皮克是这样的人。"

"皮克？听着怎么跟梅西、伊涅斯塔很熟的样子啊。"

"他姓皮。"

"我还第一次听说有这姓。"

"你没听说的多了，不是有个童话的主人公叫皮皮鲁吗？"

"你不如直接说皮皮虾。"

"皮皮虾太难剥了。"

"还说，哪次吃虾、吃蟹、吃螺丝不是我帮你把肉挑好的。"

"也不全是，我记得有一次我们去沈家门，你就自顾自吃了都没管我。"

"那天我是饿了，别说沈家门的海鲜还真不错。"

"可是那儿的海看起来也并不干净。"

"人家是出海打捞的，你说这些渔民一出海就那么久，家里的老婆得多饥渴啊。"

"你就知道想这些。"

"不是，我们刚才说到哪了？"

"额，让我想想。"

我和小雯的聊天经常会以这样一种方式结束，原因是我们都能把一件事扯出很远，等到发现时再往回找，运气好也许还能找回来，运气不好也就放弃了，等下次想到的时候再聊不迟，毕竟当时觉得以后的日子长着呢，这样没心没肺地活着自在。

我们顺着饥渴的老婆，出海的渔民，沈家门的海鲜，剥虾，皮皮虾，皮皮鲁最终逆推到了皮克是个混蛋这个中心思想上。皮克确实是个混蛋，他骗小雯说自己去弄什么毕业设计，其实都在网吧打 dota2，这我最清楚，妈的，我参加的比赛都能看见这孙子。

小雯告诉了我关于皮克混蛋的进阶版本，皮克在老家还有个女朋友，虽说这个桥段有些过时，但在大学里还是普遍存在的一种现象级桥段。毕竟大家都来自五湖四海，每年两假回老家后，发现他或者她也放假归来，这种感情是极其短暂的，开学日子一到就劳燕分飞。各回各的学校，各找各的伴。要是在学

校伴侣那里遇到了什么不开心、不快乐，就会联系一下彼此，寻求安慰。若双方凑巧都不开心，那就会各自编个理由，找个折中的城市，约个千里炮。反正这事不说也没人知道，至于小雯是如何知道的，这还得从她喜欢偷看别人手机这种 21 世纪最严重的妇科病说起。

小雯的感情世界是有洁癖的，她不允许自己的男人跟别的女人纠缠不清，超过十二点的短信她都会觉得有问题，即使是女生发了条："明天上什么课？"她都会觉得这是接头暗号。你一大老娘儿们半夜不睡觉，关心明天上什么课？太不符合逻辑了。再说上什么课你干吗非得问我男朋友，问你寝室里的人不就完了么？这就是处女座的道理，你没办法跟她们解释，这是她们认定的事情。

我跟小雯说自己很迷茫，不知道人生的方向在哪里，总觉得生活里缺少了什么东西。她说我缺少的是对生活的热情。归根到底我就是没有目标，不似她那样目标明确。她说一个人一旦有了目标就会觉得自己现在所遭受的一切都是有意义的。

我们聊了很多，中午在学校的食堂吃了饭后我们告了别，小雯说我若有事就来找她。回家的路上我一直在想，我的目标到底是什么？自从我和章杨恋爱后，发现自己消沉了，安于现状了，不乐意拼搏了，可能是她满足了我很多物质上的需求，以前这些需求都是我爸给予的，现在由章杨来给予，并且给予的更为优越。而她肯定不是我的目标，我又不是猩猩，不能指着吃软饭过一辈子。

想想我以前虽然也不乐意拼搏，但是在那段孤独的时光里，我却内心平静，别无所求。想来想去，我决定和章杨分手。哪怕我流落街头我也不能让她继续饲养我。

我的这个提议遭到了猩猩、强子和蛋蛋的强烈抗议。强子说人不能只顾自己，这样太无耻了，现在我不是自己一个人，还有他们三个呢，我就因为这有的没的就跟章杨分手，他们怎么办？他们不愿意流落街头。

猩猩说："就是，吃软饭怎么了，我还吃不上呢。"

5.

冤家路窄，我们抽签抽到了皮克！

抽签结束皮克带着一脸的坏笑走过来对我说："小心啦，冠军队长。"

"哎呀，这不是上次那个被打爆的超级中单吗？有勇气啊，还敢组队来打比赛。"强子在一旁回应。

"哼，这是团队项目，咱们走着瞧。"皮克愤愤而去。

皮克的队友都是我们学校的学生，这更让我觉得，年轻人成长了。这种成长是突如其来的，就像我们打台球，一年前怎么打都打不进，突然有一天进了几个球，就有那种灵光一闪的感觉，以后就顺其自然地越进越多，直到一杆清台。

八强赛是一场一场地打，网吧方不知道从哪里请来了两个解说，看起来真像那么回事。比赛双方对面而坐，皮克看到了正对着他的猩猩，一愣，骂道："我靠，怎么又是你！"猩猩笑容可掬地打招呼说："幸会，幸会，手下败将。"皮克气得差点没吐血。

比赛开始，我们上来就 ban 掉"狼人"和祈求者"卡尔"，对面则 ban 掉了"火猫"和"影魔"。我想不到"影魔"居然能进小黑屋，想必"影魔"自己都感动得热泪盈眶，这也算是体现了一次个人价值。皮克是见识过强子的"影魔"的，所以选择 ban 掉也自有他的道理。

我们天辉方最终阵容："复仇之魂""死灵飞龙""黑弓""龙骑士"和"仙女龙帕克"。

对方则拿了一套主推进的阵容："陈""暗影萨满""戴泽""圣堂刺客"和"飞机"。

从阵容上来看，我感觉我们占据了一些优势，毕竟在"复仇之魂"和"黑弓"的双光环下的 DPS 输出能力还是非常恐怖的，特别是"黑弓"的光环给"死灵飞龙"小龙的加成很恐怖。

皮克使用"圣堂刺客"再次和强子使用的"龙骑士"中路对线。"圣堂刺客"这个英雄在前期主要依靠弹射进行消耗，"龙骑"并不虚，毕竟有恢复能力，另外还有一口火去清线，到 6 级后变身可以通过弹道的优势消耗"圣堂刺客"的血量。这条路擦不出什么火花，焦点主要集中在下路刚三。

对手的"陈"一直在我们的野区骚扰我和猩猩拉野，天辉野区从一开始就是主战场，双方你来我往地消耗对手。我们下路几个英雄的清兵能力有限，对

面的"暗影萨满"和"戴泽"一直在线上推线,"陈"则到野区晃一圈召唤几只"萨特"这样推线强势的野怪,对我们的防御塔进行了凶猛的进攻。

上路是刘卓的"仙女龙帕克"和"飞机"的和平补刀时间,你来我往,"飞机"猥琐点,"仙女龙"杀不死飞机。"飞机"更别想杀死"仙女龙",和谐点没什么不好,你补你的"跳刀",我补我的"BKB",为中期团战做准备。

下路很难受,塔前补刀总是不可能像线上那么轻松,有几个漏掉再正常不过。我和猩猩一直都在找机会,可对方有"戴泽"和"暗影萨满",也确实不那么好杀,最烦的是"陈"带着的几个野怪宝宝,冲脸过来配合"戴泽"的加血链和"暗影萨满"的闪电,够呛!

强子的中单"龙骑士"也不是那种能带动节奏的,反正一切只能看中期的团战,这个时期是"夜魔军"团最黄金的推进时间,我们要是能顶住,到了后面就是打着玩,要是顶不住,那就大逆风。

就在这时,传来了一个好消息,中路的强子拿到了一血。这一下真是振奋人心啊,强子大吼了一声:"菜×!"猩猩也分外激动,差点没把袜子脱下来挥舞。当然猩猩这个秘密武器现在还得先留着,不到关键时刻不能随便用。

我抬头看了一眼皮克,他面如死灰,显然对刚才这次击杀很不满意,他是他们团队中的大核。

蛋蛋也裸出"点金手",目的就是针对"陈"的召唤生物,开团的时候"黑弓"永远都站在最后面,毕竟夜魔方没有什么冲脸的英雄,强切后排能力有限。而正面平推只能靠"暗影萨满"的蛇棒和"陈"的宝宝,后者在点金手面前都是钱,而且有"仙女龙"和"龙骑士"的AOE对面也不好推,或者说外塔好推,不过上高地就别想了。

当然这只是我最保守的想法,强子和蛋蛋显然准备让对方一座塔都推不下来。"夜魔"的每一次推进都会让蛋蛋出一件关键装备,反正只要等你们技能丢完,他再进场开着冰箭收割就行。

只能说这是一场banlist上的胜利,对面拿了一套不完美的推进阵容,控制不够,爆发又不算强,线上也没能打出优势。我所理解的推进,并不是说你拿一堆召唤英雄配个把奶妈无脑地往别人防御塔上平A。推进必须是在gank的基础上才能产生最好的效果,所以在英雄的选择上必须要有那种有清兵能力又有输出续航的英雄。

　　皮克他们连续推了几次都被打回去，随着时间的推移，他们越来越无力，被我们一波反推直接拿下一路高地，回头又拿掉"肉山"，眼看胜利无望，"夜魇"打出GG，我们1：0先下一城。

相亲才会赢

1.

中场休息 5 分钟，我们跑到圆形休息区的饮水机上去接了点水，顺便商量下战术。小傻的女子战队刚好也坐在里面。

强子看到了小傻，他们之间的关系本来也不是太好。倒是蛋蛋亲切地走上去和小傻打招呼，蛋蛋比我们小几岁，见男的都叫大哥，见女孩都叫姐姐，比较讨人喜欢。他还是一个该读书的年纪，父母在我们学校后门摆了个烧烤摊子。认识他之前，他都是坐在我们常去的那个网吧里玩真三（一款 dota 类游戏），反正他也不想子承父业，他对烧烤一点兴趣都没有。我是觉得卖烧烤没什么不好的，利润这么高，三片连叶子都看不见的大白菜用根竹签一串，这就要黑你一块钱，要是串三个丸子，那就得两块。这钱也太好赚了，就是辛苦点，一身炭火味，每根手指都能嘬出不同的口味来。

小傻冲蛋蛋笑了笑，问了下我们的战况，就算是会谈结束了。我们返回座位开始第二场的较量。

第二场的阵容与第一场有所变化，对面开始有意地尽可能多留比较脏的英雄。反正他们背水一战了，能拿到几个脏的就拿几个，既然这些英雄会被称为脏，就是有其脏的道理。大家毕竟也不是什么职业选手，都是从天梯里摸爬滚打过来的，对脏英雄的理解和使用必然都是十分到位的。

这次皮克在天辉方拿到了"蝙蝠""赏金""冰魂""先知""黑鸟"。我们则祭出了睡箭组合，"痛苦之源"加"米拉娜"，此外又配了"沙王""发条"和"熊德"。不得不佩服蛋蛋的选人，中路"痛苦之源"对上"蝙蝠"可以打，我的"米拉娜"主游走。"发条"则可以跟"赏金"走单人路，下路因为有"冰魂"稍微有点烦，不过对蛋蛋的补刀基本功我还是有信心的。

我是觉得皮克是个好选手，但不是一个好队长，两次选阵容都有点小问题，而且在后期临场指挥上也比较迷茫。第一场他们在下路其实是取得了一定的优势的，可是没有把这个优势扩大，局面也没打开，越到最后越无脑地平推，让我们的团队经济一下实现反超。

比赛开始的号角已吹响，双方各自就位。蛋蛋在频道里打字说换路，我心领神会，对猩猩轻声说了几句，猩猩拿着一组封野的眼故意去"天辉"方的野区。而刘卓的发条则买了个回城卷并把它丢在"夜魔"塔后的小树林里。他则故意在上路塔前晃了几下，目的就是让皮克他们看到，上路是"发条"，优势路准备好刚三。

兵线交会，"赏金"开心地上来补刀，猩猩的"沙王"一个穿刺，蛋蛋的"熊德"马上就拍上去，我又跟上一箭，不料射歪了，我确实不擅射。结果只能是谋杀未遂，猩猩在一旁骂我："你个废物，这箭射不中比射中难多了。"

"发条"回城去了下路，猥琐地在线上吃点经验混等级。蛋蛋的战术思路应该是这样的：我们三人组合的推进实力优于"天辉"，"赏金"这种没有丝毫清兵能力的一组真眼就直接压它出经验区，这样一塔能够快速地被拿掉。这种局面，"天辉"下路野区的"先知"必然要上来支援，这样就强行将对面的分路变成了2-1-2。可即使"先知"上来，有树人的帮助，还是挡不住我们的推进。

至于"发条"，他只要安稳地过渡到6级，能够在团战中拉住人这就足够了。而"赏金"则不同，它不但需要等级，更需要装备，一个三无的"赏金"，到了后期只能是提款机。蛋蛋的思路等于变相地压制住"赏金"。你优势路的大核发育成什么样我不管，反正我这边拿人头拿塔，装备也不会落后你。

这套体系最关键的点就是对"蝙蝠"的压制，如果被"蝙蝠"很早地做出了跳刀，那么就很不好打，毕竟对面有"冰魂"和"先知"的全球流大招。但我们又是相信强子的，他上一局用"龙骑"都能单杀皮克的"圣堂刺客"。

我当然也深知这一点，所以我的"米拉娜"很奇葩地出了秘法鞋，我能听到现场的解说都在笑我的装备，我只能说，他们知道什么，我就是为了射箭而生的，准不准两说，但我至少得保证随时都能有箭。就是神枪手，没子弹还不是一样白搭。

我们7分钟荡平天辉上路二塔，其间我有事没事就在地图上消失一下，去中路找找"蝙蝠"的麻烦，虽然一箭都没射到，不过吓得他够呛。我的输出全部靠身上的两个"幽灵系带"，其余的钱我都用在真眼上了，一支插线上限制"赏金"影身过来偷后排，一支插中路河道排对面的防守眼。

由于塔推得多，我们几个辅助的经济也普遍好于对面，这又使得我们有了视野优势。雪球慢慢滚起来。上路二塔推掉后，蛋蛋和猩猩马上转战下路，持续施压。"蝙蝠"也打得很郁闷，跳刀比平时慢了很多不说，好容易憋出来了，一跳进去，刚拉住一个人就被睡了。自己这边也没有稳定的打断技能。

下路也被荡平，中期的团战"发条"的作用大大地体现了出来，这就是"发条"和"赏金"的差距，同样的混等级，同样的装备不佳，可是"赏金"的作用微乎其微，甚至团战都不敢上前。25分钟"天辉"外塔全掉，我们转而去打肉山。这里还有个小插曲，刘卓的"发条"吃到个隐身符，他很狡猾地隐在天辉河道的路口中间。他之所以会选择潜伏是我带着宝石看到了河道高台上有天辉方的眼，可我并没有去打掉，我们就这么堂而皇之地去伴攻"肉山"。

他们一定觉得这是个好机会，倾巢出动，这个时候天辉从中路走过来。最短的路程肯定是往野区方向的树林穿过，经由那个狭隘的路口冲出。就在他们以为看到了翻盘的希望时，自己三人被刘卓的"发条"框在了里面，这时"夜魇"军团从"肉山"洞里疯狗般地杀出。一场眼花缭乱的团战过后，送对手一个1换4。很不幸，死的那个又是我，因为我太激动，手抖按了个"虎跃"，"白虎"跳进了战场，被"黑鸟"回头几下就给KO了。

借着这波我们连破"天辉"两路，全身而退，继续肉山，这次天辉没反扑的能力，即使买活过来还是打不过，蛋蛋的"熊德"已经和强子身上的肉一样肥了。皮克还在苦苦坚持，不肯GG，强子见他不肯投降，索性把东西卖了出圣剑。大家脸上挂着满足的笑意尽情地屠杀，堵着天辉的泉水，摧残他们。

"天辉"的"远古遗迹"被打爆，一个巨大的脑袋从天上掉下来摔得粉碎，我仿佛听到了皮克内心破碎的声音。我们纷纷起来要上前和他们握手表示友好，皮克将手一甩说："握什么手啊，你们等着，咱们没完。"

不知哪儿来的默契，我和强子不约而同地唱起了阿牛的歌："我在这儿等着你回来，等着你回来，看那'菊花'开。"

2.

小傻的比赛安排在我们之后，只是大家都没有留下来观看。原因有很多，觉得女孩子玩得再好也就是小傻那样了，当年小傻那么灵动的"仙女龙"配合环勇那么稳健的"幽鬼"还不是被我们虐得体无完肤。当然更主要的原因是我们要陪刘卓去相亲。

这是他妈妈交代的任务，说这个姑娘条件很不错，人也长得漂亮，无论如何必须得去，不然就把他车子和工资卡都没收了。大家觉得刘卓妈的做法十分狠毒，没事老封锁人经济干什么，也不怕把你家孩子给饿着，就算饿不着，你就不怕饿着别人家孩子，毕竟强子和蛋蛋还有我都指着刘卓每天给带晚餐的。

相亲地点是刘母安排的，在杨公堤里一家环境幽静的小茶吧。杭州人对茶总是有一种特殊的情怀，好歹龙井名声在外。我不懂品茶，更不懂其中的文化，反正我是喝不出龙井茶和康师傅绿茶有什么区别，也许是我还没到品茶的年纪。我们现在喝茶只是单纯的喝茶，是水。等到上了年纪喝的就是人生，是意境。你看那些上点年纪的人品茶的样子，吐茶叶末子都能吐出哲理来。

过了一小会儿，女方来了，是个胖成球形的丸子。我和我的小伙伴们都惊呆了，我转过头对刘卓说："你妈的眼光还是不错的，你看给你找的媳妇多福气。"

"我觉得这姑娘和花景强比较登对。"刘卓说。

"滚，胖怎么啦？我胖招你惹你了？胖子就不能有审美追求吗？我也喜欢瘦的。"

"你们谁是刘卓？"丸子问道。

"刘什么卓？听都没听过，你走错门了。"刘卓说，这家伙居然"剖腹自尽"。

丸子眯着小芝麻眼，也不知道她在看谁，然后走出门说："贝贝，刘卓不在这里，你给人放鸽子了。"

"不可能吧，说好的是这个包厢啊？"这时从外面走进来一个乖巧的姑娘，眼睛很大，带着淡妆，挺脱俗的那种。

"我就是刘卓。"猩猩站了起来。

强子一脚踹在猩猩的腘窝处，猩猩腿一软跌倒在沙发上，强子走上去，堆起油腻的笑容说："我这朋友是猴子请来的逗比，不要理他，在下刘卓，请多指教。"

"你？可是介绍人说刘卓是个瘦子啊。"

"我就是中午吃得有点饱，没吃饭的时候确实是瘦子。"强子开始瞎说。

"强子你死边上去，我才是刘卓，如假包换。"正品刘卓站了起来。

"你们到底谁是刘卓？"丸子在一旁不耐烦地问。

"说了是我，这是我的身份证。"刘卓居然拿出了防伪商标，弄得强子和猩猩很是沮丧。

"刚才你怎么不进来？"刘卓问。

"一看你就没看过古装戏，一般大小姐出门见客都是派丫鬟先开路的。"我吃着桌上的哈密瓜说。

"府上的伙食够好的啊，呵呵。"刘卓看了一眼旁边的丸子。

"什么呀，这是我的闺蜜，李小露。"

我一口茶差点没喷出来，眼前的这个姑娘怎么看都像李小逵。

"好有明星范的名字啊，真好听。"刘卓这禽兽马屁拍得连节操都不要了。

"你的亲友团还真强大。"那个贝贝说。

"人多了热闹。"我连忙应道，我这是为了防止刘卓那不要脸的接茬把我们都赶走，这样一来太对不起桌上的零食和水果了，从小老师就教育我们不能铺张浪费。

"听介绍人说你会弹钢琴。"

"小时候学过一点，好久没摸过了。"

"正常，大家工作都忙，我也好久没弹琴了，这次来我有礼物给你。"

"太客气了，来就来，还带什么东西。"

贝贝拿出一张 CD 递过来，上面是密密麻麻的英文。

"该不会是毛片吧？"猩猩小声嘀咕。

"我真没看出来你还会钢琴？"我小声问刘卓。

刘卓几乎是用腹语告诉我："我哪会啊，还不是我妈到处给我吹牛。"

"喜欢吗？这是我最喜欢的钢琴家。"贝贝说。

"喜欢，我也很喜欢他。"

我凑过去，轻轻地说："你知道他是谁啊，你就喜欢。"

"知道你还不快救场。"刘卓继续腹语回答我。

"这是谁的曲子啊？让你们两位文艺青年都这么心动。"

"钢琴王子，理查德·克莱德曼。"

"王小帅，你真是没见识！"刘卓居然卸磨杀驴！

后来刘卓又不断地暗示让我带着这群呆萌的猪队友，找个借口出去走走，好让他们单独相处，这样方便聊些禁忌的话题。

我以没去过杨公堤为由，拉着强子、猩猩和蛋蛋出了门。出门后，强子就很不爽地问："跑出来干嘛？杨公堤有什么好看的。"

"你真不懂事，刘卓是来相亲的，刚才他都偷偷跟我说了，给他俩留点私人空间，他们准备聊点禁忌的话题？"

"聊竞技的话题？"强子不解。

"什么竞技？"猩猩问。

"电子竞技吧。"强子猜。

"聊这些话题我们在行啊。"

我懒得解释，这些家伙经常会曲解我的意思，也不知道是我发音不准还是他们耳朵不好。

"哎，我突然也好想去相亲。"强子发出莫名的感叹。

"这不是有现成的嘛，喏，四喜丸子。"我指着坐在茶馆门口木制长凳上的李小逵。

"这个就算了，太性感了，我 hold 不住。"强子咋舌。

3.

晚饭时间，刘卓很畜生地丢下我们几个载着贝贝找地儿吃饭去了。我们一合计觉得打车太奢侈，决定步行。走了没几步有人在后面喊："等等我。"是李小逵！

"咦，你们家小姐吃饭没捎上你吗？"

"没有。"这一刻我明白，白眼狼是不分男女的。

"那你在这瞎晃悠什么呢？一大姑娘不安全。"我这个安全当然是抽象的，这种庞然大物走在路上，对过往的车辆存在安全隐患。

"我回去啊。"丸子说。

"那你怎么不叫辆车？"

"叫车太奢侈了，走回去就得了。"我又一次明白，鸡贼也是不分男女的。

我们一行五人一直走到夜幕低垂，天色将晚，人兽困顿。丸子坐在马路牙子上说："老娘走不动了，你们有没有什么吃的。"

我指着猩猩说："要不你把他吃了吧。"

丸子说："你们一群男人怎么出来连吃的都不带，真没有生活品位。"

"要不这个你先吃着，垫垫肚子。"我从口袋里摸出一片绿箭口香糖。

其实要说在景区找不到吃饭的地方是不可能的，沿街隔三差五的就有个把装修洋气，别有气质的饭庄，只是都不属于我们。你想我们这种连打车费都舍不得花的人怎么可能去这种饭店吃，都死撑着准备回家吃泡面呢。

"你家住哪啊？"我找丸子闲聊。

"桐庐。"

我吓了一跳："你该不会要走着上高速回桐庐吧。"

"脑残啊，我当然是走到车站去坐车啊。"

又走了快半小时，强子说："老子吃不消了，打车回去吧。"大家全票通过，拦下一辆车往市区方向。丸子不客气地坐在副驾位置上，司机师傅瞟了她一眼说："这么多人，不好带的。"

"那你可以把前面那个赶下去。"

"废什么话，给老娘开车！"丸子毫无征兆地就发飙了，车内一片寂静。司机师傅吓得都熄火了。将丸子送到车站，她下车的时候重重地关上门，地动山摇地走了。司机师傅心疼地下车检查了一下玻璃有没有裂开。

的士重新上路，终于回家了。累了一天，真到了家反而都没什么胃口，胡乱吃了几口泡面，就上床睡觉了。

4.

我还是和章杨分了手，她没有哭，很平常地转身走了。这让我有些意外，毕竟这是我第一次主动提出分手，多少就该有点分手的剧情渲染，眼泪、鼻涕横飞的场面多少总要来点，造造气氛，体现出一种非我不可的感觉。

看来事实是谁都没有非谁不可这么一说。她走得很洒脱，洒脱得让我陌生，在我的印象里章杨总是展现出柔弱的一面，也许她是悲伤的，只是强忍住悲伤而已，我这样想。

跟章杨分开的日子里，我的生活质量急剧恶化，常有的零食和水果都不见了，每天饱受强子和猩猩的咒骂。他们说我不识好歹，这么好的姑娘都不要，我知道他们是有情绪的，毕竟我们的有福同享瞬间变成了有难同当。

我的 dota 状态却在分手后直线上升，这没办法用科学来解释，总之就是无敌的好，我们战队也顺利地和小傻的女队会师决赛。决赛将在这个周六开打。冠军会获得 2 万元人民币和赛睿耳机，至于亚军，那就只有赛睿耳机了。

刘卓和贝贝成为了恋人，他的朋友圈状态从原本的抱怨世间无真爱，变成了满世秀恩爱。

满满的都是二人足迹遍布的地方，餐厅、酒吧、游乐场、商场、甜品店……我们都希望他们早日分手，因为他现在已经不给我们带晚饭了。我甚至害怕他甜蜜得连还有场比赛都忘了。

看着刘卓目前的状态，我觉得自己做了正确的决定。我们在爱情面前总是会忘了自己是谁，无时无刻只想着对方，吃饭的时候看着眼前的饭菜会想这饭点她会吃什么菜；拉屎的时候会想这粪点她在马桶上看什么小说。这个她充斥着你生活的全部，很快她就会成为你的习惯，并得寸进尺地成为你的生活。

我现在孤身一人，无欲无求，只做眼皮子底下的事，不茫然，不彷徨，挺好的。等现阶段的事情做完了，再去考虑做什么其他的事，反正我又不想成为多么成功的人，干点自己喜欢的事就成。

小时候我有很多异于常人的梦想，别的同学长大了都想当老师、当科学

家、当飞行员、当明星、当地主、当陈浩南……我当时就想当霹雳游侠，开着那辆无所不能的黑色跑车，劫富济贫。后来到了初中，同龄人的梦想又变成了当老板、当工程师、当导演、当模特，我的梦想却是当陈静老公。

时过经年，那些当时的同学和当时的梦想，真的有实现的，因为它们现实，当老师能有多难？当老板能有多难？这些梦想自己努力努力，奋斗奋斗不是没可能。唯独我的梦想没有实现的，霹雳游侠的车和陈静老公都不是我努力奋斗能够去实现的。

所以从初中以后我就没有了梦想，我不知道自己要成为一个什么样的人，一切随心。有人说没有信仰是可怕的，我不这么认为，我认为一个人没有性欲才是可怕的。

小雯发了短信来说她明天就要回上海过年了。我走到窗前看着空荡荡的小区，原本这里应该是停满私家车的，杂志社里最近也没什么事，外地的同事都在网上张罗年货，总编早就闪人了，领导一走，公司就成了旅馆，大家都默契地迟到和早退。一切工作往年后压，这段时间的主要任务是如何捯饬自己，好让自己回老家的时候给人一种混得很好的样子。

空气中都充斥着离别的味道，在大城市就是这样，年关一到，满城空巷。

1.

春节迫在眉睫，大家似乎突然都有了自己的事，各自忙碌。强子天天在网上抢票，他说这叫破釜沉舟，志在必得。如果比赛输了，他就把这张车票当众吞下去。猩猩则拿着原本铺在地上的被子去了车站通宵排队，他说信不过网上购票，现在骗子太多，还是窗口买踏实。

刘卓就不用说了，他都快跟贝贝连体了，除了上公厕，任何事情都别想把他们的手分开。唯独不确定的只有蛋蛋，他在纠结到底是回去还是不回去。

我劝他说："回去吧，你妈妈上次还打电话跟我说很久没看到儿子了，很想你。"

"我觉得她是想打我了。"

"不至于，父母总是希望孩子在身边的，而且大过年的，他们从外地到这辛苦一年了，就这几天休息，你还不跟他们回老家去待几天，他们看到老家的亲戚该怎么说啊？哦，来杭州赚钱，钱赚了，儿子没了，他们多伤心。"

"回去太无聊了。"

"无聊也就这几天，过完年你再回来，你可以说在杭州找到工作了嘛，跟你强子哥一样。"

蛋蛋说要考虑考虑，我也没继续说下去。说这些我自己都心虚，我父母估计这会儿也在家盼着我回去，可我不能回去，回去只会给他们丢脸。我肯定会让他们很失望，从小到大我都是按照他们画好的轨迹前进的。我没有自己做选择的权利，小到三餐伙

食大到人生方向，通通不是我说了算。我性格里那些向往自由的因子一直深藏在骨髓里，直到进入大学后才瞬间爆发出来，这一爆发就造就了我今天这个局面。

其实我对这个局面没有特别的满意也没有特别的不满意，我是个不较真的人，一生中肯定还会遇到很多各异的局面，由不得你。既然由不得你，你还纠结个屁啊。

2.

我讨厌四周的这种冷色调，路人的脸上都写满了离去的字样，城市的拥堵指数在攀升，这是一座城成为空城前最后的回光返照。我买了瓶二锅头独自去喝，这是我第一次喝白酒，灼烧感太强烈，怎么会有人喜欢喝这种酒。

以前高中有个同学，吹嘘自己很能喝，特别是白酒，三斤下去面不改色。大家不信，他急于证明自己。终于在一次化学实验课上，那位大神当着全班同学的面，连饮十个酒精灯。他面无血色地站在讲台上，手里高举着证明他并非信口开河的酒精灯，像个自由女神那样的伟岸，这也是他最后留给我们的样子。后来他进了医院，再也没有来上课，成为一个不朽的传说。有人说他进医院后抢救无效遗憾地告别人世；有人说他脑子烧坏了，现在正在精神病医院接受康复治疗；还有的说他被国家发现，特招去了某重要机构担任陪酒员；最玄乎的是说他成为酒精侠，维护世界和平去了。反正他的去向没人知道，所有的回忆都定格在那个秋天午后的实验室内，一个同学高举着象征着荣耀与宣言的酒精灯。

三分之一瓶过后，我就感觉天旋地转，眼里的世界此时正在颤抖。我拎着酒瓶晃晃悠悠地在广场上走，一副遭受重大感情打击要轻生的样子。还真有人上前跟我说："哥们儿，失恋了吧，没什么大不了的，别想不开啊。"我没有理他，而是歪歪斜斜地向前。

我站在三墩镇一片老旧的筒子楼前，三墩到底算不算镇我也不确定，反正我把那种城乡结合处的地方都叫作镇，城镇总是你中有我，我中有你的。我对这里比较熟悉，以前我曾和大土豪多多在这里租过一段时间的房子，用途是练歌，里面有我们的两把琴和他一个叫驴子朋友的架子鼓，房子里唯一的家具是一张弹簧床。

当时我住的地方在三楼，从阳台上正对过去视线所及的尽头就是现在小雯住的地方。她刚找了家外资企业实习，晚上常有应酬，住学校不太方便，毕竟女生寝室早早得关门。于是就找了这里，离学校也近，租金也不贵，房间差是差了点，不过对于学生来说这也是所能接受的极限了。

小雯开门看到了一身酒气的我，有些吃惊，问道："找我有事？"

"有。"

她把我让进来，我一屁股坐在带着淡淡霉味的旧沙发上，将手中的半瓶二锅头放在地上。

"说吧，什么事？"

"打炮。"

"滚，喝大了吧你。"

"你说有事就来找你的。"

第二天醒来，小雯赤裸地躺在我怀里，时间仿佛倒流到了一年前，只是她身上已经没有我熟悉的味道了。我起身穿好衣服，到阳台抽了一支烟，看着这带着旧味的小区，原先我们的乐室就在斜对面，现在窗前挂着一个碎花窗帘，物是人非。

"站外面不怕感冒了啊。"小雯用被子裹着身体，脑袋靠在床头看着我。

我冲她笑了笑，说："你醒了。"

"差不多了，下午我还得赶车回上海。"

"我送你吧。"

"不用了，你走你的。"

我们在楼下的小饭馆里对付着吃了点东西，我帮小雯将成堆的行李抬上出租车，看着车尾灯消失在我的视线里。

3.

周六的比赛日终于到了，这天是我们几个队友这些日子的第一次碰头，比赛要晚上六点半正式开始，我们下午就早早地到了，坐下来打了几局匹配练练手。强子和蛋蛋两人纠结了一下到底要不要 ban 小傻的"仙女龙"这个问题。蛋蛋觉得没必要，小黑屋的资源如此珍贵，专门留一个位置出来给"仙女龙"帕克总觉得有些浪费。蛋蛋还不忘拿出那天皮克与我们的第一场剔除"影魔"的真实案例来。

强子反正觉得这种招牌英雄还是 ban 掉比较好，这就不是战术层面的事。你明知道雷阿伦三分准，还放别人投，这不是作死是什么？

蛋蛋说："五局三胜呢，我们第一场先把小傻的帕克放出来打打看，如果真的不行，咱们后面再调整。"

"开门红，下马威你懂不懂？你看接力赛都是把相对比较快的放第一棒和最后一棒，开局是很关键的。"

小傻她们在强子和蛋蛋的争论中闪亮登场，网吧里不合时宜地播放《非诚勿扰》女嘉宾出场音乐。那五位漂亮姑娘穿着短裤和特质的紧身加绒 T 恤款款走来，场内爆发出一阵尖叫。决赛和之前的比赛不同，首先是采取五局三胜制，其次是网吧方特意撤掉了两排电脑留出一个 T 形走道，我们两个战队分别面朝观众，镇守一方。

猩猩有些不满，因为这样安排他的秘密武器就无从发挥了，一方面是双方隔得太远，味道挥发不到那边，另外就是面朝着这么多的观众实在拉不下脸来脱袜子。他觉得肯定是小傻搞的鬼，不然主办方干吗这么安排。

网吧内的暖气开得很足，估计是为了迎合那群姑娘们的装束特意安排的。我们热得没辙只能把外套毛衣都脱了，穿着棉衬衫坐在电脑前。一方在东，一方靠西，真是天壤之别，那头是统一着装的女子战队，性感魅惑；至于我们这边，简直不忍直视。特别是猩猩，里面居然还是一件篮球背心！你们见过大冬天篮球背心穿最里面的吗？不是脑子有病是什么？

网吧老板拿着话筒上来絮絮叨叨了一大通，比赛算是正式开始。我们先ban 先选，蛋蛋上来第一手就是送"卡尔"去小黑屋。小傻则是一手送走"火猫"，反正打了这么多场我就没看到"火猫"被放出来过，真是把牢底坐穿。

第一轮小黑屋结束，比较意外的是小傻居然放了"狼人"出来，蛋蛋二话不说直接抢。小傻也毫不含糊直接拿了"帕克"和"冰魂"。蛋蛋果断又拿

"先知"，看来这场我们是要打推进了，茫茫多的召唤流平推。说实话我对推进没有什么信心，毕竟皮克的前车之鉴在那摆着。

最终的阵容出来，我方"夜魔"是"狼人""先知""蝙蝠""死灵飞龙""巫妖"。

小傻的"天辉"则是"帕克""恶魔巫师""米拉娜""伐木机"和"冰魂"。

推进流 vs GANK 流。

强子在中路对线小傻，下单是刘卓的"先知"对上"伐木机"。怎么看这两路都不好打，强子打小傻一直都虚，他们之间的交手纪录是强子 0 胜 15 败。"先知"打"伐木机"更不好打，一个是种树的，一个是砍树的，只有"伐木机"杀"先知"的份儿。

主战场在刚三的上路。看来小傻他们的"米拉娜"是当个小核来打的，这个阵容倒是很符合小傻的风格。以前她跟我们在一起的时候就一直喜欢打偏gank 的阵容，这种节奏她得心应手。

我们的阵容只有"蝙蝠"一个大招算是控制，剩下的都没有留人技能。这对"狼人"的要求很高，他的成长是成几何模式的，前中期死一次装备就慢很多。不过还好"巫妖"这个英雄比较简单，只要丢丢技能就好，适合猩猩，他是我们队中唯一的短板，选阵容的时候总是要先考虑到他能不能玩。

蛋蛋的"狼人"在夜魔方三个大长手的轮番骚扰下，补刀吃紧。反正你只要上来补刀"恶魔巫师"就插你，然后抽你蓝，"冰魂"也后手跟技能。不过我们也有"死灵飞龙"和"巫妖"这样的前期打架之王，双方你来我往，最终都是不断地消耗补给品，并没有产生击杀。

蛋蛋说："前期挺过去就好打了，千万别死。"这里话没说完，强子就被小傻单杀了。他用力地砸了下鼠标，嘴里骂骂咧咧。"蝙蝠"的死对我们的心理打击很大，大家有点怂，这就是一种比赛士气的问题。两军交战，你的主将上来就给对方削首，多少会对大家造成心理阴影。这是个此消彼长的过程，果然蛋蛋贪心去补一个红血的小树人，被"米拉娜"的穿云箭射中，这箭也算是有点运气成分，但后续的技能跟上来，蛋蛋只能躺下。对方开始推我们的一塔，刘卓马上传送上来防守，经过一轮消耗，算是打退了敌人。可下路的线又被"伐木机"带到了塔下，刘卓只好半血买回城继续回下路，岂料刚落地就被无压力补刀到 6 级的"伐木机"塔下强杀，然后一个潇洒的钩树逃离战场。

0：3 我们落后。祸不单行，猩猩插眼的时候又被游走过来的"恶魔巫师"和"冰魂"杀了。开局的这一个下马威把我们打成了哑巴，大家都死盯着屏幕，没有交流。"天辉"方在开局取得了优势后，开始抱团推我们上塔，目的就是进一步压榨"狼人"的打钱空间。我们五人死守，毕竟"先知"是能传送的，靠着人数的优势勉强守住了上路，可是下路却被"伐木机"给带线打爆了。唯一的好消息就是我们击杀了对面的"米拉娜"，稍微拖住了它的发育。

我到 6 级后把佣兽放在"夜魔"区野区的两个路口上，猩猩也在关键点上插好了防守眼，为的就是让蛋蛋的"狼人"能安全地刷掉之前屯好的几拨野怪，"先知"同时也利用小树人屯了几拨远古野。蛋蛋在野怪全收的情况下，经济算是领先全场，把"死灵书"做了出来。有了"死灵书"的"狼人"就不是普通的"狼人"，那是金刚狼！特别是对面这种基本依靠蓝量的脆皮，被"死灵书"召唤出来的两个小人黏着磨很难受。除此之外还有"狼人"的两条狼，啃得他们要去打预防针。

强子终于也做出了"跳刀"，虽然比小傻晚了很多，但好歹是出来了，正面开团至少不虚。按照常理最完美的团战是"蝙蝠"跳进去拉住对面的"仙女龙"，可对面毕竟是小傻，所以我们的策略是拉住对面的"米拉娜"或者"恶魔巫师"。一个是主要的物理输出，另一个是带着小团控关键辅助。刘卓就负责带线，反正他有传送。我们两路分推，有能力单杀"先知"的只有"伐木机"和小傻的"帕克"。可这两个英雄只要有一个不抱团，正面就打不过我们。抱团吧，"先知"又把线带得风生水起。

胜利的天平慢慢像我们这边倾斜，等到蛋蛋"BKB"出山的时候，"天辉"方在正面战场已经完全刚不住。她们选择的英雄主要都太脆，遭不住蛋蛋那两条狼的撕咬。蛋蛋让强子后切入，等"帕克"技能打空再跳进来收割。他有"BKB"冲阵，可以撕开对手的阵形，直接去找到后排的输出点，吃一轮伤害，哪怕就是死了，"蝙蝠"进场也是一次血腥的收割。要是死不了那直接带走你一路高地。

"天辉"方在蛋蛋祭出"黯灭"后象征性地抵抗了一下，打出 GG。我们 1：0 先声夺人。

蛋蛋长吁一口气对身旁的强子说："你看，我就说不要怕小傻的仙女龙，这是战术上的胜利。"

强子喝着网吧提供的矿泉水摇着头说："还是要 ban，对线打不过啊。"

"你还没打就怂了，怎么打得赢。"我说。

"有种你来打爆个试试？"

我无言以对，这是一种恶逻辑。所谓的恶逻辑就是你明知道它就是错的，却又没办法去反驳它。而"你行你上啊！"绝对排在所有恶逻辑之首。

4.

第二场，蛋蛋还是放出了"仙女龙"给小傻，不过小傻并没有放出"狼人"和"先知"给我们，却放出了更为无解的祈求者"卡尔"。强子兴奋地跳起来，居然有生之年能在决赛中使用"卡尔"，怎么能不值得庆幸。

这一局是我们的吊打节奏，虽说强子还是在前期被小傻压了一级，不过"卡尔"变态的冰球恢复能力让他能够长期霸线。我们只用了三十分钟就让小傻再次 GG。

总比分 2：0，我们看到了冠军点，大家都显得很兴奋。我转头看了一眼那头的小傻，她酷酷地坐在座位上，没有和自己的队员交流，另外几个女队员则围在一起讨论着什么。她还真是一点都没有变，以前我们在一起打比赛，她也是那种永远都在角落不吭气的人。

第三场是赛点，强子强烈要求来一盘"屠夫"秀，引爆全场。不过也确实如强子想的一样，场下的人群爆发了震耳欲聋的掌声。搞得网吧老板花钱雇来的解说员很不公正地冲着麦克风大声喊道："请大家为我们的巾帼英雄们多加油！期待她们能在下一场比赛打出气势。"

也许是听到了老板的心声，这局女队的全场节奏掌握得近乎完美，我们不是没有机会，只是机会都被中路那个号称"中国第一屠夫"的人给硬生生地送掉了，全场送出 1 杀 14 死 10 助攻的大号两双。小傻这局使用"蝙蝠"总共拿下 23 个人头，不知道台下有多少懵懂的少男都愿为她精尽人亡。

第四场我们又被碾压，双方总比分打平。后发制人的总是会占据心理上的优势，小傻她们现在气势如虹，我们反而像过气的衣服孤独地被丢弃在墙角。

"这两局怪我太浪。"强子主动承认错误。

"你已经被小傻打爆四局了，能不能雄起一回啊？"我说。

"要不一会儿打团战的时候，我脱袜子丢过去吧。"猩猩已经输不起了。

"你不是怕丢人吗？"

"妈的，都这时候了，豁出去了啊。"

"没关系，最后一局大家打稳点，我们之前之所以会输就是因为太急了，觉得再进一步就是冠军，现在她们的心态应该和我们前两局是一样的。"

我看着眼前的蛋蛋，感觉这孩子已经长大了。以前他还是个随便哪个英雄上手都要出"红杖"的人，他的抢人头水平全球第一，使用"冰女"他都是全场最肥。可现在他不是，他真的成熟了很多，他居然知道心理战，这得多可怕，一个骨子里弥漫着孜然粉和烧烤基因的孩子，居然会心理战。

双方战成 2：2 后，解说们越发无节操地在那嘶吼，不断地鼓动着现场无知的群众。决胜局开始，蛋蛋祭出了"小小"加"小精灵"的组合。小傻则是拿了"睡箭"组合，她使用的"痛苦之源"对上中路强子的"蝙蝠"。

事实证明，强子今天怂定了，他又在 6 级的时候被小傻单杀，气得快把键盘给吃了。我也没想到蛋蛋会拿"小小"加"小精灵"这套组合，因为我不会打小小，比这更悲剧的是猩猩从没玩过"小精灵"。

蛋蛋安慰我们说："没关系，只要你能晕倒人，小精灵能连上你那就足够了，剩下的就交给我们。"

强子又被小强给偷掉了一次，他面如土色地自语说："我不想玩了。"

"你去野区刷，速度做跳刀。"蛋蛋说。

随着比赛的推移，我们阵中有人大暴走了。是我的"小小"吗？不是。是强子的"蝙蝠"吗？别逗了，都死了 7 次了。也不是蛋蛋的"船长"，谁都想不到居然是猩猩的"小精灵"，他说这是自己第一次用"小精灵"，是处女战，这个英雄他连匹配都没选过。可就是这一个他从没用的英雄，却拿下 24 个助攻。对面的"小娜迦"被打得完全没了脾气，好几次连大招都没来得及开就被瞬秒。

我们领先了对方 10 个人头，小傻她们孤注一掷地"肉山"点跟我们打决战。强子刚跳进去拉住对面的"黑鸟"就要往后跑，却被小傻睡在了高台上，瞬间变成了4打5。"小精灵"开着一堆"四喜丸子"，噼里啪啦地往人脸上丢，场面混乱不堪。大家的主力英雄纷纷躺下，剩下几个酱油党还在苦苦纠结，可对面似乎忘了沉睡的强子。强子踏着火焰从天边过来，所向披靡。他嘴里还念着："你们拿了我的都给我还回来，你们吃了我的，都给我吐出来！"

蛋蛋见到"小娜迦"买活，立刻也买活过来，又是一波惨烈的团战，这次我的"小小"立功了，一个跳把"痛苦之源"丢了过来，砸死了红血隐身正准备换掉"小精灵"的"小强"。其实我是想丢"黑鸟"的，谁让小傻跳刀闪烁过来控"蝙蝠"的。

我们一拨推平对面，赛场响起了《可惜不是你》。强子从凳子上跳了起来，落地的时候把地板踩了个洞。

猩猩摇摇头对我说："全场死最多的人，还好意思跳。"

"至少他不用当众吃车票了，值得高兴。"我说道。

我的大年

1.

我接过网吧老板递来的一张支票，有些感慨，这居然是我活这么大赚到最多的一笔钱。我又一次看了眼站在一侧的小傻，她穿着性感的队服站在台上，没有任何表情。

网吧老板拿着话筒啰嗦了一阵，这次比赛算是圆满结束，网吧又恢复了原来该有的样子。强子说找个地方去庆祝，大家都没有什么兴趣，比赛消耗了太多的精力，蛋蛋说要回去睡觉。刘卓说跟贝贝约好了一起吃晚饭，我则想去找小傻。

小傻倒是爽快地应约，这多少令我有些意外。我俩坐车到了学校，此时校园里的同学已经走得差不多了，冷冷清清。小傻突然勾住我的胳膊说："带我去人工湖走走。"我被这突如其来的举动弄得有些懵，只是点头说了声："哦。"

"好久没来学校了，突然好怀念在这读书的岁月啊。"小傻脸上挂着微笑，冬风吹起她额前的刘海。她挽着我胳膊的手滑下来，与我十指相扣，我的小心脏都要炸了。

我们沿着人工湖走着，她说："在学校那会儿，我也想过有一个男生能牵着我的手带我去食堂，带我去湖边草地上坐坐，随便聊着闲天，说点八卦，我们还能一起去图书馆温书。"

"对不起。"我有些自责地说。

"不怪你，其实当初你不叫我去打职业，我也不打算继续读下去了，家里的经济条件不允许。"

"你怎么去了上海？"

大哥位：
又称1号位，主要是一些核心的后期英雄，有较高的物理输出。陈浩南认识吧？

"呵呵，这些你不用知道，你只需要知道我现在过得还不错就好了。"

"你有什么打算？"

"打算混日子呗，混得差不多了就找个男人嫁了。"小傻淡淡地说。

我看着她许久，憋出一句话来："你变了。"以前的小傻是绝对不会说出这种话的，多么世俗。她在我的记忆里一直都是一个不服输的姑娘。也许在这短短的一年时间里我们都变了，因为我们从学校走进了社会，环境变了，我们不得不改变自己去适应它。作为女人永远都是有退路的，这条退路的宽敞与否往往取决于该姑娘的漂亮程度，越漂亮的退路越宽敞，路上站满了捧着玫瑰花的"好男人"等着"享用她"。

我们在学校后门的兰州拉面馆吃了碗面，小傻吃得很开心，她说好久没吃到这里的拉面了，现在吃来感觉特别赞。

送她回酒店的时候我问她要电话，她却给了我一个拥抱，并勾住我的脖子吻了我，然后笑着说："不要再联系了。"看着她的背影，我仿佛回到了一年前初见她的时候。她穿着粉色的运动服，带着白色的棒球帽，枣红色的背包里放着鼠标和键盘，酷酷地走过来说："想让我加入你们战队，你得 solo 赢我再说。"

2.

强子揣着 2 万元奖金回了厦门，猩猩回了温州，蛋蛋随着父母回了老家，刘卓作为杭州土著沉浸在爱河中快溺死了。公寓内只剩下了孤苦伶仃的我，每天除了睡觉就是看电视。杂志社已放假，同事们也都各自道别，后会有期。到处都是辞旧迎新的味道，每年这个时候人们都会缅怀一下自己过去一年的所作所为，并寄希望于来年能够大展宏图。

年三十那天我在附近的一家东北面馆吃了面，店里已经没有客人，除了老板就是我。我问老板怎么没回去过年。老板说没买到票，另外一年下来也没赚到什么钱，没脸回去，来年再说吧。我一个人走在空荡荡的大街上，沿路的店铺基本都关着门，这个时候大家应该都在家里喝酒、吃肉、吹牛，讲述自己在外漂泊的喜怒哀乐，看着春晚里那些有些无聊的歌舞和小品，勉强地笑几声。

还有的可能奋斗在牌桌上，时刻准备着把别人一年辛苦攒下的血汗钱占为己有。年轻点的估计就泡在夜店里，搞一个大包厢，再叫上一堆的陪酒小姐，左拥右抱，唱着今年最流行的歌，喝着不知真假的酒。

我躺在床上看了会儿春晚，其间小雯还给我发了恭贺新禧的短信，节假日的短信都是没有意义的，全都是无脑的复制粘贴，一堆的排比句，到最后再加上发送者的名字。小雯发的就是小雯祝，强子发的就是花景强祝。

我索性蒙头睡觉，迷迷糊糊总被一些突然出现的烟花爆竹声给吵醒，特别是十二点的时间段，跟要炸地球似的，天空被照得通透，隔着窗帘看到那些红色的闪光，四处就像火山在喷发。

生活其实还是很无聊的，我起身到窗口撩起窗帘看了会儿烟火，心想这会儿大家该吃饺子了。于是我突然就有了吃饺子的欲望，特别强烈。可这大过年的我上哪去吃啊？我终究还是说服自己出门碰碰运气，反正在家里也睡不着。

我就像一个饥渴的嫖客，满世界地寻找失足妇女来拯救自己的欲望。只不过我的目标是饺子，不是婊子。寻觅了一大圈，连那家东北面馆都打烊了，我形单影只地走在机动车道上，脚踩着分割马路的双黄线，整个背景因为我变得特别对称。两侧蜡黄色的路灯，会随风落絮的法国梧桐树，广角顶端是快速上升或红或绿的缤纷焰火，到达极限的时候就炸开来，形成盛开的花火。我这么自带背光地前行，定是一幅反差巨大的摄影作品。

还是回去睡觉吧，长夜漫漫，睡着了时间很快就过去了。走到楼下，一个人从路边石凳上站了起来，手里还拎着个袋子。

"哎呀，你还真没回去啊。"章杨说。

"你怎么来了？"我有些吃惊。

"我就来看看你有没有回去，顺便给你带了点饺子，我想如果你没回去，过年总该吃点饺子。"

章杨上楼用电饭锅给我煮饺子，这个电饭锅是我们唯一的炊具，是强子在二手市场花十五块钱买的，用处是煮泡面。看得出章杨是那种不下厨的大小姐，饺子端上来，基本都煮烂了，馅皮分离。她有些难为情地笑着说："凑合着吃吧。"

我捞了一个塞进嘴里，她问："好吃吗？"

我热泪盈眶地说："好吃。"这是真话，这是我这辈子吃过的最好吃的饺子。我连汤带水的片甲不留，章杨满足地笑着去洗锅碗。

都说感动不是纯粹的爱情，我理解不了爱情，但我此刻是被感动的，我走过去从后面抱住章杨，看着她用自来水冲着电饭锅的电插孔。

我吃惊地说："我去，你这么洗锅的？"

"啊？不是这么洗的吗？"

"洗个内胆就好了啊，姐姐。"

"晕，我看这锅外面脏……"

"你毁了强子吃饭的家伙，他会杀了你的。"我无奈地说道。

"那你可要救我。"章杨撒娇。

"那得看你的表现啦。"我抱起她走进房间。

3.

自从章杨那次给我做了馅皮分离的饺子后，她突然就对做饭来了劲。她立志要成为一个下得厨房、出得厅堂、斗得流氓的德智体美劳全面发展的新时代好女青年。她专门去书店买了菜谱，大言不惭地说给她一天时间，她就能做出色香味俱全的宫保鸡丁。

大年初三，章杨说她父母要出门走亲戚，得晚上才回来，让我中午去她家试菜。我有种不祥的预感，感觉这不是去试菜而是去试毒。

章杨穿着碎花小围裙给我开的门，然后就把我按在沙发上，让我看碟。她说要给我一个惊喜，我尴尬地笑着，希望真的如她所说是惊喜，而不是惊悚。看了一会儿碟，章杨跑过来跟我说没酱油，让我下楼去打酱油。

我调侃说："你怎么知道我是打酱油的？"

"大门出去左拐有一个超市，快去。"

我刚准备迈步，却又停下来说："要不还是算了，我比较喜欢吃清淡点的，不需要酱油。"其实我是突然想到，这坑人的小区我找不到门在哪儿，到时候酱油没打来，人走丢了，传出去还不给人笑死。

"不行，我对菜品的要求很高的。"章杨这话一出，我差点没笑死，就像猩猩说他是个有洁癖的人一样。不过猩猩还真的说过类似的话，那时候他还在跟王静佳谈恋爱，应该算是恋爱初期吧，他时不时透露自己有洁癖，说特别讨厌不讲卫生的人。并无耻地拿我举例，说我这个人能一个星期不洗澡。你看这种人多可恶，一个半年洗不上一个澡的人来吐槽我这个一周洗一次澡的人。他打球穿的那件背心，从开学到现在我就没见他洗过，每次被汗浸得透湿，他就往阳台一挂，晒干了抖掉上面结晶的盐疙瘩继续穿。要是碰上下雨天晒不干，他会拿强子的吹风机烘干，还很好意思地说是节约水资源，这明摆着是不拿电资源当资源嘛。

我还是死活不肯去买，章杨把菜刀一丢说："那你帮我把肉丁切好，我下去买，你就是懒。"

"成交。"切肉能有多难，比找方向简单多了。可真切的时候才发现这并不那么简单，做饭原来这么麻烦，还是吃饭比较容易。手里的肉滑滑的，每次下刀都感觉发不上力，几次下来，我暴脾气都上来了，抡圆了胳膊就剁，硬生生地把鸡丁变成了饺子馅儿。不过别说这样还真解气，以后心情不好，就去超市买块肉来剁。我扫了一下厨房，又给我找到块牛肉，我喜出望外，拿过来继续剁。

牛肉剁到一半章杨回来了，她看到眼前的肉末心疼地说："我的大餐被你毁了。"

"没关系，一会儿我负责全部吃光。"

"你去沙发上看电视，别过来帮倒忙了。"我只好又回到电视机前，看着无聊的片子，时不时回头看一眼在厨房手忙脚乱的章杨，觉得很逗趣。要是以后我真娶了她，不知道生活会变成个什么模样。

我和章杨坐在沙发上，面前是章杨辛苦一上午的成果，一盘西红柿炒蛋，一盘宫保鸡渣，一盘青椒牛肉渣。她开了两灌可乐，跟我碰了一下，让我赶紧尝尝。菜的卖相确实很不好，看着都有些倒胃口。我尝了一口番茄炒蛋，没把老子给咸死，为了不打击眼前人的积极性，我强颜欢笑地说："还不错。"章杨眼睛里闪着光说："真的啊？那你多吃点。"说完夹了一大块鸡蛋丢到我碗里，我都快哭了，只能应付说："自己来，自己来。"

"快快，还有我的宫保鸡丁，尝尝。"

我尝了一口，淡得只剩下油香味，为了防止章杨再次让我多吃点，我马上批评说："这个，淡了点。"

"哎呀，我忘了加酱油了。"说完，她拿过酱油直接倒了下去。

"我第一次看到这么调味的！"我把筷子一放说："我吃饱了。"

"是不是我做得不好吃啊。"

"是。"我很直接。

"都怪你刚才把肉剁得这么碎。"

"这肉无辜不无辜啊！跟它老人家有半毛钱关系吗？"

"可是你刚才说会把这些都吃光的。"

"……"我恨不得抽自己两个嘴巴。

"好吧，我吃。"说出去的话泼出去的水。

"咦，你怎么不吃。"我问。

"额，我不饿，你多吃点。"章杨厚着脸皮说。

"你这是在逗我？"我夹起一块鸡蛋就往她嘴里塞，她大叫着满房间乱跑。

4.

吃完饭，又到了少儿不宜的时间，章杨说她在网上淘了一件护士的情趣内衣，我饶有兴致地看着她换好，在一旁竖起大拇指点赞。美妙的时刻却被大门的钥匙声给打破，章杨猛地抬起头说："不好，我妈好像回来了。"

吓得我抓过丢在地上的衣服猛穿，章杨说："来不及了，你快躲衣柜里去。"我光速钻了进去，章杨拼命地捡起地上剩余的衣服往衣柜里丢。我屏住呼吸，听着衣柜外的对话。

"杨杨，你在干吗呢？"

"没干吗啊，我……我……我在整理衣柜。"

我心里暗骂："猪一样的队友啊，明知道我就在衣柜里！"

"你怎么穿成这样？"

"这……这个，对了，学校里有个 cosplay 的比赛，我在彩排呢。"

"这也太暴露了点吧，这种比赛你不许去参加，听见没有！"

"不参加，不参加。妈你过来，我有东西给你看。"

"看什么看，搞得神神秘秘的。"

"在楼上，你来嘛，有惊喜。"章杨偷偷地踢了一脚衣柜门。我倒数十秒，从里面探出脑袋来，房间里没人，估计是上楼去了，我穿着一条内裤，手中抱着来不及穿的衣服，窜了出去。

一口气跑到小区的水塘边，左顾右盼觉得没人跟出来，这才长吁一口气，开始穿衣服。穿到一半，走过来一个巡逻的保安，他大喝一声说："喂！这里不准游泳。"

"我没打算游泳。"

"那你在塘边脱衣服干什么？"

"我这是在穿衣服。"

"这么说你都游完上岸了，罚款一百。"

"我身上都是干的，说明我没下过水。"

"那你属于游泳未遂，从轻处罚，罚款五十。"

"疯了吧你？你有什么证据证明我是来这里游泳的？"

"那你有什么证据证明你不是来这里游泳的。"

"……没完没了是吧，我要找你们领导。"

"那你跟我来。"

我被带到了保安室，里面坐着三个保安，一个肩章上有花的人走了过来说："我是保安队长，什么情况？"

"他诬陷我游泳。"

"你是这里的住户吗？"

"不是。"

"那你来我们小区干什么？"

"找朋友。"

"你朋友住几栋？"

"我忘了。"我是真的忘了，我发誓。

"哦，这样啊，你大白天说来找朋友，却不知道朋友住第几栋楼，我有理由怀疑你图谋不轨。"队长扭头对刚才那个保安说："扭送公安机关吧。"

这可把我吓坏了，连忙说："我是来游泳的。"

"那罚款一百。"

"刚才说好了五十。"

"在我这就一百。"

"凭什么在你这要贵一点？"

"你去理发，找普通发型师和找发型总监价格能一样吗？"

"这也行？"

"要不还是让你去派出所跟他们解释。"

"好好好，你赢了。"我不情愿地掏出一百元拍在桌上。

这次交道一打，彻底毁了保安在我心中的形象。我老家的房子也有物业，看门的是个上了岁数的大爷，是越战退伍的老兵，象棋下得特别好。我小时候最喜欢去传达室听他讲前线的故事，他说越南鬼子都很坏，老在背后放暗枪，还说当年我军打凉山的时候击杀了对方的一个精锐师，那个师里个个都是神枪手。当年美国佬打越南的时候就吃了他们不少亏，他们足足打了半年，都没能拿下凉山，我军只用了区区一个月就荡平了那里。

他是我少年时最崇拜的人，后来大爷在追一个飞贼的时候不小心摔了一跤，贼没抓到，自己却牺牲了。为此我难过了好久，毕竟再也没有人会给我讲革命先烈的光荣历史了，也没有人能在棋盘上让我车马炮。

5.

又是一年春暖花开，强子神采奕奕地王者归来，他给我带了福建的小吃，依然是沙县燕皮饺。我说每年都带这个有意思吗？强子说："这个便宜。"

下午，猩猩也来了，一进门就说："我给大家带了特产。"说完从背包里拿出一个黑色的塑料袋，里面是一大捆粉丝。

"这又是什么？"

"文成粉丝啊，比泡面好吃多了。"

"你就不能带点鸭舌头什么的吗？"

"这个便宜。"

"你们就不能大方点吗？"我简直对这二位无语。

"我靠，家里遭贼了！"强子大吼。

"别瞎说，我天天在家，遭没遭贼我会不知道？"

"真的，我的电饭锅不见了。"

"这……"我有些心虚，不知道该怎么解释。

"这还了得，报警吧。"猩猩说。

"警察能管这十五块钱的事吗？"

"难道就让那些不劳而获的人逍遥法外吗？"强子一脸正义。

"我得看看我有没有什么东西被偷。"猩猩连忙去检查自己的窝点。

"那贼缺心眼吧，你的铺盖送要饭的都嫌脏。"

"洗洗还是蛮好的。"

"要是那贼那么勤劳，干吗来当贼啊。"

最终我答应给强子买个新的锅，这事才算画上一个句号。强子说拿着2万块钱回家，他爸高兴坏了，天天带着他串门去吹牛。说儿子在杭州开了公司，手底下好几十号人，月入2万元，这还是保守数字，以后的前途不得了。不但如此，强子爹还到处给人灌输读书顶个鸟用的思想。说读书到头来还不是为了赚钱，搞得亲戚家的孩子集体厌学。

我说："你这牛也吹太大了，万一你爸问你要钱，你拿不出，他不得削死你啊？"

强子喃喃地说："你说沸蓝网吧啥时候再举办比赛啊。"

"你就不能踏踏实实地找个事做啊？"

"别的我不擅长啊。"

6.

杂志社新年伊始，准备搞个白领回家过大年的专栏。这是总编的意思，他觉得白领回家过年这事可以大书特书。你看当今的都市里有多少外来白领，衣着光鲜地坐在冰凉的办公室里，用咖啡浇花，可她们中的一部分回到自己的故乡，就会换上普通的衣服，用粪浇菜，这个反差太大了，简直就是变形记。

　　我提议说这些都市白领都是死要面子的主，她们才不愿将自己不堪的一面展现给世人。总编说那就杜撰，文学靠的是想象力，反正写出来她们也不知道是谁，只要能找到共鸣就好了。多少城市里的玛丽和克里斯蒂娜都是农村里的王美丽和史珍香。

　　不用说，这倒霉的任务又降临到了我的头上。到目前为止我一直拿着扫地大妈的工资，干着金牌写手的活。我也不止一次地提起加薪的事，总编总是说，年轻人眼光要放长远，不能只看眼前的利益，我们的杂志在白领圈里很受欢迎，多好的平台啊，这在某种程度上也是对写作者自身的宣传。以后大家都会知道你王小帅，说不定还会培养出一大票铁杆粉丝，专门为了看你的文章来买这本杂志，那时候你就成功了。

　　总编点上一支烟说："好好干，你是有前途的，现在先去把水烧了。"

草根大赛

1.

以前没有班上的时候成天想着上班会是个什么样子。我这样的人，起码也该坐在电脑前面，乱点着鼠标，瞎敲着键盘，旁边放着早就被辐射死的摆台植物，植物的前面是一个马克杯，里面是渐凉的速溶咖啡。我紧张地处理着手中的文件，时不时还有几个涉世未深的小姑娘过来说："总监，这个需要您签一下字。"年终总结的时候我戴着大红花站在台上，当着公司几百号人的面说着自己成功的秘诀，迎来一片又一片的掌声，甚至还有小同事送来的鲜花。我端着香槟游走在同事群中，祝福和马屁震天。

可事实是，我确实是坐在电脑前，疯狂地扫雷，时不时有个妇女走过来说："王小帅，又没水了。"年终总结向来没我什么事，我只能是站在台下看着别人说着成功秘诀的同事群中的一员。我们这个杂志社还时兴年终总结，我对自己的总结就四个字："烧锅炉的"。

我是个起床困难户，每天都在和被窝做着惨烈的斗争。自从上班后我才明白，被窝这个敌人是如此的强大，并且随着气温的降低它不断变强，无法战胜。每当我被被窝打败时我都在想，明天我一定要早点睡。可从网吧一出来，一看时间，靠，又半夜一点了，只能把刷牙、洗脸、洗脚的时间节约下来留给睡眠。

对我们几个来说，当下最紧要的是这2万元奖金怎么花！我的意见是拿来作房租，遭到一致反对，他们是觉得反正我和章杨都重归于好了，这钱就可以用作他途。猩猩觉得民以食为天，这点钱当

酱油位：

又称辅助位，主要是一些自身带有晕眩或减速等压制技能的英雄，目的是为了保护己方后期英雄的发育。战争片看过吧，某些英雄总会说："机枪掩护我！"没错，那些端机枪乱扫的就是酱油位。

然拿来改善伙食，人不能老吃泡面，这样对身体不好，他自从搬到这里来以后又瘦了。我反驳说这和吃什么无关，你看强子每天也是吃泡面，他却比以前胖了，泡面里是有肉和蔬菜的，虽然分量少点，可厂家既然这么安排，自然是有营养方面的考虑，你瘦不是营养的问题，是吸收的问题。

强子说："我们不能坐吃山空，得用这 2 万块做点什么。"

"2 万块现在能做什么？"现在的钱确实不经花，我想不出两万元除了拿来改善伙食还能有什么可持续发展的动力。

"2 万元可以买 5 台电脑。"

"买电脑干嘛？你要开网吧吗？"

"我们自己创业啊。"

"有了电脑，这里以后就是我们的训练基地，我们努力训练，参加 TI4 中国区预选赛。"强子脸上表情就跟真的一样。

"什么是 TI4？"猩猩问。

"就是 dota2 的世界杯。"

"总奖金能过千万，还是美金，你脑补一下。"我补充道。

"那还不赶紧报名去。"猩猩显得迫不及待。

"报什么名啊，你以为网吧比赛呢？你别听强子异想天开，这是邀请赛，首先你得是职业队，其次你得在国内取得过不俗的战绩。这些我们都没有，我们就是一娱乐队，参加 TI 大赛拿个千儿八百的就挺满足了，TI 就别想了吧。"

"一个人要是没有梦想，那和咸鱼有什么分别。"强子说。

"我的梦想是成为首位登日的地球人。"

"你这就属于瞎扯淡了。"

"道理是一样的。"

最终在花钱的问题上未能达成共识，只好把钱存在银行，大家继续艰难困苦地过日子，该吃泡面吃，该睡地铺睡，等什么时候能达成共识了，再把钱拿出来。

这可能就是有工作和没工作的最大区别。我没工作那会儿也老这么胡思乱想，我甚至可怕地想到去抢运钞车。那时候我的脑海里满满地都是香港警匪片里的抢劫场景，运钞车行驶在公路上，驾驶室里一片其乐融融的景象，两个安

邦护卫唠着家常，讨论着到底是许巍的歌好听还是许嵩的歌好听。这时候一辆"擎天柱"卡车拦腰撞了过来，紧接着就从画面的边缘驶出一辆白色小轿车，车门打开下来四个带着雷朋眼镜，穿着阿玛尼外套的型男，带头的当然是我。我举着一把带榴弹的 M16-203，后面的三小弟拿的则是土匪必备的 AK47，对运钞车进行了惨无人道的 5 分钟扫射。射完，我用榴弹炸开运钞车后门，把里面的钱抬上自己的白色小轿车扬长而去。

我知道过不了一会儿，"黄秋生"或者"刘青云"就会立马赶到现场，反正是谁都没关系，我现在最关键的是要分钱。当然在分钱的时候要用手枪先把身边的"古天乐"打死，凭我看港片这么多年的经验，这小子肯定是卧底。最后花花绿绿的钞票从天上飘散下来，足足一千万啊！这么多钱，终于可以让我还清买军火和车的贷款了，银行的陈经理说了，如果下个月再还不上，我的银行信用记录将会不良。

我猜强子现在脑子里的想法也跟我差不多，只不过他是想着站在 TI4 的冠军领奖台上，高举着百万元的巨型支票，嘴巴张得能放进一个拳头。

我们在无聊的时候总是爱做梦，一个人无聊时候所做的事往往决定了这个人是否成功，综上所述，我和强子都是不成功的。我现在明白了人为什么要工作，工作其实就是一个让你梦醒的过程，让你明白什么叫钱难赚，屎难吃。让你知道你上面有老板，中间有房东，下面有欲望，这上中下无论哪层都需要钱。难怪我们如此崇拜金钱，原来是生活逼得你不得不去崇拜。难怪我们没有信仰，你饿着肚子还谈什么信仰。我反复地说我们就是一条狗，在外流浪时吃的是屎，被人收养时吃的是狗粮，哪怕有一天你能啃上骨头，你还是一条狗。哪怕有一天你能叼根骨头给那些还在吃屎的狗，你他妈还是一条狗！

2.

我还是会隔三差五地去找小雯，当然也有她主动找我的时候，一般都是她喝醉了。我不喜欢满嘴酒精味的女人，这会让我想起那个喝酒精灯的英雄。记得以前在学校的时候我问她为什么选择国际贸易这个专业，她当时一脸当真地对我说："老外好说话呗，特绅士，业务都是在一小咖啡厅里就搞定了，平时也都不见面，就靠电邮联系，这叫素质。最主要是可以经常出国，其实我倒不是喜欢旅游，我就是享受降落在异国他乡的感觉，显得见世面。"

她喝了一口面前的我给她充好的速溶咖啡接着说："哪像我们国家做生意啊，每天都在酒桌上转悠，业务谈不谈得成就看你豁不豁得出去。我这么一良家少女，又不是陪酒小姐，没意思，赚钱也得有点节操对吧。"

我当时用力地点着头说："很对。"

现在看来，小雯错误地判断了形势，你总归是在中国的公司，这有这的规矩，就算老外不跟你喝酒，那些厂家的老板也得跟你喝酒。所以在中国，只要是生意，你的业务指数就得跟酒精度数挂钩。小雯感叹，原来有节操是赚不到钱的。

我去找小雯都是突如其来的，哪天我心血来潮了，就直接去她的住处，她若在家就给我开门，她若不在我便离开。她只有在喝大的时候会给我打电话，让我去她那，有时候我会去，有时候我会编点理由推诿，后来我索性理由都懒得编了，直接说今天不想要。我和小雯之间已经形成"没事别找我，有事床上说"的默契。

其实我觉得老这样挺没意思的，可不这样似乎生活更没意思，且混着吧，反正大家都需要。对女人来说，掀起被窝一角放进来一个男人，只有两个原因：一是她爱这个男人。二是她需要这个男人。而对于男人来说，巴不得全世界的女人都为自己掀起被窝的一角。

3.

最近不太顺利，杂志社《白领回家过年》的专题反响并没有预期的好。这种揭人疮疤的事我打一开始就不看好，可毕竟是总编的意思，我总不能去跟领导叫板。最后这事捅到杂志社老大那儿，就成了新来的小编辑涉世未深，不太明白剖析读者心理，盲目空洞地上专题，对杂志社造成了巨大的软损失。

我还是第一次听说有软损失，连百度都查不到这个词的意思，真不愧是搞文字的，丢黑锅都丢得这么有文艺气息。我问过 Sherry 什么是软损失，她告诉我直接赔钱的就是硬损失，又赔钱又赔口碑并有可能杀伤将来杂志销售量的

叫软损失。

我无奈地说："原来我这么大罪过。"

Sherry 说："正常的，这谁没背过锅。"

我觉得总编是无耻的，我每月拿着连自己都养不活的微薄收入饲养着三口人，晚上还经常熬夜赶稿子，白天迟到一分钟就要扣掉一张红色人民币，最气人的每天还得负责保障全社后勤。换作我一年前的脾气，早就揍他了，可现在我还坐在自己的格子内，喝着无色无味的白开水。

因为我不知道我失去了这份工作，能去干什么。我相信很多人跟我一样，在那些自己都能预见的了无前途的岗位上消费青春，并非不思进取，而是有所畏惧，畏惧自己失去了这里，下一站可能更加不堪。人们在向前一步是辉煌，向后一步是苍凉的选择题前，总是选择安于现状。明明嫉妒着辉煌，畏惧着苍凉，嘴里却说："生活嘛，图个安稳。"

我也是如此想，安于现状没什么不好的，至少我头顶有方寸能遮风挡雨，冬日供暖，夏日制冷，中午还管饭。上班无非是个扫雷、复印、烧开水的过程，偶尔会写一些无病呻吟的稿子，多少还有个双休，有法定节假日，有养老保险。晚上我还能跟强子他们去打 dota2，去喝啤酒。有时候还会和章杨去看场电影，吃点甜品，生活也就这样了，你要改变这一时半会儿也改变不了，我的经验条才刚过百分之五，新技能 get 这事得等到升级以后再说。

可现实总是不以我的意志为转移，早上 10 点总编把我叫进了办公室。桌子上是一张拟好的 A4 纸，抬头是辞职报告，字面朝我。

"小帅啊，你还年轻，天高任鸟飞嘛，我觉得你应该去一些更有活力的地方，施展你的才华……"

"别说了，你是不是想让我在这份辞职报告上签字。"

"哎呀，其实我也是蛮不舍的，可是呢……"

"不舍那我就留下。"我又一次打断了他。

"签字吧，我们不需要你这样的人。"

"这样多痛快，活得那么绕您累不累？"我签好了字，接着说："我得吃完了午饭走。"

总编点着头说："那是当然，那是当然。"

其实我挺难过的，自动请辞和被人辞退完全是两个概念，前者是你能力的体现，后者是你没能力的体现。被别人贴上没能力的标签总是难以接受的，我并不觉得自己是个废物，我至少烧得一手好开水，更何况这次事件也不是我的错，我只是一个执行者，是一个冲在阵前杀敌的士兵，你不能因为我把民房当碉堡炸了就枪毙我，因为你给我的地图上分明就是让我冲着那民房去的。

吃饭期间，Sherry 凑过来说了些祝福的话，假惺惺的，但我表示接受，葬礼上有人假哭总比众人真笑要好。

我拿着桌子上仅属于我的乐扣杯离开了杂志社，回到家里强子刚好起床撒尿，看到我一脸愁容地回来就问："被开除了？"

"你怎么知道？"

"我靠，真的被开除了啊。"

"别难过，兄弟，一切等我这泡尿撒完再说。"

我和强子喝了不知道多少酒，极其亢奋，我们决定去痛扁那总编一顿。一听说要打架，猩猩马上从地铺上弹了起来，要入伙。他捡起枕头边的内裤和袜子说："到时候就用这个塞住那孙子的嘴，吊起来狠打。"

我说："我们只是教训一下，你这样会搞出人命的。"

"不会的，我下手有数。"

"我不是怕打死他，是怕你的袜子毒死他。"

4.

我们采取的是尾行战术，就是从总编下班后一直跟着他，抓个时机 gank 他一波。为此猩猩多吃了一碗泡面，临出门的时候还不忘拿了件凶器。凶器是厕所里通马桶的皮搋子，他说这种东西好用，又能持续伤害，特别是呼到脸上，总够对手恶心好几天的。

我以为我们的计划是天衣无缝的，我们的手段是卑鄙下流的，可当我们看着总编开着一辆马自达 6 潇洒地离开我们的视线时，我们觉得这个世界被我们想得太简单了。

于是我们调整战术，决定去弄花他的车。猩猩第一个想到的方法就是泼

粪，他还举了上次我和他去蒋村要钱的案例来证明泼粪的威慑力。强子说这不是他的风格，他不喜欢玩阴的，这事他弃权了。猩猩去药店买了盒减肥茶，说要用实际行动支持我的复仇。我还是有点感动的，毕竟他都瘦成那样了，药店工作人员看两把骨头一根筋的猩猩买减肥茶的表情是带着巨大的怀疑的，他们的怀疑是不无道理的。换作我也会觉得这个人要轻生，安眠药买不到，只好买减肥茶把自己给拉死。

猩猩足足拉了六天的稀，脸都拉白了，而"凶器"却存了没多少。这不能怪他，本来我们这儿的伙食就只有泡面，这些存量已经是猩猩的极限了。

猩猩躺在地铺上气若游丝地对我说："小帅啊，我只能帮到这了。"

可最终我的复仇计划还是失败了，因为地下车库闲人免进，入口处有收费亭，里面坐着一个"列宁的卫兵"。这个卫兵认证不认人，你没有停车证就是天王老子也不让进。我觉得自己辜负了猩猩，心怀愧疚地给他买了份肯德基，然后告诉他，大仇已报。

5.

工作丢了，我又回到了原来的生活模式，开始混迹网吧，然后我就发现环勇和皮克组队了。恨屋及乌，我开始讨厌环勇，在组队的道路上他一如既往地没有节操。只要能赢他才不管自己的队友是谁，此次他的目标是一个全国dota2草根大赛。

这个比赛还是我从强子那听来的，他没事都在关注这方面的信息。他跟我说这个比赛就是面对业余和半职业选手的，先是全国各大赛区的海选，总共十六个赛区，每个赛区的第一名到上海打线下决赛。要是能进入前三还是极有希望进入国内知名的职业战队的，到时候TI4就不是梦想了。

我看着一脸认真的强子，相信他每天都是被梦想叫醒的，哪怕是中午醒。而我每天都是被尿憋醒的，这就是本质的区别。只能说明我不够执着，之前是这样，现在还是这样。于是寻找靠谱的队友又成了当下的首要任务。

我们总是匆匆地组队又匆匆地散伙，过了不多时又会匆匆地组队，等待着下一次散伙的出现。要找到一个合格的队友真的不太容易，毕竟不是所有人都和强子和蛋蛋一样怀揣电竞梦想。他们是铁了心要走这条路，而我是不确定的，我面前没有路只有一片沙漠，三百六十度无死角的金色，刺得我睁不开眼，我只能闭着眼睛瞎跑，脚陷入沙子又从中抽离，特别累。我是没有方向的，只是机械地往前，反正终究要死，死在向前的坐标上总比死在出发的起点上显得有骨气些。

更何况我现在没有工作，也不打算继续找工作，找工作比找队友还要难，我干吗不选择一个相对不那么难的。

章杨知道我被辞退的事情后倒没有指责我，反正我做什么她都选择无脑的支持，她还说我就是去做杀手，她都愿意做杀手背后的女人。我说我这体格做杀手不合适，充其量就适合干个扒手。她说一样支持，还说别小看扒手，这属于技术工种，不是随随便便就能干的，人家用筷子夹玻璃弹珠一分钟能夹一百多个不带失误的。我只好作罢，我一分钟都未必夹得起一个丸子。

关于草根比赛的事我跟刘卓说了，不出所料，他找了一堆客气的借口推脱了。毕竟他有稳定的工作，现在又有了稳定的女友，正向着建立稳定的家庭这条不归路策马扬鞭。

关于结婚我在高中的时候就想过了，女一号自然是陈静。那时候我想结婚无非就是过日子，必须要找一个最爱的女人，日子那么长，城市那么大，负能量的浓度高于氧气，这样一个大环境下生活，如果连基本的爱都没有，简直无法想象。现在我觉得结婚其实就是找个褪去激情、不抱希望的伴侣结发老去的过程。没结婚前彼此总想着要做一些浪漫的事，去一些美丽的地方，许一些很好听的誓言，找块自以为有意义的石碑刻下来，这就是爱情的见证啊。直到你想结婚的那一刻才会真正明白，婚姻并不是情到浓处化不开地在一起，而是激情散尽淡如水地穷对付。

我总是充满感悟，因为我总是从喜新厌旧自然过渡到喜旧厌新，可能是我性格的缺陷，也可能是我星座的操纵，还可能是我本身就是个混蛋。

蛋蛋说既然在周围的圈子里找不到队员了，那咱们就从网上招募，广发英雄帖，一旦考试通过，就给予 5000 元的入伙费，所谓重赏之下必有勇夫。强子觉得不靠谱，他觉得这个性质不对，跟重金求子似的，还是得从周边入手。他突然看着我们问："为什么不去找小傻？"

我摇摇头说："死了这条心吧，人家现在过得挺好的，不会再跟咱们胡闹了。"

"你不试过咋知道她不愿意。"

"她已经算是个职业战队的队员了，不管她们战队实力如何，好歹她还是队伍一姐，宁做鸡头不做凤尾这话听过没。"

"这么没出息？"

"我不想害她第二次了。"

"你也这么没出息？"

"反正小傻的主意就别打了，我看蛋蛋的英雄帖就不错。"

说到这，蛋蛋突然站起来说："我想起来一个人。"

神级外援

1.

　　蛋蛋提到的这个人叫白菜，是他初中的同学，失联很久了，前段时间在QQ上久别重逢，聊了许多。蛋蛋说，白菜初中毕业就去了上海打工，当时在一家小规模的工厂里当切削工，懒惰厌学，晚上在网吧里混着，白天就到机床边上睡觉，终于在一次操作过程中让机器把自己的小拇指给切了。这也算是落下残疾了吧，工厂赔了点钱就给辞退了，他本打算拿着这钱去云南见个网友，结果没上火车钱被扒了，一分也没给剩下。他一个人蹲在火车站门口哭，他说钱无所谓，关键是手机没了，联系不上那个网友了，女孩肯定会觉得他放了鸽子，他是为了自己死去的爱情而哭泣。

　　后来，白菜在南汇的一家网吧当了网管。那家网吧附近有一所中学，不上档次，反正看着进出的学生都没个学生样，男的跟痞子似的，女的跟婊子似的。白菜每天都能看到这所中学里出来的男女们走进网吧，然后跟他要个包厢，门锁得紧紧的。白菜说，他总能对包厢里的勾当产生幻觉，然后春心荡漾。周末的时候包厢供不应求，有的学生只好找个角落的位置，女孩坐在男孩怀里，男孩脱下自己的校服盖住彼此，一叶障目地干着些下流的事情。

　　白菜做了快3年的网管，刚做那会儿看到这些世面自己还会呼吸加促，面色潮红，产生自代入式的幻觉。后来他司空见惯，不再勃起。他每天的吃喝拉撒睡都在网吧，老板给他在厕所旁边弄了个4平方米的小房间，大小刚好能放下一张床。他和另外一个网管换着睡，他们一早一晚，他负责晚班，因为晚上人少，能

中单位：
游戏开始走中路的英雄定位，主要作用是在某些时机对边路形成支援带起团队击杀节奏。董存瑞、赵子龙、山鸡等一个又一个鲜活、生动的人物一下子都浮现在眼前。

够从收银台走出来找台机器玩 dota。

由于小房间紧挨着厕所，或者说老板就是硬生生地把厕所用块三合板隔出了一个房间来。反正白菜每天都会在睡梦里听到撒尿声，久而久之造就了他能从一个人的尿声中判断出这个人的年龄、性别，甚至是性格！

白菜每个月 10 号会出去洗个澡，因为这天是网吧发工资的日子，他揣着钱坐一站路的公交车去休闲一条街洗澡，顺便做个大保健。且都认准一个姑娘服务，他的理由是自己是个专一的人，哪怕是大保健也要专一。白菜其实喜欢 59 号，可每次给他做服务的都是 60 号。这不能怪 59 号，因为白菜每个月 10 号才来一次，而 10 号刚好是 59 号的生理期，他们就是这样的有缘无分，双方都来得那么准时。这情节看起来就像王家卫的电影，大家都有强迫症似得来来去去，中间穿插着诸多情愫和执念。只是一个是江湖，一个是休闲保健罢了。

有一次白菜心情不好，醉醺醺地跑去找 59 号，59 号还是不方便，她让他明天再来，说是明天估计就干净了。

白菜摇摇头说："不用了，我只可以今天来。"

59 号说："要不我用手帮你吧。"

白菜说："不用了，我要得到你就要得到你的全部。"

59 号有些感动地说："我去买点避孕药吃，把生理期推迟一点，你下个月这个时候来，我在这等你。"

白菜和她拉了勾。

白菜如期而至，却也人去楼空，休闲一条街再无往日的笙箫，蓝紫色的警灯刺破黑夜，成群的技师衣着暴露地蹲在地上，低着头，旁边站着公安局的扫黄队。白菜用目光搜寻着 59 号，他当时想如果要是 59 号在这里，他就劫法场。结果他只找到了 60 号，60 号只是匆匆地看了他一眼，算不上交流，就被带上了警车。

之后白菜再也没有洗过澡……

"命运多舛啊。"猩猩啧啧道。

"我怎么听着跟某些人的生活作风这么像啊。"强子瞥了一眼猩猩。

"我说你能不能说重点，这白菜的水平怎么样，跟我们讲半天故事。"只有我最不讨喜。

"水平还可以吧，我记得以前跟他玩过几次，刚好是我们需要的 3 号位。"

"可是人家在上海啊？"强子说。

"他在哪不是待啊，我说一声他肯定就来投奔我了。"蛋蛋对自己的人格魅力特别地有自信。

"让别人放弃这么有前途的工作过来不好吧。"我不是很喜欢这个叫白菜的人，从蛋蛋刚才的故事内容来看他和猩猩有一拼，即便是过来了，不用说肯定也是住在我们这儿，到时候客厅里必然又要多一个地铺，这下可好，以后我们这就成了不折不扣的乞丐窝点。

"我们得考试。"强子显然只对技术层面的感兴趣。

2.

章杨对我们这的卫生条件向来不满，她总是抱怨说住在这样的环境里，人容易生病。虽说这没什么科学根据，我大学三年都跟猩猩住下来了，也没见哪不舒服，反倒抵抗力增强了，以前一立秋就要感冒，自从上了大学后这个老病患习惯居然好了。

我辞职后，章杨来的频率挺高，毕竟我这里的卫生任务繁重，她得照顾着，顺道还得照顾客厅的卫生。这点弄得猩猩很不爽，他觉得章杨破坏了他的生存环境，每次章杨把客厅打扫敞亮后，猩猩都会叹气说："这么干净怎么睡啊。"

晚上白菜与我们打了几场，大神级别的选手。所以高手出自民间不是没道理的，很多在你看来不堪的人，其实都有你所看不见的天分，在某些领域他们就是天才。

比如我小学有个同学，来自农村，平日里总是穿着一身青蓝色的麻布衣服，一顶带帽舌的线帽不管春夏秋冬地戴着，人中处常年挂着两管清气撩人的鼻涕。他的话很少，几乎不太跟人交流，是那种农村同学特有的自卑。他的成绩也不是太好，语文常年不及格，数学常年徘徊在及格的边缘。就是这样一个存在于大家视觉盲区的同学，却在奥数上一鸣惊人，拿下了全市奥数的冠军，

接着又拿下了全省的冠军。我记得那天他站在红旗下，胸前的红领巾无比鲜艳，校长就跟吃了春药一样地站在台上表扬他，他却像罚站那样地站在高处，看着台下密密麻麻的人头。

他的事迹让我们大家一度开始辩论奥数到底是不是数学这个课题，最终是没有结论的。我认为数学是所有学科中最流氓的，我花了这么多的精力去记公式，一道应用题就能玩死你。这就好比要开一扇门，你把能打开这扇门的钥匙给我不就完了，你非给我一串钥匙，让我一个一个地去试。

我曾见到这样一道题，说有一个商人在 a 市买了 3000 根萝卜，想用一匹骡子运送到 b 市，a、b 两市相距 1000 千米，一匹骡子一次最多只能背 1000 根萝卜，且每走 1000 米需吃一根萝卜，请问到 b 市最多还剩多少根萝卜？

我当时看到这题第一印象就是，"你是在逗我？"这萝卜在我看来怎么都不够骡子吃的，反正自从我接触了这样的数学后，我特别讨厌方阵、加水排水、红球白球及植树节。

3.

白菜听到蛋蛋的召唤，在第二天就来了。这是我看到的效率最高的一次辞职，或者说是不辞而别。我们在杭州站看到白菜时，他甚至连行李都没有，一个黑色的塑料袋里装着件冬天的棉袄和几条内裤，这就是他全部的家当。一头卷发，一对绿豆眼，驼着背，笑起来跟钟楼怪人一样。

晚上我们找了个小饭店点了几个菜，算是给白菜接风洗尘。席间他不断说杭州的好话，像个来投资建设杭城的大企业家那样。当我们来到住处后，他又开始赞赏我们的硬件，说这里好啊，这是我的房间吗？他居然指着我的房间。

"这是我的。"

"哦，那这间肯定就是我的房间了。"

"这是我和蛋蛋的。"强子马上解释。

他面带愁容地看了看猩猩在客厅的地铺："难道是这里？"

"这是我的！"猩猩也开始霸地盘。

"那我睡哪儿？"

"要不你在猩猩对面搭个铺吧。"我说。

"怎么又是厕所旁边。"白菜显得不满，可能是觉得自己永远突围不了厕所的包围圈。

白菜的到来还闹了场误会。那天章杨没课，跑来找我，白菜开的门，两人对视了很久，章杨还看了眼门牌，生怕自己走错。

白菜问："你找谁？"

"你是谁？"

"你敲我家门，你问我是谁？"

"你家？王小帅呢？"

"不认识什么王小帅。"

虽然我后来给白菜补了自我介绍，可还是让章杨特别讨厌他。她说这样的男人一看就不是什么好东西，女人就是这样，以貌取人，你给她们的第一印象不好，那在她们的潜意识里你就是垃圾。所以男人在女人面前总是要装出一副很绅士和大度的样子，哪怕你是真混蛋也要装出不混的样子来，这样才能让女生觉得你这个男人不是垃圾。那些所谓的你是好人和日久生情都是影视作品里才会有的，在惨烈的现实主义下，你从二层电梯上下来，矮矬穷丑笨胖撸的样子，早被灭灯了。

白菜还有一个奇特的爱好，风华正茂的他喜欢在晚上八点档的黄金时间去小区旁边的广场跟一群大妈跳广场舞。也不知道广场舞是从什么时候开始流行起来的，仿佛就是瞬间的出现，遍地开花。满城皆是凤凰传奇的歌，每个广场上都是壮观整齐的大妈，晃动着多年沉积下来的脂肪。

大妈群中就有白菜，他一米七八的个头站在里面特别扎眼。我很纳闷，到底是什么力量能让一个青年提前进入了老年的时代，后来我才知道，白菜在下一盘巨大的棋啊。开始我还以为白菜有恋母情结，就喜欢"喝老酒"，整天在广场上跟大妈们眉来眼去，结束后还给她们递毛巾，拉家常。直到有一天我看到白菜领着一个长得还算可以的姑娘来到我们的住处，他指着身边的姑娘对我们说："我女朋友。"

这个女朋友是白菜服务过的万千大妈中某个大妈的闺女。该大妈觉得白菜人不错，又体贴、又尊敬长辈，现在这社会这样的男孩子太少了，于是就把自

家女儿拿出来让这个好人尝尝。女孩子文文气气的，一看就是那种从小就没有自己主见、万事都听由父母安排的人。这种女人是悲哀的，她们的童年是一张又一张的成绩单，长大后她们是一台生育机器，直到有一天老了，回首自己的大半生她们还是会告诉自己的孩子们生活就是淡如水。这是一种传承，这样的人不在少数。

自从白菜从广场舞上获得人生的巨大成就后，他又多了两个战友——强子和猩猩。猩猩急着要找个女朋友，强子则委婉地说要减肥。其实他们的目的都是为了去女方家蹭饭，白菜自从找到女友后每天晚上都会去女方家吃饭，吃完了嘴都不擦就来网吧跟我们打 dota。猩猩嫉妒地看着白菜嘴角的油渍喃喃地说："他晚上肯定吃的是红烧肉。"

4.

白菜其实长得算丑的，眼小嘴大，肤色惨白，门牙还有条缝，缝大得都没办法嗑瓜子，走路总是弓着背，跟"钢背猪"一样。可上帝就是会从你这拿走一些东西的同时又给予你一些东西，比如白菜的游戏天赋和泡妞天赋。

白菜的3号位不是一般的强，其实我觉得刘卓其实已经玩得不错了，可他在白菜面前简直就是被吊打的节奏。白菜的ID用的是88051424，是他的QQ号，这又打破了我以前一直认定的数字党皆菜鸟的理论。白菜的到来不断地刷新着我对世界的看法。

草根大赛采取单场双败制，海选的比赛采取的是线上赛的模式。至今为止我们已经连胜3场，都是大比分碾压局。对手在我们面前简直不堪一击，导致猩猩都膨胀了，他开始不满自己打酱油位，居然要打大哥位，为了让他摆正自己的位置，我们一起给他进行了生理和心理的教育，即打和骂。

平时我们的训练多以开黑和双排为主，我和猩猩双排，蛋蛋和强子双排，白菜自顾自地单排，他是个不太合群的人，在生活中也很少跟我们说话，除了偶尔会找蛋蛋下楼吃碗拉面。其实我们倒是想找个五人战队训练，可战队匹配搜寻时间足够你看一部《指环王》，开黑对手都不够我们打的，起不到训练效果。

蛋蛋提过找环勇训练的事情，被我和强子异口同声地否决了。理由很简单，我们和环勇早晚都要对上，找他们训练等于暴露自己的战术，更何况他们现在不知道我们有个强力外援，肯定还以为我们的三号位依然是刘卓。

打环勇我向来有信心，我和他做过队友也当过对手，在正式比赛里，他还从来没赢过我，即便是他现在跟皮克组队。不说其他方面，就单从最关键的几个点上来看他们都是处于下风的，强子对上皮克，上一次的网吧赛已经看出两人的差距。环勇和蛋蛋的对位，在补刀上不相上下，可是在中后期的团战能力上，蛋蛋强出很多，毕竟他和强子在成都打了一年的职业。虽说不是什么老牌的大战队，不过至少隔三差五是要打些比赛的，多少能跟当地的一些强队或者国内的二线职业队有不少的过招机会，瘦死的骆驼比马大，也总比环勇和皮克天天在网上找所谓的朋友及朋友认为更强的另一拨朋友训练牛。

说实话杭州赛区从 wcg2004 开始就一直不是什么硝烟四起的地方，永远的没悬念，这可能跟浙江人民都乐于赚钱有关，他们更乐于把自己的孩子培养成土豪，上名牌大学，开名牌跑车。总之整体的电竞氛围没有武汉和上海那么好。很大一方面的原因是杭州也不太注重电子竞技这个产业，他们更热衷于动漫产业。

猩猩最近心血来潮地在练"屠夫"，每天都在看视频，他觉得自己是那种飘逸的选手，而屠夫最能展现他的飘逸。猩猩的"屠夫"最大的特点就是拉人特别准，当然这个准是打引号的，每次拉来的都是团战己方冲脸过去的队友。他自己也纳闷，怪队友傻×，每次他算好时机出手的时候，他们总是能够挡在中间。猩猩单排"屠夫"的胜率达到了惊人的 6%，可他依然不放弃，说只要再给他一个月就能把胜率提高到 60%，可一个星期后，他的胜率跌到了 3%。人有的时候是执着的，就像赌徒输得只剩下老婆了，也会把老婆扒光了往赌桌上一摔说："这把我肯定能翻本，这是我家媳妇，去年刚娶的，九成新。"

5.

周六章杨让我陪她去参加她舅舅公司的上市晚宴，我一百个不情愿。我这

种接地气的小市民，向来上不了台面，可章杨赖在地上撒娇让我非得出席，还说她都跟她舅舅说好了，到时候会带男朋友一起来。

然后一整个下午我都随着章杨在银泰百货转悠，她满世界地给我挑西服。这是我人生第一次穿西服，看着镜子里的自己，特别不顺眼。章杨说人靠衣装马靠鞍，可我觉得这个还是要看个人气质的，我这种痞相哪怕穿上燕尾服也是个盲流，从头至尾看不出半点高大上的感觉。

试穿了几个牌子，章杨疲倦地坐在中间的皮凳上对我说："你穿西服真不好看。"

"要不我还是穿运动服去吧。"

"那更不像话，咱们再看看别的牌子。"

"这好像不是牌子的问题。"

"哎，死马当活马医了。"

"这他妈叫什么话！"

最后章杨在 Armani 给我置办了一套行头，花了 8 千元，还跟得了宝似的，说银泰今天有活动，品牌专柜都打八折。这还不够，她拉着我又去逛了女装层，买了一堆，反正那些牌子我也不认识，都是些价格不菲的东西。看着材质和美特斯·邦威也没什么不同，却是其十几倍的价格。章杨小手一挥，从卡上刷走两万三，我拎着十几个包装纸袋麻木地站在一旁看着她的侧脸，我并未为自己找到这样一位白富美而感到庆幸。我其实更喜欢她给我煮饺子时的样子，虽说是黑暗料理，可那是最温暖也是最贴近我生活的时刻。

衣服挑好，章杨又要带我去武林路做造型，她说我的头发太长了，看起来不干净。我严重不同意，我从来就不允许别人碰我的头发，这头发还是我在大三的时候留起来的，是我的宣泄。从知道陈浩南开始我就蓄谋留发，结果一直到高中毕业这个愿望也没能实现，主要原因还是父母的反对，我妈说要是我敢把头发留得超过耳朵，她就拿剪刀把我耳朵剪了。后来我开始喜欢许巍，迷上了摇滚，更让我坚定了留长发的信念。在我的理解中，只要是搞艺术的都是一头长发，随着节奏甩起来显得疯狂。我的身边有太多的短发，猩猩是个杨梅头，离光头只有一步之遥；强子是个平头，离杨梅头只有一步之遥；蛋蛋是个比平头稍微长一点的不知道什么名称的头，反正看起来都特没腔调。

　　章杨没有再坚持，让我洗了个头就算完了，她还是了解我的脾气的，我认定的事情没有人可以逼我。在我洗头的间歇，章杨让发型师给她编了个很淑女的辫子，沿着刘海勾芡到左耳，她还自己化了妆，比较夏日的风格，亮色的唇彩看起来娇艳动人。

　　造型完毕我们就各自小别，她要回家换衣服，也让我回去把刚买的行头换起来，半小时后她开车来小区接我。

　　我回到住处，换好西服，惊呆了刚好从网吧回来的强子和猩猩，他们上下打量了我很久问出一句话来："你是谁？"

　　"别提了，晚上要跟章杨去参加个晚宴。"

　　"我靠，能不能带家属啊？"猩猩一脸蹭饭的表情。

　　"不能。"

　　"好自私的晚宴啊。"

　　"记得给兄弟们打包点吃的。"强子递过来一个黑色的垃圾袋。

　　"好的。"我接过垃圾袋捏成一团，塞进 Armani 西装的夹层口袋。

晚宴上的巧合

1.

　　我总是像个家长一样地饲养着家里那几口人，说不出究竟，反正我觉得大家天南地北地走到一起这么多年，共进退都不容易。上大学那会儿我们一起玩游戏，一起打架，一起在操场的看台上喝酒。现在我们依然在一起，这可能就是某种兄弟情结吧。我从小就是个性格比较孤僻的人，深交的朋友不多，于是对这种情谊看得特别重。

　　我坐在章杨的奥迪 TT 副驾上，看着车上的中控台，听着音响里放着的英文情歌，车窗被摇下来一条缝，初夏的风吹进来，温和又没有杀伤力。自从学了驾照后我曾一度有非常重的驾驶瘾头，可能大多数的新手都有这样的驾瘾，但随着时间的推移和经济的窘迫一部分人也就自然而然地戒掉了。

　　我喜欢有力量的音乐，也喜欢有力量的车，车身不需要那么多的弧线，而是那种棱角分明的锐利。我一直中意 Jeep 的牧马人，总是幻想着在一片直通天际的笔直公路上飞驰着一辆橘黄色的牧马人。公路的两旁是苍茫的大漠，车前视线可及的尽头景物都被蒸馏得快要融化的样子。我带着西部牛仔的大檐帽，穿着牛仔服，围着红色的方巾，架着蛤蟆镜，嘴里叼着最呛人的骆驼香烟。车载音响里放着重金属摇滚，随着发动机的轰鸣一路不停。副驾上坐着路边邂逅的女人，不算美丽，却身材火辣，个性张扬，我们分享着彼此的故事，向着一个终点前进。

　　"到了。"章杨把我拉回了现实。我下车看到一个富丽堂皇的私人会所，章杨将车钥匙丢给了站在门口穿着红色小马甲的少年，然

劣势路单人位：

主要是一些逃生能力强的抗压型英雄，作用是牵制，使己方能腾出更多的空间在其他路形成以多打少的局势。我只记得《英雄儿女》里王成对着电台的一声怒吼："为了胜利，向我开炮！"

后挽着我的胳膊向里走去，边走还边给我介绍这个会所的地理位置，我压根儿听不进去，浑身的不自在。会所的大厅主色是炫金，里面放着不知道是哪位大师的交响乐。大厅的北角有一排雕花的白色长桌，上面摆着食物和水果。已经有不少宾客到场，济济一堂地从一些穿梭的服务员手中的托盘里拿下杯香槟，然后各自低声交流。

"舅舅。"章杨走向了一个中年男人。那个男人看起来很显年轻，身材并没有走样得特别严重，头发用发胶整齐地梳理到脑勺上，露出饱满的天庭。他们饶有兴致地聊了一小会儿，章杨转过身来向我招手，我机械地走了过去。

"舅舅，这就是我跟你说的王小帅。"

"舅舅好。"

"你好，小伙子。"中年男人慈眉善目地笑着，这笑容看起来很难令人讨厌。

"杨杨眼光不错啊，这小伙长得一表人才的。"中年男人转过去对章杨夸赞。

"真是个老狐狸，他一句话等于把我们两个人都夸了。"我心想，不过听着还是使人舒服，这就是中国语言的博大精深之处。"一表人才"这个词真是到哪都不得罪人，其实翻译过来就是你这个人五官端正，仪表大方。端正和帅是两个概念，而仪表大方和花钱大方又是两个概念，白菜那样的也能称为五官端正，所以他并不是在说我帅，只是出于客套罢了。

酒宴是以舞会的形式开展的，我对西方的文化不感冒，我更喜欢以婚宴的形式开始，百来张大圆桌上放着凉菜，中间放着大瓶的雪碧、可乐，两瓶啤酒，一瓶白酒。大家就座后就开吃，主持者你爱在台上说点什么尽管说，我就是来吃的，吃饱喝足了从桌上顺包烟走就算完了，多和谐。非要在人群中走来走去，像那么回事地端着香槟，话也不好好说，上来就是请你跳支舞。

我站在墙角看着章杨穿梭在人群中和各种叔伯们打着招呼，也时不时地回头冲我笑笑，我也皮笑肉不笑地回复。摸着西装夹层里的垃圾袋，想着怎么才能神不知鬼不觉地带点吃的东西回去。

"能请你跳支舞吗？"我身后一个熟悉的声音响起，我回头一看是小雯，她化了很浓的妆，头发用卷发棒弄成了大波浪，整个斜搭在左肩，大红色的嘴唇泛起微笑，妖娆地看着我。

"小雯？你怎么在这？"

"跟公司老板来的，这是我们的大客户。"小雯一只手搭在我的肩上，另一只手扣住我的手。我搂住她的腰，她抬起头看着我，我也看着她。

"你穿西装挺帅的。"

"拉倒，我一点没觉得。"

"你怎么会来这里？"

"这个……"我不知道怎么解释。就在我犹豫的时候，章杨不知不觉走到我的身后，冷冰冰地对我说："亲爱的，舅舅叫我们过去。"

小雯看到了章杨，尴尬地冲她笑了笑，松开了肌肉僵硬、面部抽搐的我说："有点饿了，去拿点东西吃，呵呵。"

章杨把我拉到一旁，嘟着嘴。我说："要不要我给你弄点饺子，你好蘸着醋吃。"

"她怎么来了？"

"人家公司跟你舅舅有业务往来。"

"那你还搂着她。"

"废话，跳舞不都得搂着吗？又不是街舞，要不然你让你舅舅给放段 hip-hop，哔哔哔哔的那种。"

"你都从来没有跟我跳过舞。"

"那跳一支呗。"

"不跳了。"

"真讲理！"

这个世界上什么书最厚？有人说是《辞海》，有人说是《圣经》，其实如果有《女人为什么生气》这本书，那肯定用火箭炮都轰不穿。归根到底这就是一个巧合，我没有想到小雯会出现在这个晚宴上，我想小雯也没想到我会出现在这里。大家只是偶遇，可这一切到了章杨那儿，就变成了蓄谋已久。以前章杨不是这样，那天小雯来公寓楼下找我，章杨其实也看见了，却没有像今天这般不高兴。我猜可能都因为这场晚宴吧，她才是这里的女一号，而我又是她的男一号，没想到半路杀出来个女二号，这她没法接受，更何况当着这么多长辈的面。所以说女人再隐忍也是要看环境的，她喜欢你，她在某些时刻可以装作睁一只眼闭一只眼，可也是有底线的。

章杨一个人跑到二楼去哭，我站在她的旁边不知道如何安慰，我始终觉得自己没错，不就和人跳个舞吗？多大点事啊。

章杨哽咽地说："你知道个屁，那些叔伯们都是看着我长大的，问谁是我男朋友，我还自豪地往你这一指，结果你正抱着另外一个女人，我当时恨不得找个地缝钻进去。"

"好了，我道歉。"我嘴上这么说，心里还是觉得自己没啥错，这本来就是舞会，跳的是交谊舞，这是一种社交，跳得好与不好暂且不论，在国外请个陌生姑娘跳支舞太正常不过了，到了这儿怎么就上纲上线了？这些上流社会的人明明自己思想封建，还非要崇洋媚外地学别人搞舞会，搞几杯绿茶开个茶话会多有中国特色。

2.

晚宴结束得并不欢快，章杨的那个舅舅与我的所有对话都浓缩在那句"一表人才"上，他忙于应付各界精英，顾不上我们。章杨也忙着周旋于各叔伯之间，这就是上流人士和下流人士的区别，他们忙于应付生意，我们忙于对付生活。

章杨开车将我送到楼下，突然对我说："以后能不能不和她再来往了？"

"其实我也没和她来往。"我心虚地说。

目送章杨的尾灯远去，我回到住处，强子众人绿着眼睛看着我，我摇摇头。强子略显不满地说："我们都饿到现在，你太不靠谱了。"我只好请他们去附近吃了兰州料理，强子嗦着刀削面说："你看我们大学几年出来什么本事都没学着，还不如人家手艺人，至少有个养活自己的技能。"

听到强子的感慨，我寻思自己又何尝不是这样，回首我在学校里的这些年，似乎做的事情都没啥意义。自己也一直都没有目标，特别迷茫，不知道除了打 dota 还能干点什么，我只能寄希望于在这次草根大赛上获得一些成绩，然后看看是否会出现点什么转机。我猜强子和我的想法类似，这里的先决条件是我们一战成名，然后才有接下来的"干点什么"。

我的打算是做个解说，当然不是那种比赛解说，就当个娱乐解说吧，没事在视频里给人说点笑话，还能附带做个淘宝店，卖点衣服、键盘和零食。现在

大多数解说都这么干，开始我还有点反感，现在想想这也无可厚非。毕竟人家只是个解说，又不是解放军，没规定不能做生意，而且上述的一些商品也并非伪劣，我淘宝店里又不卖军火和毒品。

我总是会幻想那些遥不可及的未来，觉得未来的自己一定是个现在的自己所羡慕的牛×角色，到时候我就会告诉全世界自己过去的悲苦，成为一个经典的励志案例。

刀削面过半，我收到了小雯的短信，只有三个字："来我这。"我放下筷子，对强子他们说："朕不吃了，赐给你们吧。"

"谢主隆恩。"猩猩一把抢过我的半碗面倒进自己碗里。

3.

我走进小雯的屋子，她还是那身晚宴上的妆容，在温柔的壁灯下更是撩人。我看着光晕里的小雯，感叹时间是把菜刀，专削神经末梢，让人疼得不知缘故。她已经完全摒弃原先的清纯，在我面前的她，现在是一个不折不扣的社会女性。

所谓社会女性就是那种被社会的浮华腐蚀的只剩下躯壳的女人，她们的眼睛不再闪烁光芒，被粉底遮盖的青春痘和黑眼圈都是生活带给她们的"礼物"。她们活在妆容下，活得虚伪。她们学会了接受，接受外人的下流玩笑，接受立足未稳的茫然。她们的世界里再也没有了课本，没有了图书馆，她们的身上也没有了夏日里防蚊液的奇怪味道。在她们身边，再也没有拿着吉他、叼着小花、唱着民谣的学长，有的只是一群又一群摸爬滚打多年的过来人，这些过来人出道很久，老练沉稳，喜怒不流于形色，永远的客套，却又具杀伤力。

小雯曾经和我说她最喜欢的是有志向改变世界的男人，现在看来，我们都被世界改变了。可能你曾经喜欢的未来都是未来讨厌的曾经。真的经过社会的熏陶，你会反思自己的初衷，你会发现，那些动辄扬言要改变世界的男人是多么地惹人讨厌。世界一直都在改变且与你无关，你充其量只是在敷衍生活，生活往往又是经得住敷衍的，好活赖活，活着就行。

"傻站着干什么，过来。"小雯打断了我的思绪。她脱掉了红色的连衣裙，坐在沙发上，冲我妩媚地笑着说："我先脱为敬！"

我看着面前三点式的小雯，巍然不动。小雯微微皱了皱眉问："你怎么了？"

"我有点不太习惯。"

"不太习惯什么，是因为我现在不要脸的样子，还是因为你的大款女友？"

"这不像是你濮银雯说的话。"我有些吃惊。

小雯拿过一个抱枕放在怀里，又从包里拿出一包万宝路，抽了一支点上，冰冷地说："原先的那个濮银雯已经死了，死无全尸的死。"

"你居然还抽烟？"我更吃惊了。

"你还记不记得原先学校那个舞蹈社的帅哥。"

我点点头："就是跟我打架的那个，我们分开那段时间你们貌似还挺合拍的。"

"没错，我们谈过一段时间，他说你是个混蛋，不知道珍惜我这么好的女孩子，呵呵，那年毕业典礼，他拿着证书跑过来跟我说等他找到份好的工作就娶我。"

"然后呢？"

"然后他去了一家国企，月薪过万，然后又找了个女朋友，开着女方的奥迪车过来跟我说分手。"

"这货好意思说我混蛋？"

"之后我认识了皮克，他家庭条件挺好的，对我也很大方，从来不跟我承诺什么，我也压根不在乎什么承诺。很不巧，那天我看了他的手机微信，知道他在老家有一个女朋友。"

"皮克是个骗子，他每次跟你说搞毕业设计，其实都在网吧玩 dota。"我立刻痛打落水狗。

"我知道，你想要一个男人为了你不去玩游戏是不可能的，当初我就在你王小帅这领教过了。"

"……其实……"

"你不用解释，这不是重点，关键是我明白了男人都是口是心非，嘴上说得再好听，碰到个送上门的都会饥不择食，这点我也在你这验证了。"

"所以你想说什么呢？"我从小雯的烟盒里拔了一支烟，坐下问。

"我只是想说，现在你眼前的我不再是那个很傻很天真的女孩了。我的家庭没有你现任那么优秀，要在这里立足，我必须要付出比她们多的努力，你知道，我读书那会儿就在努力，现在马上要毕业了，我也提前找到了工作，可这并不代表我就可以撂挑子了。我的父母给不了我好的生活，但我发誓要给他们好的生活，所以我玩得起。"

听完小雯的这番话，我很难过，看着她的眼睛，我感到害怕，她的话像一把长剑透心凉地横穿我的胸腔。每个人都有你所无法理解的苦难，我也有，只是我被这苦难很轻易就打败了，碎得可以涂地。但小雯不是，她是要与所有的苦难拼个玉石俱焚的人，她是不信命的，现在她更不信男人。

"我理解。"抽完一支烟，我憋出来这三个字，绵软无力。

"你理解什么？你什么都不懂。"小雯把手中的抱枕丢了过来，擦着我的脑袋飞到了沙发后。她冲过来用力地捶着我胸口，哭着说："王小帅，你混蛋，你当初为什么要辍学，为什么要走，为什么要打职业，打你大爷！"

"你大爷。"我轻轻地说，双手用力地抱紧哭得稀里哗啦的小雯。"你大爷"是我和小雯以前最常用于攻击对方的词汇，她说这个词汇好，不脏，而且还有种尊敬长辈的味道在里面，这是我们的专属骂腔，不可复制。

我没有留宿，小雯也许是哭累了，睡得很死，我拿过一条毯子给她披上，就轻声关门离开。我心情低落地走在已无人烟的街上，想着小雯刚才说的话，她可能还是爱我的，可是我现在还是和一年前一样迷茫，一样没有目标。也可能她只是有感而发，以前的她不喜欢打游戏的我，现在的她已经变成这样，而我还只会打游戏，我永远都成不了她想要的那种人。

我发疯般的沿着街路奔跑，在间断的路灯下忽明忽暗，终于在三墩十字路口被两个巡警拦下。其中一个从摩托车上下来说："身份证。"

"警察同志，我出来锻炼的。"

"这都几点了还锻炼，少来这套，身份证。"

我一摸口袋，郁闷地说："我没带。"我的身份证是和钱包分开放的，主要因为我经常要去网吧给强子他们占连座的电脑，所以大家的身份证都放在一起，看谁有空就会拿着去霸机。

"那你跟我们去所里走一趟。"

"跑步也犯法啊？"我不服。

"谁知道你是不是偷了别人的东西正在开溜。"

"你怎么不说我被人追杀啊。"

"少废话，你被人追杀看到我们还不跟见了亲人似的。"

"还讲不讲理啊？"

"讲，你有什么理跟我们回所里慢慢讲。"

我觉得自己在口才上已经被这位人民警察完爆，只能乖乖地跟着他们去了三墩派出所。警察从警务通里调了我的资料出来，做了简单的调查，然后我被无罪释放。走的时候那个警察还继续吐槽："小伙子，以后这个习惯要改改，大半夜的跑什么步，你这样有治安隐患，要是碰上不法分子打劫怎么办？"

"我身无分文，有什么好劫的。"我撇撇嘴道。

"万一碰上劫色的呢？"

"天下还有这等好事？谁家姑娘这么想不开，我倒是以乐意助人为乐。"

"我什么时候说过劫色的非得是个姑娘？"

我愕然……

4.

回到住处天边泛起鱼肚白，屋内鼾声四起，我正准备开自己房门进去睡觉，厕所边的墙角响起一个人的声音："现在才回来啊。"

"靠！"我吓了一跳，按着胸口转身对着直挺挺靠坐在厕所墙壁一侧地铺上的黑影骂道："你他妈晚上不睡觉，在这里装神弄鬼地搞什么飞机。"

"这都早上了。"阴影里的白菜说。

"你就不能学学别人，入乡随俗好好睡觉吗？"

"我习惯了天完全亮再睡，以前夜班干多了，有惯性。"

"是有毛病！"我用力地关上自己的房间门，大厅里又传来了猩猩的声音："我去，有贼！"接着是白菜的声音："没贼。"一阵窸窸窣窣声后，猩猩又叫道："谁说没贼，没贼我床头的面包哪去了？"

白菜声音："我刚才肚子饿就吃了。"

猩猩声音："我又没说给你吃。"

白菜声音："你也没说不给我吃。"

猩猩声音："我现在就打110。"

白菜声音："不好意思，刚才我上了个厕所，证据已经被我销毁了。"

猩猩声音："我不管，你明天给我买一个。"

白菜声音："我又没吃你面包。"

猩猩声音："你刚才还说你吃来着。"

白菜声音："你有证据吗?"

猩猩声音："*&%￥#@**"

白菜声音："^\$#2*……"

在两人的吵闹声中我终究抵不过睡意压境，昏昏睡去。我还做了个梦，梦见我和小雯面对面地站在学校的教导处门口，上面张贴着关于早恋的处理通知，我俩榜上有名。

我拉起小雯的手说："跟我私奔。"

小雯说："好。"

场景瞬间变换成了老旧的车站，车站里只有我们两个人，我们无助地看着这座陌生的城市，找了个旅馆住了下来，除了吃饭就是做爱。身上的钱很快用光了，我们开始饿肚子，饿了足足三天，我受不了，对小雯说："我们还是回去吧，再这样下去会饿死的。"

"妈的，老娘跟你出来就没想过要回去。"小雯双眼燃烧着火焰，是三昧真火。后来小雯开始在夜店跳钢管舞，薪水日结，她拿着钱回来继续跟我吃饭和做爱。我开始厌恶这样的生活，我说："我要回去了，我觉得私奔是不对的。"

"滚!"小雯又一次燃烧了，这次是看不见脸的全身火焰系。

"我可以滚，但你可不可以借我二百块路费。"

"拿上钱滚!"小雯甩过来两张百元大钞，然后就烧成了灰烬，之后她就变成了"灰烬之灵"!

毕业的季节

1.

　　一觉睡到黄昏，终于饿醒了。洗漱一番就直接去了网吧，晚上有比赛。我们平时都是在小区附近的网吧对付玩，会员三元一小时，倒是不贵，但那里机器一般，鼠标一般，网管长得一般，反正什么都一般。主要是离住处近，来去方便，不过有比赛我们都会坐公交车去学校那边的网吧。

　　没有特别的原因，两家网吧的硬件设施差不多，反正我们大家都习惯了那里的比赛氛围，夹杂着一丝迷信在里面，就觉得那里风水好，去那里打比赛总能有个好状态。猩猩每次趁着这种机会都早早地过来，去学校里转悠一番，蹭点球打，他总是说小别母校再回来的时候总是会有一种特别的感觉，难以言表，这眼看就要毕业了，还真有点不舍。

　　我去网吧旁边的小饭店要了份炒年糕，老板给我加了个荷包蛋，说这是他的心意，他下个月就不做了，准备回老家。我没有问他为什么，可能是因为赚到钱了，可能是因为赚不到什么钱，没有人能够在一个地方一直待下去。我看着躺在年糕上的荷包蛋，心中挺不是滋味的，这仿佛象征着一个时代的结束，我已经从以前的不断邂逅新鲜人事，到现在的不断告别老旧人事。

　　"这个荷包蛋有什么问题吗？"一旁的猩猩冷不丁地问我。

　　"没问题。"

　　"那你盯着看这么久？是不是不想吃？"

　　"别打主意，我就是喂狗也不会给你吃。"

　　"汪！"猩猩是没有底线的。

刚三：

在某条线路上，双方同时存在三个英雄，刚三路的战局都十分激烈。这不禁让我想起了女生寝室的撕X大战。

2.

今晚我们的对手卖得一手好萌，上来把"火枪""黑弓""幽鬼""虚空""炼金"全 ban 了。弄得我们一头雾水，搞不清对手是要闹哪样。

强子说："对面好像在卖萌。"

"说不定他们在放大招。"蛋蛋紧锁眉头。

对手又拿了"幻影刺客"和"敌法师"，蛋蛋说："我靠，真的在卖萌啊。"

"他们肯定是受了什么刺激。"

"说不定是这个战队的人同时喜欢了一个女孩，而这个女孩却一个也看不上。"

"听起来真是个悲伤的故事。"蛋蛋边说边选了"末日使者"。

蛋蛋又拿了"复仇之魂"和"屠夫"打双游，另外三个是中路的"末日使者"，下路的大哥"黑鸟"和"上路"的"仙女龙帕克"。猩猩激动万分，他说自己有生之年终于能在比赛里用上"屠夫"了，即便不是中单也知足，反正我们对猩猩"屠夫"的定位就是让他开着腐蚀配合"复仇之魂"的晕在线上恶心对面，至于钩子准不准那就看造化了。

别说这个组合在前期还是收到了不错的效果，猩猩居然杀人名列全榜第一，"骨灰盒"加"绿鞋"配上两个"护腕"，技能是主腐蚀副钩子。照面我先丢个魔法箭晕住，然后"屠夫"上去开腐蚀粘住，差不多了贴身一记钩子，百发百中。

我和猩猩就像神雕侠侣，我在出了"秘法鞋"后直接买了"真视宝石"，猩猩补了一组"侦查守卫"，我们就全地图游走。对面估计是线上队伍，配合相当不默契，节奏也很脱节，每次一些小规模的塔前团，都是挨个飞过来送。

猩猩居然超神了，他热泪盈眶地说："老子玩 dota 这么多年，还是第一次超神，没想到还是在这么重要的比赛中。"

"这是因为对手菜好吗！"强子说。

"我觉得对手蛮强的啊，你看敌法师都快 BKB 了。"

"你都龙心了，他才黑皇，真的好强。"

"那你看这个宙斯，夜魔方杀人数最高的啊。"

"是啊，宙斯怎么那么强！"强子没好气地说，此时的比分是 21 : 1。

"你就让他得瑟下吧，毕竟以后也碰不上这么萌的队伍了。"我转过头对强子说。

比赛没有悬念的结束，猩猩意犹未尽地说："下场比赛再给我拿屠夫吧，我的实力你也看到了。"蛋蛋笑而不语。

网吧另一头，环勇的比赛也结束了，看来他们赢得也挺轻松，线上的海选水平本身就参差不齐。像某些电视台的选秀节目，总能在海选的时候出那么几个奇葩。以前我们学校也举办过一次校园十佳歌手大赛，其中有一个抱着吉他上来唱歌的男生，长得还不错，但是喉咙一开简直催人尿下，而且他表情丰富，一把吉他弹出了棉花的情结，来来去去就没有一个和弦，无非是在一个八拍结束后空爬一下。

他的曲目是 Beyond 的《喜欢你》，这粤语唱得一下拉近了广东和山东的距离。唱完该男生还说有舞蹈才艺展示，然后跳了一段据说是自创的健身舞，蒙孙子呢？我一眼就看出来这是郑多燕减肥操。

那一届的十佳歌手赛我正值大一，没有参加。一来我觉得在学校里得个佳没什么了不起，二来我觉得这赛事肯定有暗箱操作，果不其然，最终的冠军是学生会主席的女朋友。决赛她以一首席琳·迪翁的《我心永恒》夺魁。

我就座在校体育馆的前排，听着眼前这个一看身材就知道没什么智商的女人动情地用极不标准的英文发音演绎着这首经典的曲目："粘花为何爱我有啊爱里大的哈根达斯……狗闻"。我当时在台下都笑哭了。

其实后来我登台的那次校庆晚会，这个歌后也有表演，她是第一个出来演出的，唱的还是这首《我心永恒》，我严重怀疑她就会这一首歌。不过有一点还是值得肯定的，就是她至少有素养，是人都听得出，她绝对是在真唱，不是放原声带。

我不知道还要打多少场比赛，这都是强子去划算的，只要跟着他打就行了，说不定打着打着某一天就拿冠军也说不准。人生很多时候都是这么不经意获得成功的。

3.

这年的夏天并没有往年那般炎热，在我的印象里夏天总是被赋予一些人生的特殊意义，因为我们永远在这个季节毕业。可同是毕业，心情却不同，高中毕业是解脱的喜悦，觉得美好的大学生活就要扑面而来，再也不用没日没夜地温书，可以放手去看自己喜欢的文字，玩喜欢的游戏，追喜欢的姑娘。

大学毕业却是带着一点忧伤，大家表面上丢掉自己的学士帽，表现出一副欢欣雀跃的样子，其实心绪复杂。有人说毕业那天就是分手日，很多的情侣五湖四海地从一个远方到这里来相识、相爱，他们在这座美丽的城市里成长，他们肯定曾憧憬很多东西，走的时候肯定会有千百个原因，万亿个借口，不计其数的无奈。大学的毕业对大多数人来说是不开心的，因为这意味着他们需要和自己多年相伴的校园"say goodbye"，他们将加入找工作大军，他们的感情世界里，开始出现了房子这件东西。

七月，小雯与猩猩一同毕业，我和强子站在台下看着一拨又一拨的同学像以前小学升国旗之前换校服那样换着学士服，戴着学士帽，猥琐地拿着毕业证书在热烈的阳光下拍大合照。

我们还看到了班长，他就站在班主任——号称"阎王"的闫老师的后面，表情严肃，也不知道他留校成功了没有。这些年他也不容易，一直在搞政治，树政绩，为的就是能留在这学校里当个闲差，他在学术上一团糟，当教授是不可能的了。班长曾经这么和我说过："进步是稳健慢速的，年轻人不可以太浮躁。我在这里当个差，慢慢混，我大一就入了党，出色完成了这么多党组织分配下来的任务，还发展了一大批新晋党员和预备党员。将来能够打入学校党委机构那就是终极目标了，如果能当个书记那就是造化了。"

反正他觉得学校里什么都好，至少对他来说这里有存在感，有干部的情怀，加上用饭卡在食堂吃饭真的很便宜。

班长旁边是环勇，他搭配服装的笑容很猥琐，不过我想如果换作我，可能更猥琐。也许是学士服天生就和东方人的轮廓不匹配吧，我脑海里出现一幅画面，大家清一色地穿着长衫或者中山装出现在照片的中间，英气逼人。

　　我扫视着我曾经的同班们，发现除了个别几个还能认得出来，其他的仿佛都是第一次见面，即便是那几个能认得出来的也仅仅是认得出是我们班的，并不知道其名字。我摇摇头，心想着大学真是白读了。

　　拍照还没正式开始，大家都陆续在台阶上站好，强子指着中间一个缺口说："小帅，你看那个位置肯定是给我留的。"

　　"为什么要给你留？"

　　"好歹我们也是班级里曾经的一员啊，这个缺口跟我的身材刚好吻合，肯定是后期制作的时候要把我 ps 进去，堵住它。"

　　"那凭什么有你，没我？"

　　"说不定给你也留了，只是留在最边上而已。"

　　我们对话这功夫，不远处跑过来两个长得比较可爱的姑娘，径直走进人群，堵住了那个将来要 ps 进强子的缺口。

　　"强子你的地盘被人占了。"我故意说。

　　"我之前怎么没发现我们班还有这种档次的货色啊？"

　　"你才去班里上过几节课啊。"

　　"我大一还是挺爱学习的。"

　　"说不定她们也逃课。"

　　"哎，有缘无分啊。"

　　我看了一眼强子和那个需要两个人才能填满的缺口，没好意思笑出来。

　　小雯的毕业照要等到下午才照，我们中午用猩猩的饭卡在学校食堂吃了中饭，强子感叹说："第一次觉得食堂的饭菜这么可口。"

　　"别人毕业都是下馆子，只有我们几个毕业了来吃食堂。"我说。话虽这么说我脑海里还是浮现出在食堂初见小雯的那一刻，她拿着鲁迅的《朝花夕拾》，坐在我现在坐的位置，旁边放着我去买饮料而留在桌上的咖喱炒饭。那时候的她扎着马尾辫，一脸青涩的纯洁，眼睛很大，皮肤白皙，身上散发着薄荷沐浴乳的味道，像夏日早晨的微风。

　　食堂里的电视上正在放着 NBA 季后赛，火箭打雷霆。比赛正是第四节，双方胶着，哈登不断地打铁。猩猩摇头说："好怀念麦迪在的日子啊。"

　　"火箭队太依赖哈登了。"

"这都是我们的青春啊，仿佛麦迪的三十五秒十三分还是昨天。"强子说。

"这就是竞技体育，没有哪个强者能够恒强，就像我现在也大不如前了，很多大一过来的新生都能打爆我。"猩猩一脸认真地盯着电视屏幕说。

"帮帮忙好吗，你什么时候没被打爆过？初一的新生来都能打爆你。"

"哎，自从我搬出寝室，去附近的公园打球才知道，原来社会和校园是如此不同。"

"你打球还打出哲学来了？"我笑着问。

"你不懂，以前在学校里打球，大家都文明，动作干净，可到了社会，球场就很脏，你知道不知道街球的四大天王？"

"香港的四大天王我知道，街球的四大天王是谁？"

"灵活死胖子、矮壮篮板怪、勾手老大爷、高瘦神射手并称为街球四大天王。"

"还第一次听说。"

"你没听说的多了，街球场上还有四大傻×和四大杀手。"猩猩滔滔不绝。"所谓四大傻×就是装×炫鞋帝、独×大菜鸟、暂停鞋带师、电话不断哥。"

"那四大杀手呢？"我觉得挺有趣。

"四大杀手是把球给我要回家男、女生围观被打鸡血男、闷骚炫技独行不传男、半裸纹身狐臭满身男。"

"哎，火箭输了。"强子的叹息把我们拉回了季后赛，电视镜头给到了哈登。不知道为什么我看哈登就是不顺眼，总觉得他像拉登。我们这代人都是对火箭有一些情怀的，大家多是从姚明进入火箭的那年开始关注这个队伍的，且一并开始关注姚明周边的队员，每一个人包括替补我们都能叫得出名字。从弗朗西斯到麦迪再到布鲁克斯，以及之后的洛瑞都承载了我们的希望，大家都希望火箭能够飞得更高。

电视上反复地播放着杜兰特接球三分出手，球空心入网的过程。我觉得篮球落入网心的那一刻，我们的青春也被终结了。今天是毕业的日子，是大家道别的时刻，今晚将会有多少的酒水和眼泪，以及太多当年憋在心里的表白和祝福。大家都在告别这些陪伴自己度过最美年华的同学、兄弟、爱人们，即将各奔东西，后会无期。

　　我心情莫名地低落，中饭过后强子和猩猩就各自活动，强子去了网吧，猩猩去了班长举办的告别会。只有我一个人爬到人工湖边的双人椅上睡了个午觉。半睡半醒地眯了会，我起来去看了小雯拍照，她站在前排，笑容像一朵绽放的牡丹，这些年她成熟了，笑容里也没有当年的稚气。我站在小雯视觉的盲区里看着她，她即将被定格在一张合影里留念，事后无心地丢弃在某个抽屉的角落，直到有一天搬家偶翻出来，掸去灰尘，回想起当时的美好岁月。这张照片里不会有我，可能那时我在她的记忆里早已被格式化，整整齐齐地变成一个统称，叫某某某。

4.

　　猩猩最近自己单排的时候认识个妹子，不过网络上性别莫辨。猩猩每天晚上 8 点都会准时到网吧找该妹子双排冲分，也许说送分更合适。两人的胜率再打下去就要到个位数了，他们就如神雕侠侣一样，在输的世界里展翅翱翔，两人的心都属于特别宽的那种。我估计再保持这种输的态势，系统都已经匹配不出与他们水平相当的对手了。

　　也正是如此，猩猩更坚信对方是个姑娘。他说只有女孩子才会玩得这么菜，会的英雄只有冰女和复仇之魂，这都是女性玩家的招牌英雄。哪有男的玩了一千多场还会是这种水平？除非智商有问题。我和强子面面相觑，我们眼前不是正坐着一位玩了三千场胜率只有三成的大神吗？

　　猩猩告诉我们女孩的 ID 叫可儿，你看这 ID 肯定是女的，哪个男的这么娘炮起这么个名字？我又看了一眼旁边的强子，他的 ID 是 Rose。猩猩和可儿互加了 QQ，女孩的 QQ 资料显示是武汉，性别女，QQ 名叫刚刚。

　　强子说："一看就是男的，哪有女孩子叫刚刚的。"

　　"刚刚也可以是副词，你们好意思，都是学中文的。这很可能是我刚刚上了个厕所的刚刚，表示……"猩猩表示了半天也没表示出来。

　　猩猩曾经要求刚刚视频，可刚刚每次都推说自己视频坏了，QQ 的那头永远是一片漆黑，每次只显示着猩猩被摄像头灯照得透亮的脸庞。猩猩说等我们线上赛一打完，就找个时间直飞武汉，千里送炮。

我说："你说人女孩图你什么呢？千万别说因为你dota打得好。"

"行了，我有自知之明，我知道我的水平不高，她是图我长得帅。"

我差点牙龈没出血："你脑子没病吧！"

"这叫什么话，我们视频过，她说我长得一表人才的。"我顿时对"一表人才"这个成语无比厌恶，我觉得那天章杨舅舅是在骂我。

"她眼睛没病吧！"我大声地说。

"你就是羡慕嫉妒恨。"猩猩这话像一泡牛屎塞进我嘴里，让我恶心得说不出话来。

爱情的力量是伟大的，接下来的几场比赛猩猩都发挥出色，风头完全盖过了我，导致蛋蛋一度要我去打5号位，让猩猩来打4号位。这说明什么？说明我连一个天梯战绩三成胜率都不到的菜鸟都不如。

每次比赛结束，猩猩都会保存录像，然后传给刚刚。他告诉刚刚现在我们的战绩是12战全胜，再胜两场就进8强了，等他拿了冠军就来武汉找她。刚刚说："好。"

大家担心猩猩被骗还专门就刚刚这个人物开了个座谈会，由我主持，战队所有人员到场。我递给猩猩一支烟说："刘银水同学，网络上骗子太多了，我们作为你的监护人有权利劝导你不要沉迷网恋。"

"少赚我便宜，我和刚刚是情投意合，有个姑娘能陪你一起玩游戏这是人生中最幸福的事。"

"你了解她吗？你知道她长什么样吗？你连她真实名字都不知道。"

"我怎么不知道，她叫陈建刚。至于长相，我不在乎，我注重的是内在。"

"……"

"这名字一听就是个抠脚大汉。"白菜说。

"去死，现在很多人名字比较中性，以前我小学还有个女同学叫张爱民呢。"

"她跟张爱玲是什么关系？"强子问。

"少扯淡，我相信刚刚。"

"万一是个团伙呢？专门挖肾的，在他们眼里你的腰上正跳动着两个苹果新款手机。"我开始吓唬猩猩。

"不至于，为了挖我个肾，还专门去练 dota2？"

"这……"我无言以对。

碰头会并没有起到预先的效果，我们所有的招数都用尽也无法动摇猩猩追爱的决心。他是如此迷恋刚刚，被爱冲昏头脑。

我以前在网上也碰到过"人妖"，比刚刚专业的多，用的是最容易让人动情的名字，相册里是满满的照片，照片里的姑娘画着妆，撅着嘴，对着厕所的镜子拍着自己的倩影。生平被美化得无可挑剔，我们甚至还连过语音，那头传来的是一个嗲嗲的女声。我之所以后来发现他是个人妖，完全是因为他的一次失误，忘了开变声软件，当一系列孔武有力的男性嗓音传入我的耳道时，我对网络爱情彻底失去了信任。

大千网络总是会有无聊的人，也不知道他们装成女人的动机是什么，也许就是单纯地觉得耍人好玩，也许觉得成为女人后被人捧在手心的感觉无比美好。这种人往往是在现实中不被重视的，他们渴望被人重视，视为珍宝。既然当不了真男神，哪怕做个假女神也好，反正中间隔着网络这道屏障，被发现了拉黑完事。没被发现还能从你这套现点暧昧，挖掘点被重视的价值。碰上没节操的，还能让你给充个话费或者从商店里买点英雄套装什么的。

猩猩这么鸡贼的人，居然送了刚刚冰女雪落套装，这更让我坚定刚刚是个骗子。这年头骗子那么许多，傻子那么稀缺，刚刚好刚刚遇上了猩猩，真是拉屎碰到狗。

八强赛

1.

　　白菜从来就没有上过大学，他不知道大学意味着什么。他甚至对小学都没有什么好感，他觉得学校就是地狱，那里有无数如同魔鬼的老师，每天就会布置一堆做不完也做不出来的作业，折磨你的童年。白菜说他是痛恨老师的，他说他的老师根本不会教育孩子，还好意思口口声声地说自己是搞教育的，有点什么事就会找来你的家长，这招借刀杀人很阴险。

　　我对老师没有特别的恨，我觉得一切都还好，大家都是混口饭吃。小学的时候我的同桌就经常说老师的坏话，后来老师问大家将来的理想是什么，我同桌当时站得笔直，字正腔圆地说他要当一个像老师一样的老师。

　　其实上学还是好的，一年两盼，寒暑假期。特别是大学，光有假期，没有假期作业。可随着年纪的增长我对于节日和假期的兴奋度和幸福度都在被稀释。以前小学觉得放长假就是最幸福的日子了，夏捉知了冬玩雪。到了初中觉得长假就是打打街机、踢踢球。到了高中觉得必须要往头上打一点啫喱膏和打一点儿台球了，这样才能引起女孩子的关注。那个时候是情愫发芽的季节，大家都在羡慕那些已经找到女朋友的人，意淫着他们放假后肆无忌惮地锁手走在学校后门林荫小道里的背影，女孩稚气的脸庞上写满了无法形容的快乐，连聊天的话题都是嫩绿的，关于明星、关于歌曲，甚至关于 sin 和 cos。

　　大学的假期没有作业，也没有了之前所有的憧憬和快乐，冬天我们在网吧吹暖气，夏天我们在网吧吹冷气，反正不是在网吧就是

控符：

地图河道每双数单位时间都会刷新一组符文为拾取英雄提供特效，有幻象、隐身、恢复和加速四种。这不就是醉拳里被人打得半死，然后跑去猛喝工业酒精，战斗力剧增的成龙大哥嘛！要是换到现在，那就是酒后闹事！可以拘留的！

在去网吧的路上。

所以我一度觉得年纪大了，快乐也就淡了，可能是因为对生活没有激情了吧，好像一眼就能看得见未来似的。

章杨每年暑假都要去澳洲，至于我的日子一天天漫无目的地过着，房东开始时不时出现在我们的生活里，又到了交租的时刻，我开始烦恼。强子不以为然，他反正觉得有章杨粗腿在这儿，房租都是小事。猩猩表示赞同，蛋蛋保持中立，白菜更是无所谓，他住哪儿都是住。

最终我不顾大家的反对，在三墩找了个房子，离小雯的小区不算太远，是差不多风格的老旧小区，没有物业。我站在露出钢筋的阳台上望着满是叫不出名字的植物的小区，对身边的猩猩说："这里挺好的，空气清新。"

"我宁愿选择尾气。"

"这里对你身体有好处，健康。"

"少来，以前两室一厅，我睡厅，现在还是两室一厅，我还睡厅。以前好歹还是地砖，现在是水泥地，你就是睡床不知道睡地的苦，我早晚有天死在风湿病上。"

"不会的，你的体质我信得过。"

"那倒是。"猩猩向来经不起表扬。

三天后，猩猩和白菜一起感冒了。两人挂着鼻涕各自背靠东西墙面相互辩论到底是谁先感的冒，又是谁把感冒传给了谁。两人耗了整整一上午，到中午的时候纷纷倒下开始发烧。等到人一生病的时候就知道单身与否的严重性，白菜的女友大老远地从市区跑来，给他熬了小米粥，白菜枕着女友的手臂，小口地呷吸她喂过来的粥。再看墙的另一面，猩猩一副要尸变的样子，别说喝粥，喝水都没人给他搭个手。

除此之外，两人的待遇也存在着天壤之别，猩猩去的是老旧小区门口左拐弄堂里的小诊所，挂的是明码标价的抗生素。再看白菜，他女友非得带他去看中医，说什么西医用的都是抗生素和化学的东西，很伤人。中医讲究望、闻、问、切，找到你身体内最根源的病因，然后几贴药下去，标本兼治。

更可气的是，猩猩看病用的是我的钱，白菜看病用的是丈母娘的医保卡。我猜猩猩一定十分难过，大家都有毛病，待遇差别却如此巨大。

猩猩在诊所里挂了两天的抗生素，王者归来。而白菜还在喝着他女友为他熬的汤药，女孩天天来，拎着一个红色的罐子，里面盛着包治百病的汤药，看着白菜痛苦地灌下，然后给削个梨，用小刀片好了喂给白菜吃。

一周后白菜得了肺炎，其间他还带病随我们打了几场比赛，虽说我们全胜进入八强赛，可是他的身体却是每况愈下。

蛋蛋劝他："你要不跟猩猩哥一样去诊所挂一针吧，见天就好。"

"不行，我女朋友说了中医讲究调补，重在治疗根本，中医的精髓是望、闻、问、切。"

"可你就是个小感冒，又不是什么大病，有什么根本好调理的。"

"我看中医的精髓是说、学、逗、唱。"猩猩在一旁嘲讽。

"可是我女友每天都熬好汤药送过来，我要是就这么好了有点对不起别人的辛劳啊。"

"你要是死了，才对不起她。"

白菜最终还是偷偷吃了几粒康泰克（感冒药），病情迅速好转，他女友也堆起久违的笑容说："我就说中医好。"

"真好，真好。"白菜谄媚地附和着。

我老家也有不少的中医门诊，墙上挂着某某坐诊，多少年的行医经验，获得了什么荣誉，这就像一张黑板报，说着或真或假的故事。反正我对中西医并无偏见，只是早年被一些江湖郎中晃点过。

我们这有个叫许承康的中医，据说专门给市长看病。我母亲曾带我去他那里看肠胃，许神医最神的地方就是望，什么病他一望就知。我屁股没坐热，他就摇摇头对我说："是不是常拉肚子？"我惊奇地点点头。他"哦"了一声就开始写病历抓药，然后告诉我怎么吃，还告诉我中医最讲究的是忌口，腥、辣、酒不能碰，然后晚上要休息好。

然后我艰难地调整着自己的生活规律，并喝着苦不堪言的汤药，足足一年，身体状态依旧稳定，该拉的还是拉。

我后来也没再去复诊，我想都能想到他会告诉我说疗程未到，还得喝药。其实中医文化是瑰宝，只不过在中国有很多被称为瑰宝的东西，总是会有一些被称为活宝的人出来破坏它。

2.

八强赛在杭州网鱼网咖举行，对阵表就被贴在网吧醒目的背景墙一侧。我和强子站在对阵表前方，看着五花八门的队名。

"不知道环勇他们是哪个队。"我说。

"说不定他们都没进八强。"

"这不是冠军队长吗？"我身后响起了熟悉又令人讨厌的声音。我回过头看着皮克，他身旁站着环勇，尴尬地冲我笑。

"怎么，又来送死？"强子说。

"话别说得太满，这次谁死还不一定呢。"

我笑着问："你赢过我们吗？"然后看着旁边的环勇说："还有你。"环勇一脸阴沉地看了我一眼，没有说话。

走出网吧，呼吸着外面的空气仿佛都是微甜。看着别人哑口无言的感觉真是太棒了，难怪有那么多的人出言不逊，尖酸刻薄，原来这般过瘾。比赛时间定在周末晚上，强子专门看了下其他赛区的比赛，武汉和成都赛区都已经决出冠军，看队名都知道是一群退役的前职业选手重新组成的队伍。

3.

借着比赛的间隙，猩猩终于兑现自己去远行的诺言，走的时候他还带了点杭州的特产，三包西湖藕粉！他说大老远地过去总不能空手，显得不礼貌。

猩猩走的日子大家都停止了训练，我和强子没事就会到楼下去打一块钱一局的台球。台球桌就摆在一家代销店的门口，台面比地面还脏，每次打完手掌都是黑的。老板是一个矮胖子，据说是片区球王，方圆百里找不到对手，只是我们从来也没见着他出手，也许真的是世外高人，轻易不出手。跟武侠片里的绝世高手一样，要么不出手，一出手就要你命。胖老板从来都裸露着上半身，秀自己背上巨大的纹身。他的纹身是一个"关公"，只是比较模糊，乍一看还以为是观音。他的手臂上还有个中文纹身，是"建华"的中文二字，这家代销店就叫建华百货，看来他是将自己当成了活名片。

台球桌边上还有一台老虎机，有几个单身汉常年坐在面前，有的还捧着个本子，上面画满了奇怪的数字和符号，貌似专业。从他们那里得知，这是攻略，老虎机是写程序的，既然是程序就有它的规律，只要找到这个规律那么发家致富指日可待。可我始终没见这几位大神赢过钱。

蛋蛋除了去网吧就没其他地方可去，白菜除了睡觉就是去丈母娘家吃饭，把自己当宠物活，只有我和强子，两人像个小混混似的整天闲晃悠。看热闹成为我们每天的固定节目，三墩老镇上龙蛇混杂，外来小贩、失足妇女、黑社会小团伙、市区上班狗遍地开花。

我和强子路过三墩菜场附近的一个小迪厅，这块区域是我们最常来晃荡的地方，有迪厅的地方就有流氓，有流氓的地方总是热闹非凡，毕竟流氓不干点坏事就失去了当流氓的意义。我们刚走到路口就看到一群人站在迪厅门前叫阵。

"大白天的就吵架。"强子抽着烟说。说话间，一个长发翩翩的少年手拿两把铁锤掠过我们，冲向骂阵的人群。

"我靠，要开打啊！"我感觉热闹马上就要滚滚而来。

"过去看看。"强子也按捺不住喜悦。

果不其然，双锤哥就像变身后的"炼金术士"，挥舞着手中的锤子突进后排。后排的人眼看来者不善，手中还带着杀伤性武器，连忙走位往回跑。两拨人冲进了一条窄巷里，我和强子也连忙跟了进去，心想这么难得的机会怎能不先睹为快。

巷子很深，没有丝毫的弧线，视线所及的笔直尽头是一条马路，尽头往左就是我们常去消费的一家兰州拉面馆。巷子宽有三米，一侧是红砖矮墙，另一侧则是居民的小洋楼，洋楼被铁门包着，里面时不时传来恶狗的叫唤。

我和强子走进巷尾的时候，发现长发锤神正朝我们走来，身边还跟着几个长相猥琐，乡土江湖气息浓郁的年轻人。

"看来好戏结束了，敌人被打跑了。"强子有些失落。

"是啊，真无聊，还是吃拉面去吧。"我们沿着巷子往前走着，将锤神甩在身后。可就当我们以为一切风平浪静的时候，巷口突然出现了几个人影，为首的肩扛一把接柄砍刀，剩余的也是人手一把西瓜刀，气势汹汹地向我们走来。

强子一惊说："靠，拍电影啊。"我们连忙掉头要撤退，没料到巷尾的锤神也掉头朝我们走过来，我和强子成了两军交战的楚河汉界。我彻底慌了，这要打起来肯定要伤及无辜啊，这鬼地方连个躲的地方都没有。

强子也有点慌神地说："有毛病啊，装备差距这么大也跟人打团战！"

"现在怎么办？他们离我们越来越近了！"我很急。

"救命啊！"强子开始冲着小洋楼里的大铁门喊，里面传来了一阵犬吠。

两拨人走到我们面前，拿砍刀的说："欺负我们手里没家伙吗？"

锤神说："有家伙怎么了，我们人多。"

砍刀哥看了一眼面朝铁门假装玩手机的我和强子骂道："群架的时候还玩手机，你是不把老子放在眼里？"

我连忙解释："大哥误会，我们是来这蹭 wifi 的！不关我们的事啊！"

锤神大喊一声就冲了上来，看得出他是一个讲究执行力的男人，没有过多花哨的语言，就是干！

我和强子面部抽搐地看着近在咫尺的流血事件，这应该是我们最近距离观察的一起械斗，连刀刃撕开皮肤和铁锤敲碎骨骼的声音都听得真切，如果用三个字来形容我当时的感受只能是——吓尿啦！

最终砍刀哥还是败下阵来，且战且退，他脑袋已经被锤神开了瓢，战斗力锐减。当然锤神身上也被砍了多刀，血染红了衣服。看着落荒而逃的砍刀哥和乘胜追击的锤神，强子有些感叹地对我说："小帅，看到没有，团战中装备不是决定性因素，操作和信念才是决定胜负的关键啊。"

4.

三墩镇还有一条不知道称之为河还是称之为沟的水渠，上面架着一些水泥微拱桥，供人通过。每当夜幕降临的时候沟边就会有许多失足妇女出来活动。看失足妇女也是我和强子的主要活动项目之一。不过这些妇女大多上了年纪，有的甚至连风韵犹存的时代都过了，一脸光阴留下的故事。

强子说这些都是赚点吃饭钱的，针对的群体主要是些外来老工和小本生意的摊贩们，要价也不高，二三十元的这么要，草纸自带。

"看着都恶心。"我抽着烟说。

"等你上了年纪，并且又没钱的时候，你眼前的这些可都是女神级别的。"

"话说你怎么知道得这么清楚，莫非？"

"滚，我是听建华杂货店一个玩老虎机的人说的。"

水渠离我们住的地方不远，透过厨房的窗户就能看见其中的一角，也算是一道风景线。透过这扇打开的窗户，我们看着别人的人生。读大学那会儿我们常说艺术系的骚货多，都在外面给人当二奶。不过确实有几个花枝招展的女生周末时常会钻进一些名牌跑车里，此类女生多半独来独往，口碑极差，永远活在大家的口水里。这是赤裸裸的嫉妒，我就不信，当她们身娇百媚地裸露自己，站在你的面前时，你能坐怀不乱？

我已经很久没有联系小雯了，不知她现在都在忙些什么，好几次拿起电话又放下。她就住在离我不远处，却似乎又极其遥远，我们之间就像被什么东西隔着，我过不去，她也过不来。

第三天，猩猩从远方风尘仆仆地回来，他坐在我们面前凶猛地抽着烟。我问道："怎么样，姑娘漂亮吗？"

"那货比花景强还胖。"

"你这是什么话。"强子很不爽。

"那确实是很胖了。"我接茬。

"你这又是什么话。"强子更不爽了。

"我们早就劝过你了，你自己不听，话说你去之前不是看过她照片的吗？"

"是看过，可照片里没那么胖啊。"

"所以说照片都是骗人的，你不知道有个叫 ps 的软件吗？"强子说。

"看来老天欠你的，ps 统统都会还给你。"

"你们发生了什么事没有？"我接着问。

"我至于这么不挑食吗？我第二天就买票回来了，可惜了我这一来一回的路费。"

5.

比赛日，我们早早地来到网鱼网咖。网咖的环境不错，已经有一些队伍先到了，都挤在收银台前，有的傻站着，有的傻坐着。本来比赛说好了从早上十点开打，可磨蹭来磨蹭去，弄到中午十二点大家才开始抽签。

我们抽到了一支学生队伍，其中一个高瘦的钢牙小伙走过来对我说："请多指教，我们就是玩的，重在参与，请轻虐。"

"你们天梯多少分啊？"

"最高的 2000 多分吧。"钢牙仔说。

"哦。"

我转身对强子说："运气不错啊，第一轮碰到一群小朋友，碾压的节奏。"比赛采取的是双败淘汰，环勇被分在了下半区。两个半区同时开始比赛，我们是上半区的第一场，环勇是下半区的第二场。

比赛快开始前，我轻声对蛋蛋说："对手实力不强，我们又是先比，不要暴露自己的战术，特别是白菜这个点，毕竟环勇他们在旁边盯着呢。"

蛋蛋想了半天，给白菜拿了个"血魔"走中打对面的"毒龙"。我们队伍里也不是完全没有短板的，强子比较擅长远程压制英雄，比如"卡尔""影魔"之类。白菜这些场次看下来，他是个比较偏发育的单人路，下路我和猩猩没什么好说的。蛋蛋则是我们队中最全面的，大局观也到位。

其实我更喜欢原先小傻在队里时候的打法，飘逸灵动，总结下来就是浪。可她是有操作资本去浪的，那时候我们战队的节奏很快。相比以前，现在白菜更喜欢把比赛拖进后期，靠着他的团战走位和蛋蛋的补刀基本功拿下胜利。这也是我所担心的，因为这是环勇的节奏，我们以前之所以能赢环勇，就是靠前期的下马威，上来就抓崩掉另外两路，用防御塔和人头建立起来的经济优势转化为视野优势，继续死打崩掉的路。放你环勇发展，就算你主力 carry 基本功再好，补刀全收，充其量就是和我们的 carry 持平，可团战靠的是五个人的爆发，你的队友就是见光死，这样的形势你拿什么去赢？

据我对环勇的分析，比赛如果是三十分钟结束的，他的胜率不到30%，

比赛如果是五十分钟结束的，他的胜率在 45% 左右，比赛如果是一个小时甚至更长时间结束的，那他的胜率可以达到恐怖的 80%。他的心态就是如此，你越跟他磨洋工他越来劲，他天生就是刷钱机器，拿着团队经济，神装对拼他特别有一套。

此时，环勇和皮克就站在我们的身后，看着我率先送掉了一血，接着猩猩也送掉了二血。一次大亏的一级团，只能说我们太大意了，大家都没有想到对面会跟我们开一级团，毕竟人家才 2000 分的战斗力。

两个人头都被中路的"毒龙"收入囊中，导致白菜的"血魔"在中路被压得连经验都不敢上去吃。下路我和猩猩的酱油"复仇之魂"和"酱油屠夫"，也怂在树林里，蹭点经验就算完了，不敢露面。对面三人可是"神牛""米拉娜"和"沙王"的组合，打得很强势，他们直接入侵我们野区，肆无忌惮地骚扰拉野。我和猩猩只能眼睁睁地看着，可就这么看着，他们都不乐意，一套连招过来，还是送我们回了泉水。

开局我们就被打了个 0：5，强子上路的"树人"（大树）也被"伐木机"压得够呛。这俩英雄听名字似乎就相生相克。这让我想到了早年在寝室夜谈时候自己发明的一个冷笑话：知道中国文坛里谁"树人"玩得最好吗？答案是鲁迅，因为鲁迅原名周树人！

现在我的脑子里一片空白，我承认自己一上来被打蒙了，或者说我们整个队伍都被打蒙了，大家都不知道自己该干什么。在这种时候人往往容易头脑发热，到了游戏里，就会变成盲目的找人开团。结果是开一次死几个，比分迅速被拉大，蛋蛋的"龙骑"都落后了对面的"米拉娜"一个大件。

二十三分钟，我们中路告破，对面势如破竹地直接强拆上路高地塔和兵营，猩猩一脸茫然地看着"夜魔"的部队吞噬着我们的基地。钢牙仔兴奋地从座位上跳起来，和自己的队友分享喜悦，我们这一边，集体被打得鸦雀无声。

"冠军队长被人吊打哎。"身后的皮克阴阳怪气地说。

我们中午在附近的面馆开总结会，大家都很失落，我主动揽责说："是我的错，我下路一直在送，让蛋蛋面对六个人头在手的白虎，太难为他了。"

"主要是我们上来就送了两个人头，结果被人滚雪球了。"猩猩说。

蛋蛋喝着片儿川的汤汁说："没事，其实就是我们太轻敌了，一听说是群

2000战斗力的小鬼，大家心态都放松了，结果上来一个随性的站位被抓了包，心态失衡了而已，我拿的阵容也有问题。"

"不是还有败者组的吗？"白菜说。

"嗯，我们这场中了对面的烟雾弹，换过来我们也给了环勇他们一个烟雾弹，让他们觉得我们实力也就如此了。"

看我神功盖世

1.

我发现绝大多数人在某种特定场合中都喜欢藏着掖着，其中也包括我。以前初中体育课的 1500 米达标考试，大家都一字排开了站在起跑线上，我身边站着一个我现已记不得名字的同学，朦朦胧胧的记忆里他留着一头超过当时发长警戒线的头发，头发从中间的位置分出一条路来。

他问我说："你跑得快不快？"我摇摇头说："跑不动。"这是实话，因为中午我妈的猪肘子给我吃撑了。"中分"双眼闪烁着光对我示好说："那等下我们一起跑。"我说："哦。"这种拉垫背的情况其实还是很多见的。

我们班当时有四十五个同学，起跑线总共就那么长，所以基本是十人一组这么跑，那些中长跑比较弱的同学就会拉拢一些更弱的同学进行组队，为的就是不至于让自己落到队伍的尾巴尖上去，免得丢人现眼。在长跑上我从来都不选择队伍，无论在哪跑我肯定都是要套他们所有人一圈的。只不过这都是后话，那时候是我初一的第一次长跑，我并不知道自己原来强出他们那么许多。

所以事实是我发挥了七成的实力就套了这群人一圈半，以至于在后来整个三年的初中生涯里，"中分"几乎没有和我讲过一句话。

这种案例还有不少，比如学霸的"我也没看书"及美女的"我也不用护肤品"，反正大家都在给自己找退路，成了觉得自己理所当然的牛×，万一马失前蹄，至少还有个台阶可以下。

我们这次的对手也是如此，他们赢在了心态上。当然也可能这些小鬼都是战斗力过万的大神，类似于长跑的我或者考试时的学霸

跳刀：

闪烁匕首，许多短腿近战英雄的关键道具，拥有跳刀后往往就是质的飞跃，很可能左右游戏的走向。小明自从买了面包车后，砍人效率得到了巨大提升，再也不用担心暴雨、冰雹等恶劣天气给砍人带来的不便了。这里面包车就好比跳刀。

那样，说什么重在参与，其实是重在让别人参与。少年阶段在我看来是最恐怖的游戏年龄，这个阶段反应奇快，领悟力超强，当年蛋蛋被我在网吧发现的时候也差不多十七岁的样子。

我曾在火车上遇到一个熊孩子用我的手机玩 Temple Run（一款手机跑酷游戏），一直从杭州站 run 到金华西站，还没 run 完，我连忙给他接上了充电宝，好保证他能继续 run 下去。我不知道这孩子的终点在哪里，我相信要是永远保证手机的电量供给，他能一直 run 到八十岁。这个熊孩子给我创造的纪录至今还没有人打破，我也一直存着，碰上什么聚会就拿出来显摆，说是自己玩的，收获点虚荣。

2.

环勇倒是一路高歌猛进，他们的"光法"加"猴子"的体系很稳，主要环勇"猴子"打钱快，线上根本压不住，配几个清兵快得酱油就跟你死拖，越到后面你的胜算越小。而且他们会把"水人"送进小黑屋，去掉这个最大的威胁后你更拿"猴子"没有办法。

我们私底下也研究过对策，大家觉得安全起见，还是 ban 掉"猴子"比较好。倒不是因为心虚，只是不想跟环勇这么瞎耗，太磨人。

也许这次我们真的低估了环勇他们的实力，在胜者组决赛里面他们耗时两个小时在三局两胜中将那群曾击败我们的小鬼打入了败者组。冤家路窄，我们和这群小鬼又一次照面。

这次大家都不敢轻敌，蛋蛋拿了自己最拿手的"黑鸟"，强子也拿到了"卡尔"。猩猩终于回归 5 号位，使用"复仇之魂"。他是我们队伍中最大的短板，主要还是因为英雄池太浅，会的只有那几个无脑的锤子，我们对他的要求就是能在团战中晕住对方一个英雄就行，可即便如此他还经常在开团的时候跟人打个照面就自己回"泉水"读秒去了。

可比赛的过程却出人意料的轻松，对手似乎有些不在状态，也可能是之前和环勇磨得太久，耗费了大量的精力。我们以一个 17：3 拿下第一盘。白菜上单"人马"carry 全场，导致在第二局中被首先禁掉。

　　我其实一直都不太喜欢"人马"这个英雄，或者说我对那种死肉都没有什么好感，看起来笨拙，没有飘逸的感觉。操作空间不大，无脑堆肉出跳，团战闪进去踩个地板，吃一轮伤害，然后就没它老人家什么事了。哪像"卡尔"或者"仙女龙"那样需要各种华丽的操作和走位，在万军中三进三出，片叶不沾身的 feel，这才是大侠精神。你看那些武侠片里的大侠，都是绫罗白衫，长发飘飘，手握赤穗长剑，腰围翡翠星罗带。出招如风，闪避如电，永远飘在天上跟你打，神态平静得像那午后的西湖水。

　　而"人马"怎么看都像是那种虎背熊腰、手拿万吨流星锤、肩背百斤罗汉甲的死黑胖子，每次发功都要把地面踩出一个坑来，嘴巴张着老大，淌着口水，就会无脑地往人脸上冲，除了能破坏点花草树木和建筑物，连别人腿毛都碰不着，最后被大侠一剑削首。

　　所以说这个世界上，从来就没有胖大侠，只有胖大海！

　　第二场比赛也波澜不惊，对方丢掉了第一盘显得有些急，阵容也拿得过于偏后。这是没有经验的表现，他们本身就跟环勇耗了那么长时间，身心俱疲，现在又拿一套偏后的阵容来打，无疑是把自己往沟里带。这种时候最需要的是气势和信心，如果换作我，就祭出一套 gank 凶狠的阵容，反正无路可退，在前期能把优势打出来，多少提振士气，说不定还有机会。

　　对面的后期阵容没能坚持到后期就崩盘了，他们的心态本来就急躁，不可能稳得下来跟你心平气和地拖，随着人头和塔的落后，压根就没有继续下去的欲望。

　　我们又一次在大赛中和环勇会师，我已经记不清这是第几次和环勇交手，我和他似乎总被宿命牵绊着。有很多人在一生中总会存在几个敌人，遇上什么事他们就会出现，挡在你的面前，给你制造麻烦，你与他之间必然互有胜负，做不得朋友。

　　决赛时间定在两天后的晚上七点，五局三胜，由于环勇是胜者组冠军，所以开赛他们将以 1 ∶ 0 领先。

3.

　　回到住处，大家相互忙着些无聊的事。强子不知道从哪个旮旯翻出来一本

《中国文学》，这是我们大学的课本，他饶有兴致地看着。这种感觉就像多年后与前任坐在一间老式咖啡吧里叙旧，觉得她也没有当初那般讨厌，你说我当初为什么就不要她了呢？时间总是能冲淡好多的回忆，无论是美好的还是不美好的。也许在某个时刻你面朝大海，告诉自己要忘掉那些令你感到悲伤的人和事，可怕的并不是你当真忘不了，而是你当真给忘了。

比如我们就快要忘掉刘卓的时候，他用夜宵给我们长了记性。这是来自河东路的烤生蚝和小龙虾，加上楼下超市的冰啤酒。这架势要么大喜事来庆祝，要么大悲剧来买醉。

白菜搏命地吃着生蚝，嘴里还喃喃道："我是有女朋友的，我多吃点，你们吃小龙虾。"

我们郁闷地吃着小龙虾，刘卓比我们还郁闷地喝着啤酒，强子说："看来是感情危机。"

我点点头剥了一只虾递过去，刘卓摆摆手说："这玩意吃多了肌溶解，你们也要少吃。"

"这他妈是谁买来的啊？"强子一嘴虾油。

"我随便买的。"刘卓心不在焉。

"你怎么不随便买点鲍鱼过来？"猩猩连虾头都不剩。

"我要结婚了。"刘卓面无表情地说。

听到这话，大家都停下了手中剥虾的动作，直勾勾地盯着刘卓，大约呆滞了十秒钟，又恢复了热火朝天的剥虾运动中。

"好事啊，到时候记得请大家喝喜酒。"强子说。

"可我觉得我还没准备好。"刘卓愁眉苦脸地说。

"我说你们这种人就是矫情，别人没准备好是因为买不起房，你这有房有车的还准备干什么？打击犯罪，维护和平？"

"你不懂，我就觉得我现在刚大学毕业就结婚，还没来得及感受社会的浮华，就要被家庭束缚了，我的青春好像立马就结束了。"

"那你打算怎么办？"我问。

"不知道，所以我来找大家出出主意。"

"要不你跟人姑娘说说，拖两年再结？"

"不行，她等不了。"

"那不行就分手，玩够了再找个过。"

"这样好像不太道德。"

"你到底想怎样！"我有些不耐烦。

"我也不知道，所以才来找大家出出主意！"

"我看你是来找茬的吧！"强子愤怒地又剥掉一只虾。

"我是真的很苦恼。"

大家自顾自地剥虾，没有人再去搭理刘卓，他的逻辑循环是死的，说白了就是他不想那么早结婚却又没有选择。这个世界本来就不以个人的意志为转移，我还想当首富呢，也没见老天给我机会啊。所以无论我们出什么馊主意换来的都是刘卓的否定，他心里比谁都清楚，他就是来拉帮子的，看看是不是有人和他站在一个战壕里面，认为太早结婚不好。

不过换作我是他，我也不乐意这么早就结婚。我一直认为婚姻是件恐怖的事情，就如朝九晚五地上班，即便这个工作是你所喜欢的，几十年下来你也会心生厌意。所以世间万物都是从有趣变质成无聊的一个过程，婚姻更是如此。

4.

第二天大家开始集体拉稀，猩猩跟白菜因为抢厕所差点没打起来。强子虚弱地靠在厕所门口的墙壁上说："刘卓这个禽兽，居然在虾里下毒。"

"你说刘卓是不是环勇派来的卧底啊，故意毒害我们，好让我们在明天的比赛里发挥失常。"猩猩总是心怀叵测。

"你们都是什么心态，人家大老远给你们买宵夜还落不得好。"白菜说。

"少废话，你好了没有。"我捂着肚子。

"马上好，马上好。"白菜抽着烟。

"你都马上半小时了。"

"不能半途而废啊，你再忍忍！"

"是可忍孰不可忍！"强子一脚踹开了厕所门，强行将白菜从马桶上拉了下来。而我刚上前一步就被猩猩挡住了，他脸色煞白地说："王小帅同学，先来后到，后面排队，下个轮我。"

我走投无路，决定去小雯那解决！小雯住处离我这差不多有两百米远，我确定这是我人生中最痛苦的两百米，我像一匹野马疯跑在路上，几次后门都差点漏了。我以惊人的意志和速度抵达了终点，小雯打开房门的那一刹那，我几乎落泪。

我带着哭腔地说："快，让我进去。"

小雯略显尴尬地说："今天……不是很方便。"

"我就是来方便一下！行个方便吧！"我已经要崩溃了。我顾不得和小雯交流，用力地推开房门，冲了进去。小雯的厕所在进门靠右的方向，途经粉色装扮的客厅，我弓着腰一溜小跑冲进卫生间，发狂地跳上马桶。此刻我化身英勇的解放军战士，在狼烟四起的战场，端着最后一挺机枪对着面前不计其数的敌人尽情扫射，我嘶吼着，敌人纷纷倒在"哒哒哒"的声响之中。我的背后飘扬着鲜艳的旗帜，随烟而动，永不倒下。我在想，要是能用屁股发电，那现在的我一定是葛洲坝。

一轮"乘风破浪会有时，直挂云帆济沧海"之后，我徐徐地从里面走出来，这才看清原来客厅里还坐着一个男人，看样子有三十好几，穿着淡蓝色的衬衫，气宇轩昂。小雯双臂交叉靠在沙发一侧的墙上，刚好正对着一脸爽劲的我。

"王小帅，你太恶心了吧。"小雯一脸不快。

"对不起，我不知道有客人。"我也有些不快，我已经习惯此处只有她一人，除了我再无外人。可如今偏偏就有一个第三者不给面子地闯进了这个在我认为只属于我和她的空间里，还一副优雅的嘴脸，令人讨嫌。

"你好。"他优雅站了起来，冲我打招呼。

"呵呵，我找小雯有点事，你坐会。"我走过去拉着小雯胳膊将其拖到门口。小雯甩开我没好气地说："干吗啊。"

"屋里谁啊？"

"一个朋友。"

"什么朋友？你没事就往家领啊？"

"我说王小帅，你管得着吗？"

"我发现你现在生活作风很有问题啊！"

"我有问题？这我家，我爱带谁来是我的自由，我不像你，没事跑别人家新陈代谢来，你家没厕所还是怎么的。"

"这不是形势所逼嘛，别扯开话题，里面谁啊？"

"我男朋友，行了吧。"

"你可以啊，找这把岁数的男朋友，没节操了你还。"

"我找谁是我的自由，与你无关。"

"算我看错你了。"我掉头就走，回去的路上我看到所有的行人都动杀心，我承认我是个自私的人，我接受不了小雯找男朋友的事实。虽然她和我分开后并非没找过男朋友，可这一次我无比沮丧。因为这个男人看起来是那么靠谱，他一定事业有成，细心体贴，温文尔雅，他所有的优点都对照着我的缺点，在他的面前，我显得不堪一击。

回到自己公寓，他们已经开始第三轮的排泄，猩猩见我进来，连忙起身在厕所门口排队，生怕我抢了先手。我骂道："拉拉拉，拉不死你，你除了会吃会拉，你还会点别的吗？"

强子看到怒火中烧的我，说："小帅是不是憋粪憋疯了，要不您先来？"我没有接他的话茬，用力地关上自己房门，往床上一躺，欣赏雪白的天花板。

我将这次大怒定性为某种程度的吃醋，我这辈子吃过不少人的醋。高中那会儿吃陈静的醋，大学里吃小雯的醋，还时不时吃小傻的醋。现在我一无所有地瞎活着，却还在吃醋，不巧吃的还是小雯的醋。我觉得那些曾走进我生活的女人们总是无时不刻让我有所牵挂，哪怕她们现在正活在别人的世界里面。这就像一个苹果事先被我咬过一口，缺口表面虽然已经被氧化得泛黄，可却偏偏有人不介意地接着去啃光苹果剩下的部分，这就让我很介意，至少不卫生。我将这所有一切的偏执都定义为自己对小雯还有着某种特殊的感情，且已经沉淀凝固，变成坚不可摧的结石，每次想把它排出体外时都会带来无与伦比的疼痛。

5.

其实我们的生活就是一个拆恶作剧盒子的过程，盒子包着无数层包装纸，每次你都会满怀好奇地打开一层，换来的是不同花色的另一层，而且你不知道接下来你还会遇到什么花色。我们都在苦苦追寻答案，越到后面越急躁，已经不再去观察细节，只是疯狂地要一个结果。

小时候就想着快快长大，因为大人的世界总是看着比小孩的世界来得精彩。高中那会儿特别想上大学，高考的时候老师有句口头禅叫作："上了大学你们就自由了！"直到上了大学才知道，其实也没有外面传的那么自由。无非是高中里是无聊得忙着，而大学里是忙着无聊。所以我们又向往进军社会，在没有真正进入某个领域前，大家都会觉得自己将会是最大的 Boss，拥有别人无可匹及的技能槽和抗性。幻想自己若出现在僵尸片中，一定会是手拿匕首百人斩的 hero，其实真到了那步田地，你只不过是个被早早 KO 掉而变异的僵尸罢了。

我们一层又一层地被剥掉，换来的不是牛×的自己，而是一个新的包装，直到你死的那一天，你才知道，原来所谓的礼物和答案，最终只是个拆包的过程。在这个过程里，你看到了或重或不重的色彩，看到了花，看到了卡通人物，看到了明星图案，看到了你描绘不出来的抽象，总之你看到了一切，唯独看不到的是浮躁的内心。

在这个史前最无聊的夏天，我们居然集体加入"邪教"。带头人是白菜，他是广场舞的忠实粉丝，猩猩又是他的忠实追随者，二人在三墩撩人的夜色里发现了一种神功。每晚黄金时间段在公园的小空地上就会有不少男女老少在那操练，领头的是个四十来岁的大婶，微胖。据说练这种功全身能散发一种檀香，所以该功又被誉为"香功"。我和强子还有蛋蛋完全是肩负着科学小白鼠的使命去经历这道证明题的，我们要证明这个世界不可能会有能让身体自然发出檀香的神功。

香功的动作都是些比广播体操还要简单的招式，带头大婶说自己已经练十九年了，不过天资差了点，只有在状态好的时候才能发香。她还鼓励大家，只要好好练，心中有信念，一定可以让自己香起来。她还拿出了一张卡片，卡片上是香功创始人的照片和履历。这个创始人据说六岁发明香功，到现在已经有两百多岁，他一发起功来，香气能覆盖百里山林。更了不起的是，这种卡片挂在胸口配合香功一起练，能起到事半功倍的效果，不过要交两百块钱的工本费。

"真看不出来，连这玩意都有双倍经验卡！"强子说。

"说不定以后还会有神功套装，穿上后就有十米范围的香气 buff。"我说。

"好好练功，不要吵，心诚则灵，你们总是抱着怀疑的态度，所以现在还闻不到香味。"

猩猩一脸认真地说。

"这要是真的，简直是狐臭患者的福音。"

"难怪猩猩这么认真，他是来医香港脚的。"强子解释得很有道理。

我们陪着白菜和猩猩练了两天的香功，每次回来除了一身的汗臭就没别的味了。强子闻着自己的衣服说："我怎么觉得这香功越练越臭了？"

"是不是我们走火入魔练成了臭功？"我有些不安。

"那怎么办？"强子更不安。

"那就赶紧买张双倍经验卡。"猩猩在一旁插嘴。

白菜更是把自己的女朋友和丈母娘都发展成了香功的同门。大婶看着日渐壮大的队伍慷慨激昂地致辞："同志们，大家要好好练，争取有朝一日我们也能像我们的创始人一样，所到之处，香气环绕。"

"搞了半天，原来我们的创始人是楚留香。"

大婶继续说道："大家知道为什么香港叫香港吗？"下面一片寂静，毕竟这种问题就像为什么美国叫美国，中国要叫中国一样。

"以前香港只是个小渔村，后来我们的创始人发明了香功，才让这个港口香满全球，从而得名香港。"

"噢……"人群中爆发出一阵赞叹。

"原来香港是因为郑少秋（饰演楚留香）而得名的。"我和强子惊叹。

"今天我还要宣布一个好消息！"大婶神采飞扬地站在水泥墩上，巍峨地俯览着我们。

"我们的杭州香功协会将在近期成立，欢迎大家加入。加入香协后你们的功力将会进一步强化，入会费三百元，第一批入会的会员还送六神花露水一瓶，千万不要错过了。我这里有报名表格，有兴趣的学员赶紧来填一下。"

猩猩第一个冲了过去，我和强子站在原地看着沸腾的人流，呆若木鸡。

"这就算是成立工会了吧？"强子说。

"应该是，而且还送强化道具呢，我估计组队模式不久就会内测了。"

宿命的决赛

1.

　　与环勇的决赛终于开始，我们这几天沉迷练功，疏于训练。特别是猩猩在开赛前还在做第二节——耳听八方。所谓耳听八方，就是把两只手掌弓成一个碗状，先挡在耳朵前，然后拿下来，前臂保持与地面平行，再重复上面的动作，做八拍。要求是能听到世界的轰鸣声，这无非是一个海螺效应，用手掌瞬间切断外界的声音传入耳朵里，制造出一种耳鸣的假象。

　　决赛当天，主办方还搞了些噱头，请了几个辣妹来跳舞。我们站在比赛区，看着网吧为了这些噱头专门腾出来的一块空地上疯狂扭动身体的姑娘们。

　　"决赛就是不一样，专业多了，还有妹子来跳舞。"在我看来只要有表演的，甭管是什么类型的表演，哪怕是吞剑、碎大石这样的表演也都体现出主办方的专业。毕竟他们本着对到场观众负责的态度，让他们在比赛的间隙有点东西可以欣赏，不至于傻坐着。

　　强子说："据说还请了某知名大神来解说呢。"等到这个所谓的知名大神出现后，我们都傻了眼，此神正是"牛蛙"。看着那一身熟悉的脂肪和鼻子上的黑痣，我和强子仿佛回到了昨天。

　　那时候就是牛蛙带着我们去温州打的职业，他拉的赞助商在长达数月的时光里没给我们一点赞助，真是辜负了赞助商这三个字。

　　牛蛙准备走进解说席的时候看到了我，有些吃惊地说："哎呀，怎么是你们？"

BKB:
黑皇杖，激活该道具可以在短时间内对绝大部分魔法免疫，后期英雄最钟爱的道具，为它们提供了稳定输出的环境。dota 里的"伟哥"，你们懂的！

"呵呵，怎么是你。"我和强子异口同声。

"赚点小钱，补贴家用。"

"你又没女朋友，你家有什么好用的。"我对他一肚子意见。

"做人眼光要长远，等我有钱了，我就有女朋友了。"他的回答无懈可击。

"一会儿解说的时候，记得给我们报点。"强子上大学那会就喜欢作弊。

"那可不行，我是专业的。"

"那怎么体现我们有人脉关系。"

"要不我多切一下你的视角，或者多介绍绍你的生平事迹。"

"我看行。"强子点头。

"你生下来就一直是圆的，哪来的生平。"我吐槽强子。

"谁告诉你的？我一直到上小学前都是个瘦子。"

"那是什么让你突然从一条变成了一筒？"

强子晃动了一下身上的脂肪说："这些都是知识的沉积而已。"

"那你的知识真是渊博。"

2.

比赛正式开始，我们把猩猩从第八节——"万佛归宗"里拉回了比赛现场。第一轮的选人开始，蛋蛋先手剔除了环勇擅长的"幻影长矛手"，环勇那边则是把版本比较流行的"狼人"拉进了小黑屋。

这是个好消息，因为我们并不擅长"狼人"的体系，虽然用过几场，不过效果并不算太好，蛋蛋还是远程的大核使用更有心得，"狼人"这种近战他总是拿捏不好切入战场的时机。

他们拿到了祈求者"卡尔"加"暗影恶魔"，"卡尔"显然是为皮克准备的，这个组合可以无缝地配合"卡尔"天火的输出。蛋蛋想都没想就把"蝙蝠骑士"和"米拉娜白虎"给拿掉，强子的"蝙蝠"还是很强的，拿过来最起码在中路能和皮克的"祈求者"打成一个均势。至于"米拉娜"他是为我拿的，这个英雄主要百搭，虽然不是很擅长，但一个游走在视野外时不时放冷箭的"米拉娜"确实是对方的噩梦，就算射不到你也是一个潜在的威胁，多少能让你补刀分点心去留意随时可能从树林深处飞出来的神箭，可万一要是中了，那就可能是一个人头。

接下来的 ban 人，蛋蛋一口气去掉了"蚂蚁""露娜"这样的后期英雄。反正打环勇我们积累了不少经验，只要针对他的大核去 ban，让他去拿自己并不拿手的后期。更何况"蚂蚁"这种极难抓死的英雄，绝对不能留给他，否则我相信环勇能把比赛拖向一个小时。

环勇同样了解我们，他剔除的都是"冰魂""小强"这样的 gank 犀利的英雄，他知道我们以前期为主，"小强"这种需要消耗大量真视守卫来针对的英雄太拖辅助经济，在他和我们交手的诸多场次中，我们一次都没能拿到过小强。

最终环勇拿了"小鱼人斯拉克"，蛋蛋则拿了"噬魂鬼"而给白菜拿了"仙女龙帕克"。双方的阵容确认，我方是"蝙蝠骑士""米拉娜""噬魂鬼""仙女龙""龙骑士"。而环勇方则是"祈求者""暗影恶魔""斯拉克""水人"及"神牛"。

环勇很喜欢拿"撼地神牛"，因为这个英雄防守好，容易拖。反正他的战术思想就是拖，拖到你烦躁，就是他开始杀神的节奏。另外他还会拿出好几个不容易抓死的大后期，总之老大被抓崩还有老二，老二被抓崩还有老三，就这么一二一二地跟你玩，不信玩不死你。

我摇摇头说："该 ban 神牛的。"

蛋蛋说："没事，节奏打快点，他们成型不了。"

"这阵容没法打，你就没有考虑过猩猩的位置吗？"我对这个阵容是没有什么信心的，因为我们的队伍里有猩猩，这个英雄池潜的清澈见底的废物。他在这套阵容里能玩什么英雄？没有明确的 5 号位，难不成让他去玩仙女龙或"龙骑士"不成？他甚至都已经退化到不会补刀的地步了。

蛋蛋选人总有这样的毛病，喜欢选一些比较针对的英雄，或者是版本比较流行的英雄。他觉得这就是策略，压根就不照顾队员的实际情况。他过于理想化，比如都知道"水人"克"猴子"，可就是有些人知其然不知其所以然。很多人只会盲目地针对，而根本就不懂这个英雄为什么会对另一个英雄形成压制，怎么压制，在哪个时间点强势。这本身就是个误区，比如你知道科比，在左侧的跳投不够稳定，所以你需要逼科比多在左侧跳投。可你设想一下，同样是科比一个是刘银水去防，一个是巴蒂尔去防，结果会一样吗？所以很多时候决定比赛走向的并不是战术，而是实施战术的人。

我被安排了"龙骑"去中路打皮克的"祈求者"，白菜在劣势路使用"帕克"单挑水人，蛋蛋则使用"噬魂鬼"在优势路带着猩猩的"米拉娜"跟环勇的"斯拉克"刚三。你看他又拿了个自己不太擅长的近战后期英雄，而且对面有"神牛"，即便有英雄不幸中了神箭，"神牛"一个沟壑封住你的进攻路线，你也拿对方没什么办法。

比赛开场我们就吃了苦头，我被皮克压了等级和经济。下路也是不断传来死讯，"噬魂鬼"和"米拉娜"不断地在给别人荣誉榜添砖加瓦。强子的"蝙蝠"一直在野区烧野怪，等级倒还算马马虎虎。除了白菜上路还打出了一点小优势，这本来就是实力上的压制，对面的"水人"玩得很一般。白菜是我们唯一的希望，可虽说他很早地做出了跳刀，开始支援濒临打崩的下路，可他来了也没能赚到什么很大的便宜，反而上路给了"水人"发育的空间。

我们一直拿不到夜魔方的人头，推塔更是难上加难，比赛很快就被带进了环勇的节奏。他的"小鱼人"在前期没有受到什么挑战，中期装备很快就形成了压制，蛋蛋的"噬魂鬼"已经完全打不过了。皮克更是赖着不走，反正哪里有战事，他先天火支援一记，然后视情况回城过来反打一波，能不能杀人是其次，反正就是消耗我们，他们牢牢地控制着兵线供给己方的几个大核，他们的思想很统一，统一地拖，越拖到后面，我们的赢面越小。

我们的猩猩大神全场没射中一箭，加上"米拉娜"又是个脆皮，他用"复仇之魂"都经常丢不出技能，更何况"米拉娜"。更坏的消息是，猩猩的人头全部送给了环勇，中期无解肥的"斯拉克"就这么被养出来了。我们在四十分钟就打出了GG，比赛实在没法打了，装备落后太多，一开团就要死三个。更为丢脸的是，我们居然一个人头也没有，被环勇剃了个光头。

总比分 0：2 落后，中场休息。牛蛙在解说台上唾沫横飞地介绍着强子的生平，听着更像是讽刺。你想想一个被剃光头的队伍，解说却一直在说该队伍里的队员如何强悍，这不是打嘴巴是什么？

比赛区的空地上又窜上来几个穿着更暴露的辣妹，开始跳骚舞。估计下一场结束，该跳脱衣舞了，现场都沸腾了，显然舞蹈比咱们的比赛精彩得多。

我们在休息区抽烟，我对蛋蛋说："你不能这么拿阵容，要拿我们擅长的，你看环勇他们多清楚，就是摆明了跟你拖，他知道只要拖到后面我们就打不过。"

"他们成熟了很多啊。"强子感叹道。

"给我复仇之魂或者巫妖啊！"猩猩一边万佛归宗一边说。

"下盘我来拿阵容。"我终于忍不住了。

"好吧。"蛋蛋看我一脸愤怒的表情选择了妥协。

我以前从来就没有输给过环勇，这次也不可以。我了解他，他也了解我，他是我的启蒙老师，不过那都是陈年往事，我坚信我的存在就是让他无论在dota 还是 dota2 的比赛里不自在的那个宿敌，甚至是宿命。

走回比赛区坐好，牛蛙正在解说台上用一口浓重的温州普通话调戏着旁边一同解说的妹子。我离他的距离不算远，都能听到他在约别人晚上一起吃饭，姑娘一脸的不愿意，牛蛙居然无耻地威胁说要是她不去，马上拍屁股走人，让丫一个人解说去。姑娘说，"不行啊，我不专业，你可千万不能走。"牛蛙奸笑着说，"我专业，所以你要跟我吃饭。"此刻我心里突然冒出两个字：禽兽！

3.

第三场或许就是我们最后的一场比赛，在我和环勇历届的交手纪录中，这样的情况还从来没有发生过。如果这次的比赛输了，我在环勇和皮克面前所有的牛×都会幻化成傻×，而我的面子是小，我知道这个冠军对于我们这几个没有工作和收入来源的人意味着什么。我们无所事事地来到社会，创造不了价值，甚至连价值观都没有。dota 成了我们最后的救命稻草，至少它能带给我们一丝希望，聊胜于无，有点希望总是好的。

强子把我所看作的希望当成梦想，他是比我有追求的，我们就好像是一辆单车上的一前一后，他负责前行的方向，我负责沿途的风景。我们看待世界的眼光不同，可是终点却相同，他是努力的骑行者，我是来打酱油的。

第三场我上来还是先去掉"猴子"和"蚂蚁"，然后是"神牛"和"戴

泽"，这种后期和辅助都是环勇战术体系中所青睐的，当然还有一个小黑屋名额留给了皮克的"祈求者"。我的选人针对的是对手，而不像蛋蛋那样针对版本。

最后我们拿了一套主推进的阵容："小娜迦""龙骑""谜团""巫妖""帕克"。这阵容推线很快，弱点就是脆。反正也是背水一战，不成功便成仁。

上盘环勇的"小鱼人"打得很顺，这盘他继续选择"小鱼人"加"暗影恶魔"，中路则换成了"圣堂刺客"，由于他自己 ban 掉了"暗影萨满"，所以祭出"剧毒术士"来反推进。

看起来环勇的阵容很克制我们，但我丝毫不心虚，环勇上盘的"小鱼人"之所以顺，完全是因为猩猩辅助养起来的，现在猩猩拿到了"巫妖"，那完全和"米拉娜"是两个档次。而且皮克的"圣堂刺客"并不拿手，我相信强子的"龙骑"能够压爆他。

比赛一开始，我们就在线上打出了优势，三条线都很强势，这是一种气势上的压制。强子在中路果然也轻松许多，比赛一直按照我们的节奏进行。白菜做出"跳刀"以后，开始参团推进，我们的战术思路也很简单，环勇在哪路我就推哪路，毕竟"小鱼人"中前期脆，而且比较依赖人头经济。我们就压制环勇，"剧毒"这一点完全放掉，"剧毒术士"这种英雄为了反推进肯定优先升级的是蛇棒，团战里没有什么输出。更何况它不可能不来帮忙，否则就失去了拿这个英雄的意义。

我前期使用"谜团"一直在刷野，虽然我不擅长刷野类英雄，不过几座外塔一拿，"跳刀"也算勉强及格地出了。蛋蛋的"小娜迦"在前期没有受到什么挑战，装备也领先环勇很多。二十分钟对面外塔全掉，我们果断去打"肉山"逼团。就看你环勇来不来，你要来我们"谜团"和"帕克"两把跳刀，两个范围的控制大招，加上还有"巫妖"大招的输出，你来得越多死得越惨。他们要是不来，我们直接拿掉肉山复活盾，丢给强子的"龙骑"，然后变身强上"天辉"高地，他们估计也顶不下来，更何况现在天辉阵中只有环勇出了一个"BKB"。

这又很尴尬，团战你开"BKB"还是不开，你要是一开，"小娜迦"直接开大睡住你的队友，然后抓着你削，你不开又不能站桩输出。我们一路高歌猛进，环勇在三十五分钟打出 GG。这说不上是什么战术上的成功，只能说是一场知己知彼的胜利而已。

4.

牛蛙已经在解说席上暴走了，他恨不得说出花景强万岁这样的话来。强子以前是他的粉丝，那时候还看牛蛙的"狗头人"视频，照葫芦画瓢地学着玩"狗头人"。说来好笑，在学校那次举办的电竞大赛中，强子就是用"狗头人"杀的风生水起，赢下了环勇的"幽鬼"。然后牛蛙就鬼使神差地出现在了我们的寝室，成为我们的队友，并一度带领我们走进所谓的职业。

那一年我和强子还有小傻一起退学，幻想着靠游戏成为一个了不起的人，不想最终成为一个个了不起的废物。如今牛蛙就坐在离我们不过十米开外的地方，面前摆着麦克风，成为一名解说，而我们还是选手，可能有朝一日我们中间的某人也会成为解说，但谁知道呢。这似乎是电子竞技的归宿，年轻有战力的时候成为选手，退役后成为教练，然后成为解说，最后成为一名见人都叫"亲"的淘宝店主。

第四场比赛环勇没有再拿"小鱼人"，而是拿了"敌法师"。这算是他的拿手英雄，也是我故意放给他的。我的思路就是压榨你的打钱空间，你拿"敌法师"，我就 ban 掉那些清兵快，防守强的 3、4 号位英雄，剩下的自己先拿掉。环勇拿人有个毛病，就是喜欢先抢核心，然后根据对方的拿人搭配合适的阵容。我抓住他这个弱点，又祭出一套强势推进阵容，开赛不到十五分钟，又复刻了上一局差不多的形势。环勇外塔全掉，出又不敢出来，守又守不住，苦苦支撑了不到四十分钟，再次失利。

猩猩从座位上站起来冲着另外一侧的比赛区做了一套香功基本动作，不过到了牛蛙的解说里就成了我方队员居然跳起了异域风情浓厚的舞蹈来庆祝胜利。

总比分 2 ：2 平，决战一触即发！强子在休息区点了一支烟，声音有些颤抖地说："有点紧张啊。"

"有什么好紧张的，这盘环勇要拿幽鬼了。"我觉得我比环勇都了解他

自己。

"不太可能吧，敌法师好歹有个闪烁技能，幽鬼这种逃生能力欠缺的英雄更不好打。"蛋蛋觉得不可信。

"环勇的幽鬼可不一般。"

"那你想好了应对措施没有？"

"没有，反正选自己拿手的打肯定没问题。"

可是决战的环勇方选人却大大出乎我的意料，他们竟然拿了一套推进阵容。我一时有些手足无措，这不是我所认识的环勇，在这种大赛里面，按他的性格只会越打越稳。可现在居然拿了一套"陈"加"暗影萨满"的速推。

蛋蛋看我不知所措的样子，在一旁出谋划策说："帮我拿火枪，这盘肯定是那个中单在拿人。"

"皮克？"我恍然大悟，看来对方也在调整，就像刚才我们从蛋蛋拿阵容换成了我拿阵容一样。而皮克是我所不了解的，他的打法我不知道，他的风格我也不知道。可有一点我知道，就是环勇将会悲剧，他一定是不适应这种快节奏的。速推的节奏就如开闸放水，蜂拥倾泻，可环勇的节奏就如前列腺患者上厕所，这里尿几滴，那里尿几滴。

蛋蛋代替了我成为指挥者，既然你拿"暗影萨满"，我就拿"火枪"点你的蛇棒。你拿了"陈"我就拿"小鹿"反召唤你的宝宝。而且我还ban掉了"沙王"这种有范围晕和高爆发的英雄，而逼迫对方拿了相对团队效应弱的"恶魔巫师"。更亮的是，强子的"影魔"登场了，博得全场一片尖叫，这种在路人局里都很难得一见的英雄居然能出现在这么重要的一场生死之战里面。

之所以又拿"火枪"又拿"影魔"的，主要是因为对面没有控制，哪怕你前期推掉了我的外塔，你也别想上高地。这次我们好像成了环勇，而环勇成了我们，他们在推，我们在拖。比赛开始我们确实遭到了不小的挑战，下路一塔很快被推爆。我们的战术思路是一塔全让，不用支援，"影魔"前期就在中路发育，以最快速度做出"BKB"。这样过渡到中期，环勇他们很快就会发现，二塔相比一塔就难推许多，每次都会付出一点代价。再往后的高地塔那根本就是摸都别想摸到几下。

"暗影萨满"的蛇棒一插出来，"火枪"和"影魔"是一个普攻收一根，全是经验。"陈"更是尴尬，宝宝招过来都送给了"小鹿"。这盘猩猩使用的是"光法"，虽然他之前没有玩过这个英雄，但是"光法"操作并不难，哪怕前期死成狗，你中后期在团战中靠推波一样能够为团队提供帮助，更何况他还有查克拉魔法供给"熊猫"这样缺蓝的英雄。我们唯一能够算得上控制的就是白菜的"熊猫"，团战开大一个分身出来瞬间我们七打五，蛋蛋舒舒服服地在后面放冷枪。再加上我"冰魂"的大严重削弱了对面的梅肯续航。

"夜魔"几轮推下来，把我们都养得无解肥。环勇这盘使用的是"黑鸟"，说实话，我从来就没见到过他使用这个英雄，事实也证明他确实用得不怎么样。一是射程不够，照面就被"火枪"消耗得很尴尬。蛋蛋开团就不讲道理地直接丢大给环勇，打掉他一定的血量，压制他团战的走位。

皮克也学我们去打"肉山"想逼团，可我们压根就放他们拿盾，反正即便你有复活盾，你也上不来。比赛足足打了五十多分钟，按常理这该是环勇最喜欢的节奏，可悲的是他拿了一个自己很不擅长的英雄，完全找不到节奏。在一次团战中甚至连"BKB"都没来得及开就被开"隐刀"的"影魔"配合蛋蛋的"火枪"输出集火秒杀。

当我们看到聊天频道里的GG两个字母时候，强子又一次从座位上跳了起来，他每次获胜都会跳跃，只不过，他落下的时候又把主办方的地板踩了两个洞。

无聊的夏季

1.

比赛结束，我们获得了一万元的奖金及晋级全国赛的资格。环勇走过来和我握手，他脸上带着难看的笑容，摇着头说："我还是没能赢你。"虽然当时我特别想原谅眼前的这个人，但我还是面无表情地将头偏向了一旁，看到了一脸不服的皮克。

这就是比赛，这就是残酷，人们永远记住的只有冠军。你即便打得再出彩，拿了一百个人头，观众还是会在时间流逝之余将你抛进记忆的角落。任何时候一句我是冠军都比一句我是杀人狂魔显得上档次。

我们看着一万元现金，觉得有必要庆祝一下。大伙认为一定要吃顿好的，犒劳犒劳自己，在这不长不短的日子里，我们除了泡面就是拉面。这一次我们要去一家多少上点档次的酒店胡吃海喝一回。

一行五人在杭城闹街转了一圈，一无所获，在杭州吃饭是件痛苦的事情，因为你必须等，但凡是有点特色的饭店，门口都会放着一长溜的圆铁椅子，椅子正对着一个类似演讲台的木制小桌，桌前站着一个经理，负责分发号码。我们拿到了 22 号，强子说："靠，要等 22 桌人吃完，早饿死了。"

大家都觉得强子说得在理，于是又换到了另外一家川菜馆，结果拿到了 31 号。继续换粤菜，拿到 45 号。所有人都饿得泛酸水，最终决定还是回学校附近的小饭店凑合一顿算数，因为我们怕再如此作死地换餐厅，号码能突破三位数，真轮到我们吃的时候都是夜宵时间了。

梅肯：

前期团战神器，能为周围一定范围内的所有单位瞬间加血。读书那会总有一些讲义气的学霸会在早早交卷后从外面的世界通过中国移动给我们这些学渣传来救命的答案，我们亲切地称这种人为"梅肯斯姆"！

强子吃着熟悉的口味，喃喃自语地说："你说这大城市的人活得多没劲，吃饭都要排队。"

"也许他们觉得等饭吃特来劲呢。"

"你说这是不是犯贱。"强子喝了一口啤酒。

酒足饭饱，强子提议要找个地方嗨一下。白菜和猩猩没有兴趣，他们说练功要紧，一天不练，功力就要退化，到时候其他会员都香了而他们还没能香起来该如何是好。蛋蛋则对网吧之外的所有事物都没有兴趣，只有游戏和动漫才是他的归宿。

瞬间就剩下我和强子两个人，强子抬头看着夏夜的天空，内心躁动，他决定要去找快乐。他口中的找快乐其实就是找小姐。我对找小姐并无多大兴致，主要是在三墩这些日子，我阅历了太多漫步在桥头的失足妇女，那是真正意义上的妇女，画着僵尸一样的唇色和腮红，活脱脱的一部乡村恐怖片。

我对强子说："你这么心骚，不如去酒吧碰碰运气，咱们那儿的小姐太惊人了，这哪是小姐，明明就是小姨妈。"

强子甩了甩身上的肥肉说："你看看，我这样的去酒吧能碰到什么运气？"

"说不定有口味重的肉食动物呢。"

"拉倒吧，还是小姐实在，跟你讲买卖，不像酒吧里的那些女孩，跟你拼演技。"

强子不由分说地将我拉上一辆计程车，上车师傅问我们去哪。强子潇洒地说："带我们去找快乐地儿。"师傅麻溜地翻转面前"空车"的指示牌，拉着我们飞驰在高架上。透过车窗我看着高架两旁林立的高楼，心想这就是杭州啊，这些高楼里的每一个人背后都是一个个的故事，多数是悲伤。我很小的时候就老听到"北漂"这个词，北京对于我来说是个神秘且神圣的地方，我不知道那里埋葬了多少有志之士的青春和希望。只流传着那些游子们在地下室的传奇，每天清晨阳光射向地平面的时候，他们却从不见光的黑暗走进光里，或者背着吉他，或者拿着牛奶和公文包，与所有的陌生人擦肩，在地铁里打盹，在公交上茫然。每天从黑暗走进光明，又从光明里走入黑暗，年复一年，置若罔闻。他们中的一些人可能早就没有了信念，有的只是混沌和麻木。

我也不知道杭州和北京有多少光年的差距，其实无论是北漂还是沪漂，又

或者是杭漂，大家都是一群南北飞的游子，从最初的要让自己在这个城市里活出精彩到最后的活下去，身边都是励志故事，朋友看起来永远都混得很好，恋人们忙着在微博里秀美满。真正的自己只有在月光洒满空城的时候才会浮现出来，那种比黑洞还要可怕的恐慌不断地把所有的负能量都吸进自己的心里。

计程车缓缓停下，师傅把"空车"翻好说："到了，二十二块。"强子抬头看了一眼大声骂道："你大爷，我是让你带我们去找快乐地儿，不是让你带我们找'快乐迪'，老子有个儿话音，你他娘的听不出来啊！"

司机说："对不起，我们南方人说话没有儿话音，不像你们这些北方来的。"

"老子是福建的！也是南方的。"

"那你好好说话不完了嘛，二十二块。"

"不行，你得带我们去找姑娘。"

"嫖娼是犯法的，二十二块。"

"靠，要犯法也是我犯，你只管带路。"

师傅正义凛然地说："不行，我这样算是共同犯罪。"

"我说你是开车的还是开律师事务所的？"强子一脸要行凶的表情。

我看情况不对，拉着强子下了车，丢给司机二十块钱，司机师傅倒是不计较，一脚油门将我们和快乐迪一起留在了尾气里。

"要不咱们上去开个包厢，唱两首悲伤的情歌吧，既来之则安之一下。"

"你有病啊，两个大男人来量贩 KTV 唱情歌。"

"不然呢？"

"回家睡觉！"强子被出租司机当头一盆冷水淋得欲望全无。

2.

在没有比赛的日子里，我们出于好奇地去参加了黄龙体育中心的一场民间七人足球赛。黄龙每年夏季都有这样的比赛，奖品是十箱可乐。

我们五人中跑得最快的居然是强子，于是他理所当然地成为前锋。而我的体力最好，踢的是防守型中场，主要任务就是防守，并且是盯人防守，简单地说就是对方谁拿球我就像疯狗一样地扑上去抢。如果他传球，我就扑向下一个，反正我的任务就是球到哪人到哪，猩猩说这是足球场上的自由人。

剩下的人主要负责站桩输出，即拿到球就往前踢给强子。猩猩的位置是门将，剩下的两人是刘卓和何俊。何俊踢的是中后卫，其实他压根不会踢球，让他过来主要是利用他的块头，吓人用的。

报名的当天我们在队名上纠结了很长时间，大家都觉得必须要起一个有威力的名字。猩猩拿着报名表格，将水笔叼在嘴里说："队名一定要高端大气，一听就要让人觉得专业，你看现在这些俱乐部，动辄挂上皇家头衔，什么皇家马德里、皇家贝蒂斯。"

"要不咱们就叫黄马褂，皇室范十足，听起来就有后台。"强子说，说完他一记大力抽射，球射中了左角旗。

"脚力不错啊。"我说。

"咱们是香协的，射门又这么有力，不然就叫香协力射吧。"白菜说。猩猩拍手叫好，不顾我们的反对在球队栏上填上"香协力射"四个大字。

我们的比赛被安排在第二场，对手是一个中老年球队。我们率先开球，强子带了两步就一脚怒射，球射中了边裁。边裁痛苦地躺在地上并不忘举旗示意中老年队发边线球，尽显专业。对方一个"怀孕"的大叔晃晃悠悠地走过来掷边线球，球刚落地，就被我抢下，强子在前面招手叫道："传球！"我慌忙起脚，足球被我面前伸腿的大叔一挡，变线又击中了刚从地上爬起来的边裁，边裁再次倒地。

轮到我们发边线球，这次边裁学聪明了，躲得远远的。我将球丢给了后防线的白菜，白菜又将球传给了中路的蛋蛋，蛋蛋又传给了左路的刘卓，刘卓又传给了中路的蛋蛋，蛋蛋又传给了右路的我，我又传给了中路的蛋蛋……我们就这么无聊地在相互传递，留下强子一个人在前面和大叔群一起晒太阳。急得进球心切的强子一直在前面叫："传球啊！"

我们却觉得以这样和平的方式结束挺好，完全不理强子，自顾自地传球。强子又开始对着身旁的对手喊："你们倒是抢球啊！"旁边的大叔不以为然地说："你们倒是进攻啊，无聊死了。"这就像猪八戒在流沙河打沙僧，一个叫："有种你上来啊！"一个回："有种你下来啊！"

强子见拿不到球，丧心病狂地跑回后防线来抢，蛋蛋惊呼："靠，强子来

抢球了。"刘卓说:"快传我,不要给他断了。"于是我们的比赛成为一场内战,一个胖子在自己的半场追着球跑,我们拼命地控制球不让他抢截。

大叔们站在另外一个半场看着这喜剧的一幕,恨不得点根烟抽。球再传到我脚上的时候,强子已经近在咫尺,我被逼到了边线。蛋蛋在后面大叫:"小帅,要被抢掉了,快解围!"

我抬眼一看,前面是成片的大叔,身后是凶猛的强子。往大叔那儿传肯定是不行的,往后传角度又被强子庞大的身躯封住了。我脑子一热,直接往场外一记大脚,皮球再一次击中了刻意躲开边线三米开外的边裁。

边裁把旗帜往地上一丢带着哭腔说:"防不胜防啊!"主裁判走过来对我们说:"我好歹吹了六年比赛,还第一次见到你们这么奇葩的队伍。"

"报告裁判,他们都不给我传球。"强子一肚子情绪。

"这……规则没有规定不传给前锋是犯规,我也没办法。"

"你们为什么不给我传球?"强子掉头反问我们,大家哑口无言,我们也不知道为什么不传球给他,就是突如其来的默契让我们不想给他传球。

中老年队发出边线球,一个矮胖大叔拿到皮球沿着左路下底,此时的我们还在跟强子讨论该不该传球给他的话题,这个话题直到那矮胖大叔将球带出底线还没结束。猩猩摆好架势准备开球门球,他以一个潇洒的助跑,抬腿怒踢,结果球未动,人却在空中旋转了一圈摔在地上爬不起来。我们围了上去,猩猩痛苦地说:"我大腿好像拉伤了。"

"那怎么办?"蛋蛋问。

"真是个垃圾,门球都能踢漏了。"强子鄙视说。

"不行,你们踢,我得躺一会。"猩猩不管不顾地往球门线上一躺,誓与门线合并。

猩猩受伤,换我来开门球,我将球开向前场,大叔群围了过来,抢作一团,瞬间皮球就被大叔包围了,然后七脚八足地一顿乱踢,刹那间尘土飞扬,皮球徐徐地滚到强子脚下,而那群大叔还在那踢土。

强子带球单刀面对门将,对方的门将也是一个胖子,一个人就堵了一半的球门。强子开始在另一胖子面前踩起了单车,踩了半天,胖门将岿然不动。强子懊恼地说:"你倒是动啊!"

那胖子也懊恼地说："你倒是射啊！"强子怒起脚，球射中了胖门将的肚子，下面就是见证奇迹的时刻，皮球居然粘在了胖门将的肚子上，胖门将愣了一下，费力地从肚皮上撕下足球对其他大叔怒吼一声："快攻！"大叔群闻讯突然变身如奔流的江河，向我们的球门冲来。

我心想完了，猩猩这会还躺在球门线上呢！胖门将一声狮子吼，一个大脚踢到了主裁判的后脑勺上，主裁被射了个前空翻，皮球以巨大的反作用力弹进了胖门将的球门死角。

主裁判抱着脑袋在地上打滚，嘴里骂骂咧咧："我靠，这比赛没法吹了。"而胖门将的这个超级乌龙则遭受了己方大叔的强烈抗议，那个"怀孕"的大叔直接走到场边从包里拿出香烟点上说："踢毛啊。"这一下勾起了其他大叔的烟瘾，纷纷弃赛。猩猩躺在球门线上，眼角有泪划过，他喃喃地说："难道这就是传说中的躺赢！"

赢下第一场，我们信心爆棚，一下把原定目标从赢一场球，提升到了全胜夺冠。第二场比赛我们的对手是一群高中生，大家看到那些青涩的面孔和还未成为胡须的嘴毛，觉得这就是青春吧，回想自己在那个年华里也如此洋溢，像阵风一样地奔跑，挥汗如雨，快如闪电。

然后我们被这群闪电侠灌了 24 个球，我们全场只有 5 次射门，其中射正球门 0 次，射正边裁 4 次，射正主裁 1 次。终场哨声响起的那一刻，裁判感动得都快哭了，我们终于出局了。

3.

这次的比赛让我们彻底对足球失去了兴趣，大家又重新回到了 dota 的轨道上来，我们曾一度在赢下那堆大叔时想过要成为职业球员，为国争光。现在看来，为国争光这样的事还是留给那群高中生吧。

天气越来越热，我们住处唯一的降温工具就是白菜的一把棕叶扇。由于强子胖，整个人就像漏水的破旧洗手间那样湿漉漉的。我们开始抱怨环境，抱怨二氧化碳排放，抱怨全球升温，抱怨南极冰川融化，抱怨臭氧层的黑洞，抱怨一切可以让地球变热的因素。

记得小时候夏天并没有这么热，我穿着裤头在蝉鸣声中奔跑，嘴里叼着冰棒棍子，矫健地上树，飞快地下河。我们老家确实有一颗巨型梧桐树，不知道长了多少年的那种参天。那时的我曾幻想着在树上搭建一个窝，然后住在里面，早晨就吊着藤蔓出来觅食，晚上就靠在树丫上看星星。这棵树一直存在我童年的美好梦境里，一直存到我上初中。初一的暑假，大树突然就消失了，连树墩和年轮都没有给我剩下，只在泥地上留下一个很深的坑，坑里面还隐约能看到一点断根和断蚯蚓，我站在坑前，无比感伤，在那个瞬间，我有种失去家园的落寞。

我的童年中另外一个归宿就是一路相隔的小河，小河温和地流淌，没有风浪。每年夏天都有成群的孩子带着黑色的橡胶轮胎到这里嬉戏。河边是一片滩涂，上面杂乱地长着一些不知名的蕨类植物，还时不时会跑过一些四脚蛇，还有一个关于四脚蛇尾巴的传说。

据说把四脚蛇的断尾放进女孩子的水杯里，若女孩子们喝了这个水，就会发春，满世界地找男孩子亲嘴。当然，亲嘴是我们那个年龄段能想到的最下流的举动。我始终没有抓到过四脚蛇，所有的一切都是道听途说，听小伙伴说他们有个邻居家的大哥哥就曾抓到四脚蛇，获得了断尾，并泡进了水杯里，准备对小女孩们行凶，谁料断尾水被他妈妈喝了。

"然后呢？然后呢？"我们所有的小伙伴当时脑海中都是一副这个大哥哥母亲发春的脑补画面。

"然后那大哥哥的腿差点没被他妈打折。"

"他妈妈为什么没有发春？"我们显然对这个结局十分不满意。

"听说大人对这玩意免疫。"

"哎……"失望的声音此起彼伏，那时候我们都不是很理解魔法免疫，都觉得那个人的妈妈应该发一下春。

河滩上还有很多新奇的事，比如灵异的洞穴，比如带血的内裤，还比如一些奇怪的"气球"。那时我们并不知道保险套是何物，大家都把它当作气球来看待，这种东西经常能在河滩上被我们捡到。获得者会兴奋地将其吹成一个大桃子的造型，然后高高举过头顶，象征着那时候的荣耀。

这条河死于我高一的暑假，也不知道它什么时候就干涸了，裸露出坑坑洼洼的河床，毫无生命力。我却没有梧桐树死去时的那种伤感，那时候我才知道自己的童年结束了，不再具有幻想和童话。这些曾经最美好的景物将被 π 和牛顿定律取代成为我阶段生活的主旋律。虽然那条河在很久以后重生，却已经没有往昔的风采。我还记得某年春节，我和陈静站在已经被修饰的河堤上，她挽着我的手，我看着乌黑的河面，不时地飘过一丝怪味。这种感觉就像你小学时代最喜欢的一个萌妹子，在一个平常的午后突然转学，若干年后，你在另一个场合邂逅她，却发现她成长为一个丑八怪。我内心复杂，分不清到底是自己的审美改变了，还是她真的长坏了，反正就是一种浓烈的遗憾。

4.

别人天热都是用电紧张，只有我们这是用水紧张。因为我们没有电器，大家只能靠冲凉降温。你绝对想不到洗澡最勤快的居然是猩猩，他以每天洗五个澡领跑全联盟。猩猩的理由是他人黑，说这人一黑就吸热，一吸热就容易黑，这黑了又吸热，吸热了又黑，进入死循环。

洗得最少的强子，他说三墩的蚊子仿佛特别多，而且个头都大得跟蜘蛛似的，总觉得每天洗澡是在给蚊子们洗菜。我建议他点蚊香，他说蚊香点了熏得自己睡不着，不点被蚊子叮得睡不着，他已经受不了啦！他还觉得很不公平，因为蛋蛋和他同住一屋，蚊子凭什么就认准了他叮，压根就没有换口味的打算。

其实夏天最难熬的就是夜晚，毕竟白天我们都在网吧里纳凉。白菜则从他丈母娘那里弄了张公交卡，每天从起点站坐到终点站，再从终点站坐回起点站，反复的消费大众公交上的空调，跟一群殊途同归的大爷们拉拉家常，了解菜价，切磋杭州麻将的快速自摸法。他是个奇怪的人，总是做些超越年龄的事，而且超得不是一星半点，真不知道等他到了古稀之年他会干出点什么出格的事。

我们并没有针对性的训练，大家都是闲来无事的双排或单排，也没有什么战术训练，我们所有的战术都来自职业战队的比赛视频，反正照葫芦画瓢，有针对地练一练那套体系中比较重要的几个英雄即可。当然我们几个私底下还有个小秘密，就是想办法找个 4 号位顶替猩猩的位置，从而让我重回 5 号位去打辅助。毕竟以猩猩这个水平和英雄池，到了全国赛必然是个最大的后腿。

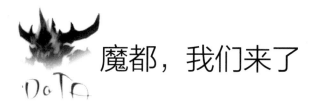

魔都，我们来了

1.

我好像一直都想摆脱一些人，可最终发现这些人永远都摆脱不了，其实有的时候摆脱并不是离开或者不往来，而是一种很难形容的遗忘和不在乎。比如小雯，她会冷不丁地在我脑海里出现一下，目的就是要提醒我不要忘了关注她的动向。而我也确实都在关注着她，自从有了微博和朋友圈，似乎了解一个人的心情和口味真的变得没有那么难。

小雯的微博叫雯小姐，其实早在她注册这个微博的时候就叫这个名字，当时我觉得这个名字还有一种别样的气质。可自从上次一别后，再看这个名时，我内心邪恶地觉得她从小姐变成了"小姐"。原来所有被认为有美丽的、有气质的甚至是厉害、屌炸天的网名背后都藏着一个讨你喜欢的人。

雯小姐的微博很少有更新，最近一次是在一周以前，更新了一张照片。照片的中间是一杯果汁鸡尾酒，杯子被一面写满英文的玻璃窗背景衬托着，能略微看到一点暗红色的墙面，左边的墙面上有一个简易书架，上面摆放着一些看不清书名的书。照片中小雯唯一出镜的部位只有她的右爪，指甲是那种血腥的红，爪子很随性地放在碎花布的桌面上。照片的上方是小雯的寄语："你若不绽放，枯萎给谁看。"照片的底是上海淮海中路的坐标。

我像一个侦探一样地捕捉着这条微博所有的细节，分析她寄语要表达的中心思想。我脑子里所勾画出的场景是，在她镜头的盲区一定坐着那个体面的男人，挂着令人讨厌的微笑，平静地喝着咖啡。我觉得这一幕来得太匆匆，她就这么悄无声息地从有我的世界

A杖：
对某些英雄提供技能的特效加成。我比你瘦，我要打你，你怕不怕？我比你瘦，我拿菜刀砍你，你怕不怕？

里走了，我和小雯每一次离别后的再相逢，她都是一次脱胎换骨般的变革。以前大学里她从一个爱阅读的姑娘变成了一个有些阴冷的学妹。人才招聘会上一见她又是一副都市丽人的打扮，后来的晚宴我见到的却是充满女人味的长裙和卷发，一直到最后，最后的她，变成我最熟悉的陌生人。陌生到我已经找不到任何形容词来形容，更让我觉得难过的是，她似乎过得不错。

这是所有恋人分开后所不能接受的事实，就是离开你之后过得更好。我想大多数人都会乐衷于前任是活得更惨而非更好，这样多少能显示出自己足够优秀。她离开你后一副凄苦的琼瑶剧嘴脸，若干年后的偶然遇见，你还能以一个好心人的姿态很煽情地问她："你过得还好吗？"而不是她坐在风情的咖啡馆里端着《瑞丽》杂志，喝着拿铁，而我却坐在网吧喝着娃哈哈。很可能在白驹过隙一段时光后，她有了代步的轮子，而我代步的还是鞋子。

我一直认为女人在面对生活时比男人具优势，这种优势是与生俱来的。她们可以靠男人，而男人需要靠自己。虽然事无绝对，也有很多女人不服地说我们女人凭什么要靠男人活着。话虽没错，但却又是一条无可厚非的退路，她们奋斗，她们坚强，她们靠自己活着，如果有一天觉得累了，还是能靠男人。而我们累了，最多只能靠墙歇会，然后继续奋斗，且不得不坚强。

2.

章杨终于回国了，还给我带了些木刻的纪念品，我并没有特别的惊喜。在我看来这个世界上所有的纪念品都没什么可值得纪念的，千篇一律，说不定都是义乌小商品城出去的。

章杨对我擅自搬家还进行了抗议，她说三墩这里龙蛇混杂，治安又差，住这里不安全，万一遭个贼怎么办，东西偷了事小，要是贼人狗急跳墙害了命可不得了。我盯着一脸愁容的章杨说："第一，我们这最值钱的就是上次给你弄坏、后来我赔给强子的电饭煲，哪个贼那么缺心眼来偷我们家？第二，就算真有这么缺心眼的贼敢来，都不知道谁先狗急跳墙。你知道不知道，以前在寝室，我偷拿了猩猩一支利群烟，那家伙差点跟我同归于尽。第三，天色不早了，洗洗赶紧睡吧。"

"神经病！这才下午两点……"没等章杨说完，我已经一把将其拽到床上。我将整个夏季积累下的所有躁动和怨愤统统发泄到了章杨身体里。我们一直弄到晚上八点，章杨半死不活地躺在几乎快死的我胸口。

她有气无力地说："我饿了。"我挣扎着想起身，却发现身体完全不听使唤，只好作罢。我继续躺着说："忍忍就不饿了。"章杨听话地说："哦。"

我俩相拥着继续睡去，醒来时已是第二天，我们满状态地下楼，每人爆砍二十个锅贴加两碗豆花。队友们对章杨的回归表现了极大的热情，毕竟他们的伙食瞬间被提升了好几个档次。章杨趁着暑假最后的美好时光，几乎每天都和我腻在一起。当然也不忘饲养我的队友们，他们从原先的一天两餐升级到了一天四餐，并带餐后水果加冷饮。这段日子里，大家都变得神采奕奕，体重稳步增长。特别是强子，已经从原先的西瓜变成冬瓜，似乎胖子特别容易成为大胖子，他们总是比常人更易长膘。

3.

猩猩最近遇到了点麻烦，这还要从他那天重逢王静佳说起。这事应该发生在章杨回国后的第五天，我们全员去了黄龙中心的 GAGA 酒吧。这天是我的生日，章杨为了给我庆生专门选址于此。我们找了个卡座，点了小吃和酒水，坐在位置上被炫光灯闪来闪去。

所有人中只有猩猩显得特别亢奋，色眯眯地盯着被昏暗 ps 过的闪光女孩们，他凑到我耳边说："这里的姑娘穿得真浪啊。"

"你有本事去泡一个带来我们卡座，光说不练。"我随口一说，猩猩居然真的下台狩猎去了。我起初倒也没在意，毕竟按照猩猩的自身条件，想在这里找到个妞根本就是天方夜谭。更何况他今天穿了一身黑色衣服，在色调如此暗的场所里彻底隐形，姑娘们要想看清楚他的样子，都得拿出手机打开手电筒软件来分辨。

可世事就是如此难料，猩猩过了一会儿真的带来了一个个头不高、胸部不小的姑娘。姑娘如故地跟我们打招呼，接着光晕的一闪而过我认清了来者，是王静佳。多日不见，她已经变得面目全非，以前总是素面朝天的她，现在居然化着烟熏妆和亮色唇彩，风尘味十足地面对着我。

"小帅，好久不见啊，现在在哪高就啊？"王静佳端着酒杯问我。

"你变漂亮了。"我连忙转移话题来掩盖我无处高就的尴尬。

"是吗？谢谢！哎呀，这位是你的女朋友吗？真漂亮。"

"你好。"章杨礼貌地和她打招呼。

"多亏蛋蛋没来，不然这戏份可够精彩的。"强子在一旁跟我耳语。我心想也是啊，如果说猩猩是王静佳的第 N 任男友，那么蛋蛋就是她的第 N+1 任男友。假设王静佳为不稳定的 X，求 N 与 N+1 打起来的几率是多少？如此看来，蛋蛋不爱酒吧而爱网吧是个多么好的习惯。

王静佳现在在做安利，她熟练地从内衣里摸出一刀名片，分发给我们。我们攥着带着她体温的名片，不知道该流露何种表情。当晚我们喝了很多的酒，我只记得最后是章杨开车送我回的住处。白菜和她的女朋友不翼而飞，猩猩和王静佳也不翼而飞，不过我们好像忘了强子，酒后第二天，我才知道，强子那天也喝醉了，一个人趴在卡座上睡到天亮，叫都叫不醒。第二天下午他自然醒来时恍如隔世，以为自己穿越了。

我不知道猩猩和王静佳是否旧情复燃，不过猩猩回来后就一脸的不愉快。我上前问究竟，他支支吾吾地不肯说。我当时觉得这不过是一场时过境迁的伤害，一个女人之前抛弃过你，现在再拒绝你一次无须太多的做作和委婉，更何况人家现在是安利大魔王，什么事情干不出来。

我原本以为这事就这么烟消云散地过去，直到这天晚上，我和章杨从咖啡馆回来。由于咖啡的后坐力让我难以入睡，拿出手机翻看了一会儿小说，都是些"霸道总裁恋上我"的故事，十分无聊。突然想起以前在寝室里经常会收听万峰老师的《伊甸园信箱》栏目。

万峰老师应该算是杭城午夜栏目的翘楚，他的风格就是与其他午夜主持人大相径庭的凶悍。既然是午夜栏目，无非都是些恋爱和性的话题，而我们的万峰老师就是为解决这些问题而应运而生的使者。如果说《午夜知心话》的主持人都是一碗心灵鸡汤的话，那万峰老师就是一个心灵炸药包，其实他从来也没能解决热心听众的任何心灵疑惑，我们之所以对他崇拜，也是因为他的犀利，而且这份犀利压根不讲道理。

我找到伊甸园的调频，听到了万峰老师熟悉的声音和男子医院的广告。此时刚好有一位听众打电话进来说："万峰老师，我有一个困惑。"

万峰："请讲。"

听众："我那个不是很硬。"

万峰（声音高八度）："你要那么硬干神马？当尺子用吗？你们这些年轻人不看书，不看报，整天就想着这些事！臭流氓！"电话随即被挂断。

万峰："下面我们接听下一位听众朋友。"

下一位听众："万峰老师，我最近遇到个很难开口的事。"

万峰："男子汉畏首畏尾，有话就大胆地说出来，我来帮你解决。"

听众："我女朋友说我那个不是很大。"

万峰（声音再次高八度）："要那么大干什么？破世界纪录啊！现在的一些女同志，不读书，不看报，天天就想着那种事，不要脸！"电话又一次被挂断。

我已经笑得不能自已，等到第三位朋友打进电话的时候，我有点诧异，我觉得这声音有点耳熟，直到听完所有内容，我才确定此人就是猩猩。

猩猩："万峰老师，我是你节目的热心听众，以前在大学里我们整个寝室的都爱听您的节目。"

万峰："谢谢，你说。"

猩猩："万峰老师，最近我遇到了我的前任女友，那天我们喝醉了，就去开了房……"

万峰："你几岁了？"

猩猩："我大学毕业。"

万峰："哦，继续说。"

猩猩："她现在在做安利，还说要我买她五千块的产品冲冲业绩才肯跟我上床。"

万峰："屁话，这是种什么行为，这是妓女，你没出息，为什么要跟她上床？学校毕业就不需要学习了吗？没事情就多读读书，看看报，健健康康地生活，找什么前女友，满脑子就知道那种没名堂的事情，你还是大学生，一点基本的定力和判断力都没有。"

猩猩："可我发现，我还是有点喜欢她的。"

万峰："那她喜欢你吗？她喜欢你会让你买安利的产品吗？你有没有脑子？"

听到这里我算是明白了猩猩为何会如此消沉，他和王静佳在身体上重新结合只差了五千块，虽然看起来十分不划算，毕竟王静佳的相貌压根配不上这个价格，可对猩猩来说这是一道巨大的鸿沟。王静佳就站在鸿沟对面的高处，扶着一根枯木，对着沟这边的猩猩唱着山歌，歌词里写满了挑逗，猩猩在对面急得团团转，却又毫无办法，人与人之间就是会存在一些或大或不大的距离，让你无法逾越。

4.

九月是十二个月之中最让我讨厌的月份，这个月不但盛产处女座，而且意味着暑假的终结。我以前总是在六月盼着放假，在八月盼着开学。可真正到了开学的日子又觉得这假还没放够。

这个九月一切与开学的事情都与我无关，我已经给自己放假了很久，我的生活里已经没有期考和教材，有的只是浓到无法稀释的迷茫。

我们各自整理好行囊准备出发去上海，全国赛总共三天，地点在上海光大会展中心。届时上海、北京、杭州、成都、武汉、广州、西安、重庆八个赛区的冠军队伍将会齐聚于此展开双败杯赛。冠军将获得二十万元的战队奖金，并有可能收到一些知名厂商的赞助从而走上职业道路。

强子一直是想打 TI 邀请赛的，这次机会千载难逢，他说自己规划了，先拿下全国赛的冠军，然后获得赞助，接着陆续参加国内的一些比赛，拿个把儿冠军，最后成为被官方邀请的战队奔赴国外为国争光。说得就跟过礼拜天似的，我对我们战队的实力并没有什么信心，而且杭州电竞水平在国内也属于中游水平，比不了魔都和帝都，比起武汉、成都来也占不到什么便宜。

我站在杭州城站的候车大厅里，放眼望去都是一张张陌生的面孔，想起了儿时的一个没有实现的梦。那时候的我应该在读小学五年级，当时我家住在立交桥的西面，四楼。那个年代的立交桥并不立体，其实就是一条架空了的铁轨，下面挖出一个坑洞，放些机动车随意通行。每天早晨我站在阳台上往东眺望，就能看到金色晨曦从铁轨上弥漫开来的景色，运气好时还能看到一辆呼啸而过的绿皮火车。我不知道绿皮车从哪里来到哪里去，只是傻愣愣地看着，心中会闪过一个画面。

画面中的我把床单拧成麻花状，顺着四楼阳台垂挂下来，我顺势而下，然后狂奔，再翻过一片长满毛桃的菜地，并沿着黄砖围成的巨型垃圾站爬上铁轨，将耳朵贴上轨道辨识着绿皮火车与我的距离。等到绿皮车近前，我敏捷地扒上车，用脚尖挑开横拉的窗户，钻进八号车厢。我知道，八号车厢一般都是餐车。我就随着这辆绿皮车一直到达终点，然后把那个终点变成起点，继续扒车寻找另一个终点。我就如此漂泊一生，孤身流浪，告别函数和李杜，告别我唠叨的父母，告别那片只长毛桃的菜园子，告别那个臭气熏天的垃圾站。我再也无须为自己的作为付出代价，那些被我踩坏的菜苗，被我推下水塘的同学，被我拔光毛的土狗，都因为我的离开而变得死无对证。

我那时如此小，我就已经开始向往逃避，哪怕是用这么一种诡异的方式。火车成为我从那之后很长一段时间内的图腾，每次听到它的轰鸣都仿佛在预示着一场惊天泣鬼的逃亡。

事到如今，我坐过很多次火车，却没有了当初的情怀，强子一上车就光速地进入梦乡，猩猩在一旁嗑着瓜子，将壳丢了一地，白菜拿着手机给他的女友发着短信。车内的空调向车厢吹着冷气，广播里放着不知道什么风格的音乐。车速快得让外面的景物都变成了抽象画，你甚至都来不及欣赏就已经晕头转向。列车的连接处站着一些没有座位的人，一副要死的样子定格在那里。

等我一觉醒来，对面已经换人了，从原先的两个中年妇女换成了一个留着长发和胡须的小伙子。小伙子一身的艺术家气质，酷得全世界都欠他几百块钱的德行。艺术家就坐在猩猩的旁边，脚下的瓜子壳被他踩得咔嚓作响。我们一直到终点也没有一句语言上的交流，只是偶尔视线会碰到一起，却也都是尴尬地躲开了。火车上总是会有不少这样的人，不乐意与陌生人过多交流，他们觉得这个世界总是危机四伏，有着一堆不怀好意的人，祸从口出，多说无益，万一碰上大忽悠给绕了进去，不值当，不如缄口闭目，暂时与世隔绝，因为安全第一。

到达上海南站已是下午，我们乘坐地铁一号线到光大会展中心站下车。强子很奇葩地被卡在了地铁检票关卡处，几个工作人员差点就叫了消防官兵来解救他。好在强子收腹提臀加上我和蛋蛋的奋力推搡这才得以通过。我们都劝他该减肥了，不然以后就算找到了女朋友也会被他压成飞饼。

我们在光大展馆的附近找了家快捷酒店住下来，虽说是快捷酒店，但是一点也不便宜，更谈不上快捷，光办理入住手续就用了将近一个小时。我、蛋蛋和强子三人凑合一间，白菜和猩猩两个客厅地铺党驻扎另一间。

刚进酒店，放好行李，门缝里就被塞进来两张卡片，强子捡起来一看，上面是一个衣着暴露的美女，下面写着：保健服务，给您的旅途以港湾般的慰藉。照片的下方是一个133的电话，电话的下方写着联系人：马经理。

"嗬，还有大保健呢。"强子躁动的脸上洋溢着笑容。

"你消停点吧，我们是来比赛的。"

"我只是了解下行情而已。"强子拿出了电话，我和蛋蛋只能摇头。经过强子一番电话咨询后，他挂了线，喃喃地说："妈的，要一千块，上海的消费果然不是盖的。"

"这算什么，王静佳要五千呢。"我差点没把那天的事给漏出来。

晚饭过后，我们五人在街上闲逛了一阵，本来是想找个网吧练练手的，可始终未能如愿，上海这种地方满满地都是商场和闪烁的霓虹，以及行色匆匆的人流。在上海你无时无刻感到一种压迫感，百米高楼林立，头顶高架环绕，车辆飞驰，仿佛永远都停不下来。抬头望去，黑得不着边际的天空连半点星辰都不见，我们好像被丢进了一个深不见底的深井，只能看见小小的一圈天空，用力地呼吸着质量不及格的空气。

我想到了小傻，我觉得自己正与她处在同一片天空之下，呼吸着同样味道的氧气。只是我不知道她的方位，她也不知道我的到来。我还记得她那天勾着我脖子送上的一个吻，这是她对我的告别，此时我与她的距离已缩得这么短，却又感觉那么长，这些都是我的凭空妄想。很多时候我们来到一个自己喜欢的人所在的城市，总会妄想着能够在某个转角能够神奇地遇见，然后发生一段浪漫的故事。故事里有眼泪，有多年的情绪，有咖啡，有轻柔的音乐，有梦想照进现实的喜悦。

也许明天的比赛小傻就会出现吧，我这么想。

全国赛

1.

　　我们一早就去光大展馆抽了签，结果不是特别理想，与北京队和成都队及武汉队一起被分在了下半区。上海队是东道主，他们揭幕战打重庆。东道主的优势就是满场都是他们的支持者，就算控个加速符都能获得一阵阵高亢的呐喊。

　　我和强子还有蛋蛋坐在观众席观看揭幕战，猩猩和白菜没有到场，他们一大早就去了附近的公园采集仙气，他们来时就一直侥幸地认为能碰上上海香协的道友，到时候能够一起切磋、进步。至于比赛，他们二人并不关注，白菜是实力摆在这里，反正都是单人路solo别人，这种硬实力的位置没有什么值得观摩，对手要么强过你，要么不如你。反正到时候碰到强者就猥琐，碰到弱者就压制，至于其他的什么战术那都是我和蛋蛋该考虑的。猩猩则是实力反正不如对方，战术更轮不到他来制定，会的英雄也就那么几个，看与不看结果都一样，反正线上肯定要死，只不过是死多少次，能把对线的英雄养到何种程度而已。

　　这次比赛还算比较有影响力，解说也请到了两名国内一线的解说。我从来不搞个人崇拜，倒是强子一直在念叨找他们要签名。记得大二那会儿刚学会玩dota的时候，我还只会用"火枪"打AI补兵出"圣剑"，强子就开始看这二位的视频以学习各种英雄和出装。他们应该算得上他的启蒙老师吧，如今在线下看到真人，难免有些内心澎湃。我只对坐在二人中间的那个妹子感兴趣，虽然声音不是十分动听，不过相貌在一脸粉墨嫣红的妆衬下，倒是有几分好看。

回城卷轴：
能让英雄快速地飞至防御塔附近进行支援。简直就是《来自星星的你》里的都敏俊！

我的审美有些奇葩，我想大多数的男人都会去喜欢素颜清纯的姑娘，而我却偏爱那种庸脂俗粉。这种事没法讲道理，我就是欣赏这种眼前一亮的大色彩女人，弥漫着化妆品和香水的混合味道，使人迷醉。而且这种审美随着我年龄的增长越发强烈，回想起来我所交往过的女友都在经历着一种蜕变，她们都从一脸的清纯变成了一脸的粉底，这可能是一个女人成长的必经之路。我谈不上讨厌，可能只是无法快速地前后切换而产生些许的不适应罢了。对于女人有一句很经典的话叫"关了灯都一样"！所以不要在强光下哭泣，在无光里，你也可以是女神。

台上的解说们十分专业地分析着两队的选人，给出自己的意见，归纳即将到来的打法。我一直有这样一个疑问，到底是选手强还是解说强？解说们对局势的把握如此到位，而且国内的一线解说都是些实力不俗的选手转型，为何他们不去成为或者继续做选手呢？这个问题我问过强子，他一语道破天机："因为解说赚得多。"我恍然大悟，但又有所担忧，等这个行业发展到后期，大家会不会都去当解说？那时候可能都鲜有比赛，对决的那几张面孔都四十好几，孩子都背书包上了初中。一群大叔坐在舞台的两侧，无比缓慢地操作着英雄单位，台上六十多个解说，一人只许说一句话，像春晚报幕那样来呈现这场老态龙钟的比赛。当然这都是我的极端臆想而已，不过我倒真的希望到了我四十好几的时候还会有一干朋友跟我一起开黑，哪怕匹配到合适的对手需要七十二个小时。

2.

上海队的个人实力很强，特别是中路打得很有侵略性。他们的风格有些类似 NBA 里的俄克拉荷马雷霆队，没有什么特别的战术和体系，反正就是简单的一套比较顺手的阵容，无论怎么打都不虚对方。因为霸道的对线能力，和团战细节的把握，上海队一直牢牢地掌控着场上的局势。

强子也晃着脑袋说："还好没和上海队分到一起啊，这中路的水平不是一般的强。"

"这中路的玩家我怎么感觉那么眼熟呢？"我盯着玻璃比赛房里一头长发

的男人。

"有吗？没觉得哪见过啊？"强子伸脖子看了一眼。

"我靠，这不是火车上坐咱们对面的那个艺术家吗？"我吃惊地说。

"啊？火车上我们对面有过这个人？"

"废话，你从杭州一直睡到上海，就算你对面坐着刘德华你也不知道啊。"

我们的比赛是首轮的最后一场，打完直接可以吃晚饭的那种。上下半区的比赛是间隔进行，主办方会选择性地拎出一场来进行直播。上海队在上半区，东道主的天时地利人和，他们铁定被安排在隔音小房间里打。至于我们下半区我预测是北京队会被推出去，我觉得这可能已经不是队伍的水平问题，而是队伍来自哪个城市的问题，毕竟北京、上海舍我其谁的大都市腔调摆在那里，不让他们进小屋让谁进小屋。不过万幸，我们第一轮的对手是成都。

说起来蛋蛋他们还在成都打了将近一年的职业，应该对成都的打法比较了解。想到这里我还专门去询问了身边一脸严肃的蛋蛋。

蛋蛋头也不回地说："哪来什么打法，在中国都是打个人实力的，哪都一样。"

"这个说得有点绝对了，比如弱队打强队在技术没有把握的情况下完全可以利用战术来克制对手啊。"

"瞎说，弱队为什么弱？是训练不够？还是天赋不够？都不是，其实就是强队不愿跟他们训练，你让中国队每年都去参加一次欧洲杯，你看看还会踢成现在这个样子吗？"

"我还是觉得战术不至于那么不重要。"

"不是说不重要，关键是要看什么样的人去打这个战术。你个人实力不如对方，就算拿了很针对的英雄一样要被打爆，任何一个阵容都有优势期和劣势期的，所以不可能恒强。而且执行力也是一个问题，弱队往往都是没什么执行力的，这也和他们缺少高水平的对抗力有关，都是关起门来找些水平一般的队伍打，大赛抗压能力绝对不如那些更好的队伍。"

"我以前怎么没发现你分析得这么深刻？"我最近老对蛋蛋刮目相看，看来不长的一年多里，他从一个只会玩游戏的小鬼，成为一个懂得去玩心理的小鬼。

3.

主办方还算人性化地在中午给我们选手安排了盒饭，我对一切赐予我食物的人都充满感激，当然也正是我这种叫花子的心态，使我不求上进。我曾经这样对小雯说："你说有没有一个提供免费早餐、午餐和晚餐的地方，每天上班就是过去睡觉，醒了就看电视？"

小雯当时用水笔戳了我一下说："有，我们小区保安就是这样，天天吃食堂，监控室里两排电视给你看。"其实想想当个保安也没什么不好，穿着制服、拿着电筒到处巡视，凭借一己之力保卫着别人的幸福生活。如果碰上不法分子还能靠年少那会儿积累下来的搏斗技巧与其周旋，打输了是烈士，打赢了是英雄，无论如何都光荣。

肄业后我不是没有想过去当保安，只是所有的招聘条件上都设立了年龄40~50岁这个门槛，让我好生郁闷。我不明白什么非要找些战斗力退化得差不多的人来保卫他人安全，这样怎么看都不太有安全感。

吃盒饭的这会儿，猩猩和白菜准时地出现了。猩猩就是有这样的特异功能，能精确到小数点后几百位踩中饭点，要是他 gank 有踩饭点这样的实力，绝对是中国第一人。

吃完午饭，我们在选手休息室里拉开了阵势准备睡午觉。休息室里只有我们和成都队的几名队员，其余地区的队员都在比赛区，趁着最后这点时间临时抱佛脚。强子说成都是懒都，生活节奏很慢，大家都一副不求上进，奔着往一百岁穷酸活着的心态去享受。不过成都队的队员在休息室里待了不过五分钟就被猩猩的脚给熏跑了。猩猩见状脱掉了上衣，裸露上身，我相信要不是休息室的门没锁，他甚至会把下身一起裸露了。

就这样，除了强子我们几个都打着赤膊，横七竖八地躺在休息室的沙发上午睡。胖的人似乎都没有脱衣服暴露自己的习惯，可能是怕自己的肥肉太过招人耳目，甚至是招人笑柄。因为他们的胸部往往很大，就这么顺着引力垂挂着，像个生产过量的老妇女的乳房，也确实不太美观。休息室不一会儿就鼾声四起，强子和猩猩一直睡到比赛开始前五分钟，对手已经开始调试装备了，他

们才睡眼惺忪地走到比赛电脑前坐下。强子更是拿出香烟就要点，被一旁的工作人员制止了。

工作人员说："对不起，这里不可以抽烟。"

强子叼着烟说："为什么？网吧里都可以抽烟。"

"我们上海的网吧里也不可以抽烟。"

"上海了不起啊！"强子将香烟丢在桌上。

我们五个人不需要调试，因为我们压根就没有装备，反正组委会给我们什么装备我们就用什么，我们也许是所有参赛队中对硬件设施最没有要求的一队，我们有着极强的装备适应能力，毕竟这里的装备比起我们之前在网吧用的，那是天壤之别。

我们面前摆着清一色的雷蛇套装，呼吸灯的闪烁似乎孕育着生命。这让我想起了以前学校后面那网吧里的山寨雷蛇。闪着同样的绿色，用着相同的logo，记得我第一次去那个网吧还是强子叫我去的，他跟我说那里的装备很好，是雷蛇套。我那时候根本不知道什么雷蛇，当强子跟我说雷蛇套的时候，我还以为是杜蕾斯的新品种。心想，这网吧是好啊，上网还赠送计生用品。

直到上了机才知道，原来所谓的雷蛇套其实是鼠标和键盘的统称。该网吧的雷蛇套给我最深的印象就是我想开个网站结果点到了QQ，我想开个酷狗结果打开了我的电脑。我很不爽地看了一眼在我旁边的强子，他正在津津有味地看电影。我又不好意思起来，觉得可能这鼠标就是这样的，贸贸然地去问强子会显得特没见过世面的样子。直到强子开始玩连连看的时候，他那一声："这什么狗鼠标！"的横空出世，我才明白原来真的是鼠标很烂。

对于不善于观察的我们来说，一直适应着那个网吧的雷蛇，直到我们能熟练地用它来补刀时，才偶然地发现，这他妈的是雪蛇！不过雪蛇也造就了我们神奇的游戏控制力，我们这个队伍里，强子、猩猩、蛋蛋还有我都是从那个网吧里走出来的雪蛇党。还真别看不起猩猩，他的反补水平绝对一流。

4.

在我们抽到成都队的时候，强子曾经和我说成都这个城市有不少不错的选手，个人实力都算得上出类拔萃，可就是捏不成一股绳。他在成都也算待了不短的时间，队友前前后后换了五六个，总是有这样那样的问题。你说这些人不强吧，天梯里都是神挡杀神的狠角色，你说他们强吧，一到比赛就容易失误，战术不统一。他说离开成都的原因就是因为和这么一群人打起来没意思，别说拿冠军了，简直一胜难求。那时候强子的俱乐部是当地出名的一个包子铺赞助的，也是因为战绩不佳，推广效果不够，导致老板总拿一箩筐包子来抵赞助费。

"我现在见到包子就想吐。"强子吐着舌头说。

比赛正式开始，蛋蛋 ban 人，毕竟是大赛，大家都是会禁掉类似"卡尔""先知"这样的英雄。原因很简单，"卡尔"几乎没有什么真空期，而"先知"前期的支援和后期的带线都十分恶心。最后我们拿到的还是一套以"黑鸟"为核心的常规阵容。

我们打"黑鸟"这套阵容还算比较有心得，中路拿一个"龙骑士"，优势路选两个带控制的酱油，上路反正白菜自由发育。近期的一系列比赛强子都在使用"龙骑"这个英雄，说不上出彩，只能说是中规中矩。而"龙骑士"主要是打中期，这次他面对的是"圣堂刺客"，这两个英雄对线基本没什么看头，和平补刀的节奏。"圣堂刺客"唯一的优势就是能够更好地控符，成都队单人路拿了"黑暗贤者"，目的是配合刚三路的"虚空"。白菜上路使用"发条"开场就打出了优势，七分钟时击杀了"黑暗贤者"一次。在单人路这么早完成击杀很容易就能滚起雪球来，果然在第十分钟时白菜拿下第二个人头。

成都队并没有选择分兵支援，而是决定放掉上路，主打中下路。这样倒也不是没有道理，除了上路，其他两路都是均势，一旦去支援，很可能导致这个均势被打破。况且"黑暗贤者"肯定是走肉坦路线，团战的作用除了丢离子盾就是恰到好处地将我方英雄拉到"虚空"的大罩子里面。

从局势上来看，成都队最强的选手应该是中路，在补刀上"圣堂刺客"领先全场。毕竟下路六个英雄挤在一起，时不时还有双方的 4、5 号位相互骚扰，补刀环境肯定不如中路。强子坐在我边上，他说："这圣堂可以的，每次补刀的走位都能弹射到我。"我们一路走来，也碰到过不少牛×的中路英雄，但如此牛×的"圣堂刺客"还是第一次遇见。

成都队在"圣堂刺客"作出"假腿"加"BKB"后开始推我方中路逼团。一轮乱战打下来，我们惨死三人，对面只挂掉了站位靠前装备落后的"黑贤"，我们大亏。由于强子的"龙骑"阵亡，导致装备再度被拉开，"圣堂刺客"奔着暗灭就去了。

随着时间的推移，我感觉我们的阵容越打越无力。成都队前期几乎被打废的"黑贤"出了肉装后也渐渐能在团战中站住脚。最主要是对面两个DPS输出点太过凶残，"虚空"窜过来一个大招，"黑暗贤者"在用技能把罩子里的人收拢到一起，带着"黯灭"的"圣堂"输出那真是一打一片。更可恶的是对面还有"冰魂"，大大削弱我们团队的恢复能力。这一套连招打过来就够我们喝两壶的，成都队目标明确，一开团就集火我们的"黑鸟"和猩猩的"巫妖"。只要这两个一死，剩下的就是套上"黑贤"加速的"圣堂刺客"的收割节奏。

我们被打得风声鹤唳，稀里哗啦。蛋蛋已经不知道怎么指挥，他连续两次还没来得及用推推棒就被秒掉。我们所有人都面色铁青地坐在那里，迷茫地移动着鼠标，相比起不远处成都队的呼声震天，我们就像旧社会被家暴的小媳妇，脸上挂着五个指印，坐在鱼塘边低泣。

蛋蛋在一次高地战中，被瞬秒后立刻买活出来反打，结果却送上一个团灭，"圣堂刺客"拿下五杀，嚣张地出了"圣剑"，我们打出GG。我们被赛前公认为下半区实力最弱的成都队送进了败者组。

5.

"我没打好。"猩猩说。

"别给自己贴金，你一直都打得不行。"强子说。

"我们训练得太少了，对面的配合和对比赛节奏的把握都比咱们到位。"蛋蛋总结道。

"再来一包番茄酱。"白菜冲着肯德基的柜台喊。我们五个人此时正坐在光大附近的肯德基里，点了两包薯条，薯条早已被吃完，大家意犹未尽地吞噬着免费的番茄酱。此时我们还不知道下一轮败者组的对手会是谁，虽然我们经常在失利后开这种毫无作用的总结会，但总结到最后都以浪费口舌告终。我觉得我们的队伍是不善于总结的，大家战线统一，输了比赛要么怪猩猩，要么怪阵容，若是全线被打花了就怪前一天没休息好。

总结会在肯德基员工的鄙视眼光中收场，我们走上黄昏的上海街头，看着川流不息的车辆和行人，决定去东方明珠合个影。这是我第三次来上海，第一次是在我十岁的时候，跟父亲单位的同事一起来这里旅游，那时候我根本就不知道什么是旅游，只是盲目地跟着大人到处走走停停，给我印象最深的就是一个带着微型麦克风的阿姨，不知疲倦地唠叨些我听不懂的东西，可父亲和叔叔们都听得很认真。我一个人蹲在梧桐树下剥树皮玩，那时候也是夏季，到处是蝉鸣，我看着被树叶修饰过的太阳洒在柏油路上的点点斑驳，百无聊赖。

第二次是那年我送小雯回家，小雯是上海人，住在老式的木制阁楼里，楼道很窄，小雯家住顶楼。我们费力地挪动身子避开被随意摆放在楼道转角处的脸盆和鞋架。小雯的父亲是一个高瘦、戴着眼镜、学者模样的中年人，看我的眼神永远附带着皱起的眉头，他做的饭是我吃过的最难吃的黑暗料理，但我却很给面子地一扫而光。当时我确实想过，将来我是要娶小雯的，我不应该计较这些。只可惜我如此的不计较等来的是小雯后来对我如此的计较，她在不久后的一段时间，选择了离开我跟了别人，而我也在那段时间离开了学校，跟了牛蛙去打职业。

我觉得人生中最可怕的不是失去一段自以为是的爱情，而是看着你曾经的爱人爱上别人，跟你所有的侥幸和希望都做了一个了断。

我们站在东方明珠前面的天桥上，抬头看着壮观的电视塔，觉得渺小。天桥上有一些拍照的小贩，五十元一张的速成照。我们用五十元将自己定格在了上海，照片里，强子站在最中间，嚣张跋扈地占据了横截面里的五分之三。夕阳斜射下点点余晖，渲染着我们的笑容，这是我们组建战队来的第一次合影，有我们自然的笑，有我们被风吹乱的发型和手中大煞风景的农夫山泉，以及少了半个肩膀的猩猩。

我们还花钱去了东方明珠的塔顶，我站在全透明的观光走廊上，看着自己仿若浮空地将上海踩在脚下，高处的风来得急，吹得我晃晃颤颤。一群看不出国籍的老外傻乎乎地躺在上面用广角镜头捕捉他们所谓的勇气。白菜站在风最大的地方疯狂地自拍，然后冲着微信对他的女友喊话，他每一次张嘴，都会喝进去不少的风，终于他打了个嗝，说饱了。强子一直缩在球形大厅内，图谋不轨地看着身穿玫红制服的"明珠姐姐"。猩猩则对上面的纪念品颇感兴趣，不过也只到感兴趣这个阶段，离购买还差了十万八千里。蛋蛋由于恐高，一个人躲在底层的博物馆普及老上海知识。

等我们从上面下来时，上海已经夜幕低垂，大家再次齐刷刷地抬头望了一眼这个至高无上的电视塔，像要出征前的勇士眺望胜利的曙光那般的激昂，高度统一地觉得这钱花得真冤枉，明天的比赛一定要赢，不然太对不起这几百块钱。

我们是冠军——吗？（上）

1.

第二天我们去看了一下小组战况，去时上海队的比赛已经结束了，他们获得了上半区胜者组的冠军。那两位解说正在进行赛后总结，赞扬上海队中发挥比较出彩的选手。从他们的口气中得出这个选手应该在本地比较出名，但对于我这种从来不关注圈内动态的人来说，这些名人都是普通的对手罢了，再说我们能不能碰到上海队都是个未知数。

下半区现在的情况是武汉队将对上成都，而我们下午一点打北京。我啃着盒饭里的鸡腿对一旁的蛋蛋说："我们得改变一下策略，不能老拿黑鸟加龙骑。"

"其实拿来拿去就这些英雄，不是你说要拿自己顺手的去打吗？"

"我说拿顺手的是针对环勇的，一来是我对环勇太了解，知道他的打法和节奏，二来是环勇的综合实力确实在我们之下，可现在不一样啊！我们根本不知道对手是个什么来路，而且个人实力看起来都不错的样子。"

"说是的是你，说不是的又是你，等下你去拿人。"蛋蛋有些不高兴。

我看着眼前的这个少年，回想起那年在网吧他盯着我的屏幕让我带他玩dota，少年到哪儿都跟着我，照面总是亲切地叫我大哥。这让我想起了父母常会说的一句老话："你小子现在翅膀硬了，敢顶嘴了是不是！"其实我们都会成长，这是一个漫长的过程，漫长到你根本发现不了自己的改变。成长的标志并不意味着成熟，而是意味着你开始学会思考和反驳，简单地说就是脾气也长了。

圣剑：
绝对的核武器，物理伤害加成极高，不过英雄阵亡后会掉落。"武林至尊，宝刀屠龙，号令天下，莫敢不从！"

回首自己的成长史，我小学的时候是学校第一批的少先队员，义务教育初期的极优生，至高无上的三条杠，臂章和红领巾无时无刻地出现在别人家孩子羡慕的眼球里。

我初中的时候是一名英语课代表，英语老师是一个二十出头的丰满女人，她很喜欢我，我也很喜欢看她在夏日弯腰捡教案时领口的深处。

初三的时候我跟着一个网吧认识的大哥当了一整个暑假的流氓，我开始买紧身的 T 恤，开始用发胶把头发梳理得像爱因斯坦那样。整天穿着趿拉板在街上晃荡，跟人学抽烟喝酒，拉帮去打群架，觉得没有进过警察局的流氓都不及格。那时候我的小梦想就是被警察抓一次，成为一名真正有前科的流氓，也不知道是我太聪明，还是警察太懒，一直到我上高中退隐江湖后，警察叔叔也没找过我。看来我注定是成不了传奇的。

高中的时候我因为听说了太多关于大学里的美好的故事而发奋图强。那个时候，我没有爱的力量，也没有家庭的负担需要背负，毫无压力，就是那种最普通的学子。我从班里的第二十名，一跃成为了第二，接着又是年级第二。班主任开始调查我是否有考试作弊的行为，那一年我觉得没什么比学习更简单的了，就像现在有些老板觉得没什么比赚钱更简单了一样。

大一的时候，我的生活是毫无色彩的，我整天除了睡觉就是醒来，醒来无聊了又继续睡去，成为了名副其实的植物人。我开始厌学，对于我来说哪里都是寝室，上课我就趴着睡，下课我就躺着睡，体育课我甚至能站着睡。

大二的时候我认识了小雯，我觉得这是我世界里唯一的色彩。这一年我也认识了 dota，这一人一游戏维系了我整整两年，其间诸多的纷纷扰扰，诸多的爱恨情仇，诸多的无兄弟、不 dota，都成为我最美好的记忆。

大四未至，我却远走，在一所公寓里开始了自己的职业生涯，无论训练还是比赛，小傻总是坐在我的身边，我能看到她美丽的侧脸，她也毫不计较地跟我同吃一碗泡面。

在我这么庞杂的成长故事里，从来没有重点，又或者都是重点。反正青春这种东西永远都活在自己的回忆里，时不时拿出来缅怀一下。这么多年我从一个三好学生，变成了一个怪咖。我的成长太多起伏，太多插花，我想过无数的也许，也许我一直三好下去，会成功地毕业，找一份工作，找一个老婆，从三好学生转变为三好先生。

也许我坚持当流氓，说不定我现在已经在警局三进三出，叱咤一方，手底下兄弟成群，身边辣妹环绕，经营着一所高档的夜总会，开着令路人尖叫的跑车，副驾上是打扮妖艳的骚货。

2.

下午的比赛我们对战北京，我拿了 2-1-2 分路的阵容，中路是蛋蛋的"蓝胖子"，下路是"暗牧"加"德鲁伊"的组合，上路则是爆发十足的"小精灵"加"小小"。这套阵容就是打前期的，另一方面我迷信胖子有福、人品好这个传说。而强子的"蓝胖子"确实没让我们失望，各种爆 4 倍。"熊德"被加上嗜血后的攻速非常无解，白菜的"小小"在二十四分钟内完成超神杀戮。

北京队被我们打得全场找不着北，强子开心得不得了，他直呼过瘾，还说阵容就应该这么拿，搞得蛋蛋一脸的不乐意。

淘汰北京队后，我们背靠背挑战刚被成都队打下来的武汉。解说们在台上亢奋地说成都真是这次比赛最大的黑马，在赛前一致不被看好的情况下，居然拿到了下半区的胜者组冠军，令人咋舌。他们说要特别注意成都队的虚空体系，成都的队员配合十分默契，团战细节也做得十分到位。两位解说的话，无疑给了先前蛋蛋分析的成都队员的散漫、各自为战一记响亮的耳光。

武汉被誉为"东方芝加哥"，我对武汉这座城市并没有过多的了解，我的地理向来不好。只知道武汉这地方盛产大学。一个大学多的地方自然 dota 水平不会低，我们都是从校园里走出来的，在大学里不是谁都能找到女朋友，但是谁都可以玩 dota。

武汉队显然没有看过我们打北京队的比赛，上来就抢了"帕克"和"冰魂"两个脆皮。我立刻禁掉了"先知"，对于"小精灵"战术来说，就是要形成局部的以多打少建立优势，"先知"这英雄支援太快了，绝对不能放出来。我们这套阵容的几个英雄都偏冷门，如果对方没有研究过，基本都不会针对去ban。"小精灵"自从链接晕眩效果被改掉后威胁确实不如以前，但我要的是

它强大的支援能力，更何况我连过来的可是巨强爆发的"小小"。

全国赛大家似乎都特别青睐"圣堂刺客"和"卡尔"，而"火猫"和"熊猫"两个国宝又万年死在小黑屋里，"狼人"和"人马"我只看到上海队用过，加上比赛都是同时进行，大家自顾不暇，没太多的精力去关注别队的比赛，所以才有我们突然出现的这套"蓝胖子"大招。

由于这是第二天的最后一场比赛，我们第一次坐进了玻璃隔音房，正面朝着台下已经退场过半的观众席。玻璃房的电脑上有一个摄像头，估计是赛前有个队员介绍，全国赛是在线直播的，我们算是长脸了。特别是蛋蛋，他还没完全长大，就先长了脸。可惜只是网络直播，不是电视直播，否则我爹看到我上了电视，估计会原谅我的久不联络。

比赛正式开始，我们在"夜魔"方，蛋蛋和猩猩走下路，"熊德"在补刀的同时，不忘利用小熊去拉远古野。这分路是我预先设定好的，反正"熊德"和"暗牧"打对面三人吃不了太多亏，他们的精髓是猥琐补刀。而上路的"小小"和"小精灵"则是拼命压制，压得你上单英雄连经验都不敢吃，你本来就是单人打两人，等级跟不上我们双双到6级后，你就不用出门了。如果下路的敢分兵来支援，中路的"蓝胖子"就来游你下路，如果对方有走位失误，上路带着"小小"马上飞下来，形成5打2。

我们再一次复制了上一场打北京队的局势，可我一点都不开心，按照这样的思路打下去，赢面是很大，可是我们这次进了玻璃房，接下来的比赛这套阵容肯定是不能用了。成都队和上海队的队员此刻肯定坐在台下的某个位置盯着大屏幕，将一切尽收眼底。

武汉队打出GG，玻璃房内突然炫光四射，照得人眼晕。强子问："要不要过去跟他们握手啊？"

"要是别人不跟你握，多尴尬。"我回答。

"友谊第一啊，我看视频上那些职业玩家在比赛结束后都会走过去跟对方握手。"

"我们又不是职业的。"

我是个不懂人情世故的人，我认为比赛就是比赛，友谊第一那都是说出来安慰人的话，在任何比赛里只有一个第一，而这个第一绝对不是所谓的友谊。

以前我和人比投篮，对方连中 5 个，而我在中了第 4 个球后，第 5 个稍微偏出了篮筐，我开始赖风。

我说："不算，没风这球就进了。"

对方说："输了就是输了，别找借口，快去买可乐。"然后我们就打了起来，我被打掉了一颗门牙，他鼻子被我捶出了血。此事过后的十年，我们都没有说过一句话，所有关于对方的传言都是彼此在背后的构陷。毕竟谁都不喜欢别人在背后说自己，可是自己又无法保证不在背后去说别人，这就是人性。你会有种奇怪的感觉，感觉别人肯定在跟另一些人说自己的坏话，如此一来要是不编造点关于对方的谣言散播出去，那就亏了，这世界大胸多的是，大胸襟的还真不多。

比如我胸襟就不够大，我看不惯很多人和事，我也没有主动走过去跟武汉队的队员们握手，不过话又说回来，他们也没有上前主动与我们握手，可能他们也抱着和我一样的想法，凭什么要我先去握手啊。我们双方都默契地走下舞台，强子还不忘跑去解说台找他的偶像签字。

偶像 1 拿起笔笑着问："签哪？"

强子环顾四周，突然挺起胸脯说："签我胸上吧。"

偶像 1 尴尬地又问："你要我写点什么？"

"随便什么。"于是偶像 1 提笔在强子肥硕的胸部上写下"随便什么"四个大字。强子有些不高兴，他觉得这个偶像领悟能力有问题，他的意思是让其随便写点祝福的话，比如"你是最棒的"之类。他又转向偶像 2 说："大神，你也给我签个字吧，这次签我肚子上。"

偶像 2 笑着说："那我签点什么好？"

强子这次学聪明了，他一字一句地说："就签你是最棒的。"偶像 2 点头在强子圆滚滚的肚子上一笔一画地写下"你是最胖的！"气得强子差点没上去和他干一架。

这件 T 恤足足让我们笑了一个晚上，上面的字迹孔武有力——随便什么，你是最胖的！我岔气地对强子说："花景强同学，你得在普通话上吃多大亏啊，出门千万别和人说你是中文系的。"强子辩解说："我是中文系，又不是播音系！"

　　说起中文系，我想起了班上的一位同学。他的梦想是当一名畅销书作家，这家伙隔三差五地给一些杂志或网站投稿，虽说一些小网站也收过他的稿子，但此君并不满足。他觉得自己天赋异禀，怀才不遇，每次看着镜中的自己就是一副少年成才的模样，时间不等人，青春流量大。后又听说网络小说受追捧，他就在某小说网上注册了账号开始爬坑，从穿越写到玄幻、从男频写到女频，开一本书扑街一本，扑到后面他自己都没了信心，开始质疑网络小说的快餐特性。觉得读者素质太低，自己写的东西又太高深，难怪不能一炮而红。他郁郁寡欢地度过了三个年头，作品不下千万字，稿费不过几百元。

　　就在我们都以为他和他的所有故事都将在此画上句号的时候，他却实现了惊天大逆转。起因是一个看过他网络小说的书友，将他写的某些桥段发到了某知名论坛，并声称这才是中国文学的典范，这种字里行间的幽默无人可及。下面还附上了此君小说里的范文：

　　　　……苏小小微微一愣，对着白雪又是一笑，白雪对着他也是一笑，他们就在这笑，笑出美味笑出鲜，一副笑足一百八十天的架势！

　　　　校门口，天色将晚，不过二中门口依旧是车水马龙。但是一辆车引起了所有人的注意，不过校内的一些人见了，都知道这是苏小小家的车，也只有苏小小家，才有可能开得起比亚迪！

　　看到这个点击过万的神贴，我差点没把脸笑抽筋。也正是这个神贴，让此君一战封神，这个原本无人问津的小说点击量迅速突破百万。书友们的点评："百年不遇的文坛大师，将幽默融进骨髓的天才作家！"

　　此时正值大家忙于找工作的大三末年，此君已经收入不菲，更令人哭笑不得的是，他还真就买了一辆比亚迪轿车，整日飞驰在校园里，极其风光。当时我们的班主任阎王（闫老师）还专门拿他的事迹来鼓励我们，要像该君学习，作为中文系的学子，就要有一种与文字相依为命、不屈不挠、坚持不懈的精神。我相信阎王一定没有看过他写的书，可该君确实成功了，只能说他开创了一种前无古人后无来者的文风，他就是网文界的周星驰。

3.

明天早上将会是分区决赛，强子却提议要找个地方去喝酒。我俩走到酒店下面的小超市买了两打啤酒，傻站在晚风中看着阑珊灯火的上海一角，突然特别怀念学校操场的那个看台。

"哎，突然好想回到过去一起在球场上喝酒的日子啊。"强子感叹。

"你说人为什么要毕业呢。"

"别闹，我们连毕业都算不上。"强子开了一瓶啤酒，直接一屁股坐到地上。

"毕业了就意味着分别，有多少友情和爱情经得起毕业典礼的考验啊。"我也坐了下来。

"我都快忘了我们班上同学长啥模样了。"

我左手握着酒罐，伸出食指指着灯火说："你看这个城市里埋葬了多少人的梦想和青春啊，他们在这里毕业，在这里活着，除了上班就是下班，哪怕打个dota也找不回当初在寝室和网吧里的感觉了，你说这么活着真的快乐吗？"

"可能生活本身就不是一个让你感到快乐的过程吧，记得以前打dota的时候，能赢一局机器人都无比激动，现在我们不知不觉就打进了全国赛，却没有以前的那份激情了。"

"顺其自然吧，天晓得以后会变成什么样。"我又开了一罐啤酒。

"你小子就是身在福中不知福，你看看你换了多少女朋友啊，不知道珍惜，来上海两天了，也没见你给章杨打个电话。"

我沉默不语，对于章杨我不觉得自己有所亏欠，人总是容易犯贱。我压根就没去想过和她的未来，我一无所有，她却丰衣足食。我们始终不是在一条起跑线上的选手，她的世界我进不去，我的生活她也不会愿意进来。只能说章杨现在还处在一个妄谈爱情的时光，这所谓的爱情带着浓郁的校园风采，一旦她步入社会，接触到血腥的残酷和惨淡的现实，她也许很快就会开始嫌弃，就像小雯那样的嫌弃我不求上进，嫌弃我的古怪脾气。所以毕业就是美好爱情的分水岭，大学里我们没有任何压力，每天想的就是如何取悦对方，如何去一些美丽的地方搞一点小浪漫，或者找一个假期来一次说走就走的远行。我们可以随心所欲地支配这些短暂的时光，挽着手，面朝平静的湖面，畅想未来的美好生活，分享一些有趣的故事，博得对方一笑。

在我看来，我们的爱情就像一杯放在沙漠里的水，早晚都要被恶劣的环境蒸发，只不过这是一个还算缓慢的过程，缓慢到足够让你能坦然接受。

强子喝得吐了一地，我摇摇晃晃地想去扶他，但挽扶一个胖子是需要足够的耐力的，我手一滑，将强子整个丢在了他自己的呕吐物里。他就这么胸口朝下地趴在污渍上面，嘴里发出奇怪的"咕噜"声。我拿出电话叫来帮手，大家联手将这个胖子拖回酒店。

猩猩摇着头说："这死胖子太恶心了。"

"强子喝成这样，明天比赛能不能打啊。"蛋蛋有些担心。

"就是，王小帅你搞什么飞机。"猩猩凑茬。

"这也怪我啊？"我为自己背黑锅感到委屈。

4.

第二天，我在剧烈的头疼中醒来，强子仍然像一头死猪一样地躺在另一张床上。我叫了他一声，没有反应，我又走过去推了他一下，还是没有反应，我用力踹了他一脚，依然没有反应。这下我慌了，心想，该不会酒精中毒死了吧！那也太丢人了，第一次听说啤酒这酒精度能把人喝死的。可看着眼前之人是个大胖子，又有些不安，毕竟在胖子身上什么事情都有可能发生。

我跑到卫生间接了一脸盆凉水，照着强子就泼了下去，强子一个激灵从床上弹了起来，破口大骂："你丫脑残啊！干吗呢？"

看到强子终于醒来，我长吁一口气，淡淡地说："你昨天吐了一身，我在帮你洗衣服。"

"没听说过！谁洗衣服套身上洗的！"

"别废话了，一会该比赛了。"

"我靠，你让我这样去比赛？"强子看了一眼湿漉漉的自己，突然叫道："我去，我的签名呢？"他T恤上的签名已经被水溶解，留下一片漆黑的印子，隐约还能看到个朦胧的"胖"字。

"你赔我签名！"强子哭丧着脸说。

"等衣服干了，再让你两位偶像给你签个不就完了。"

等我们走到比赛现场，上海队已经开始中推重庆队的高地，看样子是要一举拿下率先进入总决赛的架势。现场的工作人员看到浑身滴水的强子，焦急地问："靠，外面是不是下雷阵雨了，我家被子还晒在外面呢！"

"下你妹！"强子没好气地回答，说完不忘回头白我一眼，那眼珠都要翻到颅腔里去了。蛋蛋表情严肃地盯着大屏幕，我走上去伸了个懒腰问："战况如何？上海队是不是要进总决赛了。"

"我发现上海队一个弱点。"蛋蛋说。

"……说的好像我们已经赢了成都一样，你能不能先发现一下成都的弱点啊。"我阴阳怪气地说。

我们是冠军——吗？（下）

1.

　　蛋蛋说："打成都我自有办法。"看得出来他心里根本没底，他能有什么办法？充其量就是 ban 掉成都队虚空体系里几个比较关键的英雄罢了。既然大家都走到全国赛的尾巴上，谁还不留点大招在后面，不过这都是我的凭空猜测。这本来就是左勾拳……还是左勾拳……我就会左勾拳……我永远左勾拳……最后来个拍板砖的情节，一下拍得你东南西北都分不清。

　　上海队在众目睽睽下挺进总决赛，下半区的比赛马上接上。接着两位解说开始介绍成都队和杭州队的队员。我听到了他们对我们表现的褒奖，说我们是一支很有想象力的队伍，敢于在大赛中尝试一些比较新奇的阵容，现在国内环境但凡比赛都是以稳为主，这样的队不多了云云。

　　我更没有想到的是，主持人介绍我们队员的时候，我们居然受到了现场观众的热烈欢呼，身后的大屏幕上也在重复播放着我们的精彩 top10。现场来看强子的人气特别高，送给他的掌声和欢呼震天。主持人是个长腿美女，她拿着话筒走到强子身边问："看来我们的 Rose 选手人气很高啊。我们来问一下 Rose 对今天的比赛有什么期待吗？"

　　"我要赢！"强子说完，台下又是一阵欢呼。

　　"都知道杭州队的蓝胖子战术给我们留下了深刻的印象，期待他们继续给我们带来惊喜好不好？"长腿开始热场。

　　"欧——"台下声浪骤起。我想这完全是不给活路啊，主持人如此一说，不拿套奇葩的阵容都感觉对不起台下这票拥趸。

假眼：
侦查守卫，能够在一定时间内获得一片范围内的视野，防守与进攻的监控摄像头。有了摄像头，司机都不敢实线变道了。

我们陆续走进玻璃房子，围坐在一起。我问蛋蛋："你先前说有办法，现在能跟大家说说吗？"

"能啊！"

"那你倒是说啊。"

"就是 ban 掉虚空和圣堂啊。"

"这么厉害的针对措施我怎么都想不到啊。"我讽刺道。

"那你想好拿什么阵容了没有？"强子插嘴。

"拿黑鸟加龙骑啊。"蛋蛋说。

"你欠了黑鸟和龙骑的钱了是怎么的？"猩猩都不乐意了。

"问题我们没别的阵容拿得出手。"

"不是有蓝胖子吗？"强子显然还陶醉在刚才的开场白里无法自拔。

"你觉得我们拿得到？"蛋蛋很淡定地说。

2.

灯光闪烁，比赛正式开始，三局两胜，成都队胜者组 1：0 领先。我们分在"天辉"，成都果然上来就 ban 掉了"蓝胖子"，现场一片失望的声音。蛋蛋也毫不迟疑地禁掉了"虚空"和"圣堂刺客"。接着我们的"小精灵"也被砍掉，强子唉声叹气地直摇头。

最后成都队拿了"狼人""人马""祈求者""米拉娜""戴泽"的阵容，这套阵容的优点是输出点多，弱点是比较吃经济，前期节奏很难带起来。我们终于拿到了"地穴领主"和"熊猫"，下路则是"斯拉克""巫妖"和"冰魂"。其实从阵容上看，我们打的是前中期，而成都队则偏后期，强子的"小强"玩得溜，我所担心的是白菜的"熊猫"。就我个人来说，"熊猫"是极难玩好的，特别是团战对分身时机的把握和操作那需要相当的技术。白菜和我们组队一直都是打跳刀切入的单人路英雄居多，"熊猫"这种反先手的他只在分区赛对阵环勇的无脑速推时候用过一次，可那场比赛他基本是个 free farm 的状态，说明不了问题。

不过今天强子发挥出色，压了中路 2 级，拿了对方一个人头。看来他的状态不错，可能是受到先前现场观众的鼓舞，也可能是受到了我那盆凉水的刺激。加上他打"祈求者"一直都有心得，强子春风得意地说："这中路我估计就圣堂此刻打得好，这祈求者打得还不如皮克有威胁。"

中路的良好发育，对战局的影响是极大的。因为中路一旦游起来能盘活全场，而我们的思路是让强子死游上路，把白菜的"熊猫"给养起来。成都队的稳定控制不多，主要依赖"跳刀""人马"的踩地板和大招提速，同时"狼人"的成型时间相对较长，所以我们限制住"人马"就成了关键。反正下路我们也打个七七八八，我觉得成都队的战术有问题，"狼人"前期在线上太不经打，不如放去打野，而拿一个清兵快的伪核来对抗"天辉"三人组，"狼人"抓个时机开大过来线上收割一轮，拿个把人头。

现在他们是把"狼人"放到线上来跟我们硬拼，照面就被猩猩"巫妖"的霜星技能消耗，而且"米拉娜"的箭一直都不太稳定，我在前期还升了一点寒冰之触，蛋蛋的"斯拉克"要是跳拉住对方，我直接一套三连上去，那对方别想走。

我们在人头上很快以10 : 3领先，白菜的"熊猫"叱咤风云地在团战中予取予求。我们荡平"夜魇"外塔，强子大吼一声："上高地！"在这句话过去的十几秒内，我们送出一波团灭。团灭的关键点在于大家太过自信的一字型冲高地，结果被"狼人"和"人马"从侧翼切割了进来。

此外团灭还意味着"肉山"复活盾的拱手相让，"狼人"的装备一下子拉近了，蛋蛋的"斯拉克"单挑它开始有点力不从心。其实团战时候有个开"BKB"进场的"狼人"真的很恶心，我们的物理dps理论上只有"斯拉克"一个，"狼人"压根不理他，只顾切我们后排的脆皮。还有很重要的一点是，蛋蛋由于前期太顺并没有选择出"BKB"。这让我们在团战里很尴尬，"祈求者"走的是冰雷系，每次都能吹起来三个，然后"人马"等你落地接晕，后手还跟着"祈求者"的磁暴，"戴泽"在来个大招，跟进的"狼人"就玩起了切水果游戏。

几次团战都打输，经济线被对方拉平，最关键的是对面已经起势了。从一开始的他们躲着不跟我们开团，到现在的我们躲着不跟他们开团，一念天堂，一念地狱。蛋蛋开始刷兵出"BKB"，可还是晚了，连白菜的"熊猫"也渐渐地在团战里站不住。在前期魅力四射的"小强"，现在也完全成了一个屎壳郎，成都队带着宝石和真眼，让强子只能远远地抽点蓝消耗一下。

大家脸色凝重，死守高地。可即便如此，也挡不住神装"狼人"的疯狂进攻，"人马"出了"龙心"简直就是块石头，团战里你打又不是，不打又不是，我们输掉了比赛，止步半决赛。

强子愤怒地将鼠标砸在桌子上，骂蛋蛋："你他妈怎么不早出 BKB？"蛋蛋没有说话，保持沉默。成都队的队员赛后过来和我们握手，我们一脸死寂地感受着他们身体沸腾的热量。主持人一直在解说席上哔哔，我却听不清楚他们在说什么，耳朵里都是嗡嗡声。

我们将在下午打重庆争夺第三名，这对于我们来说没有任何意义，任何的比赛都只有冠军才会是被人永远铭记的，其他一切名次都是浮云。中午除了猩猩和白菜这两个香协成员，我们都没胃口吃盒饭。猩猩安慰说："人是铁，饭是钢，不管结果如何，饭还是要吃的，呀，你的鸡腿还吃不？"

3.

半决赛，我们 2 : 0 轻松赢下重庆。打完我们坐在观众席上当起了观众，看成都队与上海队较量。同时我还看到了小傻，她和几个女队员坐在靠近上海队方阵的第一排。她穿着薄荷绿的薄纱连衣裙，长发齐腰，我的位置刚好能看到她的侧面，还是如先前那样美丽。

此刻我所有的心思都在小傻身上，大屏幕上的精彩比赛根本吸引不了我，现场的所有声浪仿佛都变得嘈杂，眼前的一切都变得灰白，只有小傻孤零零的薄荷绿带着清爽的微风独自飘动。她一直是最酷的那一个，不合群地坐在前排，与身后蜂拥躁动的人群反差鲜明。

上海队最终靠那个艺术家的出色发挥斩获冠军，艺术家举着奖杯拿着巨幅支票露出了屎黄色的门牙。其实对于我们来说并没有什么悲伤的落幕，往往悲伤都是对于那些经过了巨大的努力、顶着某种光环却又最终倒下的人们。我们充其量就是有点不太高兴，这种不高兴甚至没有什么由头，毕竟大家也都没有特别勤奋的训练，甚至过日子都过得不那么勤奋。

在所有的励志故事里，不努力者都是最大的反派。以前老师也常会提起说，你都这样了，还不努力，以后可怎么办啊。现在我依然不明白当初我到底怎样了，当时的我身体健康，能摸篮筐，吃饭能吃两碗，一夜能干七次。我一直也没有努力过，更没有去想以后的事，我觉得生活就是一张巨难的试卷，有人写得密密麻麻的，有人在交白卷，可能最终的结果都是 0 分，但老师却总是会表扬那个写满试卷的人，因为他们有态度，至于那些交白卷的，大不了就是有腔调。我就属于后者！

我看到那个长发的艺术家，走到了观众席，与小傻深情拥抱。我看到这样的场景，感觉自己正站在舞台的中间，在场的所有观众就是我的见证人，小傻考虑了几秒，从 T 台的顶侧走来，却走向了与我相反的方向，牵起了别人的手，在音乐中幸福地退场。

4.

这次大赛对于我们队中的某些人还是有收获的，比如蛋蛋和白菜，被一个上海的新兴职业战队相中，从比赛结束那天开始，他们就选择了留下。而我和强子还有猩猩则乘坐着动车返回杭州。

一路上强子都在抱怨，他觉得自己的人气那么高，为什么没有职业战队看中他。猩猩闭着眼睛也不知道是装睡还是真睡。

我看着眼前的两人感叹："到最后就还是咱们同寝室的在一起啊。"

"不，还少了一个。"

"你是说多多？"猩猩闭着眼睛插了一句。

"走！我们在这里下车去找多多。"我断然做出了这个奇葩的决定，更奇葩的是居然全票通过。这是我第一次在半途下车换乘北上，我们三人并排站在老旧的站台上，看着眼前的铁轨和碎石，身边稀散地走过一些旅客。有种老电影里英雄迟暮的苍凉，世界如此之大，我们三人迷失在煤城，多多的号码显然已经换了。

我和强子在大同的各大高档夜总会门前守了三天，唯一的收获就是强子被人当成要饭的施舍了他一百元钱。我们的脑海里浮现的都是过去多多开着跑车带我们飞驰在西湖边，两旁参天绿树，木香袭人。多多每次带回来的夜宵都有肉和啤酒；无论是强子住院还是猩猩受伤，多多总是会第一时间出现并垫付医药费。多多，你在哪里？我们现在如此怀念你！你却在一个我们看不到的地方独自潇洒，你知不知道我们多么想见到你，与你吃喝在一起，分享你的父亲带给你的财富。

我们在地图上绕了一大圈，还是回了杭州，回到三墩住处开门的一刹那，一种很浓烈的寂寞和委屈涌上来。猩猩站在客厅傻傻地看着白菜的地铺，强子靠在自己房间门口的门框上看着蛋蛋的钢丝床，我则躺在自己的碎花床单上望着天花板。我们三人用三种不同的发呆姿势思考人生，一周前我们从这里出发，带着一腔的热血，满满的雄心壮志。谁能想到去时五人，回来只剩下三个。说好的打一辈子dota呢？

5.

杭州的金秋是最美的，以前的十月我都会带小雯去植物园野餐，十月繁花似锦，小雯最喜欢的是紫色曼陀罗，她说紫色代表浪漫，我说紫色代表闷骚。我们各执一词地行走在草坪上，践踏着叫不出名字的星罗小花。

这个秋天，猩猩决定正式加入公考大军，他啃着面包跟我们分析："公务员铁饭碗啊，听说政府单位的食堂比学校的食堂还便宜啊，听说政府单位上班只要会看报纸就行了啊，听说政府单位的工作人员找老婆就跟叫小姐一样啊。"

这个秋天，强子的一个远房亲戚给他在杭州野生动物园找了个喂大象的差使，他在动物园附近租了个公寓，每个周末的时候会回来跟我们喝点酒，交流喂大象的心得。他说现在动物都不好伺候，这些日子，大象是越来越瘦，他是越来越胖。我们都怀疑他是否跟大象抢饲料吃，这样下去，总有一天他会在动物园里当动物。

至于我，则在杭州找了一个网络视频公司，负责文案和宣传。公司主要以dota2的比赛解说和视频制作为主，顺道还弄了淘宝卖点周边产品。公司在滨江区的一栋大厦里，包食宿，我与一个山东的小伙子同住一间寝室，有wifi和热水。

小伙叫王烨飞，留着一头长发，用牛筋扎了一个马尾，还留着胡子，好歹穿得还算干净，否则很容易被人误解为是拾荒者。我问过他为什么要搞这种造型，他解释说只是想看看自己到底是胡子长得快还是头发长得快。于是他剃了光头，刮了下巴，开始做这个需要时间的检验，目前看来，头发长得比较快。

我还记得第一次见到王烨飞时，他跟我打招呼的场景：

"你好，我叫王烨飞，来自德州，你知道德州吗？"

我点点头说："知道，你们那儿的扑克很有名。"

"你可能误会了，德州扑克不是我那儿的。"

"德州扑克不是你们德州的？那干吗叫德州扑克啊？"

王烨飞摸着脑袋说："我也不清楚，我们那都是斗地主的多。"

王烨飞在公司里是负责做视频的，也打 dota2，只是水平不高，却又喜欢打核心。他就是属于那种路人局里最令人生厌的选手。基本功一般般，抗压能力一般般，团战永远感觉自己一身神装身先士卒地冲在最前沿，甚至技能都来不及丢就被集火秒杀。被杀了几次开始刷兵刷野补装备，再也不参团。好容易出了点装备，一打团又是冲脸的走位被抢先秒掉，接着开始怪队友不给力，说自己的装备完全不落下风，是猪队友送得太多。

王烨飞有一个女朋友，是下沙某高校的大学生，每个周四晚上会过来。每次来时都会装一口袋的零食，两人卿卿我我地在床上看韩剧吃零食。吃完了就开始过夫妻生活，把我当空气。最开始的时候女方还有点难为情，觉得做那事有人在边上不太放得开。谁知道王烨飞直接把房间的灯打开，牛轰轰地说："怕什么，小帅是我兄弟。"

我只能摇摇头，觉得自己真的是落伍了，原来这个世界已经开放成这样，史上有过黑色星期四，而我这儿的星期四是黄色的。

6.

我决定回一趟家。自从学校肄业后，我一直在外面瞎混着，几乎不与父母联系。现在多少找了份工作，也算有个不被打的理由而能堂而皇之地回去探亲。

我妈烧了一大桌子的菜，我爸一脸严肃地坐在我的对面盯着面前的酒杯。

我倒了一杯酒对父亲说："爸，敬您老一杯。"

"你书不好好读，死哪去了？"父亲显然没原谅我。

"我现在在一家视频公司，过得挺好的，您就别担心了。"

"你这兔崽子，好好的大学不念，你知不知道你给我丢多大人？你还有脸回来？"

"行了，儿子不在你天天念叨，现在回来了，你又摆脸。"母亲过来打圆场。

母亲坐到我和父亲的中间，对我说："小帅啊，在杭州过得怎么样啊，要是辛苦就回家来，在家好歹还有个照应。"

"挺好的，你们不用担心。"

"找女朋友了吗？"

"找了。"

"哎呦，有机会带回来咱们见见啊，隔壁家的闺女今年都结婚了，生了个儿子，老可爱了。"

"哦。"我闷头吃菜。

吃完饭我去了卡萨布兰卡乡村酒吧，这是一家老酒吧，从我上初中那会就一直开着。老板是一个叫老鹰的中年人，中山大学毕业，玩过一段时间的乐队，是主唱。卡萨布兰卡的生意惨淡，不大的空间里，只有稀稀散散的几对快四十的男女在摇骰子。时不时还会有个妇女上来点首老歌，老鹰就笑容可掬地上去帮他们打爵士鼓伴奏。

妇女又要唱《爱的代价》，我走了过去拿起靠在角落的木吉他，老鹰看到了我，冲我一笑，关掉了歌曲的声音，开始不插电伴奏。我拨动着琴弦，他敲打着鼓面，在那妇女走到西伯利亚的调调中诠释着这首歌曲：

还记得年少时的梦吗……

像朵永远不凋零的花……

陪我经过那风吹雨打……

看世事无常……

看沧桑变化……

那些为爱所付出的代价……

是永远都难忘的啊……

所有真心的痴心的话……

永在我心中，虽然已没有他……

走吧，走吧，人总要学着自己长大……

　　妇女显然唱嗨了，灌下一大口啤酒说："这现场版的感觉太好了，我还要再唱十遍。"我差点没一吉他砸她脸上。老鹰上前安抚好客人，走过来递给我一支烟说："好久不见你来了。"

　　"你这还是老样子，不重新装修下吗？"

　　"装修得花钱啊，而且我这小，即便是装修好了，也招揽不来多少生意，不如维持现状还能搞点怀旧氛围，现在的年轻人都喜欢去嗨吧，不会来我这种地方。"

　　"我就觉得你这挺好的。"

　　老鹰笑着说："可这世界上只有一个你啊。"

　　出门的时候我抬头看了一眼卡萨布兰卡的招牌，还是那种九十年代末的霓虹灯管，有个别的部位已经开始忽明忽暗，一副要烧掉的前兆。这里承载了老鹰所有的青春，他说他年轻时候也有过音乐梦想，他说当时年少轻狂的他向往成为中国最牛的摇滚歌手。如今的他已经没有当年的长发，常年陪客人喝酒而营造的肚子成了最直接的风向标，他脸上写满了岁月的沧桑，他的发型是最土的三七分，他抽着我们这所有人都会抽的利群烟。

　　记得我读初中的时候，他只抽"骆驼牌"的，他说搞摇滚的就是要与众不同，连烟也要与众不同。那时候他唱 Beyond 的《海阔天空》和《再见理想》，潮流得一塌糊涂，他拿着电吉他在我面前一顿狂 solo，帅得此起彼伏。

　　如今一切青春不再，透过玻璃还能看到他正在给客人敬酒、分烟、敲鼓。每一槌下去都是青春破碎的声音。

又是一年冬季

1.

　　我和陈静约见了一次，在老街的一家咖啡馆。这家咖啡馆是一个中文说得特别好的英国帅哥开的。此帅哥来中国有七八个年头，周转了二十多个城市，了解了太多的风土人情，最终在我们这里落地生根，并且还找了个颇有气质的当地姑娘。

　　我喝着拿铁看着面前正捧着焦糖玛奇朵的陈静，这就是我青春期开始时候最爱的女人啊。现在的她已为人妻，脸上写满了婚后女人特有的焦虑。

　　"过得好吗？"我用了爱情电影里久别重逢最俗套的开场白。

　　"不算太好，挺没劲的。"陈静表现得很镇定。

　　"生活本来就没什么劲。"

　　"哦。"

　　"……"我突然找不到话题，只好假装若有所思地看着窗外的一点灯火来缓解断聊的尴尬。陈静估计也找不到什么话和我说，自顾喝着焦糖玛奇朵。我俩就这么默契地干坐着，互不打扰。

　　来之前我确实准备了很多话题，关于她和她的家庭，关于我们的曾经，关于那些年在学校的故事，还有这些年在我身边发生的一切。我甚至都觉得话题太多，很可能要下回分解。没想到真的相见，却是这样尴尬的场面，之前所有的准备都被一种奇怪的力量压在了胸口，闷得你喘不过气来。

　　"走吧，无聊透了。"陈静已经喝完了焦糖玛奇朵。

真眼：
在某个范围内能够探测隐身单位。有了高清摄像头，司机连安全带都不敢不系了。

"那走。"我也起身埋单。

我和我的初恋顺着青石小路穿过不知道哪个朝代留下的古城门，在那个朝代这就是我们最西的尽头，走出去就是一条还算宽的衢江。我和陈静走在江滨的河堤上，穿越一片茂盛的广场舞人群。广场舞这种新兴的"邪教"不知道是从什么时候兴起的，以前在这片空旷的河堤上都属于歌手的。那时这里有很多的小贩，摆上一台电视机，旁边配这一个质量很差的音响，音响上面搁着两个锈金色的麦克风，十元一首歌的这么唱。那时候江边最流行的歌手是庞龙和刀郎。我经常能听见有人破着喉咙在吼《两只蝴蝶》，音响不时还发出"嗞嗞"的噪声，远处听还以为是终结者裸体降临本市了。现在广场上再无歌手，有的只是成群的舞者，他们挥舞着四肢在凤凰传奇老师的作品里翩翩飞翔，脸上挂着幸福的笑容，一幅都是国家政策好的潜台词溢于言表。

我们走过小学，走过公园，走过电影院。陈静抬头说："还记得吗，这里原先是咱们的母校。"

我点头说："记得。"我们的母校现在已经变成了酒店，酒店正对着一家影城，在还有母校的时候，我们的母校经常会组织我们去看一些爱国主义的影片。酒店门前是一颗巨大的香樟树。这棵树以前在母校的升旗台左侧，是出名的情侣树，树干上被人用铅笔刀刻了很多个"正"，这些"正"表达了在此树下接吻的少年男女们的爱情刻度。

2.

回杭州后，就连续跟了几场 dota 大赛，我和王烨飞每天都忙成了狗。他说那些职业选手真舒服，每天就玩玩游戏，隔三差五地打个把比赛，平时拿工资，有比赛就拿奖金，哪怕就是以后退役了还能当教练，教练当不动了就当解说，边说边在淘宝上卖吃的、穿的。此外他还特指了咱们公司里的某些个解说一哥，说他每天就说那么几个小时，月收入居然过万，一点都不能体现按劳分配的原则。

我只是笑着没有说话，有的东西他不会懂，职业选手有职业选手的压力，站在顶端的只有那一小拨人，而大多数的人都是在他们的脚板底下捞饭吃。就比如蛋蛋和白菜，也比如曾经的我们。换作以前我也有和王烨飞一样的想法，觉得把玩 dota 当工作是件幸福的事情，毕竟自己花钱玩，和别人花钱让你玩是天壤之别的。

章杨来过我公司宿舍一次，给我带了点泡面和零食。她最近在考托福还是雅思，不管是什么，她要出国念书了。最近我们的联系很少，她和猩猩一样整天围着教材打转，我也不方便去打扰她，哪怕我十分不希望她出国。

章杨跟我说她报的是美国的一所大学，名字太长，我已经忘了。我只记得她抱着我说她只在外面读两年，然后就回国，区区两年，转眼间的事而已。

我并没有像那些爱情片里一样做一些让她感动到哭的事情去把她留下，在我们的青春爱情故事里，永远有这么一条定律，毕业了就分手，出国了就永别。我没有伟大到远赴太平洋的另一端去陪读，抱着吉他在美国某州的街头唱着华语歌曲，啃着热狗，住在一个体态臃肿的美国大婶的房间里。我终究属于这个用筷子的国度，每天用来安慰自己的不过是两年很短而已。

3.

十月我和强子参加了一次游行，最开始的时候我们以为是反日游行，或者说在我们的认知范畴里觉得在中国一切的游行都是针对日本的。我们总是对日本有着某种仇视传统，觉得他们曾经侵略过我们，犯下过不可磨灭的罪行，无论如何都要做点什么。

直到游行过半，我们才知道原来是一场爱狗协会反对狗肉节的游行，这就让我和强子很尴尬，因为我们最爱吃的就是狗肉。特别是强子，他属于典型的虚胖，每当冬天来临的时候他都会拉着我去城东的一家小狗肉馆吃花椒狗肉，他说就着狗肉喝点烧酒冬天就不会冷了。那里的老板是山东人，特豪爽，每次我们去都会送盘毛豆。

游行的队伍群情激愤，有几个热血分子开始掏出棒子打砸卖狗肉的饭馆，我们一直从城西砸到城东。我和强子看到那个豪爽的老板用身躯挡在热血愤青和他们的棍棒面前，激动地保护着自己的店。他并没有发现我们，但我和强子却无比愧疚，强子说："动物园里的动物也没有这么凶残的。"

"吃个狗肉太可怕了。"

"下辈子我宁愿做一条狗，至少在我遭受迫害的时候还能有这么多的正义人士出来为我打抱不平。"

最后我们被防暴警察冲毁，闹事的几个人被抓，其他人也作鸟兽散，我和强子躲在一家饭馆里喝小酒，发誓不再吃狗肉，原因倒不是因为我们对吃狗肉有什么愧疚，而是我们都打算下辈子当一条狗。

4.

这年冬天，杭州冷过往年，似乎杭州每年都会冷过上一年，当然也可能是我又老了一岁，抗寒能力持续走低。我开始晨跑，在冷天战胜被窝是件不容易的事，起初王烨飞也说要跟我一起晨跑，但他只坚持了一天就放弃了，准确地说他坚持了一分钟。这是他被冷空气击败的一分钟，他裹得像个粽子随我下楼，跑了总共七步，就站住了说："我还是回去睡觉吧。"

期间我们的宿舍还发生了一次事故，当事人是王烨飞和他的周四女友。那天晚上我正在河东路和猩猩还有强子吃生蚝。王烨飞当然是照常过夫妻生活，我们宿舍的床是如学生寝室的那种上下铺，王烨飞那孙子趁我不在，决定换到上铺丰富下性经验。也可能是觉得在上铺做爱视线好，有种会当凌绝顶的快感。很遗憾，不知道是床质量不好，还是王烨飞的爆发力太好，床塌了，周四女友从上面跌落到下面，全身四处骨折伴随轻微脑震荡。

出了这事，公司下了规定，严禁员工带家属在宿舍过夜。女方估计伤得不轻，她妈来公司闹过好几次，搞的领导只能解雇了王烨飞平息风波。记得王烨飞走的那天对我说的最后一句话是："得亏那天是我在上面，要是她在上面，估计躺医院的就是我了。"王烨飞被解雇后，视频制作的位置一直空缺着，也找不到合适的人选，公司高层颇为头疼。

次月新同事终于到达，是个长得难以让常人接受的男人婆。为此我提出了抗议，我找到人事部的人说："我不同意，公司就提供一间宿舍，你让我跟一个女的同住，很不安全。"

人事部的同事安慰说："没事，她那么丑，我相信你不会对她有兴趣的。"

"我的意思是我不太安全。"

"没事，你长得也不怎么样，我相信她也不会对你有兴趣的。"

"你这叫什么话！"我不太高兴。

人事部的同事继续说："王小帅，你就凑合先住一段时间，现在公司也有困难，要不是小王出那么档子事公司也不至于临阵换人。你也知道现在的人多难招，就这位我们还是开了 2500 元的工资才请来的，现在公司的业绩你也知道，给你们单独配个宿舍也不现实。这本来就是员工福利，你放眼杭州，有几家公司是包吃住的，坚持坚持，到时候有合适的人选再说嘛。"

不过此女确实也是个奇葩，从住进来的第一天她就给我打预防针，让我不要打她的主意，我只好说我喜欢男人。她盯着我看了许久，蹦出来一句话："死变态。"差点没把我气尿崩。

男人婆留着个寸头，耳朵上打了不下十个洞，皮肤黑的直追猩猩，眼睛小的直逼白菜，一脸全副武装的青春痘时刻提醒着她还算年轻。她是杭电毕业的，看来杭电无美女这话并非毫无根据。我们彼此都没有过自我介绍，我叫她男人婆，她叫我死变态。

男人婆的视频做得不错，比王烨飞好出不止一个档次，这没什么争议，毕竟王烨飞把很多做视频的时间都花在了做爱上。男人婆最喜欢的战队是 DK，她是 B 神的死忠，还说嫁人就要嫁 B 神这样的，能稳定输出。这话怎么听都很内涵，我靠在上铺看小说，听到她的这番话把鼻涕呛了出来。

我说："你还看比赛啊。"

"纠正一下，我只看有 DK 的比赛。"

"真看不出来啊，现在的女生喜欢 dota 的可不多，哦！忘了，你不是女的。"

"滚犊子，你个死变态，有种下来 solo 一盘。"

"嘿！"我这就不乐意了，居然还有人找我 solo，老子好歹也是打过全国赛的人，而且还是个不男不女的挑衅我。

"干来有什么意思，赌点什么吧。"我开始挖坑。

"赌什么你说。"

"就赌一顿大酒好了。"我看眼前这个女人身上也实在没有什么文章可以做。

我从上铺跳下来，背对着男人婆坐到自己的电脑前，打开dota2，创建房间。不一会儿男人婆进来，ID叫美丽可爱多。简直惨绝人寰的ID，所以说大家千万不要在游戏中碰到一个妹子就跪舔，各种小暧昧，送回城，送人头，送超神。这些妹子有很大的几率不是妹子，就算万幸给你碰上了一个真妹子，也可能是我身后的这种怪兽。所以大家不要被ID欺骗了，因为你碰上美丽可爱的几率太小，反而碰上它的反义词的几率很大。

我中路能拿得出手的英雄只有两个，一个是"恶魔巫师"，一个就是"宙斯"。我想了一下，觉得稳妥起见还是拿后者，我的考虑是女玩家只要会玩的，基本都强在补刀上，而压制和走位相对较差，这和性格有关系。那么选"宙斯"可以用闪电链不断地消耗她，然后找准机会用大闪电劈一道，几轮下来她就得回"泉水"补给，这样我就能在经济和等级上形成压制。

"天辉"和"夜魇"的小兵在河道相会，我看到男人婆的"影魔"雄赳赳地从上面的坡上走来，我暗自吃了一惊，心想："看不出来，这男人婆还会用影魔。"更让我想不到的是，她居然正补全收，并且反补了我3个兵。不愧是大B神的脑残粉，补刀好生犀利。

一来一去，反倒是我的等级被压了一级，而且这妖怪很猥琐地出了"魔棒"，我每一次闪电链都是在给她充能。她用信使运了"魔抗斗篷"后，开始上前来跟我硬拼，我用闪电劈，她用影压压，可"影魔"的平A效率远高于"宙斯"，而且双方的蓝耗也不在同一层级，我们的血量都见底，我觉得胜败就在此一举，这种情况谁先怂了回"泉水"，就别想起来了，而且对方是"影魔"，他的成长性比我好很多。"影魔"转身开始回撤，我大喜，要乘胜追击，这时他一口大"魔棒"吃下去，回头一个影压直接将我干翻在地。1：0……

等我复活出来，"影魔"已经"假腿""系带"在手，点得我生疼。我的中塔也被"夜魇"的小兵消耗掉了半血。我把键盘一丢说："你的英雄比较克我，这盘不算。"

"你还是不是男人？"男人婆嘲讽我。

"靠，不就是一顿酒嘛，多大点事啊，你说去哪儿？"我内心几万匹草泥马在奔腾，要不是杀人偿命，我特么往你酒里下毒你信不信！

"走吧，南山路。"男人婆无耻地想让我请她去酒吧一条街，那种地方随便杀你个千把块不成问题。

"什么南山路啊，哪喝我说了算！"

"好吧，算姐姐让你。"

5.

杭州的冬夜是我认为最恐怖的季节，每当我掀开门的那一刹，总是会在眼前浮现出雪踪万里的幻象，天地人和，一片死寂，冰风夹杂着雹子楞个砸到你脑门上，甚至能擦出血来。

这是我脑海里的场面，真实的场面就是一片安静的街道和看似温暖的昏黄路灯，风自然是有的，并不凌冽，隐约能在一些灌木叶上看到白霜。可这一切都是假象，杭州的冷就像你在零下时节穿着一件半干不湿的内衣，然后站在空调房里吹冷风，风小的甚至难以拨动你的发丝，可它却冰凉得真切。

我裹紧了羽绒服，站在公交站台上抽搐。男人婆穿了一件小西装，西装的里面是羊毛的格子衬衫，无所畏惧地挺立在我的旁边。我抖得像个跳蛋似地看着她，摇着头想："这货到底是什么做的，太 man 了。"

终于等来了公交车，我们费力地挤上已经快真空的车厢，我感觉呼吸困难。公交司机估计赶着回家生孩子，开得很快，每到一个十字路口，他都会急刹吃灯，由于我们站在车厢的最前方，我感觉整个车厢人群的重量都集中在了我身上，我十分害怕自己被挤扁在挡风玻璃上，用小刀都刮不下来。

我憋着嗓子说："靠，要是这车着火了可怎么办。"

一旁的司机师傅显然听见了我的话，没好气地说："老子跑车图个吉利，闭上你的乌鸦嘴。"

"你怕什么，有逃生锤。"男人婆用眼神指了指玻璃窗上的红色小锤。

"锤子那么小，砸得开吗？"

就在我思考逃生锤到底能不能砸开玻璃逃生的时候，突然车厢中间有人大吼一声："我擦，谁放屁了。"然后就是哐当一声，有人砸了玻璃。司机师傅连忙一个大脚，这个惯性差点没让人把我的肠子都挤出来。

师傅打开双跳灯，骂骂咧咧："脑子有病啊，砸我玻璃做什么？"

车内有人回应："有人放屁，我快中毒了。"

师傅说："屁是惰性气体，比空气重，你坚持一下就沉下去了。"

我目瞪口呆地说："这师傅不去搞化学真是浪费人才。"

几经波折终于抵达三墩，我给猩猩打了个电话，叫他下来喝酒。猩猩不乐意，说马上要公考了，现在正是最后的攻坚阶段，喝酒这种事还是以后再说。我只好改口说给他介绍女朋友，电话里我听到了扔书的声音，猩猩说他换身衣服就下来。

我到了三墩的一家小饭店坐下，以前我们常会来这里要两个小菜，然后喝几杯。这是三墩镇唯一的一家川菜馆，不过菜式却是杭帮菜，老板娘解释说以前他们的确是做川菜的，后来川菜厨子跑了，一时半会儿也找不到人接替，只好找了个本地厨子来挂羊头卖狗肉。不过我们本来也就不是冲着菜式来的，我们来这里的主要目的是看中其实惠。

我点了一盘螺丝、一盘毛豆、一盘花生米，外加三瓶啤酒。然后猩猩就到了，他屁股还没沾到凳子，就站起来跟我说："王小帅，你在戏耍我吗，说什么给我介绍女朋友，女朋友呢？"

"这不是坐着的嘛。"我指了指一旁的男人婆。

猩猩缓缓地坐下，愣了十秒，重新站了起来说："我还是回去做题吧。"

我一把拽住他说："来都来了，题留着明天做，你一天不做又不会死，陪兄弟喝点儿。"

男人婆一拍桌子说："两个男人喝点酒都那么磨叽，大冬天的喝什么啤的，老板，你这儿有没有白的？"

"有伊力特和四特酒。"老板娘招呼。

"来三瓶四特，高度的哈。"

我和猩猩愣在原地，我们还保持着刚才拉拽的姿势，我也站起来说："刘银水同学，你有没有什么不会的题目，我去辅导你一下。"

"有！有！有！"猩猩连忙打配合。

"都给老子坐下！"男人婆再次一拍桌子，吓得我和猩猩马上把屁股贴到凳子上去。

"死变态，叫我来喝酒的是你吧？地儿是你挑的对吧？这酒得我说了算，你叫帮手过来 1VS2 这局我接了，不喝完谁都别想走。"

"你他妈哪找来的母夜叉？有神经病吧。"猩猩在我耳边轻声嘀咕。

"我也不知道她这么猛啊！"

"瞎嘀咕什么呢，干了。"男人婆给我和猩猩各倒了一大杯四特高度，注意这可不是普通的白酒小盏，是那种喝绿茶的玻璃杯，一杯满的下去就是三两上下。

"这位大哥，呸，大姐，我们初次见面，无冤无仇，我就是来打酱油的，你有什么怨气就冲身边这位撒，我永远支持你。"猩猩谄媚地笑着说："嘿嘿嘿，我意思意思，助助兴，助助兴。"

"靠，瞧你那没出息的样子！"我打心眼里看不起猩猩，好歹我们两个大男人，被一个女人这么挑衅以后还要不要脸面出去混了。

我举起酒杯，看了一眼，立刻怂了，说："什么干不干的，先喝一口，嘿嘿，慢慢来嘛。"男人婆白了我一眼，端起来一饮而尽，然后直勾勾地看着我。

我无奈地说："不给活路啊！"

为了未来，干杯

1.

　　酒文化这东西在中国不知道传承了多少年。我也凑合喝了不少年的酒，啤的、白的，古今中外，没少尝。可是我始终无法感知其中的文化，这个所谓的文化游离在酒桌之上。企业有企业的酒文化，生意有生意场上的酒文化，哪怕就是到了朋友之间也有酒文化。

　　我对酒文化的理解就是不能我随意你干了，不能对方站着我坐着。反正一堆的规矩，喝个酒还得分出一二三等来，比如中间的对门靠窗的位置是给一等人坐的，这个位置一般坐三种人：第一种是最年长的人；第二种是领导；第三种是吃完埋单的。二等人主要负责酒桌的两侧，背靠两面墙，这些人主要负责劝酒和拍一等人的马屁，这群人里，卧虎藏龙，千杯不醉基本大隐于其中。三等人基本就背门而坐，经常会有服务员从你的后脑勺附近插进一盘菜来，一般这个等级都是战5渣，一上酒桌深似海，半天没一个屁放，主要工作是负责呼叫服务员、催菜和倒酒。

　　除此之外还有什么屁股抬一抬，酒必须喝完这样的规矩，言下之意就是说你要是站起来了那必须干杯。总之此类的门道多了去，五花八门，跟咱们的方言一样具有地域性。全国上下统一有个中华酒魂，然后到了各个地方，还有地方酒魂，你必须入乡随俗，不然酒桌上很可能就会吵起来，甚至打起来。

　　我的性格肯定是不好给人敬酒的，唯唯诺诺地端着酒杯，带着谄笑，说着屁话，然后仰头饮尽，对方用手掌向下压一压，舔一口

诡计之雾：
能让附近友军进入潜行状态，在遇上敌军英雄后将显形，抓人必备，缺点是商店数量有限。

酒，表扬你一下，这就是社会最真实的一面。你一套连招打过去消耗对方500点生命值，对方轻轻挠你一下，你就被秒了。

说到敬酒我还想起当年陪多多去看泌尿科的故事。多多继承了中国广大败家富二代"今朝有酒今朝醉，今朝有妞今朝睡"的光荣传统，终于有了难言之隐。去了医院挂了号，医生让多多验尿。多多憋了半天，除了挤出来俩屁，半滴尿也没出来，我对他说："你不能干挤，一会该挤出血来了，你要去喝点水。"

"有道理啊！我车里还有啤酒，这个来尿快。"于是多多跑出去买了两包茴香豆，自己坐在车里喝起小酒，车内音响放着伍佰的《突然的自我》：来来来，喝完这一杯还有下一杯……喝完下一杯还有三杯……

"有了，有了有了！"多多从车上跳了下来，一脸尿急的喜悦。他捂着下体风一样地冲进医院化验窗口，取了个塑料小杯直奔厕所而去，那速度快得连化验窗口的工作人员都以为有人来劫尿了，看来捂裆派的武功并非浪得虚名！

不一会儿，多多小心翼翼地端着满满一杯尿从厕所走出来，慢得像个患病的老妪，生怕把这难能可贵的鲜尿洒了。他将满杯鲜尿放到窗口的时候，工作人员看了一眼，没好气地说："你这是来验尿还是来敬酒，搞这么满！"

多多笑着说："多点验得准，验得准！"最终多多被查出尿路感染，挂了两天的抗生素，后因为眼拙错把洗液当口服液喝了，又挂了三天的生理盐水。也正是这一次的遭遇，让我明白了敬酒必须要满杯，要双手捧着，要小心翼翼的样子。

2.

我睁开眼睛，章杨在朦胧中逐渐呈现。我看到了悬挂在头顶的吊瓶，想坐起来身体却不听使唤，头像裂开般地疼。看来是酒精中毒了，我这么想，可能都昏迷了好几天，还可能经了数小时的紧张抢救，才把我从死亡线上拉回来。

"你醒了，别动。"章杨过来抓住我的手。

我咧嘴一笑，刚要说话，猩猩从外面走了进来，看到我就说："终于醒了，我还以为你会变成植物人。"

"人活一口气，跟我喝酒，老子宁丢命不丢脸。"我慷慨激昂地说。

"拉倒吧，你那杯酒又没喝。"猩猩一脸的不屑。

"怎么可能，我没喝怎么会躺在医院，而且我头疼，这就是酒精中毒的后遗症！"

"你头疼是因为你往死里赖酒，那疯婆子连干两杯，你也不肯喝，结果她拿酒瓶给你开了瓢，然后你就躺这里来了。"

"什么？"我连忙去摸头，结果摸到了纱布。

"我要杀了她！"我挣扎着要出院。

"行了，你差点被人杀了。"猩猩说。

"你当时在边上干什么吃的，不知道帮我报仇吗？"

"这种时候我必须要冷静啊，你想要是我找那疯婆子硬拼，万一被她double kill 不是更亏，还是打 120 救人要紧。我说这种人你都怎么认识的啊，我还没见过不喝酒直接上瓶子招呼脑袋的。"

"现在她人在何处？"

"干吗？你还想去 gank 她？"

"我起码得知道她有没有逍遥法外吧。"

"估计还在派出所里呢，你还是好好养着吧，下手够黑的，你都缝了 12 针。"

"是啊，好好休息吧。"章杨也在一旁劝。

我住院观察了快一周，期间猩猩来看过我几次，次次空手来，走的时候还顺我俩梨。强子来看过我一次，给买了个榴莲，后被猩猩吃掉半个。强子说动物园过来不方便，知道我没什么大事就好。章杨一般都是晚上 9 点后来，给我带点宵夜和饮料，然后陪我聊会儿天。她最近憔悴不少，本来学习压力就大，我让她没事不用往医院跑，可她坚持每天都来探望一次，风雨无阻。

单位人力资源的同事也来过一次，问了我事发当时的情况，通过这次我才知道这男人婆叫黄豆豆。你看还有没有天理，她这么黑居然叫黄豆豆，这么蠢萌的名字从她脑袋上显示出来简直毫无代入感，叫个白云、黑土的多贴切。

黑豆豆来自葫芦岛，我的知识面又只覆盖到葫芦娃，所以葫芦岛是个什么来路我不清楚。此事之后，公司又出了一项禁止员工饮酒的规矩，并且给予了我交通补助，让我每天回家睡。

3.

我又开始了与猩猩为伍的日子，每天六点从床上醒来，像僵尸一样地踱步到卫生间洗漱，顺便看一看镜中的自己跟昨天有没有什么不同。时间来得及就挤两个青春痘，有痘挤的岁月还是值得庆幸的，毕竟代表着青春。

下楼买点豆浆、煎饼去挤地铁，到了公司坐到自己的格子里，开始打开网页写稿子，看留言。不远处坐着黑豆，她坐在滚轮椅子上，一脚蹬到我面前，吓得我抓起煎饼就要自卫。

"那天的事，对不起，我喝大了。"

"喝大了也不能打人啊！"想起来都后怕。

"这是我上个月的工资，算给你的精神损失。"她拿出一沓人民币放在我面前，我看了看想，这他妈算什么，把我当小姐嫖呢。

"这是什么意思，你把我当什么了。"

"哦，你不要就不勉强了。"黑豆利索地把人民币放回了口袋里，像什么也没发生过一样，又一脚蹬了回去，我在心里抽了自己两万个嘴巴。

公司最近在做一个高校项目，我负责文案和宣传，第一站是杭州电子科技大学。公司的大方向是要把整个下沙大学城都做起来，以后可以搞成一个很强大的产业链，整合所有高校网络，接着搞联赛，再进行推广和视频直播。

对于我们这些刚从大学里走出来的人来说，换一种身份重回校园有许多难以言表的情怀，沿着校园里的林荫小道漫步，看着迎面而来朝气蓬勃的大学生，仿佛都是自己曾经的影子。想想现在的机会远比我们那时候多得多，以前没有什么电竞进校园，也没有什么民间选拔赛。记得我们唯一参加的一次全校比赛还是由学校几个人自发组织的一场不下不上的小型对抗赛，比赛用的电脑也都是买一部分，再由一些同学捐一部分，然后求爷爷告奶奶的去找校相关负责人落实租用体育馆。比赛没有奖金，只有荣誉，你拿了冠军也冲不出校门，只能独自在校内小范围地得瑟。那一届我们拿下了冠军，也正是那一届，让我们觉得自己实力尚可，当然不排除队内有的选手有更高层次的水平，总之那一届之后我们开始决定要往职业路上前进。

这次跟我一起做校园的是老张。老张算是我们公司的前辈，据说是和公司一起滚打上来的，今年三十五岁了，还打着光棍。用老张的话说是把自己最美好的青春都给了这个公司，不知不觉就把自己给耽误了。他还总是提起在创业初期有过一个姑娘，姑娘那个漂亮啊，总是梳着两根辫子，穿着红色的碎花连衣裙，裙是雪纺的裙，花是野菊花的花，绚丽多彩的颜色，就像夏日里的一阵空调风，令人浑身感到凉爽。

我自己脑补了一下这个姑娘的画面，真的土啊，红色的野菊花裙子，还是连体的，再配上那典型村姑的双马尾，实在令人难以接受。不过也可能这就是老张那个年代最流行的审美，毕竟每个人对美的定义是不同的。

这个老张口中的美丽姑娘跟老张好了足足三年，最后离开了他。老张说分手的关键可能是他性格的原因，这还是第一次有一个相对老的男人在我面前叨叨了一上午他性格的缺陷，期间还不忘蹭了我三支烟。我对老张的轶事毫无兴趣，他摸爬滚打这么多年，现在还租住在拱北小区旁边的农民房里，很简单但不整洁的一室一厅。关于房子，老张的出发点是要一步到位的，他说他只有一个目标就是靠近武林门的白马公寓，时至今日他还活动在离这个中心轴十几站公交车的范围外，就目前公司给他的待遇来看，老张估计能在九十岁的时候住进去，虽然听起来有些凄惨，但也算一个很牛×的案例了。毕竟像老张这样的中下等级打工者，要吃饭、抽烟，平时还有些酒水宵夜的花销，能在九十岁住进白马公寓已经相当了不起了。还有不少人就是活到一百九十岁都未必住得进去，到时候可能白马都修炼成八部天龙返回东海龙宫去了。

老张总跟我说，现在这个社会靠工资已经活不下去了，必须得有投资的观念，你以为那些住好房、开好车的都是拿工资的吗？不对，是投资的，钻国家金融的小空子。说完他从口袋里摸出一张双色球说，老子买了十年彩票这次一定中。

"我们还是筹划下这次 dota2 进校园的宣传怎么弄吧。"我已经快受不了这老家伙的絮叨了。

"我觉得首先要搞品牌效应，你知道什么是品牌效应吗？"

"不知道。"

"你看到一个勾会立刻想到什么？"

"屠夫！"

"换一个，别想游戏里的东西。"

"唔……有了，微博认证。"

"你就不能想到耐克？"

"哦，你这么一说我想到了。"

"对了，这就是品牌效应，所以我准备做一个dota2的logo标志，3D的那种，到时候往学校门口一摆，你说多大气，然后在旁边拉点横幅、海报，再摆点宣传资料，把dota2的这个红色大logo深深地刻在同学们的脑海里。"

"哦，可是我们的经费有限。"

"这个不用你操心，我来搞定，你把相关的文案写好。"

4.

写文案是件痛苦的事，因为我有很严重的拖延症，一般几千字的稿子，我会进行一个估算，而且我的估算很不科学，是以我的分钟打字速度来定义的。比如说我一秒钟能打一个字，那么我一分钟就是60个字，一小时就是3600字，从而得出完稿时间只要一小时。可原本截稿的时间是两天，两天啊！四十八个小时，除去我用以睡觉的十六个小时，还剩下三十二个小时，再减去写稿的一小时那就是三十一个小时！

所以这样的计算方法，也造就了我能拖就拖，拖不下去就算了的作风，到时候交不了差，我就说电脑坏了，老丢数据，公司于是又会多给我几天的期限用来扼杀我申请换电脑的念头。

猩猩这些天都霸占我的电脑研究岗位，他的理想单位是监狱系统，因为那里待遇不错，最主要是不用动脑子，只要会溜达就行了，上班时间无非是从这个监区溜达到另一个监区。

我说你就不怕犯人越狱吗？猩猩说怎么可能呢，就算你跑出去又能怎么样？你没身份证那外面才是真正的地狱，再说了中国犯人都很老实的，没有逃

跑意识。

我说，万一碰上斯科菲尔德（《越狱》男主角）那样的怎么办？猩猩冷笑一声说，我们这儿的下水道只有老鼠才钻得进去。

当然猩猩还有第二选择，综合执法局，也就是城管。猩猩说城管虽然口碑是差了点，不过战斗力强悍啊。这个就跟加入黑社会一样，黑社会口碑够差吧？可老百姓见了你就是服服帖帖的，这是一种势力的体现。当然城管和黑社会有着本质的不同，黑社会是恶势力，而城管的势力就不恶，非但不恶，还很阳光的说。黑社会靠老大罩着，城管靠"让城市更美好"罩着，不一样！

除此之外猩猩还跟我说了一堆关于报名技巧的东西，并纠正了我觉得公考有黑幕的错误理论，他说公务员是公平正义的，都是凭自己本事一个答案一个答案考出来的，透明度极高，不存在什么权利的左右。若真如他所言，倒是一场悲剧，每年那么庞大的人才靠着真本事冲进了一个又一个不需要什么真本事的岗位，真是资源的一种极大浪费。

5.

老张不知道从哪里弄来一个 2 米×2 米的巨型 dota2 logo 模型，用的是 PVC 的材质，老张说这是为了雨天考虑的，用泡沫是节约成本，可万一下雨，那就全毁了。我们站在巨大的 3D logo 面前，开始欣赏，老张满意之情溢于言表，他点着脑袋自言自语："真是件艺术瑰宝。"

logo 也引来了不少杭电的同学驻足围观，人群中有玩家也有非玩家。玩家自然特别亲切，一个个激动得跟见了野爹似的跑过来与 logo 合影，看得出他们一定怀揣着和我当年一样的梦想，想要在比赛中证明自己是最强者，起码是这所大学里的最强者。

这会儿有一对穿得特别韩流的女生走到老张的作品前，站定看了一会儿，其中一个长发带着贝雷小绒帽的开口说："这是什么活动啊？怎么摆了个生殖器在这里。"

这话被老张听到，不乐意了，他走过去辩解说："什么眼神啊，哪像生殖器了。"

"怎么不像？"小绒帽走近 logo 比划着说："你看中间这么一根长长的，旁边还有两个圆圆的，还有怎么能配红色呢，看起来好血腥。"

"说不定这个发炎了呗。"小绒帽旁边的米风衣女孩子的回复亮瞎我们的狗眼。

"这是 dota2 的 logo！你们这些姑娘怎么不知道羞耻，一口一个生殖器的。"

"哦，好奇怪的 logo。"小绒帽和米风衣手挽手走了，留下老张一个人在初冬的冷空气里冒烟。

我走上去递给他一支烟，安慰说："女孩子的世界都是现象级的，你跟她们置什么气啊，再说我们的目标群体也不是她们嘛。"

"你说现在的姑娘满脑子都是什么玩意儿啊。"

"只能说明现在的姑娘见多识广。"

老张狠狠地吸了口烟，没有再说什么，我觉得这也怪不得那俩小妹，不知者无罪，这种错误谁还没犯过几次。以前小时候家里来客人，妈妈让我喊人，当时小，人脸辨识能力有限，加上来客英年谢顶，满脸褶子，我就脱口而出："爷爷好。"结果被我妈拉进屋一顿狠打，边打边说："不长眼啊，人家才三十出头，你叫人爷爷。"后来我才知道这个"爷爷"是我妈妈单位新调来的领导，也导致我在后来很长一段时间里见长辈都叫哥哥，实在看到老的不像话了的才改口叫叔叔，爷爷从此死在了我的词库里。

不过好在这次推广的效果不错，报名战队超过了三十个，老张看着眼前的一片盛况略感安慰地说："年轻人就是有朝气啊。"为此他还特意掏钱请我到杭电附近的小饭店点了几个菜，要了两瓶酒，举起杯子说："为了我们垄断杭州大学城的电竞产业，干杯。"我在老张的眼睛里看到了提成的光芒，他又朝白马公寓迈出了坚实的一步。

这段忙碌的日子里，我几乎都蹲在杭电，吃那里还算不错的食堂餐，看着那些像极了自己过去的同学们，虽然没有发现哪怕半个让人心动的美女，可我觉得这个冬天是暖的，这种暖只有在大学校园里才会有。我认为生活也就该如此了，如果可以，我愿意永远待在学校里，与这群纯粹的人打着交道，大家关心的都是补刀和对线，会因为女友的一个微信而烦恼，也会因为室友的一次滑

倒而大笑。这里没有繁复的人际关系，没有利益纠葛，没有马屁和谄媚，有的就是那种最最原始的无聊，而这种无聊已经离我很久。

在我享受其中的时候，小雯的一通电话将所有的平静统统击碎。小雯怀孕了，她说想见我。我脑子里全是言情剧的备胎情节：女孩哭得跟个傻×样的跟男孩说，××就是个禽兽，现在我有了，他居然不负责任。男孩更傻×地一把抱住女孩说，没关系，把孩子生下来，我养。女孩说，不行，我要做掉这个孩子。男孩傻傻地看着女孩，一脸的心疼，流淌着真爱的泪水说，这样对你伤害太大了。女孩便会立刻转移话题说，你还会爱我吗？男孩就说，我会永远爱你，永远，不再让别人欺负你。然后一个伪傻×和一个真傻×就紧紧拥抱在一起，接着场景就切换到了医院的病床，女孩躺在上面噙着泪喝着男孩喂过来的鸡汤，爱情泛滥得能发电，这才是真正意义上的心灵鸡汤！

我不敢继续想下去，我害怕故事剧情会真的按照这个逻辑发展下去，因为小雯在电话里也哭得撕心裂肺，她说想立刻见到我。而我却有些后怕，因为我就是一个特别心软的人，对女孩的眼泪没有抗体，我怕真的见面后，自己会成为那个幻想里的傻×男主，成为一个不计前嫌的备胎。

离别

1.

　　见到小雯后我才知道她已经从三墩镇搬走有一段时间了。说来更巧，她现在的住处就是老张梦寐以求的白马公寓，只不过是租的。也许我和小雯算不上什么重逢，我们的时间跨度都够不上久别。双方都以为彼此还在以从前那个模式和规律继续生活，我认为小雯还住在离我不远的小出租房里，小雯也认为我还和一群不要干净的人窝在原地。期间我们双方都发生了一些事，可能大家却又觉得相互挺好的，也许这就是陌生的惯性吧。

　　小雯憔悴地坐在沙发上，房间是女人们普遍喜欢的欧式装修风格，连茶几上的杯具都镶着金边和小花。我给小雯倒了杯水，在她身旁坐下，不知从哪里开始安慰，也许是因为我的到来，再次刺激了小雯的泪腺分泌，她又开始哭。

　　"你打算怎么办？"我问她。

　　"还能怎么办，打掉呗。"

　　"哦。"和我想的不谋而合，似乎现在除了打胎也没什么其他办法，总不能让小雯把孩子生下来。我看着哭泣的小雯想，时间过得真快啊，以前听说出事都是谁和谁打架，现在听说的出事却是关于谁为谁打胎。

　　"你陪我去吧。"在我犹豫不决的时候，小雯又补了一句："费用他会出。"

　　"哦！"我心里的一块石头落了地。来的时候我想了很多义愤填膺的话，都是关于男人不负责任，猪狗不如之类，真见到了却怎么也开不了口。现在坐在我面前的是我的初恋女友，我陪着她走过了快大半个最美好的青春，从清纯走到妖娆，都说女人如花，

猩猩的脚：
大规模杀伤性武器，四季无休的汗脚，占座神器，能熏死方圆百里的晨练老人。

从含苞到绽放再到凋谢，光阴很短，但是正值当时却是美的。那时候在大学里很多人都会有意无意地说到自己的理想，我听过很多毕业前的憧憬。比如我们的班长他的理想就是留校，找机会混入学校的党政系统，说不定哪天就当上校长了，如果仕途运再好点说不定还能当上教育局的局长。比如王静佳，她的理想是当一名白领，朝九晚五，有年休假，有下午茶，工作时还能时不时地卖弄两句英文。

小雯那时候的理想就是找份对口的工作，让自己生活得好些。而我当时没有理想，确切地说我现在也没有理想。但是那时候的小雯一身的正义感，她反对作弊，喜欢小动物，自强不息，与一切不良风气为敌，哦，当然还包括dota。

可现在小雯只是个眼睛哭红的普通女孩，留着普通女孩的泪，甚至流着普通女孩的血，她附庸风雅，崇拜虚荣。当然我觉得一个姑娘物质，并不代表她本性就不好，这世界上没有人会和钱过不去。那些成天骂有钱人没什么了不起的人才真的没什么了不起，这个世界本来就不是有钱人的世界，但更不是没钱人的世界。说白了就像我们打dota，我就2000分的水平，可偏偏有大神愿意把他长满卷毛的粗腿送给我抱，硬生生地让我盘盘站泉水上到5000分，这就叫2000分的水平、5000分的命，没办法的事。

回头往后看去，班长现在还不是在教办里打杂？王静佳现在遇人的第一句话就问对方知不知道安利。而我，不还是没有人生目标？世界是很现实的，你叫得再凶它也不怵你，就算你有毁灭地球的本事，也会有蜘蛛侠或者蝙蝠侠来阻止你，所以洗洗睡吧，有多少人连爱都没做过，就别做梦了。

2.

我从来没有进过手术室，我站在手术室门外，看着坐在对开门里长凳上等候手术的小雯，内心冰凉。长凳上坐满了人，清一色的姑娘，都是来做人流的，全部面色凝重。小雯进去的时候回头看了我一眼，挤出一个惨白的笑，笑得我肝颤。我此刻的心情是复杂的，满脑子都是小雯最阳光时候的样子，与刹那的她反差巨大。

　　打胎对女人来说伤害是巨大的，身体上的暂且不说，精神上的更为严重，而且还落不下好口碑。一个女人从一而终因为一次意外怀孕，也会被人说的不干不净，到处都是"那谁谁打过胎"的流言蜚语。同理，一个女人哪怕换了十几个男朋友，但是严格注意避孕，照样小女神当得妥妥的。

　　我六神无主地等了不知多久，小雯被护士从里面推了出来，面色惨白如冬雪，她麻药劲儿还没过，无法动弹，径直被推进了手术室旁边的一个小休息间内。休息间很小，只摆着一张床，小雯躺在上面，看着天花板，没说半句话。

　　"你想不想吃点什么？"小雯摇了摇头。

　　"那你喝水吧。"小雯还是摇摇头。我不忍地攥着她的手，凉得像从太平间刚拉出来似的。小雯休息了一会儿，又有一个姑娘被推了出来，也是跟植物人差不多的状态，看着令人心酸。护士让小雯挪位，说是麻药差不多了，可以走动走动。我扶着小雯从医院电梯下来，叫了出租车回家。一路上小雯始终靠在我的肩膀上保持沉默，我也不知道要说些什么，一路无言的送到白马公寓。

　　小雯上床就睡着了，我跑回公司赶稿子，自从上次电科大的突破口被打开后，老张一副要飞黄腾达的势头，相继把工程学院和传媒的校门挨个敲开。我也越来越忙，所有的前期工作都是我来负责，本来很多活儿都该是老张来干，可这老江湖总是摆出一副过来人的姿态对我谆谆教诲，拿出年轻人需要多学习的借口来晃点我。他除了盯着自己找人做的那几个立体 logo 孤芳自赏就是拿计算器算账，开始入驻白马公寓的倒计时。他总是会自言自语地鼓励自己说，离住进白马公寓还剩八十五年了，想想都有点小激动呢。

　　我每天都准时会到小雯住处去探望一眼，给她带点粥和水果。这时是杭州一年最冷的月份，外面的一切都冻得快要裂开。猩猩以第二名的身份进入了面试，章杨的成绩也出来了，分数很高。似乎大家都在向着美好的未来大踏步地前进，蛋蛋加入了一个新的战队，在队中打 1 号位，并一举拿下了某全国大赛的冠军。白菜已经销声匿迹，或许他从来都是我们故事里的过客，像他这样的角色就该不经意地出现，又不经意地不出现，没有人会刻意去记住他。

　　对我来说也许唯一算得上振奋人心的就是强子被动物园开除吧。我并非盼着人不好，只是我感觉大家似乎都特别好，独剩下自己混得不好太孤独，现在终于有强子来陪我，心里多少有个安慰。强子是因为帮动物园里的羚羊配种的

时候没注意春药的计量，量给大了，导致发情……应该说是发疯的羚羊冲出了笼子把放养在外一山的猴子给强奸了个遍，造成了猴群三死十二伤的动物界惨案。要不是那头公羚羊奸休克了估计伤亡数字还要翻上一番。

3.

强子失业后开始在家里打 dota，脾气还很大，已经砸坏了两个鼠标，我只能劝他去网吧玩，毕竟那里的鼠标多，一下砸不完。强子喝着二锅头说："你说我们当初几个人出来打职业，为什么只有蛋蛋那小鬼成功了，你说，成功的为什么不是我，我不觉得自己打得比蛋蛋差。"

"可能，是你的运气不好。"我不假思索地用这个万能安慰法则来搪塞。反正运气这东西，进可攻退可守，你碰上好事，你可以说运气真好；好事遇上不幸，你也可以说运气真差。总之地球人都是相信运气的，同样是一个西瓜，5块钱一斤，别人就能卖出去，你就卖不出去，这就是运气不行？跟自己长得丑没关系？跟自己嘴不利索也没关系？世间一切的怀才不遇都怪伯乐太少！

"就是运气不好！"强子肯定了我的观点。

"为什么我的运气这么不好呢？"强子接着又出了一个让我无法解答的难题。

"说不定过一阵儿你就时来运转了呢？"

强子没有再说什么，继续喝酒打 dota。一个星期后他的运气真的来了，他中奖了，我不懂彩票，其实强子也不懂，那天他本来想去买酒的，刚好路过一个福彩点，兜里又剩下十块钱，索性让老板给机选了个号，结果就鬼使神差地中了，奖金 20 万。

中奖后强子底气瞬间足了许多，整天开始琢磨如何投资。这让我想起了老张当时对我说的一番话："现在这个社会靠工资已经活不下去了，必须得有投资的观念，你以为那些住好房、开好车的都是拿工资的吗？不对，是投资的，钻国家金融的小空子。"当然老张口中的投资是买彩票，而强子最终却选择了股票。

对于股票我是陌生的，一想到炒股，我满脑子都是跳楼的场景。天台上密密麻麻地站满了人，排着队一个个地往下跳，队伍实在太长，没轮到的跳友们有的围坐在一起斗地主，有的趁着生命最后的时光赶紧吹一下牛，死也要死得有面子点。

但强子不这么认为，他说炒股能有多难，归根结底四个字高抛低吸。他的逻辑像极了我初中时一个伪球迷的同学，他最经典的语录就是："二班的守门员真傻，球明明往右边飞，他还往左扑！"

还记得那时候我们一学校的 10 号，在当时我们只认为球场上 10 号才是最厉害的。所以往往一比起赛来，基本都是一溜儿的 10 号，站在一排跟一串十进制编码似的。反正自打强子入市后，蹲坑都捧着我的笔记本电脑。

4.

环勇回了上海，临行前把他的限量版微软鼠标送给了我，他说自己不会再玩 dota 了，我说我也不太玩了。他笑着说："拿着吧，说起来我还是你的启蒙老师呢，谁能想到咱们从 dota1 斗到 dota2，当过队友也做过对手，也算是缘分吧，留个纪念。"

我连忙拿出自己的机械键盘回赠与他说："互相留个纪念吧。"这也许是我做得最错的一件事，因为那孙子送我的鼠标是坏的。

猩猩最终当上了城管，庆祝的时候他拍着胸脯让我们以后有什么事就来找他，说得好像我们一准要混成摊贩子。不过说实话在杭州当个小公务员过过日子还是有的，有句俗话叫"当上了公务员就等于找到了老婆"。猩猩生平最豪爽地付了一次账，还跟我们说以后可能经常要公款吃喝，没有什么机会自己付账了，所以这次他请了，就当不给自己留下什么遗憾吧。

吃完饭我牵着章杨的手走在东坡路上。"陪我去逛逛西湖吧。"章杨说。我点点头，我们顺着人行道往断桥的方向走。断桥应该是西湖最出名的一处景点，一来是这里曾经上演了许仙和白娘子那经典的相会，二来是很多人会把鹊桥和断桥弄混。断桥还有个关于断桥残雪的桥段，其实断桥好多年没有过残雪了，杭州有些年头没下过上规模的雪了，大多是给点面子的意思意思，雪还没来得及制造意境就自己化了。而且一旦杭州飘起雪花，就会有无数的人拿起相

机冲向断桥，即便是有残留下来的雪景也被他们的体温蒸发完了，反正我是没看到过，好歹在杭州也有些日子了，传说没少听，绝大多数都没眼见为实过。

冬天的西湖边没有那么热闹，散步的人也不多，湖风送凉惹人寒，除了一些地球爆炸都扯不开的情侣坐在石凳上旁若无人地接吻，就是摄影爱好者拿着单反在创造作品。

"下个月我就要去美国了，那里没有西湖。"章杨的话伴随着白色的气体在空中消逝。

"美国有密西根湖，比这大。"

"王小帅，我出国前你能为我写首歌吗？像当初唱给小雯那样唱给我听。"章杨说这句话的时候眼睛木然地看着前方灯火阑珊的宝石山，我则盯着她的侧脸，不知道说什么。我已经太久没有摸琴，而且前后经历了太多事，我觉得自己身体里的一些东西早就被挥发完了，我即便是写，又能写出什么玩意儿来呢，估计连无病呻吟的呻吟都够不上。

"看来我这个愿望有点苛刻。"我缓过神来看到章杨正微笑着盯着我。

"不……不会，只是好久没玩过音乐了，怕写得不好。"我敷衍说。

"那你能陪我去黄山看日出吗？"

"可我得上班啊。"我脱口而出。

"我们回去吧，我有点冷。"章杨搀住我胳膊笑着说。

送完章杨，我顺道去看了一眼小雯，她现在的作息很规律，白天上班，晚上自己回家做饭，收拾屋子，看点网上流行的电视剧，到点睡觉。她给我冲了杯咖啡讲述流产后的生活，我一字不落地听着。她说这样有节奏的日子挺舒心的，感觉世界很静。小雯喜欢温馨的暖色光，所以她住的地方永远都会有散发米黄色光线的灯。她读大学的时候送过我一个台灯，就是这个颜色，我觉得暗，她说你知道个屁，这是温馨的光。她称之为幸福之光！

幸福之光下的小雯看起来并不幸福，我总感觉她是把自己藏在了壳里，与世隔绝，把一切生活的精彩都简单粗暴地浓缩掉，从而变成了"生活就是那么一回事"这几个字。多么可怕！她变成了和我一样的人。这要在以前是无法想象的，在世界观上我们永远都站在两个相对的战壕里，我朝她丢个手榴弹过去，她朝我这儿扫一梭子。

5.

　　冬天很快过去，又是一年新年，又是一年春天，春天对我来说并没有什么积极的意义，这个季节总是带来很多的流感病菌和雨水，还有不好的消息。章杨出国了，走时她把她生日那天我不肯收下的吉他托快递寄给了我，她走的无声无息，只留下了这一把吉他和一条微信，微信并没有长篇大论，只是说："我去美国了，你要保重，吉他我留下来给你，不知道还有没有机会听到你写给我的歌。"

　　春天在我的惆怅和思念中比冬天更快地过去，我开始多愁善感起来，和强子两个人整天除了叙旧就是酗酒。我酗酒的原因是我都他妈 26 岁了，这都过的什么日子啊！强子酗酒的原因是他股市账户里还剩两万六了，这日子没法过了！

　　猩猩来看过我们一次，我们宿醉归来，居然连房门也没关，猩猩很轻松地就走了进来，看到躺在地上的强子和躺在强子身上的我，以及我们身边成堆的生活垃圾。猩猩眼眶湿润地说到："看到这场面，就让我想起了以前我们的寝室！"

　　这年夏天巴西世界杯拯救了我们了无希望的生活。强子把股市里的钱都拿了出来去买球，你永远想不到强子能在一个世界杯期间赚到十多万。他是每场都买，并且每场都中，我特别好奇，觉得这简直就是神预测，我问他是怎么做到的？强子笑着打开微信圈跟我说："你看，我这个初中同学，他六岁的时候不小心掉到了水沟里，费了好大劲从里面爬上来又被辆路过的自行车给撞破了头，送到医院的路上出租车又抛锚了，他只能自己捂着头去路口拦车，拦了一下午也没一辆车肯拉他，结果你猜怎么着？"

　　"怎么着？"我对这故事充满好奇。

　　"他回家吃晚饭去了。"

　　"这……你说这个故事是为了告诉我，生活总是有很多的不尽如人意，充满了事故，要以平和的心态去面对它，就像你那个同学一样，遭受了这么多的打击，还是很够淡定地回家吃晚饭一样，是吧？"

"当然不是啊！我的意思是说这孙子从小倒霉催的，喏……你看世界杯他每场都在朋友圈预测，我就跟他反着买。其实开始我也就是觉得好玩，谁知道这家伙的光环这么强，一路让我买到决赛都不带输的。"

强子买球赢了钱第一件事就是去延安路逛街，给自己置办身行头。他说赢钱就要有赢钱的样子，必须要一身新裳，这样才有朝气，有了朝气就能财源广进。他还说要买大色彩的，有品牌的，凸显旺财，有个成语叫什么来着？对，大红大紫。我跟着强子在延安路的各大专卖店兜了一整天，没有买到一件合身的。

强子愤愤然地说："现在的专卖店是怎么搞的，都卖些紧身衣！"我不好意思反驳他的观点，只好建议去外贸店看看。果然外贸服饰才是胖子们的天堂，强子挑选了两件红色的大 T 恤，穿起来就像一个巨大的西红柿。他对着长方形的镜子，看着镜子中三分之一的自己，啧啧点头说："好看！"

强子赢钱后开始重新规划自己的人生，他对我说："小帅啊，你也是时候规划一下自己的未来了，你看看你，整天都瞎忙，那种公司有什么意思，这个世界上只有钱才是王道啊。"

"这么说你已经有规划了咯？"

"那是当然，我想好了，我要重新杀回股市。"

"你还没输够啊？还回？"

"那是以前，现在不同了啊，我现在有顾问啊。"

"顾问？什么顾问？"

"就是我那个倒霉催的同学啊，我以后就买那种紧跟大盘形势的股票，然后问我那同学看涨还是看跌，他说涨我就抛，他说跌我就吃，多稳。"

"不懂，你自己好自为之吧。"我总是觉得中国的股市水深。我有个叔叔也炒股，他最喜欢做的事就是数钱，而且数得很突然，比如他跟你聊的好好的，会突然从口袋里抓出一把人民币边数边聊，目的很简单，为了显摆。后来记得有一年股市全线飘绿，我这爱数钱的叔叔就再也没有出现过。反正我已经十几年没看到他了，也不知道他现在在哪里数钱玩呢。

"你也好自为之吧！"强子掸了掸新衣服上的灰。

我们眼中的 TI4

1.

其实世界就是一个巨大的故事，我们都是其中形形色色的人物，都向往着出彩，当然只是个向往罢了，绝大多数甚至够不上这个故事里的甲乙丙丁。但我们都在改变，随着情节改变，变得悄无声息，偷偷摸摸。

我就突然感觉自己没办法去接受生活带来的改变了，看着小雯的时候我会想这是小雯吗？看着猩猩威风凛凛的样子我会想，这是猩猩吗？看着强子端着我的电脑研究股市的时候，我会想这是强子吗？总之我现在看到很多曾经认识的人都会有这是谁的尾巴露出来。

更可怕的是我像当初厌倦学习那样的厌倦工作。我觉得现在的工作很无聊，每天就是写各种各样的稿子，什么新闻稿、娱乐稿甚至是八卦的稿子，并且时不时还要写一些战报。现在 TI4 小组赛开打，我简直忙成了狗，每天都要熬夜看比赛，然后熬夜写战报，第二天还要更新赛况。更不人道的是，公司领导还要两条腿走路，一条是高端大气的 TI4 路线，一条是亲民的高校联赛路线。两条线路都由我一个人负责，因为公司里负责文字工作的就我一个，他们不用选，老子没的选。

世界上有一种动物每天只需要两到四小时的睡眠就能满足它一天的劳作需求，知道是什么动物吗？告诉你们，是狗！很多养狗人士不信，会说："放屁，俺们家的狗天天吃了就睡，睡醒了就吃，生活习惯跟猪一样。"可我说的这条狗的品种特别，此狗盛产于中原，全名"加班狗"。

三墩镇：

读书那会算是比较偏远的片区，近年杭州发展太快，那里也是商业楼遍布，把以前那种龙蛇混杂的腔调都给丢了，另人"痛心疾首"。文中所有关于三墩的描写也算是对过去的一种缅怀吧。

作为一名资深的加班狗，我的烟瘾已经从一天半包到达了一天一包半。公司唯一给予的福利就是我能够不用来公司，只需要把写好的稿子发电邮给相关接头人即可，当然必须得准时。我的电脑更是得到了空前高效的利用，白天归强子，晚上归我。而我也养成了股市开盘我睡觉、股市收盘我醒来的作息习惯。

记得以前在网上看到过这么一句话："每当清晨你睁开双眼，世界从朦胧逐渐清晰的短暂瞬间里，有一个美丽的身影在光晕的中间呈现出来，那便是一种幸福。诚然你人生中每一次清晨的睁眼，都能在最近距离看到你爱的人的脸，而她也正看着你，这便是一种幸福感。"

可我每次睁眼看到的都是穿着红色背心的花景强，他背对着我，抖着腿，抽着我的烟，盯着我的电脑，关注他的股票。

"我说你怎么能穿红色的背心呢，跟一番茄似的。"我带着一身的起床气去找人茬。

"关你屁事，起床吃晚饭去。"

自从强子在青春末年遇到了生命里的贵人后，我们的生活水平直线上升，以前我们都与泡面为伍，现在我们的晚餐基本上是三菜一汤。强子在吃饭的时候突然说："我要成为中国的巴菲特。"

我摇摇头说："你虽然有体重，但是你身高不够啊，成不了职业球员，别瞎闹。"

强子愣了五秒骂到："我是成为中国的巴菲特，不是成为中国的巴特尔！你知识面还能再窄点？"

"你的梦想不是拿下未来某届 TI 大赛的冠军吗？"

"我想过了，现在做什么不是为了钱，拿个冠军能赢几百万，我炒股也能赢几百万，终点是一样的。"

"可是 TI 冠军不光有钱啊，还有荣誉。"

"拉倒吧，这年头有钱就有荣誉。"

"你真世俗。"我又盛了一碗丝瓜汤，独自喝起来。

"我世俗？你把老子的汤给我放下！"

"你觉得这次 TI4 哪支战队能夺冠啊？"我连忙转移话题。

"DK 吧，有 B 神在都稳。"

"稳现在可不是主流，你忘了我们的老对手环勇了吗？"

"这能一样吗？环勇能和 B 神相提并论咯？ TI4 这种大赛就需要稳的，稳能出成绩。"

"那你给我分析一下 DK 的战术思路呗！"强子立刻打开了话匣子，从 ban、pick 说到了团战节奏和战术定位。他以前最喜欢的战队是 EH，后来是 IG，现在是 DK。反正每个战队都代表一个时代，他喜欢这种具有代表意义的东西，比如 02 年的巴西队和不可战胜的林丹。

我趁着强子滔滔不绝的机会，将面前的丝瓜汤扫平，然后一抹嘴说："你真世俗！"

2.

仔细想想原来我也曾有过很多小梦，我最早的梦可能要追溯到小学。那时候我想当一名解放军，扛着枪笔挺地矗立在祖国的边疆，身旁的景色一片壮美，斑斓无比的山川，清澈湛蓝的天空。夕阳的光辉将我的身姿变成影像深黑，神秘且富有情怀，我就这么极具抽象地定格在整个视角的左下方，孔武有力。

小时候我们玩的最多的游戏就是"执行任务"。那所谓的任务不过是一个语气助词，无实意，我们玩的其实是执行。总之大家拿根可以被称之为枪的木棒在草丛里摸爬滚打，就为了抓一只命犯熊孩子的蟾蜍，然后将其打死，泡在水里，制成毒药。那时候的我们其实是打着解放军的名头做着五毒教的事情。

随着我的成长，也更换了许多没来头的梦，比如成为老板，或者成为大哥，甚至成为大歌星。总之都不太靠谱，唯一可能算得上靠谱的就是成为陈静的老公，只可惜，这个梦想最终还是破灭了。

我想这个世界上一定存在许许多多和我一样的人，有过很多梦想，微博里分享着最励志的语录，一副每天都是被梦想叫醒的状态。其实生活里都是同病相怜的懒癌晚期患者，我们身处的四周就是一所巨大的疗养院，到处都是你的病友，大家相见为的只是交流下各自的梦想，没有人会去追问它是否照进现

实，毕竟大家都很现实，知道自己身患绝症，早晚懒死。

3.

某一天，猩猩突然带着一个姑娘出现在我们面前。姑娘长得还算不错，在杭州郊区有套三居室的房子，在一家软件公司当职员。她是猩猩的女朋友，我们四个人坐在一起喝茶，女孩懂事地给猩猩剥开心果，猩猩傲娇地跟我们叙旧，说点大学里的事。我和强子笑里藏哭，有一种破三路高地被翻盘的感觉。

猩猩像个过来人一样问我们的近况，还时不时地发几根中华香烟出来。点燃一支烟，猩猩吐出烟圈，摇着头说："小帅，来支你的中南海，还别说中华真没啥抽头，不如中南海有味道。"一副皇帝吃惯了山珍海味，要吃点返璞归真的杂粮的矫情味道。

我和强子如坐针毡地和猩猩闲聊了两个小时，这两个小时是我们这些年最尴尬的两小时。也让我们知道了为什么现在这么多人要削尖了脑袋钻进公务员的队伍，原来一个铁饭碗就能换来一个如花似玉的姑娘，并且自动帮你解决大城市的住房问题。强子说他将来赚了大钱，要找一个女明星，既拍过化妆品广告又拍过洗发水广告的那种，为的就是充门面，下楼买个酱油都带着，让别人羡慕死。我说等他有钱了，不如找个日本明星，既拍过有码又拍过无码的，那才让人羡慕。强子沉默了半天，冒出一句话来："你是说松岛枫咯？"

TI4进入淘汰赛后我的工作量剧增，由于中国战队的出色表现，各大论坛简直都炸开了锅，我每天都要写非常多第一手的软文与其他媒体来抢流量。为了做到人无我有，人有我不要脸，我开始把大量的时间花在花絮的层面。西雅图的工作人员第一时间发来的录像，我这里立马开工，先出文章，再出视频。反正都是中国队员睡得如何，吃点什么，对第二天的比赛有没有信心诸如此类。总之有什么写什么，没什么编什么，编都编不出来了，就换个小号造谣。领导说这叫炒作，还说大多数的网友是没有什么辨识能力的，一切都为了流量。

我说："可我看到很多网友在文章下面骂我，我很难过。"

领导语重心长地说："王小帅，不要难过，好帖怕沉不怕喷，再说了，你用的是小号，抬头又写着友情转载，没有人知道是你写的。"

"可那确实是我写的，虽然别人不知道他们骂的是谁，但是我知道他们骂的是我。"

"心理素质也是一个优秀写手的基本条件，你还需要好好磨炼，这正是对你的一个考验，快去工作吧。"

从公司回到住处，已经是下午四点，经过附近的露天球场的时候，我看到强子正在和一群高中生打篮球。他还是穿着那件红色背心，像烈日里的火球。我找了个有树荫的空地坐下，看着强子用自己肥硕的身体蹂躏着只有他 1/2 的小鬼们。这不禁又让我想起了关乎巴菲特和巴特尔的事。

强子篮下近乎无敌，防守者不断地在更换，始终没有人能阻挡住他的强攻。强子脸上爆棚的自信和那群高中生脸上写满的无奈形成了鲜明的对比。在这个球场的此刻，强子就是大神，无人可挡，变态杀戮。

这时一个身穿白色 10 号篮球服、高中模样的少年走到我跟前礼貌地和我打招呼说："叔，有没有组？咱们组一队吧。"

我抬头看了他一眼问道："你几个人？"

他笑着露出了洁白的牙齿说："就我一个人啊，叔。"

我又问："你家住附近吗？"

少年说："不是啊，叔，我外婆家在这边。"

"哦！"我又问："就你外婆一个人啊？"

"对呀，叔，要不要组队让他们再凑两个人一起打球啊？"

"场上的人你认识吗？"

"不认识啊，叔，我第一次来，一会儿问问看啊，让他们加两个。"

然后我就站起来把他打哭了，我擦着额头上的汗，点了支烟，指着少年的鼻子说："丫的你眼瞎啊，一口一个叔，我看起来有那么老吗？"

少年委屈地摇头说："对不起，叔。"

"我勒个去，你还叫！"我抬手又要抽，被过来的强子拉住了。

"你一大老爷们跟个小鬼计较什么啊。"强子转过身把那小鬼拉起来说："行了，小鬼，我打累了，你上去替我玩会儿。"

少年擦干眼泪，点头对强子说："谢谢大伯。"强子愣了一下，一记巴掌扇

过去，嘴里骂骂咧咧："大伯，我让你大伯，你看大伯今天不打断你的腿！"

树荫下，坐着一脸茫然的我和强子，节奏同步地抽着手中的烟，看着球场上飞翔的少年，阳光透过树叶在我们周围打出波点，我叹了口气说："我们都已老成这样了吗？"强子看了看我，深吸了一口烟自语："我看起来比你还老吗？""唉……"我俩又共同叹了口气，默契地嗑了口手中的烟，成为烈日下的一场凄凉风景，在这三十多度的高温下，我们的内心却是一片深秋落叶的场景，在里面我和强子保持着现在的坐姿，底色黑白，七级大风吹得我们带着胡渣子的脸，扭曲的像被人遗弃的安全套。

4.

每个周六章杨都会给我打个越洋电话，说点在大洋彼岸的趣事，我却觉得很无趣，因为我无法体会。就像农村无法体会城市，小城市无法体会大城市，大城市无法体会首都，首都无法体会西方资本主义是一样的。对于低层级的人民来说，更多的是一种向往，我相信有很多人都希望生活在一个不受束缚的国度，不想干什么就不干什么，如美国；想干什么就干什么，如索马里。大家都会觉得外国是天堂，就像我们都会觉得别人女朋友比自己女朋友要好是一个道理。

不过无聊归无聊，每个周六我都会准时地守着电话等着章杨来电。她知道我最近在转播比赛，每天都忙到深夜，所以我们彼此倒也没有了时差问题。我承认自己混得不好，有交集的朋友或同学难得聚在一起，谈论的都是如何升官发财的门道，亦或者是什么车的性能比较强劲。

而他们身边的女人就借着机会拼命攀比，比手上的钻石，脖子上的金属和衣服的牌子。动辄我这衣服是美国的，我这手表也是美国的，就连我吃的巧克力都是美国的。每逢这样的场面，我肯定缩在角落里装隐形，因为我除了时差是美国的以外，浑身上下所有的东西都是义乌的。

强子就比我聪明，他从来不去参加这种同学聚会。他说这就是一场装×的展销会，大家把自己能拿得出手的丰功伟绩都练摊似的摆出来，说得好听点是维系同窗之情，其实就他妈是场虚荣报复。当年你是班长，如今老子当了处长，怎么样？服不服？

　　小雯还是在原来的单位上班，只是业务没有之前来得好，看来那个伤害她的男人确实也帮助过她。我们还是时不时会相约出去吃个饭，小雯爱去咖啡馆吃那种来路不正的牛排，然后花很多的时间跟我抱怨工作。

　　我们已经过了能够创造奇迹的时代，无论北上还是南下都让人感觉到无希望。小雯拉着我的手与我坐在西湖旁，看着夜色里的西湖和拖家带口来放夜风筝的人。

　　"小帅，还记得咱们第一次坐在这里的时候吗？"

　　"记得，好像我们还唱了首歌。"

　　"时间过得真快。"

　　"其实不是时间快，而是我们变得让时间跟不上了。"

　　小雯将头靠在我肩膀上，看着人群说："为什么每个人都要把自己搞得这么累呢？"

　　"为了争口气吧，总觉得出来了就该混出点样子，不然回去给人瞧不起。其实有什么瞧不瞧得起的，回老家一样可以活得很好，没必要在大城市里死撑着，你说呢？"

　　"我老家是上海。"

　　这时从黑暗中走来一个小姑娘，手里拿着不多的玫瑰，她走到我们面前礼貌地说："叔叔，给阿姨买朵玫瑰花吧。"

　　"走开！"我和小雯几乎同时说出这两个字，小姑娘吓得光速消失。

　　"我靠，还是第一次听到有人叫我阿姨！"

　　"妈的，这已经是第二次听人叫我叔叔了！"说完，我们彼此沉默。

　　许久，小雯开口说："我觉得我现在的人生太平凡了。"

　　"我们本来就是平凡的人，超凡的那是蜘蛛侠。"

　　"我最近一直都在想，我要做点有意义的事。"

　　"难道你也要去打职业吗？"我吃惊地问。

　　"滚，你脑子里就只有玩游戏才是有意义吗？"

　　"这话我听一个叫花景强的同学说过。"

　　"我和那胖子能一样吗？我想过了，我要骑行去西藏。"

"别逗了，咱们大学谈恋爱那会儿，去杨公堤骑双人自行车你都在后面偷懒，就你这还骑行西藏，谁信啊！"

"所以我决定骑电瓶车去西藏啊。"小雯说。

"真新鲜！"我闻所未闻。

"你要不要跟我一起去？"小雯突然问。

"我还没想好。"我确实没想好，我没办法理解从杭州到西藏如此长的里程得靠多好质量的电瓶才能到达。

"那你快点想好，想好了就告诉我。"小雯再次将脑袋靠在我肩上。

5.

回到住处，我躺在床上，反复思考着小雯的提议，总觉得不靠谱。强子拿着我的电脑玩了会儿dota，看样子是战况不佳，一直在骂人："现在的天梯没法玩了，都是猪一样的队友。"

"估计你的队友此时也正在用相同的词组骂你呢。"我讽刺道。

"我觉得咱们的队伍打得挺好的啊，你说为什么就不出成绩呢？"

"那说明咱们的队伍打得不好。"

"你说咱们的问题出在哪儿？"

"出在对手比我们强。"

"……"

强子继续说："我觉得要是咱们不解散，再打个两年说不定能成为国内一线强队。"

"接受现实吧，你不是要成为中国的巴特尔吗？"

"你大爷，是巴菲特。"强子边骂边丢过来一支烟。我点上抽了几口，问到："强子，你有没有想过趁着年轻做点有意义的事？"

"怎么？你又要重新组队了吗？"强子突然两眼放光。

"你满脑子就是dota。"

"那你说还有什么事有意义？"

"比如……去远足。"我有些底气不足。

"元祖？那儿的冰皮月饼是不错，可是我们专业不对口啊，人家未必要咱们。"

"我是说远足，去远方，去西藏。"

"没毛病吧？有空去西湖玩玩得了，就别西藏了。"

"你能不能活得有点态度？"

"态度这种东西，得我先有了太太再说。"强子打开 TI4 的直播频道，吐槽说："你看看你们公司的频道，界面真渣。"

强子最近在关注 EG 战队，理由是因为 EG 战队会使用他最喜欢的"狗头人米波"。今年的 NB 战队很强势，已经率先进入决赛了，看来一个版本造就一支强队不无道理。版本不断更新，看的就是谁更能吃透这个版本的套路罢了。NB 的战术思路偏前期打架和推进，只能说他们运气好，在刚好进入状态的时候遇上了 TI4 这种高额奖金的比赛。要是拿下冠军，捧着一堆美刀回国在各个方面都是赢家，毕竟在中国有钱你就是 winner，没钱就是 loser。成功与否都跟你的银行存款有关，我还没见过哪个穷鬼能出励志书籍的。所以一切跟钱无关的都是失败的，这不是我的世界观，却是这个时代的普世价值。我又不是什么特别有本事的人，改变不了世界，更改变不了世人的看法。我对 dota 冠军没有那么饥渴，可我却也并非没去妄想过它，不过看着自己国家的队伍能在世界的舞台上捧起奖杯倒是件令人激动的事。这种感觉就像我打不过你，但是我家亲戚能把你家亲戚打进医院那么爽。

EG 是四强中仅存的一支非中国战队，他们守护着洋毛子们最后的希望。这种希望想来都有些酸楚，就像世界杯上的日本、韩国还有伊朗。毕竟大家都有邻居牛逼自己也跟着沾光的心态。我甚至担心 dota 到最后变成了乒乓球和跳水，到最后都是中国人打中国人，老外都懒得跟咱们玩了，这样多少会让人觉得失去了竞技的魅力。

美男计

1.

其实我小时候学过一段时间的乒乓，归根到底还是凑热闹的成分大一些。在我们的孩童时期，不会国技是件比较丢人的事情，不管你打得好坏，至少能上去抽两拍子，最起码得接得住别的孩子发过来的旋转球。我的父亲是乒乓的狂热爱好者，他总吹嘘说自己和我这么大的时候拿过区里的冠军，只是奖杯在搬家的时候给弄丢了，也不知道真假。反正吹牛这玩意儿总是日久弥新的，我赶不上父亲的年代，所以也就戳不破他遗留下来的古董牛皮。

不过我还是和父亲交手过两下子，瞬间就检验出了他那个时候的区乒乓平均水平。父亲甚至都打不过隔壁跑货张叔叔家的孩子，不过父亲的理由是他的运动黄金年龄已过，弧圈都拉不动了。

有时候我会想，dota会不会在将来成为国技呢？到时候我也能和自己的孩子吹牛皮说你老爸曾经还拿过全国冠军，然后我儿子一脸崇拜地看着我，并开始和他的小伙伴们炫耀。又或者在未来他成为一名真正的职业选手，身披红星红旗为国争光，完成我想过却没有实现过的梦想。反正父辈将自己未如愿的愿望强加给下一代这事都有这么多年的传统了，如今谁都自私。这种事就跟报仇似的，我杀不了你，我就让我儿子来杀你，要是万一不幸生了个女儿，那就让我女婿来杀你。也许当初就是为了一鸡蛋煎饼的事结的仇，反正大家都没什么能耐，心胸也不宽广，子子孙孙地杀下去，早晚杀成世仇。我就看过有很多的世家，几代学医、几代经商、几代当官……到了我这儿，估计就是几代玩游戏，

> **阿姐鼓：**
> 其实就是人皮鼓，有些反人类，是西藏早已废除的酷刑，之所以会写出来，一方面是珍惜自己活在当下的时光里，另一方面是想告诉有些人，你脸皮那么厚，真的很适合做鼓。

只要有一代出息了，那我们这些死去的没出息的人也可以平反了。

小雯的来电把我从幻想世界里拉回来："小帅你考虑好了没有？"

"什么？"

"去西藏的事。"

"哦，为什么非是西藏呢？"

"因为那是圣地，洗涤心灵。"

"你让我再想想。"我还是很犹豫，主要是我舍不得现在的工作，要是随小雯去了西藏，就怕心灵没洗干净，先把自己的口袋洗干净了。再说这个社会又不是看你心灵美就给分配工作的，要是这样，那些待业的人早把自己血都献干了。

"算了，你不去，我自己去。"小雯挂了电话。我想说点厉害劝劝她，却也想不出什么特别吓人的案例来。换个角度说，其实城市里才是最恐怖的地方，到处是阴谋和构陷，满地是凶险的小众。

2.

NB 战队夺冠的那天凌晨，我和强子去送小雯。我从超市买了很多的面包和矿泉水给小雯在路上食用，强子还买了两个西瓜，说天热好解渴。

我问："为什么要大半夜的出发？"

小雯说："我想在太阳升起的时候刚好在路上，这样好像能看到希望。"

"西瓜拿着吧，太阳出来的时候天就热了。"强子说。

"不用了，我电瓶车载不了这么多，耗电，你们还是给现金吧。"我和强子对视了一眼，我掏出了身上所有的四百六十三元钱都给了她，强子则在一旁假装看风景。小雯不客气地收下，说了声："谢了。"然后跨上崭新的电瓶车。

"王小帅，你过来。"小雯突然回头叫我。

"啊？"我木讷地走过去，她坐在车上抱住了我，我情不自禁地吻了她，这场面就好像她下一秒将要被枪毙。小雯吻完我，又转头对强子说："强子，你也过来。"强子愣了一下，伸着舌头就跑过来，小雯用胳膊挡住了要熊抱索吻的强子，与他握了手说："谢谢你们来送我，我走了。"

"这不公平。"强子对自己没能和我有相同的待遇提出抗议。

"这个世界本来就是不公平的，否则我们今天也不会站在这里。"小雯笑着说："走了！后会有期！"

我和强子看着小雯发动电瓶车，披着朝霞的赤光潇洒地成为一个剪影。镜头里，渐渐渺小的是她，缓缓放大的是我和强子。

强子看着远方问到："她刚才那句话什么意思啊？"

"不知道。"

"是不是嫌钱给少了啊？"

"不至于。"

"唉，多好一姑娘啊，王小帅你说你失败不失败，这些年没留下一个姑娘，出国的出国，出家的出家。"

"人家是去洗涤心灵的，出你妹的家！"

"你说这姑娘也真能折腾，咱杭州灵隐寺也可以洗嘛，非跑去西藏。"

"你不懂！"我嘴上这么说，其实我也想不通，为什么有那么多的人喜欢去西藏？好像去了那里就能让自己的人生和人生观都得到巨大升华似的。

回到住处，强子马上就投入了紧张的大盘博弈中去，我则躺在床上盯着天花板发呆，想着以前的事。

我从小平平庸庸，任由家里摆布，父亲的要求就是我的人生轨迹。初中的时候我想学跆拳道，父亲说："学那个干什么，啊？要当流氓吗？"毕业那年暑假，我想学吉他，父亲说："学那个干什么，啊？要当流氓吗？"反正在父亲眼里，打打杀杀和弹弹唱唱就是不务正业，而所有的不务正业都属于流氓范畴。可我当时真的想当大歌星不是大哥，OK？

到了高中我开始给人写情书，你们没法想象，一个从来没有恋爱经历的人，居然能够写出无数的情书，撮合了无数的地下小情侣，他们在我的文字下相爱，接吻，上床，意外怀孕，开除……走进青春期的低谷。在那时候我也认识了我的吉他老师，他是一个流浪歌手，经常会在江边开唱，我是他最忠实的听众，他的歌陪我度过了我最懵懂的年华。他说他唱了八年的歌，他的梦想是成为大歌星，只可惜最后他发现拉帮结伙敲诈来钱快，成为了大哥。

我还记得那天他把木吉他送给我的时候对我说的话："小鬼，音乐是有生命的，好好练琴，希望你有朝一日能够成为大歌星，不说了，我赶时间去游戏厅收保护费。"

谁也不会想到我高考的时候超常发挥考进了浙×大学。更没有人知道，坐在我附近的那位同学以文科状元的身份考进了清华。状元郎是我的小学同学，五年级某次值日，他不小心弄坏了班里的幻灯机，我没有告发他。他说欠我一个人情，有机会一定报答我，只是我没想到，他的报答来得如此不早不晚，不偏不倚。

大学就如一个巨大的熔炉，当初所有的意志和抱负到了这里都化作一滩熔渣，我遇上了改变我命运的三个室友，一个不讲卫生、一个不讲礼貌还有一个富得连道理都不讲。我还遇上了当时觉得要用一生去爱护的女人，她有小小的脾气，有大大的眼睛，还有很多的故事。

和小雯交往的日子里有很多的开心与不开心，这莫非就叫作爱与恨的边缘？反正我不懂，我当时满脑子想的都是和她在一起。我会为她吃醋，为她和人干架，直到我认识了一个叫 dota 的游戏，我开始变得想赢。那时候我打电脑要赢，和强子 solo 要赢，打匹配要赢，打排位更要赢。到后来我们有了战队，开始不断地和别的人缠斗，我都要赢。我不记得我赢过多少人，只记得到了后来，我开始变得不那么想赢，因为那时候小雯已和我渐行渐远。

这些年我听过太多的道理，太多的指责，依然特立独行地做自己。我的身边到处都是负能量，没有励志的成功，也没有所谓的出人头地。有的只是一个又一个我喜欢的和喜欢我的女人的离开，一场又一场比赛的失败。

我看了看强子肥硕的背影，以及电脑上蜿蜒曲折的股票走势图，心想这他妈就是人生吧，你所有的努力和争取也许换来的只是一场空洞的美梦。最终我们还是要成为一个平凡世界里的平凡人，摘不下 TI4 的冠军，拿不到千万的奖金。强子一如既往的胖，我一如既往的平庸，小雯至少比我们都有勇气，她敢一个人远走，而我连目标都还没有。

3.

TI4 结束后，公司的重点马上就转移到了高校这一块。目前大学城已经有六所高校并入了我们的网络。九月初开了一个会，是关于开展高校联赛的。我们这个公司每当开会的时候大家都群情激愤，各种建议和点子层出不穷。也许那些人觉得只有如此才会显得自己有见识吧。说点子的人往往是不落实点子的，提建议的人也往往是不下基层的，于是他们永远都活跃在会议室里，至于落实，那都是活跃在会议室外的我们来干。

搞联赛需要和各高校的学生会接头，其实无论哪所高校，学生会的干部都是极难对付的。学生群体作为学校里最庞大的群体，那么学生会就俨然成为了最具话语权的派系，这就是阶级。当然学校终归是学校，最大的 Boss 还是校领导，学生会充其量是个副本 Boss。但这个社团比起什么跆拳道社、街舞社、吉他社及各种球类社来，还是高级许多，它至少能制造舆论，而那些七社八社的最多只能制造些绯闻。

跟这几所高校的学生会小领导们接触下来，还是有些费劲。遇上志同道合的玩家那是万幸，要是遇上些经济头脑发达的学生领导就比较麻烦，他们会或直白或婉转地向你索要好处。要是遇上政治头脑发达的学生领导那更麻烦，这号人本身就比较排斥电子竞技，索性说他们比较排斥游戏。这些人只关心自己的政绩，喜欢搞些偏文的东西，什么书法大赛、学术辩论赛之类。这样形式的活动讨校领导的欢喜，毕竟上了岁数，没事喜欢陶冶下情操，好像一开电脑就会有高强度的辐射分分钟要了他们的老命。遇上这类学生会干部，你必须跟他磨很多嘴皮，要更多心眼，晓以利害，让他知道只有合纵才能统一中国的道理。

所以不要以为学生会就代表学生，你认为它会组织游行去对抗学校某项不合理的制度的话就错了，相反，它是维护这项制度的，并且是普及这项制度的。

王珊珊是电子科大的学生会副会长，与他们的会长程丹丹并称为电科大阴风双煞。这个外号的来头我也是听杭电同学说的，据"史料记载"：最早程丹丹是信管班的班长，大三的时候接的班，上任后就烧了三把火：第一是提拔王珊珊为副会长。第二是亲手创立的晨练制度，并亲自草拟了点名表，由各班班长负责，并且实行方形监察制度，就是所谓的会长管班长，班长管组长，组长管寝室长，寝室长管同学。第三是组建了"查房办"！由学生会出人不定期

gank 各寝室，抓半夜在床上抽烟或者夜不归宿的同学。

王珊珊是程丹丹最得力的爪牙，她"工作"认真负责，死在她手上的懒鬼、网虫和烟枪不计其数。学校里流传着一句谚语："砍头不要紧，只要主义真，杀了程丹丹，还有王珊珊！"

其实之前跟着老张在电子科大弄了场 dota 杯赛，学生的反响倒是热烈，只是不太招阴风双煞的待见，特别是程会长。她觉得这些玩物丧志的东西不可取，大家为了打个比赛把学习和课题都扔了。既然是学校就要有学校本来该有的样子，学术是第一位的，把一个电脑游戏搞得热火朝天的像什么话？后来还是老张通过电子科大的一个主任出来说话才勉强把比赛搞起来，程会长是一肚子的意见，无奈领导开了口，只能咽下。

这次不同以往，我们公司要搞的是六所高校的联赛，一打就半年。按照程丹丹的思维逻辑，半年能把一个学霸变成一个学渣。加上老张现在被外派去了上海拓展业务，由我全权负责这个项目，我是个人脉极差的人，在这所学校里连个煮饭的都不认识，更别说认识什么主任了。

眼看其他几所学校都差不多就位，期限也所剩无几，就剩下电子科大这块难啃的骨头，我一筹莫展。找过几次王珊珊，她说这事得程丹丹来定，去找程丹丹，她又说这事已交给王珊珊负责。阴风双煞配合默契，皮球在她们两人之间踢来踢去，我被耍得团团转。

我郁闷地找来所有认识的人喝酒，一张不大的圆桌只坐了一半。看着眼前的五个人，我苦笑着想，都说朋友多了路好走，难怪我王小帅一路坎坷，在这座城市里所有认识并能坐下的人，就这四个。

"王队长今天好雅兴啊，请大家喝酒，是有喜事宣布吗？"强子开口。

"肯定有啊，你看我认识小帅这么久了，从来没见他请喝酒啊。"刘卓也附和。

"吃完记得把发票开给我，我拿去报销。"猩猩时刻不忘薅社会主义羊毛。

只有何俊保持沉默，许久失联，他已经练得跟"人造人"8 号一样，非但不善言辞，而且眼神呆滞，看来四肢发达头脑简单并非空穴来风。

"我最近遇上点事，想请大家帮忙出出主意。"我开门见山。

"说来听听。"猩猩立刻拿出一副市委领导班子的嘴脸，毕竟在座的只有他是国家公职人员，最具帮忙的实力。

"公司最近弄一项目，要整合六所大学搞联赛，其他都差不多了，就剩这电子科大搞不定。"我喝了口酒。

"凭什么啊？一个电工学校牛什么。"强子不服。

"滚犊子，人家是电子科技，培养电工的是蓝翔技校。"刘卓纠正到。

"那也没什么好嚣张的啊，又不是电力局。"强子依然不服。

"跟学校无关，主要是他们学生会那两个小娘儿们难搞，百般刁难。"我说。

"这个简单，我去帮你把那俩妞都泡过来。"猩猩拍着胸脯。时间瞬间停滞，猩猩扫着所有人的眼神接着说："都看我干吗，我说的是实话啊。"

"不是，你哪来的自信啊？"强子就会不服。

"就凭我是公务员啊。"猩猩说。

"你就一基层公务员，长得还跟个猿似的，在座这么多帅哥，怎么也轮不到你啊。"强子顿了顿说："我看，需要我出马。"于是所有人的眼神又聚焦到了强子那儿。

"干吗，说不定人家就喜欢胖的，有安全感。"

"我看这事何俊合适，你看他那身材，标准的牛郎。"刘卓推荐到。

"我干不了。"何俊连忙说。

"想哪儿去了，没让你干人家，你只需要跟别人玩点小暧昧，融化她们冰冷的内心，让我们的王小帅同学顺利地完成任务就行。"

一场无聊的参谋会议下来，围绕的都是如何使用甚至谁去使用"美男计"捕获阴风双煞的芳心。酒喝了不少，正儿八经的主意半个没有，直到大家都微醉，进程还停留在谁去合适这个问题上。

"抓阄吧！"我说。我想过了，这也是没有办法的办法，谁让我在这儿没几个认识的人，而认识的人又都没什么真本事。在座的四位好歹高矮胖瘦，也算有个挑选余地，万一真能蹦出一个救世主呢？

我拿出四根牙签，说："抽中最短那根的去。"然后我最不愿意看到的一幕出现了，猩猩抽中了最短的那根。

猩猩狂笑说："哈哈，老天有眼啊！"话音刚落，天外突然响起一声惊雷，大雨瞬间倾盆泻下。

强子摇摇头说："老天都他娘的哭了。"

4.

第二天是周末，猩猩一大早就敲开了我的房门，门口的他穿着制服，头发用啫喱水划出标准的二八分，身上估计还喷了不知道哪个夜市摊上买的香水，一股腌萝卜的味道。

"你这是要干什么？"我吃惊地问。

"泡妞啊！"

"泡妞你穿这身？"

"现在的姑娘不都喜欢公务员吗？"

"你就不怕电子科技大学门口的烧烤摊贩们见到你都跑没了吗？"

"我是去泡妞，又不是去泡摊贩，你看我发型怎么样？有没有周润发的感觉？"

"你身上什么味儿啊？"

"香不香？"他边说边从口袋里把货给拿出来炫耀，我接过一看都是英文，logo 是一个大大的"chonel"！

"总觉得哪里不对。"我说。

"孤陋寡闻了吧，这个叫香奈儿，国际品牌！"

"可我记得香奈儿好像是 chanel，你这个是 chonel，直译过来应该是臭奈尔吧。这玩意你哪儿买的？"

"吴山夜市 48 号摊位啊！"

"哦，难怪味道这么冲，估计 48 号摊位之前卖过泡菜。"

"不要在意这些细节，咱们是不是可以出发了。"

大学周末的早晨是墓地，大部分都死躺在床上，不分男女。难得几个精力极度旺盛的学生会出来跑步、打球或吃早饭，那也只能说墓地里大家各司其职，有躺直的就有来烧香扫墓的。

"这个大学真是太不热闹了，跟咱们母校完全没法比啊。"猩猩感叹到。

"拉倒吧，你又知道了，以前你睁开眼睛就是天黑，你还能知道咱母校早上热不热闹？"

"你说的俩妞估计都没起来。"

"放心吧，人家敬业的很，估计一早就在学生会窝点坐着呢。"

"我就喜欢有事业心的女性。"猩猩坏笑着说。

我带着猩猩走到学生会办公地点门口的布告栏上，上面树形地挂着各位学生领导的照片。程丹丹和王珊珊两人被挂在最顶端的位置。猩猩走上前观察了一会儿，说："这个王珊珊还不错，长得还挺甜美的，这个程丹丹就惨了点，你看这牙口，笑起来估计能把狼给吓跑。"

"然后呢？"

"我决定泡王珊珊。"

"不行，你得追程丹丹。"

"我靠，为什么啊？"

"就如你说的，程丹丹长得这怂样，肯定从小到大没人追过，成功率明显高于王珊珊。再说了，人家是正职，擒贼先擒王嘛。"

"这……"猩猩有些犹豫。

"这什么这，这是她的电话，一会儿中午你就约她在食堂吃个饭，有没有问题？"

"有！"

"讲！"

"可不可以不去？"

"不可以！这是饭卡，里面还有八十多，应该够你请人吃顿好的。"猩猩委屈地接过我手中的饭卡，又抬头看了一眼顶端靠左的程丹丹，暗自神伤地说："作孽啊！"

又失业了

1.

杭州高校间流传着"吃在工大"一说，可惜我从未去过工大食堂，反正我对于食堂的记忆都是极恶的。无论什么美味用大锅炒出来就会变得不堪，就像无论什么美景如果碰上黄金周都会变成人景一样。我中意简单的东西，一旦其数量超过了我的接受极限，我就会抵触，医学上称为密集恐惧症。

现在大学面积基本上都大，一个食堂肯定无法满足这么多学生的吃喝，所以会有不同编号的餐厅涌现，各自承包一方，占山为王，菜品不一，价格迥异。猩猩去的是杭电六号餐厅，这个餐厅属于"贵族消费"，一般以女生居多，不知道是女生都特别有钱，还是女生都特别挑剔，反正她们是这里的主要消费群体。

猩猩的城管制服在这个满是学生的餐厅里显得特别扎眼，不知道的还以为是执法大队在学校进行演习，经过的同学们都投过来好奇的眼光。因为演习这种事以前也不是没有过，只是多为消防演习。毕竟学校里吸烟的同学不少，而卖菜的同学没有，所以猩猩才显得如此物以稀为贵。

我坐在六号餐厅靠门的位置，猩猩则选了离我五米开外靠窗的角落开始给目标发短信。一个小时后，目标出现，径直走到猩猩的桌前坐下。我远远地看着猩猩僵硬的笑容，却听不清楚他们在聊些什么，短暂的交流后猩猩起身去打饭菜，四菜一汤。两人毫无交流地进食，弄得好像一会儿工地上还有活，赶紧骗骗肚子就搬砖去。

两人吃完饭后就这么相视无言地坐着，猩猩看着窗外，程丹

百元铁锅肉：
是西行出游吃货们的福音，应该是在西藏的那曲，具体位置其实我也不知道。现实就是如此，大多数时候我们都是在看着别人吃肉，不要钱你又能怎样？

丹看着猩猩。我则在另外一端看着他们俩，猩猩突然打了个喷嚏，两管清鼻涕直接飙到了下巴上。我"噗"地一口水全喷了出来，笑个半死。程丹丹从包里拿出纸巾递给猩猩，猩猩吸了吸鼻子，道声谢。用力地擤着鼻涕，声音响彻山谷，食堂里一些正在吃饭的同学，纷纷投过来抗议的目光。程丹丹又递上一张纸，她压根儿不在乎其他人的目光，看来真的是从未被人追求过，不然怎会容忍有人在自己面前做这么恶心的事。

程丹丹走后，我连忙跑到猩猩跟前询问道："怎么样？"

"我请她看电影，她答应了。"

"真的？太给力了，刘情圣。"

"王小帅，我这回可真是豁出去了在帮你，见了真人我才知道，那货墙上的照片还是PS过的。"

"辛苦您了！"

"我总打喷嚏，有种不祥的预感啊！"

猩猩走的时候，一副风萧萧易水寒的悲壮即视感，他说这是他人生第一次和女生一起看电影，真没想到自己在电影院的初夜居然献给了这么一个"怪物"。我问他看什么片子，他叹了口气说，"《哥斯拉》"。

2.

离开杭电，我一个人在下沙瞎逛，这些年下沙的变化不小。大二的时候多多就很有先见之明地把窝点驻扎在这里，将触手伸向了成天想着不劳而获的女大学生们。包养在当时还没有现在这么明目张胆，传媒学院作为二奶根据地在下沙广负盛名，多多就曾在这里包养过一个湖州妹子。那个时候包养成本不如现在，行头还停留在一些国际中端衣、帽、鞋、包上，下的馆子也不需要有太大的格调，无非是必胜客、海底捞，开房也基本是四星酒店。

现在小三没车不干，没高档红酒牛排不干，没gucci、cartier不干，没雷迪森、希尔顿不干。按照这个趋势下去，真怕这些小三将来富可敌国，几年大学读下来回老家直接当首富去了。

不知不觉走到了四号大街，这条街上是有故事的，故事的起源来自一场事故。这场事故也是下沙大学城的一个传说。育英学院就在这条大街上，许多年前的一个午夜，育英与司法警官学校因为一场篮球赛爆发了流血冲突。关于这场冲突有着很多的版本，我未亲身经历都是道听途说，难辨真假。

我只记得我读高中的时候倒是经历过一场冲突，我甚至不知道那次冲突因何而起，只记得班长跑上讲台，抓起数学老师的教鞭，对我们说："四班的兄弟们，跟我上！"然后我们就这么轻易地被煽动了。我同桌义愤填膺地抓起我的文具盒就杀了出去，急得我连忙追上去，这个文具盒是我生日的时候叔叔从上海给我买的，全自动还会唱小星星，我十分喜欢。等我跑到操场，同学们已经打成了一片，我爬上升旗台在人群中寻找我的同桌。

这场冲突直到终了我也不知道它的动机，只知道那是一个冬天，全民健身，杀得热气腾腾，到处是撕碎的校服。冲突结束后我一个人在残败的战场里听到了小星星，此时它已经变成了一个破碎的零件，交代着临终遗言。

后来这场冲突就这么稀松平常地过去，没有人站出来负责，也没有人站出来索赔。我的同桌说你哪只眼睛看到我拿你文具盒的？

我发呆的这会儿，一辆载满小妞的敞篷跑车从我身旁掠过，快得我连车标都没看清楚，只听见呼啸而过时一串刺耳的尖叫。

3.

周末我跟强子去浙二医院探望了老班主任，外号阎王的闫老师躺在病榻上，双眼无光。他在人群中看到了我，将我唤到跟前，给出一个虚弱的微笑，问："王小帅，你现在哪儿工作呢？"

"在一家网络传媒公司，闫老师。"

"好好干，挺好。"

"闫老师也要快点好起来。"

"呵，谢谢。"阎王又挤出一个笑容，这个笑容比上一个看起来更吃力。班长削好了梨，他身边一些我已经忘记姓名的同学瞬间围杀过来。我识趣地退出来和强子站到一边，强子小声地在我耳边问："阎王得了什么病啊？"

"不知道，看样子不像感冒。"

"废话，你看他那要死的样。"

"怎么说话呢。"

"我反正对他没什么好感，你忘了，当年在学校他可没给我们什么好果子吃。"

"那他也没给别人什么好果子吃，所以算不上针对咱们。"我觉得对所有人都不好的一视同仁，总比对个别人不好的差别对待值得尊敬得多。

离开医院，我就接到了公司主管的电话，询问我电子科大的状况，我敷衍说一切都在我的掌控之下。主管批评了我一通，说我办事不力，屁大点事那么久还搞不定。领导就是这样，他们从来都只让你往前冲杀，无论你前方有多少挺机枪，多少架坦克，就算你手里拿的是把小泉剪刀也要冲上去夺下阵地。如果真夺了下来那是他指挥有方，如果失败了，那是你不够英勇。迄今为止"我只看结果！"这句话已经攀升至我最讨厌职场语录第二的位置，仅次于"年轻人不要怕吃苦！"

这头刚被领导批评完，猩猩那头就出了岔子。这倒霉催的和程丹丹在电影院门口被他女朋友抓了包，猩猩几乎是跪在女友面前抹着眼泪鼻涕地解释说："亲爱的，不要误会，你看看这位大姐，长得跟食尸鬼似的，我怎么可能会跟她有什么嘛。"

"没什么你跟人看电影？"

"这都怪王小帅，是他让我用美男计勾引人家的，为了什么高校联赛的事……"

听到这里，我解下皮带就要上去勒死他，被强子拦住了。猩猩哭丧着脸说："有话好好说啊。"

"我没话跟你说！你自己说你都出卖我多少回了？快点自觉地过来让我把你勒死！"

"王小帅，你也得为我着想啊，我总不能为了你的事业把我的前途给搭进去吧？难道我摆着能给我解决杭州房子和户口的姑娘不要，真跟你介绍的这位双宿双飞？我没毛病吧，放着整包中华不抽去垃圾桶里翻根烟头来过瘾？"

我挣脱开强子的胳膊，一屁股瘫坐在凳子上，点了一支烟闷声抽起来。猩猩说的不无道理，这货衰惯了，杭州好歹也算个大城市，猩猩已经很小心地选了三墩的影院。可偏偏他这个女友的婶婶就住在三墩影院的斜对面，很不巧姑娘这天来婶婶家吃晚饭，更不巧的是她在楼上发呆的时候看到了猩猩，马上用豹的速度冲下去将二人截杀。不过好歹猩猩和程丹丹没有身体上的暧昧接触，否则别说跪着，就是趴着也休想获得原谅。

"现在怎么办？"强子在一旁问。我没有回答他，起身摔门走了出去。

我落寞地走在大街上，耳畔萦绕着嘈杂声，广场上放着时下最火的《小苹果》，大妈们随着欢快的节奏幸福地扭动着。广场边上的公园里聚集着一群人，石墩子上还站着一位大婶，大婶手里握着一个扩音喇叭，大声地对仰望着她的人群说："朋友们，告诉大家一个特大喜讯，咱们的香功协会就在昨天已经正式进入首都北京了……"人群中爆发出一阵掌声，大婶平复了一下，接着说："我们的队伍越来越壮大，就今天在场还有几位元老，我要告诉你们，你们当初做的决定是多么的正确，现在你们都晋升成为长老了……"我噗嗤一笑，心想再过几年估计这些长老都要晋升成长生不老了，该给国家社保添多大负担啊。

走过公园就是三两相隔的水泥微拱桥，桥头停了些卖水果的三轮，以及成群结队的中年失足妇女。中年失足妇女们撑着土气的花洋伞，跟卖水果的比吆喝。卖水果的吆喝一句："看一看啊，海南麒麟瓜，不甜不要钱。"失足妇女就不甘示弱："瞧一瞧啊，苍南小姐妹，不爽不要钱！"这几嗓子喊得我哭笑不得，看来这年头干哪行都不容易。我们所有人其实都生活在一个特定的圈里面，这个圈有大有小，所谓的见过世面的人无非是在一个比你更大的圈里而已。有的人的极限在天边，而有些人的极限只在窗边，有的人甚至一辈子都没有眺望过，在他们的世界里永远都只有近在咫尺，这种视距无论滴多少珍视明都一片模糊，他们模糊地出生，模糊地死亡，模糊地过着一辈子。

小雯的电话一直不在服务区，不知死活，令人分外担心。我坐在桥头石墩上抽着烟，桥头近水的地方有个土庙，庙里供着不知道属于那个单位的神仙，乍一看倒是有点像奥特曼，门前有个老太在烧高香。

老太虔诚地三叩九拜，我好奇地走过去问："老人家，请问这是何方神圣？"

老太指着面前的水沟说："小伙子，知道这条河叫什么河吗？"

我摇摇头，老太继续说："这条河是宋朝时候挖的，叫乌灵河，传说河里有个乌鱼精，每年的七月初七子夜就会化作人形上岸，向老百姓索要童男童女，否则就要发神通，兴风作浪。昏庸的县令每年七月初七就开始以祭祀的名义强征符合条件的男女用花船送到河心，乡亲们就这么眼睁睁地看着自己的孩子被乌鱼精拽入河底。"

"然后呢？"

"后来这事惊动了天庭，天庭就派了灵前来收妖，可乌鱼精很狡猾，沉在河底怎么都不出来，灵是天上的神仙，不通水性一时也拿这妖怪没了辙。"

"那怎么办？"

"灵想了一个办法，他乔装成老百姓，去县官家作了佣人。乌鱼精以为灵已经离开此地，在次年的初月初七子夜又一次化作人形上岸来找县官要人。刚进府衙内，灵就现出真面目，将乌鱼精打死。后来大家为了纪念灵，就给他在这桥头修了一座神堂。"

"原来灵堂是从这儿来的。"

"是乌灵堂！"老太纠正。

"哦。"我看了一眼这条河，这明明就是古代遗留下来的护城河，死水一摊，没有地势起伏，所以河边的居民洗衣服的洗衣服，洗马桶的洗马桶，并无纷争。我打心底为乌鱼精感到可怜，好歹也是个妖怪，看看别的妖怪要么住盘丝洞，要么住火焰山。再看看这乌鱼精，搁这么个鬼地方待着，生存条件也忒惨了点。也许乌鱼精本身就不是妖怪，只不过是污染过度变异的一条草鱼罢了。当然这些逻辑推理都是不能跟眼前的老太说的，她们这辈人对带"传"的东西是深信不疑的。相信传说能保佑他们子孙幸福，相信传销能带他们发家致富，相信传化真的能在一分钟洗净世间所有污渍。

"小伙子，乌灵神很灵的，我每个初一十五都会来烧香还愿，我的孙子今年考上大学了，多亏神仙保佑啊。"老太双手合十，又拜了一遍。

我抬头看了一眼土庙里的乌灵神，心想："这厮脑袋尖如锥，挂着俩铜铃般大的眼睛，青面獠牙，他到底要如何乔装才能骗过所有人并打入县官家内部当佣人！"

4.

由于猩猩的乌龙事件，杭电校区彻底泡汤，原本六支参赛队伍瞬间变成了五支，这让赛程安排陷入了十分尴尬的境地。主管把我叫到办公室整整骂了一上午，说是赛制、赛程都定好了，现在捅这么大个娄子，全公司的进程都被你一个人给打乱了。

我解释说："杭电的学生会卡着我也没办法。"

"这是你的能力问题！这社会就是这么现实，你有能力就干，没能力就滚蛋！"主管拍着桌子说。

"你再去找他们的学生会，实在不行给点好处嘛……"没等主管话说完，我转身就走，主管在后面叫唤："我教你做人呢，你干什么去？"

我头也不回地说："滚蛋！"

走出公司，我一身轻松，当然这种轻松的感觉能维持多久完全跟我银行里还剩多少存款挂钩。我坐在回去的公交车上，听着身旁穿着校服的两个学生在讨论 dota。

一个对另一个说："新手玩火枪比较好，站在后面瞎射就好了，根本死不了。"

那人口中的新手说："火枪没意思，双放手都赢，我想玩点有挑战性的英雄。"

"那是因为你打低级电脑，你有种去打高级电脑看看，厉害得不得了，我去打都只有五五开。"

我笑着凑了过去说："同学，你们也玩 dota 啊。"

"高手"转过稚嫩的脸来，说："是啊，你也玩？"

我点点头说："嗯，玩得没你们厉害。"

"高手"说："我们也不厉害，我们班有个人很厉害，他都玩祈求者的，还会吹风加磁暴的连招，超屌的。"

"真厉害！"我笑着说。和这俩学生没扯几分钟，他们就到站下了车，我还沉浸在刚才的聊天中。想当初我的第一个上手英雄也是火枪，打的也是电脑，甚至连大招都不学，就是没完没了的正反补，直到补出六格圣剑出来推平遗迹。这一幕仿佛就在昨天，那时候强子还没有肥到现在的程度，隐约还能看到锁骨的影子，边玩 dota 边拿着从网站上抄下来的出装小本有模有样地操作着鼠标，那时候环勇的幽鬼对于我们来说简直比乌灵神的神话还要神。

那时候的 dota 才是带给我们无限乐趣的，至于后来我们参加了很多的比赛，经历了很多的版本，压力大了，兴趣却少了。我曾经思考过这个问题，并归咎于审美疲劳，这事就和把一个很喜欢的姑娘变成了你老婆后，你就没有了初见甚至初夜时的期待和欲望。

5.

我突然坐起身来对强子说："我要去西藏。"

强子被刚喝下去的水呛了一口，缓了一下才问："小雯出什么事了？"

"和她无关是我要去，可能也和她有关，我想去找她。"

"你知道她现在在哪儿吗？"

"不知道。"

"那你怎么找她？"

我点了支烟说："其实也不能算找，严格来说应该算碰，我沿途追着她的轨迹走，说不定就碰到了，看缘分。"

"人家都走了快一礼拜了，你拿什么追？"

"所以我打算买辆车。"我吐了口烟。

"别逗了，你哪来的钱买车？"

"所以这不是找你来了嘛。"

强子愣了一下说："兄弟之间没啥好说的，就一个义字！"他从桌上倒了一杯白开水递给我接着上茬说："来，干了这碗白开，咱们就正式绝交了。"

"真没想到你是这样的人！"

"我也没想到。"强子耸耸肩说。

我摔门进了自己房间，躺在床上算账：一台笔记本电脑拿到电子市场上估计能卖个千把块，房东的电视机看着还蛮大的，估计也能卖个几百块，加上自己刚拿的最后一笔工资，马马虎虎凑个路上开销，至于车……我看到了角落里章杨送给我的 Taylor 吉他，从它被搬进来的第一天起，它就一直躺在那个角落，现已积了厚厚的一层灰。我打开琴袋，将琴取出来爬了个弦，音已不准得一塌糊涂。调试好自顾弹了一会儿，指法生疏不少，我对它说："你应该属于一个更懂得珍惜你的人。"

于是我把琴以三万元的价格给卖了，去二手市场倒腾来一辆二手奇瑞SUV，型号不明，总之开了十几万公里。我并不懂车，我评判一辆车的好坏第一看它是否省油，第二看它是否宽敞。另外我还是个车标盲，买这辆奇瑞的时候我还以为是英菲尼迪，内心澎湃得要死，面上又不敢显山露水，自以为捡了大便宜。

我将车开到强子跟前，摇下车窗，用了一个生平最帅的侧脸，左手夹着一支燃烧过半的"点八中南海"（烟的品牌），用余光阅览强子惊诧的表情。我当时想，他一定会以为我去打劫了，否则怎么能在短短的时间内就开回来一辆"英菲尼迪"呢？他一定很吃惊，很悔恨，悔恨当初没有把股市里的钱挪出来借给我。后来是强子告诉我这车叫瑞虎，是奇瑞汽车旗下的产品，他说性能一般般吧；油耗也就一般般；性价比更加一般般。我不开心地说："谁让你不肯借钱我，我也就只好买这种一般般了。"

强子说："炒股的心态你不会懂的。"

他沉默了一会儿又接着问："我说你们为什么非要去西藏啊？"

我换了个档位说："游侠的心态你也不会懂的。"

其实我当初也问过小雯一样的问题，小雯并没有正面回答我。导致这个问题至今没有标准答案，所以当强子问出同样问题的时候，我就无从参考，又编不出像样的，只好似是而非。反正这个世界上所有的问题都可以用"你懂的"和"你不懂的"来敷衍过去。

我有想过自己突然向西的动机，不是源自冲动和愤世，而是来自厌倦。我似乎厌倦了这里的一切，玩 dota 的时候我不断地在组队和解散，队伍散了大家沉淀一段时间又聚在一起，却也好景不长，要不了多久就又给人打散了。看来我们都是心理素质很差的一群人，接受不了惨痛的失败。虽说国内不少的职业队伍也有类似的情况，但好歹人家是职业化某个阶段的必然性，我们没有职业的命，却得了职业的病。

我从肄业到就业，从就业到失业，从失业到再就业，从再就业在再失业。不是老板炒我，就是我炒老板，不得安身立业。总是觉得自己一肚子才干，老板一肚子坏水，感觉自己与这个社会都格格不入。

我从恋爱到失恋，从失恋到再恋。每一次恋爱对我都是一次说不出来的苦涩，我所说的苦涩并不是伤痛，我的恋爱里从来没有伤痛，最多就是失落，我的女人总是会突然热情地出现，又忽然鬼魅地离开。给我一种先奸后杀，再奸再杀，再杀再奸，杀杀奸奸无穷尽的感觉。

所以我也想趁着青春未全死，做一次勇敢的游侠，虽然没有霹雳，可至少能暂时远离这个令我厌倦的城市，一路随地势攀升，追赶小雯的脚印，邂逅沿途的旅人。

人在囧途

1.

秋天的气息渐浓，我必须要上路了。出发前我并没有做太多的功课，甚至像样的准备都没有，我这人随性惯了，从来都是走一步算一步。对于旅途路线来说，我知道有一条川藏公路，所以四川是我的第一站，只要到了那儿再找到这条公路，接下来的事情就简单多了。

我挑了个平凡的日子出发，朋友们都来送我。猩猩硬往我的后备箱里丢了两打罐装啤酒，我对他说："开车不能喝酒的。"

"没事，等你超越省界就能边开边喝了，外面的交警没那么敬业。"

"你就不怕我喝醉了撞得粉身碎骨？"

"所以我给拿的是啤酒不是白酒。"我无言以对。何俊则送了我一根他珍藏多年的甩棍，据说是美国进口的，锰钢材质，听着就很猛。何俊不厌其烦地给我介绍着甩棍的使用方法，听得我犯瞌睡，只好打断他说："行了，我差不多知道怎么用了。"

"路途凶险，还是多了解点防身武器的知识，我再给你讲一遍……"

"哎呦，刘卓人呢？"我连忙转移话题。

"他老婆不让他来。"何俊说。

我摇摇头："我觉得刘卓比我更适合拥有这根甩棍。"说话间，强子从后面走上来在我车左侧的后视镜上绑了根红布条。

我有些纳闷地问："这几个意思？"

"估计是求平安吧。"猩猩说。

车载红布条儿：

红色在我们这个国家是属于比较来福的颜色，其实在新车上绑根红丝带保不了平安，能保您平安的还是座位一侧的安全带。

"路上要是有什么事记得给哥几个打电话。"强子说。

我点点头说:"要是缺钱了我一定会打给你们的。"

三人对视了一眼,异口同声地说:"那还是算了!"

我挂挡出发,后视镜里呈现出三人的影像,在拉开的距离里渐渐渺小。男人之间的送别没有温暖的拥抱和缠绵悱恻的不舍,强子绑在车上的红飘带随风起舞,像儿时飘扬在胸前的红领巾,带着憧憬和荣耀。

进入江西境内,路况就差了不少,公路就如我初中学习委员的脸颊,满是痘坑。抵达南昌已入夜,沿途的路灯如同等差数列一样,亮一盏灭一盏,再亮一盏又灭两盏,开到后面估计就是成片的漆黑。

不远处两个红色"洗浴""住宿"的霓虹就像黑夜里给人以光明与希望的灯塔。我是不擅跑长途的,一口气从杭州开到南昌已是极限,此刻我只想找个地方吃碗泡面再睡上一觉,天亮再赶路。

我将车开进用砖强行围出来的院子里,院子里胡乱地停了几辆小货。我停好车,熄了火走进去。前台站着一个穿衬衫的矮个子中年人,抬起头冲我微笑。

我打了个哈欠问:"住一晚多少钱。"

"600!"中年人的报价吓了我一跳,我回头重新审视了一下这小酒店的硬件设施,大门是对开的落地玻璃,上面还贴着农家特有的对联,上联是:日出江花红胜火。下联是:春来江水绿如蓝。横批:鸟语花香!进门靠左手有一个三一一的沙发,已被人坐得变形。沙发的边上是一盆"阳痿"了的广东万年青,花盆里还插满了烟蒂。

我的目光重新转回到小个子的额头上,心里出现一个声音:"这鬼地方凭什么就好意思要600!"

我始终觉得不划算,决定还是开车进城找间便宜的旅馆住下来。走到院子却发现车胎气给人放了,我骂了句娘,回到前台还没开口那小个子就说:"您在我们这儿入住,我们免费给您打胎!"看来我是碰上奸商了,无奈只好交钱。

房间不大,甚至连电视机也没有,简陋的只剩下一张床、一张缺了个角的圆桌和一个用来洗澡的大木桶。床对面的墙上用木板订了个货架,上面摆着泡面和矿泉水。房间内的灯管是下流的暗红色,跟倩女幽魂里黑山老妖的洞穴色彩差不离儿。我真的是饿了，走到货架前准备拿泡面，却被泡面下方用烟盒剪出来的纸片上的数字震住了。我骂道："我去，泡面 30 元，矿泉水 15 元！比他妈铁路上还贵！"就在我纠结到底是饿着还是饿着的时候，有人敲门。

门上没有猫眼，我警惕地贴在门边问："谁？"

门外有一个声音响起："我！"

"你是谁？"

"你先把门打开，就知道我是谁了。"

"不行，你不说你是谁，我是不会开门的。"

"我是姗姗！"门外说。

我大吃一惊，问："王珊珊吗？"

门外显得有点不耐烦："随便，你先开门。"

我迟疑了一会儿开了门，门外是一个长得还不错的姑娘，穿着白色的紧身短纱裙，屋内暗红色的灯光在她的身形外自然地加了一圈光晕。姑娘拎着一个手袋，熟门熟路地走进屋开始往木桶里放热水，从手袋里掏了一包不知道什么东西丢进木桶。

我尴尬地站在她的身后，不知所措。姑娘调试好水温，转过身来将手袋丢在床上说："可以了。"

"我们认识吗？"

"一会儿就认识了。"姑娘回答得很平淡。

"啊？"

"愣着干什么？过来洗洗啊。"姑娘边说边从手袋里拿出套套，我这才明白对方的来意。

我说："不好意思，我没叫这方面的服务。"说这话的时候我还下意识地看了一眼放着泡面和矿泉水的货架，你想这鬼地方一瓶矿泉水都要 15 块，更何况一个小姐？简直细思极恐。

姑娘奇怪地看着我说："你不是包夜了吗？"

我解释说："你误会了，我是住宿，不是包夜。"

"钱都付了，过来洗洗吧。"

"可我只付了住宿的钱。"我生怕她讹我。

"我们这是捆绑经营，一条龙服务，你交的是包夜的钱，住宿是送的。"

"送的？"我张大了嘴问："我光住宿就够了，不需要其他服务。"

"门口不是写着吗？洗浴，住宿，不洗浴就不给住宿，我们是有职业道德的！"

我看了一眼时间，已经是晚上十点，我这人有睡懒觉的习惯，我怕一觉睡过了头，他们又收我600元。我问："你们这包夜能包多久？"

姑娘酷酷地说："这个得看你的能力了。"

我突然想到了之前公司主管跟我说的话："这社会就是这么现实，有能力就干，没能力滚蛋！"原来他说的都是真的，这年头连睡觉都要看能力。罢了，钱也交了，车胎气也给人放了，这就叫走投无路，当年林冲不也是这么被人逼上山落的草吗？为了能睡个好觉，我只好上。

姗姗给我做完了服务，躺在我怀里，我问她："你是哪人啊？"

"本地人。"

我点了支烟说："本地人做这个的可不多。"

姗姗从我嘴里将烟夺了去，回答说："没办法，刚打了胎，在这先休整一段时间再出去。"

"你们真辛苦，不但要接客，还要打胎。"

"没办法，现在钱难赚。"

"那我的胎也是你打吗？"

"啊？"姗姗被烟呛了一口，坐了起来，问我："别开玩笑了，你打什么胎。"

我慌了："刚才你们这人说了只要住宿就免费打胎啊！"

姗姗说："这我不清楚，我只做我该做的。"

"到底什么才是你该做的？"

姗姗掐灭了烟，吐出一个字："爱！"

我一头雾水地看着这个答非所问姑娘，她的容貌和气质及她说话的风格都像极了我在大学时认识的一位学姐。我的那个学姐是哲学系的高材生，讲话也是这种腔调，好像每一句都要把你逼到墙角去。那时候我在想这样一个女人肯定是不讨人喜欢的，但哲学教我们要辩证地看问题，世事无绝对，万物有关联。学姐不但有一个在读研的男朋友，还有一个在读高中的小男朋友，后来还被人发现有一个在读函授的老男朋友。所以说这个世界根本就不存在一无是处的人，只是发现你是处的人太过稀有，碰上的几率又过低，哪怕让你万幸碰上，你可能都已不是处了，连与生俱来的那点纸面纯洁都给不了人家。

"你怎么了？"姗姗推了推发邪呆的我。

"没什么，在想事。"

"我还以为你睡着了。"

"呵呵，你见过有人睁着眼睛能睡着的吗？"

"见过，我曾有一个客人就能睁着眼睛睡，当时我还以为他死了，还好只是睡着了。"

"你还真是见多识广。"

"职业病。"

"不，你这个不能叫职业病，你可能混淆了它的意思。"

"无所谓，干我们这行的本身文化程度就不高，不过还好，干我的文化程度也都不高，所以他们从来不会纠结我说什么，你应该是个大学生吧。"

我没有说话，她就又说："时候不早了，你要不要再来一次？"

我摇摇头说："不用了，我累了，而且还很饿。"

"那边不是有泡面吗，我帮你泡吧。"

"不用了，你们这儿的泡面比味千拉面还贵。电视机没有也就算了，连茶叶都没有，人农村的旅馆都送茶叶，你们好歹还是省会城市的郊区。"

姗姗往小圆桌上看了一眼说："可能是忘了放了，我可以帮你去叫一包……"

"不用了，我困了，睡觉！"我抬手将红灯熄灭。

2.

姗姗终于没有再说下去，我背对着她很快就进入了梦乡。梦境里我站在一片水泥空地上，四面高墙，我抬起头只能看见一块不规则的天空，连云都没有。突然有人拍了拍我的肩膀，我回头一看是蛋蛋。他穿着一件白色的运动衫，上面印着五星红旗。蛋蛋对我说："我要去参加奥运会，为国争光了。"

我好奇地问："什么奥运会？"

蛋蛋说："你不知道吗？ dota 已经正式进入奥运会了，我现在是国家队的队长，打 1 号位。"

我说："太好了，我以前就说过你有天赋。"

蛋蛋说："这次我们被分在了 F 小组，同组的有韩国、尼日利亚和巴西。"

我问："非洲都有人玩 dota 了？"

蛋蛋说："有是有，只是实力不强，主要还是国家穷，非洲国家杯用的都是清华同方的电脑。"

我说："振兴民族工业，没什么不好的。"

蛋蛋说："你知道尼日利亚国家队的队长是谁吗？"

"谁？"

"刘银水！"

我吃惊地问："猩猩？他什么时候加入非洲国籍了？"

蛋蛋说："我们都被他骗了，据说他是埃塞俄比亚和赞比亚的混血，反正他现在是尼日利亚的一哥，总统还给他在首都阿布贾的郊区置办了套房子，三十二室六厅十卫。"

"靠，那得多少钱啊！"

"跟北京回龙观一卫生间差不多的价钱。"

"……那猩猩去了非洲，杭州的那个女朋友不要了啊？"

"宁做鸡头不做凤尾，人家现在十几个老婆，最大的孩子都二十岁了。"

我眼睛瞪得比嘴还大，问："猩猩今年不过二十六岁，这枪是他亲自开的吗？"

蛋蛋面无表情地说："你这不是在做梦嘛，不要在意这些细节。"

我点点头说："哦。"

此时一侧的高墙突然闪出一道门，从门内走出来两个穿着白色制服的家伙，带着奇怪的墨镜。其中一个制服拿出手铐将蛋蛋双手铐住，另一个从口袋里摸出电棍电他，蛋蛋发出"嗷嗷"的怪叫。

我上前拉住那个使用电棍的家伙，问："你们这是干什么？他可是要参加奥运会的运动员。"电棍男摘下墨镜，露出鄙视的眼神对我说："这都谁跟你说的？"我指了指快被电成超级赛亚人的蛋蛋。电棍男回头又狠电了蛋蛋几下，骂到："你小子现在都会睁着眼说瞎话了！"

蛋蛋被电得嘴都合不拢，口水顺着下巴流进领口，舌头打结地说："不敢了，不敢了。"我费解地问："到底是怎么一回事？"电棍男咧嘴一笑，说："知道这是哪儿吗？"

我摇摇说："不知道，我刚睡着。"

电棍男说："这是网戒所，所有玩游戏的都关在这里，你们这个片区是玩dota 的，西墙那头是玩星际的，还有魔兽世界和极品飞车等，国家现在严打，情节严重的直接枪毙。"

我吓得不轻，问："怎么样才算情节严重的？"电棍男冷笑一声，将电棍放回口袋，接着从腰间拔出一把沙漠之鹰，直接把蛋蛋爆了头，鲜血溅了我一脸。

电棍男说："这种就是情节严重的，你好好改造，争取早日重新做人，不要心存侥幸，国家这次是重拳出击，连网鱼网咖的老板都被我们击毙了。"我木然地站在原地看着这两位白衣人将蛋蛋的尸体拖出去喂狗，不由感慨。

白衣人刚走不久，另一侧墙面的门打开，冲进来一群人，为首的是一个光头，面目狰狞，上来就抓着我一顿狠 K。我委屈地坐在地上，带着哭腔问他："为什么？"

光头说："你没看过《监狱风云》吗？新人进来要低调，不要那么嚣张！"

我一听更委屈了，我一直认为自己是一个低调的人，我说："我哪嚣张了？"光头指着我的头说："你这个发型这么嚣张，还说不嚣张？"

"我发型怎么了？"

"在这里不许有人比我们老大头发长。"光头后面一个小光头走了出来说。我这才发现这群人清一色都是光头，如果有航拍视角肯定就像一锅新鲜出炉的丸子。

"可你们老大根本就没头发啊？"我从小就 EQ 低。

小光头愣了一下转身对光头说："老大，他好像在挑衅你！"

光头说："给我往死里打。"然后我被众人扑倒。可怕的梦境被猛烈的敲门声打断，我揉着酸疼的眼皮，不耐烦地坐起身来，懒懒地问："谁呀？三更半夜的。"

门外响起一个声音："茶叶！"我顿时一激灵，闪电般跑到圆桌旁胡乱地抓自己的衣服，并对一旁的姗姗叫到："快跑，警察来查夜了！"姗姗很淡定地说："不会吧，我们这儿很少有警察来检查的。"我说："你也说很少了，少不代表没有啊，快逃命吧。"我跑到窗前向下一张望说："我靠，你们这儿的二楼怎么看起来跟四楼差不多高啊。"姗姗打了个哈欠说："土楼盖的高显得气派。"我丧气地蹲下，心想完了，这趟旅途才刚开了个头，就要被终结了，不知道我这个情况算不算情节特别严重。

门外的声音不耐烦起来："我说，茶叶还要不要？"姗姗哦了一声对我说："我刚给你叫的茶叶，不是警察。"

我吓得不轻，不爽地说："大半夜的你给我瞎叫什么茶叶！"

姗姗打开灯，指着她头顶上"宾至如归"四个大字说："这是我们的企业文化，没提供茶叶包是我们的工作失误，我们不能坏了顾客体验。"我将衣服摔在凳子上，重新爬上床，看来我真不适合一个人出远门，非但没有方向，还没有社会经验，要是不出来我甚至都不敢相信自己智商还有问题。

姗姗给我泡了杯茶，放到床头问："要不要喝杯茶再来一次。"我烦躁地背过身去没有理她。我真的是累了，心累，还很憔悴。一闭上眼，我满脑子都是些过去的回想，像电影胶片一样的向后拉伸，所有与我息息相关、喜怒哀乐的人和事都在拉伸中成为一个跳动的动画，胶片越拉越快，快得一片模糊，突然"呼"的一声，世界黑屏。等重新亮起的时候我又见到了那群"丸子"！

光头一脸吃惊地说："我擦，你小子还敢回来？兄弟们，接着打！"然后我就被吓醒了，我再无睡意，摇醒了身旁的姗姗。姗姗揉着惺忪的眼睛问："怎么了？"我一阵不知所谓的傻笑，然后安静地说："再来一次吧。"

3.

第二天我和太阳一同升起，下楼退房，小个子客气地对我说："您的胎已经打好了，对我们这里的服务还满意吗？"我呵呵一笑，走了出去。

重新上路，我摇下车窗，用力地吸着从外面冲进来的空气，沁人心扉。一路将车开到服务区，吃了十个粽子，撑得我连水都喝不下，这一天一夜发生的事真是大喜大悲，大彻大悟。摊开地图，我研究起路线，出了江西境就是湖北，到了武汉我要吃一碗热干面，然后找一个网吧玩几盘 dota。读书的那会儿就听说武汉的 dota 很牛，那里的网吧常年都有比赛，自从上次全国赛后，我已经有好长时间没有碰过 dota 了，看来"无兄弟，不刀塔"这句话也不完全对。我现在孤身一人，像一个带着纸条的漂流瓶般随波逐流，曾经的兄弟早就不玩 dota 了，而我却有一种强烈的 dota 欲望。这种欲望不知道来自哪里，太过突然，导致我车速都快了二十码。有了昨夜的经验，我务必要在天黑前抵达武汉，然后好好休整一下。

谁知车开了估摸半小时，瞌睡就像洪水猛兽般袭来，我有点后悔没在刚才的服务区睡上一会儿。眼前的景物忽明忽暗，我感觉自己在神游。在迷迷糊糊的状态下，我追尾了一辆奔驰车。我们双双将车开到路旁，奔驰车主从车上走下来，先看了一眼自己的车屁股，又瞟了一眼我的车头，这才过来敲我的车窗玻璃。我摇下玻璃惊恐地看着这个一脸横肉的中年人。他说："开英菲尼迪了不起啊！"

我说："对不起，我没注意。"

他怪笑了一声说："道歉有用吗？你知不知道我是谁？"

我摇摇头问："你是谁？"

"那你知不知道陈江河是谁？"

我继续摇着头问："他是谁？"

中年人指着我的鼻子骂："不要以为你开英菲尼迪就看不起人，你今天撞了陈书记的车，不陪个万儿八千的别想走。"

我说："你的车好像漏油了？"

中年人啊了一声，转过身去，我趁他转身的刹那，挂了个倒档闪出一个车位，轰油门开溜。万儿八千，我直接把车送你得了。大奔显然不善罢甘休，一场公路追逐赛就上演了。瑞虎毕竟是瑞虎，不是路虎，马力无法和奔驰相提并论，在国道不是对手。很快奔驰就与我并驾齐驱，中年男人摇下靠近我这侧的车窗，张嘴骂着什么，不过都被强烈的对流风稀释，只能看见他一张一合的双唇。这场竞速赛我输不起，毕竟这是人家的地头，我要是被拦截下来最轻也是打个半死。

　　这时我脑海里闪过猩猩对我说的一句话："没驾照怕什么，你可是极品飞车的寝室记录保持者！"我非但是极品飞车的寝室记录保持着，我还是杭州延安路电玩城头文字 D 秋名山最快下山记录保持者。此刻在我右侧不远处有一个九十度的路口，路口不宽应该是属于国道旁的村落入口，平时过些电瓶车和小三轮摩托。路况更细节的东西都被公路两侧的橘树林遮挡了，现在时间早上十点左右，两旁非机动车道上稀稀拉拉地有些骑着电瓶车的村民。

　　成败就是这里了，我猛地一拉手闸，一个并不完美的甩尾，从路口斜插进去，车尾带到了一侧的护栏，巨大的冲击力，让整辆车向反方向转了一圈半，差一点就翻落到田埂里去。

若有来时，此生不见

1.

奔驰车没想到我还有这么一招，狠踩了一脚刹车，轮胎与地面的摩擦发出刺耳的嘶啸声。中年男人打开双跳，从车上下来，朝我这里张望。我冲他比了个中指，在非机动车道上逆向行驶，吓得那些电动车骑士纷纷往田里跳。七弯八绕地开进了一个不知名的村落，找了个废弃工厂，终于将车停下，我点了支烟压惊。这一路真是状况不断，按照这个状态下去，等我到了西藏，小雯可能都在那随便找个藏民嫁了。我将座位放平，一切等睡醒以后再说吧！

这个世界上有两种人，一种是顺风顺水一路顺到底的人，一种是不顺风不顺水一路霉到底的人，我和猩猩都属于后者。时来运转是我唯一坚信的事，因为如果你连这个都不去信，那你就再无活下去的意义。到头来猩猩率先转运，当上了公务员，我觉得自己应该也快了吧。我只能这么想，做人还是要有点乐观精神，否则昨天我就从那个乔装成二楼的四楼跳了下去。

读高二的时候我曾目睹过一场跳楼。跳楼者是我们学校的体育特招生，主修跳远。他是我们学校唯一在区里取得过好成绩的同学，也是学校重点培养对象，毕竟我们这所名不见经传的高中里从来没有在地方上拿过什么成绩，文体都不突出。至于该同学的跳楼动机也有很多个传闻，传的最多的是"情跳"！

说是他喜欢上我们的英语老师，这种事情在那个年代也算得上是段不伦之恋吧。谣传是师生恋被人发现，捅到了校长那里，

韶华：

在我们最美好的时光里，有的人你永远不必等。青春总是随着吃喝拉撒而消逝，也许我们的青春就是不断地吃和不断地拉。这个时代充满了不期而遇和不辞而别，没有后会有期，也没有功德圆满，那些倒在路上的朋友，无论你活得多么挣扎，我活得多么潇洒，我只想告诉你："好好学习，天天向上"！

体育生为了维护英语老师的名声，选择终结自己的生命。这才是真正的燃烧自己照亮他人的真实体现，那些在老师身上没有的光芒却被一个头脑简单的学生点亮了。

当然这一切都不是真的，关于我们英语老师的绯闻太多，这都怪她不讲道理的罩杯。而我们班的整体英语成绩一直全校垫底，并非她教得不好，只是大家上课重心都不在课本上。关于体育生跳楼的真相我是为数不多的知晓者，这一跳来自一个无聊的赌注。

我们的高中不大，一栋四层的主教学楼，相隔七米挨着一个三层的副楼，副楼是老师的办公室和学生食堂。体锻队一个练长跑的和体育生打了个赌，说如果他能从主楼天台跳到副楼的天台，就输他一百块钱。然后就有了先前的那一幕，体育生平时训练的最好成绩是六米八，但这都是平地起跳。由于主楼与副楼有落差，所以体育生觉得区区二十厘米不是问题。谁知生与死的距离不过就是那区区二十厘米。有人肯定会好奇，为什么我会知道练长跑的和这个体育生的赌注？因为……我就是那个练长跑的！

2.

我终于在日落前赶到武汉。问了一圈终于找到个小修理厂，花了三百元让师傅给我把变成"大饼脸"的瑞虎整整容。自己则打车去了武大，我从未来过武汉，自然不知道武汉哪里的网吧 dota 水平最高。但想想起码在大学附近的水平总不会差到哪里去。

由于是周末，所以网吧内一片欢腾的场面，有不少人甚至站在门口抽烟等机器，里面不时传出一阵声浪。"挺激烈啊！"我自言自语地说。

网吧里正在搞比赛，比赛区的电脑旁围满了人，密度高的连蚊子都能给挤死。我站在最外围，只闻其声不见其操作，有些郁闷。我只好叼着烟在网吧里瞎晃，这个网吧里基本都是玩 dota 的，闹得不行。我在一群五人黑后面站定，他们是队长模式正在选人。一个戴眼镜的人看到对面拿了"先知"，很不爽地说："靠，最烦先知了。"

我在后面插嘴："拿个修补匠针对就好了，先知一般都极少出肉装，完全可以强行上线去秒他。"眼镜转过头来看了看我，下手选了"地精修补匠"。比赛前期他们打得并不顺，人头和防御塔均落后，"修补匠"打得也很迷茫，老被对方开雾偷掉。我看不下去又插嘴对他们说："你们太分散了，修补匠带线的时候，你们要抱团啊，对面控制不够，你们这里又有神牛，只要跟对面耗着就行了，让修补匠先刷起来。"此后，我一发不可收拾，开始在他们身后频繁指挥。我有这毛病，以前下象棋的时候我就多事，老爱在旁边指点江山，其实自己也就是个半桶水，害别人输棋的案例不胜枚举。可 dota 不是象棋，我好歹还是带过队伍的人，对自己的临场指挥还是有信心的。这群学生在我的指挥下倒也扳回了前期的劣势，拿下对手。

眼镜笑得像一朵绽放的牡丹花，他对自己的队友说："今天遇到大神了。"我羞涩地摆手说："哪里，哪里。"

眼镜说："大神别谦虚了，你是来参加比赛的吗？"

我摇摇头说："不是，我就是路过打酱油的。"

"这里年年都是 PV 拿冠军，其他人只能争第二。"眼镜说。

"这么牛？"

"喏，不然怎么会围那么多人。"我回头看了一眼那一簇人群，原来是 PV 在比赛，难怪围观数量这么恐怖。人群爆发出一阵尖叫，缓缓地散了。"PV 的比赛结束了。"眼镜在我身后说。人群散的七七八八，我看到 PV 从机器前站起，下巴差点没掉下来。

我问眼镜："这就是你们的常胜将军？"

眼镜说："是啊，强到无敌啊。"

"好吧。"这伙人我知道，在全国赛上我们和他们分在一个赛区，他们代表武汉出战，在第一轮的最后一场比赛对阵我们的杭州队，我们正是用中单蓝胖子击败了他们晋级八强。PV 的人也看到了我，他们的队长 neo 先是愣了一下，然后指着我将信将疑地低语："你是？"

我回答说："我是！"

"你怎么来武汉了？"

"哦，纯属路过。"

"哈哈，我还以为你们战队扫钱都扫到我们地头上来了呢。"

"我们战队解散都有段时间了。"

"啊？为什么？你们打得挺好的啊。"

"说来话长了。"

"你们队的那个一号位好像去了职业队。"

"嗯，是的。"

"我觉得你们队其实中单打得更好。"我相信如果强子听到这句话，说不定会扑上去亲他一口，不过话说回来，那场比赛强子确实打得很亮。但一场比赛说明不了问题，这是一种假象，我们总是会被这样的假象蒙蔽。就如我投进一个很漂亮的三分球，而你刚好路过目睹了我从投射到进球的整个过程，就会觉得这个人好潇洒啊！然后自顾牵着狗去满大街撒尿霸地盘去了。其实你根本不知道，在此之前，在那以后，我还投了三十几个差不多的三分球，连框都没沾着。所以那些见人一面就搞得好像很了解对方的贱人真的该好好反思一下自己，毕竟人非草纸，可以随便被你拿来擦嘴角的屎。

3.

我和 PV 的队员在网吧附近找了个小摊喝啤酒，neo 说他们武汉人好客，我笑着说其实在哪儿都一样。身为地主都会展现出热情的一面，为的就是让自己显得好客，给自己的城市精神长脸。全国都在说上海人斤斤计较，环勇是典型的上海人，可我一点都不觉得他精明，相反他还算大方，至少比猩猩大方得多。

武汉的啤酒比浙江的凶，浙商是狡狯的，他们总是把啤酒做的跟苏打水差不了多少，而且容量还小。所以在浙江的酒桌上动不动就是让人捧两箱过来，单人牛饮一箱啤酒的案例比比皆是，这种纸老虎往往出省后就立刻现出原形，五瓶下去就放声高歌，八瓶下去就能把什么都吐干净了，十瓶下去杀人放火都有可能。

我喝了三瓶，感觉天旋地转，neo 众人给我在武大附近找了个便宜且干净的小酒店安顿下来，我倒头就睡。这一觉醒来已是太阳西下，我急忙赶去修理厂取车。发车上路，一路风华，顺势而上，终抵成都。

抵川就意味着西藏之行已经过半，我只需沿着川藏公路一直开到世界的屋脊，说不定小雯已经在布达拉宫下三叩九拜，就等我轻轻地走近拍下她的肩膀，然后还以一个吃惊的眼神。

关于西藏有不少传说，这些圣洁的地方都是被这种似梦似幻的传说堆积出来的。藏人的传说与其他地方不同，它的故事有其特有的残酷。比如众所周知的天葬及不为人知的阿姐鼓。

阿姐鼓的传说我是从我叔叔那听来的。说是在藏区有一种鼓，是用刚成年女子的人皮为原料制作而成的。制作过程非常恐怖，法者会在少女头顶开一个洞，然后将滚烫的铅水从中灌入，待铅水凝固后，人皮就会与血肉分离开来，法者将人皮撕下，制成鼓面，作为一种祭祀品。

阿姐鼓被誉为神器，手段残忍，却也不是谁人都能成为原料。它有一个烦琐的筛选过程，被用作制鼓的少女必须刚满十八岁，身高必须在一米五八至一米六三之间，还必须是喇嘛教的虔诚信徒。一旦被选中制鼓的少女将会受到大喇嘛的祝福，同时她的家族地位将会被提到一个相当的高度。

我没办法去验证此传说的真伪，我这个叔叔也是个出名的大喇叭，他嘴里的故事连起来能绕太阳公转一圈。出川的时候下了一场雨，气温骤降，我临行时带的衣物不多，而这条裤子还是夏天最清凉的麻布休闲裤。我感觉踩油门的腿都在发抖，我关紧车窗打开车内的唱片。

这张唱片是我自己刻的，收录了这些年我最爱的一些摇滚。都说好的摇滚能让人热血沸腾，我则拿来抵御寒冷。到达那曲后我吃了一天里的唯一一顿饭，是一大铁锅的肉，我已经饿得吃不出来是什么动物的肉，总之我一个人干完了整锅，结账花费一百元。我想要是杭州也是这消费水平那幸福指数该高到什么程度去啊。记得以前看过一组全国幸福城市调查，杭州貌似排在首位。我作为一个在杭州生活的外乡人，从未在这座城市感受到过幸福，我倒也没去钻这牛角尖，可能我属于万千幸福分母中极少的不幸福分子，也可能我和大多数人都被数据强行代表了一回。归根到底别人说你幸福你未必真就幸福，只有当你说自己幸福的时候，你才是幸福的。但可怕就可怕在，面对摄像机，我们都是幸福的。

4.

耗时小半个月，我终于跌跌撞撞地到了拉萨。拉萨和我想象中不太一样，感觉这里的人都风尘仆仆，像是经历了几个世纪的风沙侵扰。我一路过来，邂逅了不少人和事，却始终没有遇上小雯。我独自站在布达拉宫脚下，身边时不时会爬行过一些虔诚的信徒，他们有规律地起身，作揖，再趴下，如此反复。当然也有不少拿着单反或者手机到处摆 pose 的游客，无论怎么都好，这里接纳一切。

我在纪念品摊上买了点玩物，想着如果章杨放假回国便送与她。她已经很长时间没有给我电话了，长的我觉得她新交了男友。这种事我掌控不了，毕竟我一没钱，二没水性，怎么都跨越不了那么无边的太平洋，到不了彼岸，看不到迈阿密的 sun of beach。

> 当你在海的另一边
> 我依然穿梭在平凡的世界
> 面对着满目疮痍
> 勾起往昔的思念
> 当那夜深人静的时候
> 你躲在我的梦里花开遍野
> 我孤身站在窗前
> 思念你
> 太平洋上的风
> 吹不走我的思念
> 漂流瓶里的信
> 是否能到达彼岸
> 四季盛开的花
> 都是我们的曾经
> 西湖飘起的雨

依然看不见——我是真的爱你

这首歌是我在拉萨为数不多的收获，为章杨写的，记得我当时问她为什么会喜欢我，她说如果有一个人能当着那么多同学的面大声对我说出"我爱你"三个字的时候，他至少是勇敢的。于是我将最后一句中"我是真的想你"改成了"我是真的爱你"。可惜的是这首歌也许只能是半成品，因为吉他已经变成了一辆面目全非的车。我猜章杨知道了应该会不开心吧，毕竟她喜欢的是一身才气的原创歌手，而不是一身烟味的驾驶员。

在拉萨茫茫然的待了几天，我除了睡觉就是去喝青稞酒，我住的地方楼下就是一个小酒馆，老板娘是个爱笑的藏族同胞，叫次仁尼玛，听着奇怪又搞笑，每次我去她都会多送我一碗青稞酒。尼玛有个六岁的儿子，长得特别秀气，时常在我喝酒的时候跑到我跟前跟我说一堆我听不懂的藏语。

我其实不太适应高原的气候，整日浑身无力，我甚至不敢抽烟，这让我很难过。倒不是因为扛着烟瘾，只是我觉得自己其实是不适合去探索恶劣环境的，西藏就以如此，更不用说西伯利亚了。

我将陪我历经风沙的瑞虎车以三万五的价格买给了四个骑车上来的驴友，随车附送两打啤酒。这些驴友来自宁波，他们喝着家乡的啤酒，感动得热泪盈眶，说骑出来一年了，好久没喝到这么爽口的啤酒了。他们下一站是加德满都，只是不想再骑车了，没有原因。看着这些脸皮都被风划开口子的旅行者们，我挺欣慰的，原来还是有很多人和我一样，半途而废。也许他们真的是骑累了，也许是别的什么原因，只有他们自己知道。

走的那天，我将甩棍送给了尼玛的儿子，他爱不释手。抱着我的大腿说了很多，我半个字都听不懂，但我能感觉到他很开心。走出酒馆我快速地浏览了一遍四周，叹了口气，带着巨大的特写，向画面外走去。在我的身后尼玛的孩子按下了甩棍的卡口，突然变长的甩棍击碎了一旁巨大的酒坛，青稞酒冲断了土墙，压垮了墙边的驴车，附近的藏民纷纷赶过来帮忙……

我却始终未回头，大步向前。

在回城的路上，我看着窗外飞逝的景物，快的就像我一晃而过的青春。这次西藏之行并未净化我的心灵，但却真的净化了我的口袋。我孑然一身地回来，就像我两手空空地降生，一切都要洗干净屁股重新开始。

5.

我没有想到回杭的第一件事就是参加小雯的婚礼，她和那个当初让她怀孕的男人结婚了。婚礼在西湖边的味庄举办，是西式的草地婚礼。湖边的木制空地上，一群穿着燕尾服的乐队用小提琴演奏着优雅的婚礼进行曲。湖边的杨柳随着乐章轻轻舞动着，我不知道这段时间到底发生了什么，我身边总是会发生一些太过突然的事。

我和强子还有猩猩坐在最角落的桌子上，他们看着我，我看着台上挂着幸福眼泪的小雯。强子问我："我特别想采访下您老现在是个什么心情。"

我笑着说："老子特别平静。"

猩猩皱着眉头说："你眼泪流出来了。"

我擦了擦，说："你懂个屁，这是喜极而泣。"强子和猩猩尴尬地拿起酒杯佯装喝起香槟，我则将脸偏向一边看着远处的雕花铁栏，铁栏下整齐的摆放着几张长方形餐桌，我曾在那里吃过饭，对面坐着一脸崇拜的章杨。今天我坐在对角线的另一个顶点，主角是穿着洁白婚纱的小雯。

小雯走到桌前敬酒，我强挂住微笑与她碰杯，小雯向她身边的男人介绍："这些是我的大学同学。"男人礼貌地招呼："你们好，多吃点。"说完他还刻意地看了看我，这个神情似曾相识。曾经我在某个吃坏肚子的夜晚，在小雯的住处也看到过，那时候他坐在客厅的沙发上，也是如此的慢条斯理。

强子和猩猩在敬酒完毕后就火速冲向了摆放自助餐的长桌，差点没把桌布都吃了。我端着空杯子，一个人站在湖边。小雯走了过来，看着湖心问我："你就没有什么要问我吗？"

"你不是去西藏了吗？"我问。

"是的，不过到了桐庐电瓶车就被偷了，我当时伤心极了，我觉得自己刚刚出发就已是末路，当时我身边一个熟人都没有，我特别无助。"

"然后呢？"

"然后我打了电话给他，他抛下上海的会议，连夜赶过来接我……"

"你为什么不打给我？"

小雯低着头，小声说："我不知道。"

我笑着说："我知道了。"

回去的路上，强子都在安慰我说："没关系，咱不是还有章杨呢嘛。"

猩猩打岔说："人家现在在美国呢。"

强子骂到："你丫哪壶不开提哪壶！"

"要面对现实啊，被人抛弃这事你们谁有我经验丰富啊！"

强子摇摇头说："你还真是光荣啊！"

猩猩拍拍我的肩膀说："小帅，别难过，这不是还有强子陪着你吗？"

"你信不信我打哭你？"强子一脸阴沉。

我一直游离在他们的话题之外，满脑子都是和小雯在一起时的片段，她将最青涩的韶华给了我，我将最纯粹的喜欢给了她。我说："我想回一趟学校。"猩猩和强子面面相觑，木然地点头说："好啊。"

母校还是原来的样子，门前设卡，一个收费亭分割着入口和出口。我们三人一路走过人工湖，走过银杏树，走过茶色玻璃的图书馆，最终在操场前站住。镜头如若拉远，一定是我们渺小的背影和雄伟的看台。

我脱掉西装，回头问他们："想不想跑几圈？"

强子和猩猩同时说："不想。"我浅浅一笑，在熟悉的塑胶跑道上奔跑。我曾经是我们镇上跑得最远的小孩，每年夏天的早晨我都会从后院跑出来，追着初升的太阳，阳光似乎能给予我力量，我就这么一直跑下去，然后在306国道旁的一棵槐树下停住。至今那颗槐树干上还有我用小刀刻下的无数"正"字，代表无数个追日的青葱岁月！

此时操场上有不少来黄昏跑的同学，我跟着他们跑了两圈，就已上气不接下气。我撑着膝盖喘了一会儿，慢慢地走向了强子和猩猩。

猩猩见我走过来，问："怎么不跑了？"

"跑不动了。"我从他手上拿过外套。

"不能够吧，你当初可是号称跑不死啊。"猩猩有些不敢相信。

"当初那个跑不死的已经死了。"我一屁股坐在地上。

6.

我期待过很多浪漫的邂逅，比如普罗旺斯的薰衣草田，比如爱琴海的白色城堡，又比如勾庄工业园区不合时宜的油菜花地。我想可能在平行世界还有一个我，做着我不敢做的事，过着我所期待的生活，我所憧憬的一切愿望在那里都会被实现。

我们的世界没有那种尽善尽美的好，当然也不至于千疮百孔的不好，只不过它并不按照你的要求运转罢了。爱琴海是爱琴不是爱情，我们总是喜欢用谐音去诠释事物，博得喝彩。

有人不断在跌倒，又不断地爬起，在励志段子里这就是坚持不懈，激流勇进，怒获成功的最好案例。它足以成为太多不学无术，生性懒惰又迫切渴望证明自己之人的自慰器。其实别逗了，那个不断跌倒的人很可能只是缺钙，而我，正好就是不学无术，生性懒惰又迫切渴望证明自己的百万雄师中的一员猛将。

我站在天台上，看着秋天的风吹过原野，脑子里全都是一个个自下而上滚动着的名字，那些积攒下来的苦难与伤害、悲欢与离合、爱与不爱、成功与失败都将会成为你生命里的续集。